NANA PAUVOLIH

DUPLAMENTE FERIDA

Segundo livro da série Segredos

Copyright © Nana Pauvolih, 2019
Copyright © Editora Planeta do Brasil, 2019
Todos os direitos reservados.

Preparação: Roberta Pantoja
Revisão: Laura Folgueira e Mariane Genaro
Diagramação: Futura
Capa: Departamento de criação da Editora Planeta do Brasil
Imagem de capa: Elizabeth Ansley / Trevillion Images
Ilustração de miolo: cammep/Shutterstock

Dados Internacionais de Catalogação na Publicação (CIP)
Angélica Ilacqua CRB-8/7057

Pauvolih, Nana
    Duplamente ferida / Nana Pauvolih. -- São Paulo: Planeta, 2019.
    272 p. (Segredos)

    ISBN: 978-85-422-1587-8

    1. Ficção brasileira I. Título

19-0388   CDD B869.3

2019
Todos os direitos desta edição reservados à
EDITORA PLANETA DO BRASIL LTDA.
Rua Bela Cintra, 986 – 4º andar
Consolação – São Paulo-SP
01415-002 – Brasil
www.planetadelivros.com.br
atendimento@editoraplaneta.com.br

DEDICATÓRIA

Quando decidi escrever a série Segredos, não podia prever que um dos irmãos Falcão começaria a tomar demais os meus pensamentos. *Ferida* seria o último livro, mas Theo é impaciente e dominador e não me deixou em paz até que eu mudasse tudo e começasse pelo livro dele. Não satisfeito, ele ainda tomou tanto conta da história que um livro não foi o bastante e tive que escrever mais um, daí surgiu *Duplamente ferida*.

Como sempre, foi um prazer escrever. Comecei e terminei a história de Theo Falcão com amor e repleta de um sentimento maravilhoso.

Dedico *Duplamente ferida* a todas as "nanetes", minhas fãs e amigas que amo de paixão e que também posso chamar carinhosamente de "Coelhinhas".

Dedico também a todos os leitores que já entraram em contato com meus romances e que, assim, fizeram parte da minha vida.

Dedico à minha família, que às vezes reclama que não largo o computador, mas que está sempre comigo; e às minhas amigas queridas que me ajudaram fazendo *quotes* e booktrailer, divulgando, escrevendo sobre meus livros nas redes sociais para que meu trabalho fosse mais conhecido, sugerindo músicas, sendo minhas leitoras beta e ajudando com a revisão.

Estão no meu coração e a vocês sou eternamente grata.

**Com todo meu amor,
Nana.**

I

Theo

15 de outubro de 2014

Estava sozinho em meu escritório naquela bela manhã de outubro. Havia trabalho acumulado sobre a mesa, já que os últimos acontecimentos tinham me feito passar mais tempo fora do que ali. Mas não tive pressa. Tomando um gole de café ainda quente na xícara de porcelana, caminhei até a janela com vista para o verde e fiquei olhando os morros através do vidro enquanto minha mente trabalhava freneticamente.

 Os últimos dias haviam sido turbulentos. Primeiro, o nascimento de minha filha, Helena, de forma prematura, quando minha esposa Eva estava com sete meses de gravidez. Felizmente, tudo tinha dado certo e as duas já estavam em casa, saudáveis. A outra surpresa foi o retorno de meu irmão, Micah, a Florada, depois de quinze anos sem dar notícias.

 Emoções intensas e contraditórias me abalavam. Sabia que Micah não retornaria sem mais nem menos. Ele mesmo tinha confessado haver um motivo para sua volta, uma ameaça em forma de vingança. Mas não quis contar os detalhes, o que me deixava ainda mais nervoso. Aquele mistério todo não podia significar coisa boa e eu estava impaciente, querendo entender tudo logo.

 Tomei todo o café e voltei para minha mesa, franzindo o cenho, perturbado. Alguma coisa me provocava uma sensação estranha, desagradável. Parecia um alerta, no entanto, por mais que eu tentasse entender, parecia escapar à minha compreensão.

 Sacudi a cabeça e resolvi começar a trabalhar. Ainda naquela manhã teria que ir ao cartório para registrar Helena. O trabalho só não estava ainda mais acumulado porque Valentina, meu braço direito, havia resolvido parte dos problemas. Mas era muita coisa e ela já tinha problemas demais para se preocupar.

Eu acabara de pegar o primeiro relatório para analisar quando o celular tocou e vi o número de Joaquim. Franzi o cenho e atendi o meu irmão caçula:

— Tudo bem? Aconteceu alguma coisa?

— Theo, você pode dar um pulo aqui na fazenda?

Na mesma hora, senti um aperto no peito e a sensação estranha voltou com força redobrada. Um frio percorreu minha coluna e me levantei, alerta.

— O que foi, Joaquim? Aconteceu algo com Eva ou Helena? Com Gabi ou Caio?

— Não. Mas precisamos de você aqui para resolver uma coisa. É sério.

— Porra, fala de uma vez! — exigi, nervoso, agarrando as chaves do carro que estavam sobre a mesa, já andando apressado para a porta.

— Recebemos uma ameaça, Theo. Já chamei a polícia e o delegado Ramiro está vindo pra cá.

— Ameaça? — Saí da sala e passei por Eurídice, minha secretária, mal notando sua presença. Com passos largos, atravessei o corredor e entrei no elevador, apertando forte o celular. — Que ameaça? De quem?

— Do comparsa da mãe da Gabi. Olha, vem pra cá e explico tudo. Estamos no casarão e todo mundo está bem. Só venha logo.

— Já estou a caminho.

Desliguei e guardei o celular no bolso, preocupado. A avó e a mãe de Gabi, que haviam jurado se vingar da minha família, tinham permanecido quietas por meses. Micah havia chegado no dia anterior e avisado que sua volta estava relacionada com elas. Agora, Joaquim falava em ameaça.

Eu odiava ser o último a saber das coisas e ser pego de surpresa. O fato de Micah não ter explicado direito o que estava acontecendo me deixava doente. Saí às pressas do prédio e praticamente me joguei dentro do carro, querendo chegar logo à fazenda e saber o que tinha ocorrido para ele ter que chamar o delegado Ramiro. Devia ser algo grave, então dirigi nervoso pelas ruas de Florada, acelerando muito ao chegar à estrada.

O que me acalmava um pouco era o meu irmão caçula ter garantido que todos na fazenda estavam bem. Mas, mesmo assim, continuava tenso, preocupado, furioso. Não via a hora de descobrir o paradeiro daquelas mulheres. Só quando estivessem presas eu poderia respirar aliviado.

Enquanto dirigia, as imagens de Estela e de Luiza Amaro surgiam em minha mente. Quando as vi pela última vez, vinte e quatro anos antes, eu tinha apenas dezoito anos. Não conseguia entender como depois de tanto tempo ainda queriam vingança e o que esperavam conseguir dela. Destruir minha família? Conseguir suas terras de volta? Matar um de nós? Ainda não entendia quais eram os seus planos, já que levar Gabriela para o lado delas não tinha dado certo.

Impaciente, pisei mais no acelerador e pensei nas duas mulheres logo depois de perderem o sítio e de Pablo ter sido encontrado morto na prisão. Pareciam moradoras de rua, sem nada, furiosas, gritando aos quatro cantos contra a injustiça de tudo aquilo. Pensei principalmente em Luiza, na época também com dezoito anos, o ódio e o desejo em seus olhos ao se deparar comigo.

Eu nunca gostei dela. Desde pequeno, meu pai dizia para eu não ter contato com qualquer Amaro.

Mesmo tendo estudado na mesma sala da Luiza e sabendo o quanto era bonita e me olhava com desejo, nunca me aproximei dela. Simplesmente a ignorava, como se não existisse. Não sentia desejo por ela. E nada do que fazia para chamar minha atenção dava certo. E ela fazia muitas coisas.

Luiza tentou se aproximar de mim diversas vezes. Puxava assunto na escola, parecia estar sempre perto, não tirava os olhos de mim, andava grudada com meus amigos. Quando nada disso deu certo, passou a frequentar os mesmos locais que eu e a se oferecer cada vez mais claramente. Eu apenas fingia não perceber, sempre frio. E não fazia isso porque meu pai proibia contato com pessoas da família dela, mas porque não queria aquele contato. Apesar de linda, nunca me atraiu. Havia algo nela que me dava uma sensação ruim, como uma certeza de que havia uma maldade latente em seu sangue. Sentia repulsa por ela.

Luiza se tornou inconveniente. Ela me perseguia em todos os lugares e tive que ser grosseiro algumas vezes. No entanto, quanto mais eu a desprezava, mais ela se tornava insistente. E, finalmente, pouco antes de toda a tragédia, quando seu pai tentou matar o meu e foi preso, eu a encontrei em uma festa de amigos. Eu tinha bebido um pouco demais e fui ao banheiro. Não sei como Luiza conseguiu entrar, mas ela me agarrou e se declarou, implorou, se esfregou em mim. Foi uma cena ao mesmo tempo ridícula e incômoda.

Tinha acabado de mijar quando fui atacado. Ela disse que me amava, que não conseguia mais viver sem pensar em mim, caiu de joelhos e começou a me chupar. Fiquei excitado com toda a cena. Por um momento, deixei que me chupasse, impressionado com sua fome e seu desespero.

Então, agarrei seu cabelo, a ergui e a joguei contra a parede. Implorou para ser fodida. E quase o fiz.

No entanto, fitei seus olhos, percebi sua obsessão e soube que ela não significava nada para mim. Nem para uma foda de uma única vez Luiza serviria, pois nunca mais me deixaria em paz. E já havia confusão suficiente entre nossas famílias para arrumar mais uma. Além disso, não me senti tentado de verdade. Não lembro ao certo o que disse a ela, mas a desprezei e deixei claro que nunca teria nada de mim. Ela implorou e se humilhou, tentou me beijar. Eu a escorracei para fora do banheiro e fui extremamente bruto, empurrando-a. Ela saiu chorando e jurando vingança, mas funcionou. Depois disso, passou a me olhar com ódio mortal.

Logo veio toda a tragédia: Pablo apareceu morto, elas ficaram sem nada e foram embora. Quase não perdi meu tempo pensando em Luiza todos aqueles anos. Eu as queria sob nossas vistas e tentei encontrá-las somente para evitar algum ataque-surpresa, mas as duas sumiram no mapa. Apareceram brevemente tentando se aproximar de Gabi, filha de Luiza. Era estranho imaginar que a minha irmã de criação, que eu amava demais, tinha o mesmo sangue que aquela mulher, mas felizmente Gabi era muito diferente. E eu agradecia por ela ter sido criada longe daquelas duas. O mesmo não podia dizer de sua irmã caçula. Sabe-se lá que tipo de monstro tinha se tornado tendo uma mãe como Luiza.

Agora elas atacavam. Não devia ser coisa pouca, para trazer Micah de volta e deixar Joaquim transtornado a ponto de chamar o delegado Ramiro por causa de uma ameaça.

Dirigia nervoso, minha mente tentando descobrir o que elas poderiam ter feito daquela vez, o ódio já tomando conta de mim. Independentemente do que fosse, elas que não ousassem mexer com ninguém da minha família. Eu as caçaria até o inferno e seria implacável. Nada me impediria de destruí-las se fosse necessário.

Pensei em Eva com minha filha Helena, recém-nascida, e fiquei mais tranquilo ao saber que elas estavam protegidas em casa. Joaquim e meus outros irmãos não deixariam nada acontecer com elas.

Respirei aliviado quando passei pela porteira da fazenda e acelerei ainda mais, ansioso para saber o que estava acontecendo e poder agir. Fiquei mais preocupado ainda ao ver dois carros da polícia, a moto de

Pedro e o cavalo de Heitor na frente do casarão. Pelo visto, estava todo mundo ali e me perguntei se Micah também seria avisado. Mesmo que fosse, ele não pisaria na fazenda.

Parei o carro e saí em disparada. Subi os degraus de dois em dois e entrei na sala, meus olhos analisando todo o ambiente, buscando alguma ameaça e tentando entender o que estava acontecendo.

Todos se viraram para mim. Num relance, vi o delegado Ramiro e três policiais conversando com Heitor, Pedro à minha esquerda e Tia, desolada, sentada em uma poltrona com a mão sobre o carrinho de Helena, que dormia serenamente, indiferente ao que acontecia à sua volta. Em outro sofá, estava Joaquim, abraçado à Gabi, que tinha o rosto vermelho de chorar e estava com Caio no colo, adormecido. E sentada em uma cadeira encostada na parede estava Eva. Foi nela que meu olhar se fixou. E tomei um susto com o que vi. Andei até ela, alarmado, no exato instante em que erguia os olhos para mim.

Sua aparência era a imagem da derrota. Arrasada, desolada, sofrida, desesperada. Estava pálida, os olhos inchados de tanto chorar, despenteada, com um olhar que me deixou extremamente preocupado. Não prestei atenção em mais nada, nem notei quando Joaquim se levantou ou quando Pedro e Heitor se aproximaram. Fui direto até ela:

— Eva...

Ergueu-se com certa dificuldade e seu rosto se contorceu em desespero. Tremia muito, soltou um soluço que mais parecia o gemido de um animal ferido e cambaleou, olhando-me como se suplicasse ajuda. Meu coração disparou e na mesma hora eu a puxei para meus braços, angustiado, temendo saber o que a tinha deixado naquele estado.

— Coelhinha, o que aconteceu? Fizeram alguma coisa com você?

Eva agarrou-se em mim e começou a chorar e a soluçar, fora de si, em extrema aflição. Olhei em volta e vi Heitor e Pedro do meu lado esquerdo e Joaquim do direito. Os olhares deles me alertaram. Havia cautela, preocupação, nervosismo. Nunca os tinha visto daquele jeito e me alarmei.

— O que está acontecendo aqui? — indaguei nervoso.

Gabi começou a chorar, ainda com Caio no colo. Tia se levantou e se aproximou, apoiando a mão em meu braço, seu olhar de pena e desespero tentando me passar algo que não entendi.

— Theo... — murmurou.

— Porra, o que está acontecendo? — perguntei, puto, quase fora de mim. Apertei Eva em meus braços; ela continuava aos prantos, o clima pesado, como se todos estivessem concentrados em mim. — Cadê meu pai?

— Ele está bem, no quarto com a Margarida — respondeu Heitor. Fitei-o e, com seu jeito sereno tentando disfarçar a preocupação, ele disse baixo: — Deixe a Eva e sente-se. Precisamos falar com você.

— Deixar a Eva? — Franzi o cenho e a apertei mais. — Olha o estado dela! Digam logo que porra está acontecendo aqui!

Tentei olhar para o rosto de Eva, mas ela o escondeu em meu peito, agarrando-me sofregamente, enquanto eu murmurava:

— Calma, coelhinha. Diga pra mim por que está assim.

— Me perdoe... — suplicou, desesperada, em um lamento tão terrível que senti o medo percorrer minha espinha em forma de arrepio.

— Perdoar o quê? Eva? — Nervoso, segurei sua cabeça com firmeza e a ergui, obrigando-a a me olhar. Nunca vi tanto desespero nos olhos de uma pessoa e fiquei completamente aflito. — Diga.

— Theo, escute... — disse Tia, nervosa também, puxando o meu braço, tentando afastar-me um pouco da minha mulher.

— Vamos contar tudo e não temos muito tempo. — Pedro segurou o meu outro braço, sua seriedade me deixando ainda mais tenso. — Deixe a Eva com a Tia. Precisamos falar com você.

— Fale. — Eu não a soltei um milímetro, pelo contrário, mantive-a mais firme em meus braços e dali ela não escaparia nem que quisesse. De forma automática, voltei os olhos carregados para Eva e soube que, o que quer que fosse, tinha a ver com ela. Exigi, falando baixo: — Conte o que aconteceu. Agora.

A sala ficou completamente silenciosa. A tensão era tanta que o ar poderia ser cortado com uma faca. Senti todos os olhares sobre mim e meus irmãos se aproximaram mais, prontos para intervir. Senti como se tomasse um soco no estômago e o terror tomou conta de mim. Era um sentimento estranho, com o qual não estava acostumado, mas que veio feroz, me rasgando, ainda mais ao encontrar os olhos suplicantes e sofridos de Eva. Uma coisa muito errada havia acontecido, algo sério demais. Pensei em seu estado, no pedido de perdão, nos meus irmãos e na Tia tentando me afastar dela. E soube que Eva havia feito algo muito grave.

Veio sem que eu esperasse. Uma clareza de pensamento, um alerta ou um pressentimento, não soube ao certo. Era quase como uma certeza, mas não consegui me concentrar. Sabia que se não estivesse tão perturbado descobriria o que era, mas não conseguia me fixar nos fatos, apenas sentia uma sensação horrível de que meu mundo acabaria. E o medo me dominou mais forte do que qualquer coisa, me paralisando.

Eu não sentia medo de nada. Mesmo quando tive que assumir os negócios da família, ou quando vi Micah com o sangue do meu pai nas mãos, ou mesmo quando estive na mira de bandidos no atentado que sofri, não senti medo. Sempre estive acima de tudo, forte, implacável. Mas ali, com Eva nos braços, minha filha recém-nascida no carrinho, meus irmãos com olhares alarmados à minha volta, eu vacilei.

Por um milésimo de segundo, não quis saber o que tinha acontecido. Tive vontade de erguer Eva no colo e levá-la ao nosso quarto, escondê-la do mundo e me esconder também, fugir de cada verdade que poderia nos destruir. Mas logo senti coragem para enfrentar o que quer que viesse pela frente.

Olhando bem dentro dos desesperados olhos verdes dela, exigi, categoricamente, sem admitir qualquer fuga:

— Diga o que está havendo.

Lágrimas escorreram por sua face. Ela não piscou, não se escondeu, não respirou. Era como se o mundo tivesse parado. O ar estagnou, as pessoas na sala não se mexeram, tudo se concentrou especificamente naquele momento. E, enfim, eu vi. Vi a dor, o caos, o fim. Quando seus lábios se abriram, quis fechá-los, mas já era tarde demais. Por isso, deixei que falasse. E que me destruísse.

— Eu... Não sou Eva Camargo. Meu nome é... Eva Amaro. — Sua voz saiu baixa, trêmula, mas real. O olhar desesperado fixo no meu quando completou bem baixinho: — Sou filha de Luiza Amaro. Neta de Pablo e Estela Amaro.

Eu não me movi. Por um momento, não pude reagir. Eram apenas palavras soltas, que seriam eternizadas na memória, mas ainda incongruentes. Então, a verdade surgiu lenta e vorazmente, diante da minha família, dentro da minha casa, como um soco na cara. Por um momento, fiquei desnorteado, perplexo. O chão sumiu sob meus pés, nunca me senti tão vulnerável, tão cruelmente atacado, sem nem saber de onde tinha vindo o golpe.

Com o corpo imobilizado, os olhos ainda nos dela, contraí meus dedos, segurando com força seus cabelos, tentando entender a realidade que se apresentava diante de mim. Então, vi tudo ali, o tempo todo, a traição transparente, personificada na mulher que havia se tornado tudo para mim, meu mundo, meu amor, minha vida.

Emiti um gemido furioso de dor, de sofrimento, de puro desespero e, num gesto de repulsa e violência, empurrei-a contra a parede e minhas mãos seguraram sua garganta, apertando forte, em um furor de raiva, sentindo-me traído e atacado, aquela realidade difícil demais de ser suportada.

— Desgraçada...

— Theo! — gritou Tia.

Outros gritos vieram, mas tão longe, tão distantes que eu mal os ouvia. Senti mãos me puxando, vozes de homens, pedidos de calma, meu nome dito várias vezes. Mas ninguém conseguia me afastar de Eva, daquela mulher a quem entreguei minha vida, a única a quem me dei por inteiro e em quem confiei sem vacilar, e que agora enfiava uma faca em meu coração e a torcia, que me matava ainda em vida, mostrando que a minha felicidade tinha sido o tempo todo uma mentira.

Ali, naquele momento, quis matá-la. E quase, quase mesmo, o fiz. Cheguei a apertar mais seu pescoço e soube que seria fácil. Ninguém conseguiria me tirar de cima dela, não com toda a fúria e todo o desespero que me consumiam. Em um segundo, eu o quebraria, mas então algo mais forte do que eu, de que todo ódio e toda mágoa, me impediu. Aliviei a pressão dos dedos e apenas a segurei, olhando-a, dilacerado. Nesse momento, entendi como uma traição podia acabar com uma pessoa. E Eva tinha acabado comigo. Eu não era mais nada.

— Theo, calma. Solte a Eva! Solte! — gritava um dos meus irmãos.

Tentavam me tirar de cima dela, mas era como se eu tivesse uma força sobre-humana. Até que, por fim, eu me controlei, tirei as mãos dela e dei um passo para trás, sem querer tocá-la, como se sua presença fosse contagiosa.

Não conseguia desviar meu olhar de Eva, da mulher que tinha me deixado completamente apaixonado e agora completamente destruído, que tinha invadido a minha vida e tomado tudo de mim, até minha essência, a ponto de não saber mais quem eu era sem ela. Mas agora teria que redescobrir.

— Theo... — Foi a voz dela, suplicando, que me trouxe de volta à realidade.

Quis causar nela a mesma dor que me dilacerava, senti vontade de destruí-la. Foi mais forte do que eu, tão rápido e violento que pegou todo mundo desprevenido. Ergui o punho e fui com tudo, pronto para acertá-la.

No último milésimo de segundo, não consegui. Desviei o punho e o soco explodiu na parede ao lado de sua cabeça, estraçalhando meus dedos e espalhando uma dor aguda na pele que se rompia e nos ossos que se chocavam contra o cimento, a dor percorrendo a mão e o braço até o ombro, o sangue escorrendo, manchando de vermelho a tinta branca.

Gritei com o impacto, mas a dor física não era nada diante da dor que me consumia. Fui agarrado por trás e puxado para longe dela. Tia chorava, os bebês gritavam, vozes e desespero se confundiam. Mas eu não conseguia tirar os olhos de Eva, obcecado, alucinado, fora de mim.

— Desgraçada! — gritei, tentando avançar para cima dela, mas eram muitos braços me segurando, muitas pessoas me impedindo.

Lutei e grunhi até que a vi cair de joelhos na minha frente, lágrimas inundando seus olhos, escorrendo pelo seu rosto, sua voz saindo em lamentos doloridos e desesperançados:

— Por favor, me perdoe... me perdoe, Theo... Eu te amo e isso nunca foi mentira... Eu te amo...

— Filha da puta, desgraçada... — Eu não sei o que faria se a pegasse. Queria dilacerá-la como sua traição fazia comigo. — Mentirosa!

— Theo, calma! — Pedro me puxou, segurando meus braços para trás. Heitor veio pela frente, protegendo Eva do meu olhar alucinado, tentando me conter e atrair minha atenção.

— Não faça nada de que possa se arrepender depois. Ela é a mãe da sua filha, Theo. Ainda está de resguardo — pediu Heitor.

— Foda-se! — berrei alucinado, tentando me soltar. Joaquim também me segurou, enquanto Tia corria até Eva e a ajudava a se levantar com dificuldade. Ela chorava e tremia, cambaleava, tocando a barriga como se estivesse com dor.

Eu queria destruir Eva com todas as minhas forças. Mas, então, ouvi os gritos de Helena, seu choro desesperado. Alguma coisa dentro de mim fez com que eu travasse na mesma hora. Percebi que havia uma inocente naquela história, minha filha, o fruto de duas famílias inimigas, que já tinha nascido em meio ao ódio, à traição e à discórdia.

Respirei fundo e, mesmo aniquilado, sofrendo mais do que um dia julguei possível, fiquei imóvel. Não me debati nem lutei. Olhei em volta, vi os olhos dos meus irmãos sobre mim, preocupados. Cada um deles tinha sido atacado de alguma maneira. E eu, que devia protegê-los, que era o chefe da família, os expus àquela situação. Levei nossa inimiga para dentro de casa, os coloquei em perigo. Fui burro, fui terrivelmente enganado. A culpa de tudo era minha.

— Podem me soltar — disse, em voz baixa, frio.

— Theo... — exclamou Joaquim.

— Não vou tocar nessa mulher. Nunca mais. Quero só a minha filha — afirmei, frio, enquanto ouvia o choro de Helena e o de Eva, aumentado por minhas palavras. Mas não quis mais olhar para ela.

— A Tia vai cuidar da Helena, Theo. Vem aqui se acalmar e... — disse Heitor.

Eu o encarei com a respiração pesada, o corpo tenso.

— Já falei pra vocês me largarem. Se quiserem, façam uma barreira pra proteger essa traidora. Eu só quero a minha filha. Agora me soltem, porra!

Eles vacilaram. Heitor me soltou, mas continuou na minha frente, como um escudo para Eva, cujos soluços eu ouvia. Joaquim também tirou as mãos de mim e ficou ao lado de Heitor, em alerta. Pedro, por fim, largou meus braços. Ao lado dele, o delegado Ramiro disse:

— Precisamos de você calmo, Theo. O tempo está correndo.

Não entendi ao certo sobre o que ele falava, mas acenei com a cabeça. Soltei as mãos ao lado do corpo e a direita latejava. Deveria ter quebrado pelo menos três dedos e sentia o sangue quente escorrendo deles. A dor era forte e contínua, mas nada perto de como eu me sentia por dentro.

Fui até onde Tia estava tentando acalmar Helena, que não parava de gritar. A mulher que foi mais do que uma mãe para mim olhou-me arrasada, com pena, parecendo ter envelhecido dez anos em apenas um dia.

— Quero minha filha, Tia.

Estendi os braços e ela disse preocupada:

— Filho, olha a sua mão...

Eu não quis olhar nem me importei com a dor. Peguei Helena como se minha vida dependesse daquilo, evitando sujar sua mantinha de sangue, acomodando-a em meus braços. Por um momento, consegui me acalmar e fechei os olhos, inspirei perto de sua cabeça e senti seu cheiro de bebê.

— Calma, Helena... Papai está aqui...

E como se minha presença fosse seu bálsamo também, ela foi parando de chorar. E ficamos os dois em silêncio, tirando forças um do outro.

Percebi que tinha uma razão maior que tudo para seguir adiante. Além da fazenda, dos negócios e da família, tinha minha filha. E era nela que eu deveria me concentrar, protegendo-a e evitando que um dia sofresse tanto quanto eu sofria naquele momento.

Ainda não conseguia pensar com clareza, entender a real dimensão de toda a traição de Eva, mas algumas coisas vieram logo em minha mente. Foi ela quem invadiu o quarto de Gabi e deixou um bilhete ameaçador e fotos, inclusive uma minha, no Clube Triquetra, com uma mulher na coleira. Desde o início, sabia tudo sobre mim, do que eu gostava e como me atrair. Ela era filha de Luiza e continuou o trabalho da mãe, se saindo muito melhor que a própria. Conseguiu me conquistar, me ter nas mãos, me enganar como se eu fosse a porra de um palhaço.

Então, a verdade jorrou na minha mente. O atentado que sofri e que quase me matou foi uma armação, para que ela me encontrasse naquela favela, invadisse a minha vida e tivesse a oportunidade de chamar a minha atenção. Senti uma pontada no ombro onde tomei o tiro e na mesma hora me virei, ainda com Helena acomodada em meu braço esquerdo, a mão direita com os dedos inchados e ensanguentados.

Encarei Eva com fúria e desespero. Ela estava encostada na parede, abraçando a si mesma, chorando sem parar, seus olhos fixos em mim implorando perdão. Mas agora eu já sabia quem ela era. Não me enganava mais.

— Você fez parte do atentado que quase me matou — disse, seco. Todo meu corpo estava contraído, meu coração esmagado no peito.

— Theo, eu não... — Desencostou-se da parede, cambaleou um pouco, seus lábios tremendo. — Nunca quis que você tomasse um tiro, eu... Tudo fugiu ao controle. Por favor, acredite...

— Você se fez de minha salvadora, para que eu e minha família achássemos que devíamos algo a você. — E tão mal acabei de falar, empalideci ao me dar conta de que o delegado a investigou e descobriu que tinha sido criada em um orfanato e que tinha vinte e dois anos. Fiquei imobilizado, olhando para ela, ao me dar conta de que até aquilo tinha sido forjado. Era uma identidade totalmente falsa. — Quantos anos você tem?

Eva não respondeu. Mordeu o lábio e estremeceu. Novas lágrimas inundaram seus olhos e sacudiu a cabeça, como se estivesse sem condições de falar.

— Responda, porra! — gritei, furioso, e dei um passo à frente.

Helena se assustou e voltou a chorar. Eva me olhou desesperada. Meus irmãos se meteram na frente dela. Heitor veio até mim e disse:

— Calma, Theo, vamos saber de tudo.

— Quero saber agora e ela vai dizer! Saiam da frente, já disse que não vou tocar mais nessa mulher! — Respirei fundo e parei, tentando acalmar minha filha, que esperneava assustada.

— Deixa que seguro a Helena, Theo — disse Gabi, com as mãos estendidas. — Por favor.

Eu precisava da minha filha. Mas sabia que, do jeito que estava, não podia ficar com ela. Cerrei o maxilar, com dor, mas entreguei-a a Gabi. Fitei seus olhos, sabendo que era irmã de Eva, também filha de Luiza e neta de Estela e Pablo Amaro, mas nunca nos traiu. Nunca nem cogitou mudar de lado em nome daquela vingança.

Voltei a olhar para Eva, protegida atrás de meus irmãos, pálida, acabada, mas não mais do que eu. E, mesmo sabendo que era a caçula, exigi que dissesse em voz alta:

— Quantos anos você tem?

— Dezenove — murmurou ela, com um fio de voz.

Eu não disse nada, mas senti a dor triplicar dentro de mim. Tudo foi uma mentira. E eu, que já me achava um pervertido por ter me envolvido com uma moça de vinte e dois anos, agora descobria que era pior. Uma garota. Dezenove anos. Idade para ser minha filha.

Quase surtei de novo. Tive vontade de quebrar tudo, de extravasar um pouco da fúria assassina que me consumia. Precisava de algum alívio, mas me segurei. Pensei novamente na minha filha, na minha família presenciando tudo, na vergonha que eu sentia. E apenas olhei-a, meu olhar revelando o quão dilacerado eu estava.

— Theo... — disse Tia, ao meu lado, envolvendo com cuidado minha mão em um pano branco. — Precisamos cuidar dessa mão.

Deixei que o tecido cobrisse os meus dedos. E ainda encarando Eva, indaguei, sem gritar:

— O que mais você fez? Além de me fazer de otário, o último a saber que fui enganado e traído? Até Micah, que vivia longe daqui, soube antes de mim. Por isso, ele voltou. O tempo todo a ameaça estava aqui e fui eu que a trouxe.

— Não... — Sacudiu a cabeça e apoiou a mão no encosto da cadeira, cambaleando, muito pálida.

Por um momento, pensei que tinha apenas dois dias que havia dado à luz nossa filha ainda estava de resguardo, mas logo afastei o pensamento. Nunca mais me preocuparia com ela. Ela poderia morrer, eu não me importaria.

— Como descobriram tudo? O que aconteceu? — indaguei.

Tia terminou de fazer o curativo em minha mão e acariciou meu braço, para me dar conforto, mostrar que estava comigo. Respirei fundo e permaneci imóvel, tentando sair daquela situação com um mínimo de dignidade. Mas estava difícil. Era um sofrimento sem igual, uma dor que me dilacerava.

No entanto, não era hora para lamentações. E quando o delegado Ramiro começou a falar, eu me concentrei nele:

— O homem que era o chefe da quadrilha que roubava gado e que conseguiu fugir, Lauro Alves, o mesmo que deu o tiro e a coronhada em você no seu atentado, é comparsa de Luiza Amaro. Mas parece que ele cansou da parceria e de viver escondido. Ligou essa manhã para Eva e a chantageou, pedindo que o encontrasse e levasse dinheiro e joias para que pudesse fugir. Temos pouco mais de vinte minutos para pensarmos em uma armadilha. Não podemos perder mais tempo, Theo.

Meus olhos foram de novo para Eva, que tinha se sentado na cadeira, como se não tivesse mais forças de permanecer de pé. Estava derrotada, com as mãos no colo, a cabeça baixa, os ombros caídos. Não tive pena. Só muito ódio, muita mágoa. O homem a chantageava porque era seu comparsa. Era da mesma laia que Eva e a mãe. Todos a mesma merda.

— Como vocês descobriram? — perguntei, com uma frieza que escondia o meu estado.

— Micah me contou ontem — revelou Joaquim, atraindo meu olhar.

— Ele ia te falar tudo hoje, Theo, mas queria conversar com Eva primeiro, dar a ela a oportunidade de se explicar — continuou ele.

Meu ódio aumentou e franzi o cenho, revoltado, encarando os olhos verde-claros do meu irmão caçula.

— Dar a ela a oportunidade de se explicar? Vocês me deixaram fazer papel de idiota mais tempo por causa dela? — Apontei para Eva com nojo, usando a mão machucada, pouco ligando para a dor.

— Não é isso, irmão — explicou Joaquim. — Luiza procurou Micah no Rio de Janeiro. Ela queria que ele fosse seu aliado, porque Eva tinha mudado de lado e desistido da vingança. Por isso, ele achou que ela merecia ao menos ser ouvida.

Eva ergueu o rosto e me fitou. Nada em mim abrandou. Falei, friamente, com os olhos fixos nos dela:

— E você acreditou, Joaquim?

— É verdade... — murmurou ela. — Há muito tempo desisti de tudo, eu juro. Só queria proteger você, Theo e...

— Cale a boca. Não quero que se dirija a mim. Nada do que disser vai me convencer de que não é uma dissimulada, falsa, traidora. — Ergui o queixo, controlando minha fúria. — O que estamos esperando? Vamos pegar logo esse ladrão e acabar com essa palhaçada. Está na hora de colocar todos eles onde merecem estar: na cadeia.

— Lauro exigiu que Eva fosse sozinha até as terras que eram da família dela e deixasse as joias e o dinheiro ao pé da primeira árvore. Disse que se ela envolvesse a polícia ou levasse alguém, contaria a você quem ela é — explicou Ramiro, coçando o cavanhaque. — Temos que pegá-lo, ele não sabe que tudo já veio à tona.

— Certo. — Acenei com a cabeça e olhei com desprezo para Eva, ordenando: — Levante-se.

Ela não vacilou. Mesmo abalada e fraca, levantou-se, sem tirar os olhos inchados de mim.

— Theo, o que vai fazer? — perguntou Heitor, preocupado.

Eu o ignorei. Caminhei até a escada e avisei sobre o ombro:

— Vou pegar minha arma.

— Theo! — Tia correu atrás de mim, agoniada. — Por favor, não faça isso!

Eu parei com um pé no degrau e me virei, garantindo:

— Não vou sujar minhas mãos com essa mulher. Vou com ela preparado para pegar o bastardo, só isso.

— Mas a polícia...

— Eu vou junto, Tia. E assunto encerrado. — Subi os degraus pisando duro e mais ninguém tentou me impedir.

Nunca foi tão difícil entrar em um quarto. Senti o baque da presença de Eva, seu cheiro, sua marca em cada detalhe. Evitei olhar a cama, mas ali, sozinho, a dor me estraçalhou, as lembranças da minha falsa felicidade duelando com a dura realidade que tinha me golpeado tão de repente.

Peguei minha pistola em uma caixa na parte de cima do closet com a mão esquerda. Depois, tirei o curativo da mão direita. Vi o estado dos dedos, as falanges sem a pele, vermelhas de sangue, os quatro dedos tão inchados que mal podia movê-los, muito menos segurar uma arma. Com certeza estavam quebrados.

Xinguei um palavrão, mas não desisti da arma. Enfiei-a dentro da calça e saí do quarto. Precisava pegar o comparsa de Eva e acabar com tudo.

Desci as escadas, decidido. Caio dormia no carrinho e Gabi tinha conseguido fazer Helena adormecer também. Ela estava no colo da Tia, que se sentou de volta no sofá e olhava em volta desolada. Eva continuava no mesmo lugar, de cabeça baixa. Tia dizia algo a ela, baixinho, preocupada. Meus irmãos falavam com o delegado Ramiro e todos me olharam quando cheguei.

— Theo, o que está pensando em fazer? — perguntou Pedro, se aproximando, com o rosto fechado, tenso.

— O comparsa dela não a mandou levar dinheiro e joias? Vamos seguir com esse plano. — Nem olhei na direção de Eva. — Ela leva um pacote falso, sai do carro, deixa ao pé da árvore e volta. Vamos nos aproximar por direções diferentes e tentar cercá-lo quando for recolher o pacote.

— Mas é muito perigoso! — exclamou Tia. — E se o homem desconfiar e atirar em Eva?

Senti um baque por dentro com aquela possibilidade, um medo verdadeiro e aterrador, porém isso só me enfureceu ainda mais.

— Isso é problema dela. Não escolheu esse caminho? Agora que arque com as consequências — respondi, friamente, olhando para Eva com desprezo.

— Não, Theo... — suplicou Gabi, com lágrimas nos olhos. — Por favor, não faz isso...

— É perigoso, mas pode ser o único jeito de pegarmos o bandido — opinou o delegado. — Ainda mais com o pouco tempo que temos.

— Ela está de resguardo, fraca, dá para ver que não está bem — disse Joaquim. — Vamos pensar em outra maneira, irmão.

— Não tem outra maneira — concluí.

— Eu vou. — Eva deu um passo para a frente, olhando-me, determinada, disposta a se redimir um pouco, mas tudo que senti foi mais raiva, mágoa e desconfiança.

— Claro que você vai — afirmei em tom ameaçador. — E vou com você. Se der uma de esperta e tentar fugir com ele, sugiro que não fique na minha mira. Não vou ter pena de atirar.

Eva ficou ainda mais pálida e entreabriu os lábios, tremendo, como se entendesse até que ponto chegava meu ódio.

— Theo, por favor. Está tudo confuso demais, o tempo é curto, pode dar tudo errado — pediu Tia, segurando Eva pela cintura. — A menina acabou de parir, está tremendo toda. Essa quebra de resguardo pode...

— Chega, Tia. Ela vai e ponto final, nem que vá arrastada — eu disse, furioso, minha respiração irregular, o corpo dolorido como se eu tivesse levado uma surra.

Por fim, Ramiro tomou a palavra:

— Vou no carro com você e Eva. Ela dirige e vamos agachados, para que não nos veja caso esteja nos observando. Meus policiais e seus irmãos se dividem em outros carros, fechando as principais saídas de fuga. É o máximo que podemos fazer em tão pouco tempo.

E, então, planejamos tudo. Cada um sabia sua posição; dentro de uma bolsa de papel colocamos objetos sem importância. Tia deu água a Eva e fiquei furioso ao ver como a abraçou e a confortou, mas não falei nada, apesar de me sentir ainda mais traído – o que só piorou quando Gabi fez o mesmo, com Helena no colo. Eva pegou a filha, beijou-a e chorou baixinho. Disse algo que não ouvi ao devolver o bebê a Gabi. Parecia arrasada, consumida pela dor.

— Theo... — Heitor se aproximou de mim e apoiou a mão em meu ombro, antes de se afastar, fazendo-me encará-lo. Estava sério, preocupado.

— Não faça nada do que possa se arrepender depois. Apesar de tudo, ela é só uma garota. Foi criada no meio do ódio. E é mãe da sua filha.

— Se eu quisesse matá-la, já teria feito — disse, entredentes.

— Ela está correndo perigo.

— Quem correu perigo fomos nós, quando coloquei essa bandida dentro da nossa casa. — Encarei meu irmão muito irritado, encerrando o assunto: — Ela só vai encontrar o que procurou.

Cada um seguiu em um carro rumo a locais diferentes da fazenda. Eva se acomodou ao volante de seu quatro por quatro que eu tinha comprado para ela logo depois que casamos, quando tirou a carteira de motorista. E enquanto o delegado Ramiro se acomodava no banco de trás e eu no da frente, sofri um novo baque ao me dar conta de que aquela carteira era falsa, como a identidade dela. Como nosso casamento, que não tinha validade, pois Eva Camargo, que assinou a certidão, não existia.

Fiquei imobilizado, a dor me corroendo cada vez mais, tanta mentira me deixando doente. Olhei para a frente, consumido pela raiva, por um sentimento indescritível de traição. E, então, soube que nunca a perdoaria. Ela tinha acabado comigo. Eu me sentia pior do que antes de conhecê-la, frio e implacável. Eva me pagaria caro por tudo aquilo. Ela se arrependeria do dia em que cruzou o meu caminho.

2

eva

Meu pior pesadelo tinha se tornado realidade.

Enquanto dirigia pela estrada da fazenda, eu tremia por dentro e por fora. As lágrimas não paravam de cair, como se uma fonte infinita dentro de mim não secasse nunca. Eu piscava, afastava-as da minha visão embaçada e continuava em frente, segurando firme o volante.

Todo meu corpo doía, mas a dor abdominal e as pontadas na vagina eram quase insuportáveis. Sentia o sangramento do pós-parto mais intenso, encharcando o absorvente. Cada vez que pisava no acelerador ou no freio, a dor aumentava e me fazia empalidecer e suar frio.

Evitava olhar para Theo; se o fizesse, choraria até me acabar e não conseguiria seguir em frente. Pior do que a dor física era o sofrimento que me rasgava por dentro e me arrasava completamente. Theo havia descoberto tudo e tinha sido horrível. Pensei que ele me mataria. Enquanto vivesse, não esqueceria o ódio, a mágoa, a dor e o desespero que vi nos olhos dele. Todo o amor e toda a paixão com que costumava me fitar tinham sumido. E eu estava dilacerada por saber que a culpa era minha, que eu havia causado toda aquela dor e desprezo. Ele nunca me perdoaria.

Novas lágrimas inundaram meus olhos e pisquei, mordendo os lábios para não soluçar, agarrando ainda mais o volante, respirando fundo para me manter lúcida e tentando não me deixar levar pelo desespero. Eu sabia que Theo tentaria me castigar de todas as formas e que me faria pagar por aquela traição. Estava disposta a receber meu castigo por tudo que tinha feito a ele.

Theo era um homem visceral, emocional, intenso. Sempre soube que não me perdoaria e por isso nunca tive coragem de contar a verdade a ele. Eu me enganei quando achei que poderia esconder tudo para sempre, criar um conto de fadas em cima de tanta mentira, como se meu amor fosse suficiente para desculpar tudo. E não era. Nem no meu amor ele acreditaria mais.

Senti uma pontada de dor no útero quando pisei no acelerador, arrepios percorrendo a minha pele, deixando-me um pouco tonta. Estava no meu limite, meu corpo fraco e maltratado, meu emocional destruído. Os seios doíam inchados de leite e me preocupei com Helena, que logo sentiria fome. A vagina doía e a dor se estendia até a barriga, ainda inchada. Mesmo que não tivesse sido cortada para o parto, eu me sentia ferida, ardendo, latejando, como se estivesse aberta. Cólicas me causavam arrepios.

Lutei para não chorar ainda mais ao me dar conta de que Theo não se importava com nada daquilo. Ele me odiava tanto que por pouco não tinha me dado um soco na cara com toda força. Eu ainda não sabia o que o tinha impedido, o que o fez quebrar os dedos com violência contra a parede em vez de me acertar. Existiria ainda algum sentimento por mim, mesmo que mínimo, que o controlou quando parecia completamente fora de si? Eu sabia como a violência era parte da sua personalidade, como poderia dominá-lo, mas, no final das contas, quem estava machucado era ele, com a mão arrebentada.

Olhei de relance sua mão ferida e inchada em seu colo e vi o estado deplorável de seus dedos, as lacerações e o sangue seco em volta das falanges, obviamente quebradas. Devia doer demais, mas ele estava frio, olhando para a frente, o semblante carregado, quase sem se mover. Seus olhos pareciam de vidro, sem vida, sem o calor e a paixão que me acostumei a ver neles.

Olhei para a estrada, angustiada, sofrendo horrores, querendo muito me encolher em um canto e chorar até perder as forças. Estava no limite e minha cabeça latejava, a dor preenchendo cada pedacinho de mim. Até respirar era difícil, mas lutei para me manter firme e seguir em frente.

Como os vidros do carro tinham película e quem estava fora não conseguia ver quem estava dentro, eles não precisaram se abaixar.

Quando a estrada se tornou mais íngreme ao se aproximar da ponte e os sacolejos do carro aumentaram, contraí o maxilar ao sentir a cólica violenta que me fazia suar frio. Respirava com dificuldade e sentia o olhar frio de Theo sobre mim.

O medo se juntou a todo o resto e meus olhos angustiados procuraram Lauro, sabendo que uma tragédia poderia ocorrer. Eu me sentia culpada, arrasada, como um animal indo para o abate, e quase desejava aquilo. Se alguém deveria pagar, esse alguém era eu. Nunca me perdoaria se algo acontecesse com Theo ou um dos irmãos dele.

Ao mesmo tempo, estava magoada por Theo ter me feito ir, mesmo em resguardo, ainda dolorida e sensível após o parto e, pior, sabendo que eu corria risco de vida. Porque nada impediria Lauro de atirar em mim se desconfiasse de uma armadilha. Isso deixava mais do que claro que meu marido não me amava, que seu ódio era tanto que ele não se importava nem com o fato de eu ser a mãe da sua filha.

Novas lágrimas nublaram minha visão e pisquei, fazendo-as escorrer, lutando para manter as forças em meio ao desespero. Parecia que eu tinha levado uma surra violenta. No entanto, eu me mantive o mais firme possível, em alerta, e atravessamos a ponte. Quando os dois homens dentro do carro puxavam suas armas, o medo dentro de mim se tornou colossal.

— Pare logo depois da ponte, Eva — ordenou o delegado Ramiro. — Escute com atenção. Vá até a árvore mais próxima, à nossa direita. Saia do carro com cuidado e não olhe em volta. Tente parecer segura. Deixe a sacola ao pé da árvore e volte. Se por acaso vir Lauro, não vá até ele. Jogue-se de bruços no chão e saberemos que ele está por perto. Você não pode se levantar, precisa se proteger dos tiros. Entendeu?

— Sim — murmurei, nervosa, tremendo tanto que meus dentes começaram a bater.

Parei o carro logo após a ponte e me dei conta de que estava nas terras que foram do meu avô. Um calafrio percorreu o meu corpo e pensei se seria ali que eu iria morrer, para pagar por meus pecados. Desesperada, virei o rosto e fitei Theo, que me olhava fixamente.

Se sua aparência sempre foi dura, agora era mil vezes pior. O finco entre suas sobrancelhas estava mais pronunciado, a expressão, carregada, os olhos, ferozes e frios. Como eu poderia viver com aquilo?

Então, pensei em Helena, pensei nos inúmeros olhares de Theo para mim durante aqueles meses de casamento, cheios de amor e desejo, como se eu fosse o centro do seu mundo. E me agarrei a um pequeno fio de esperança para me manter lúcida e forte. Eu passaria cada dia da minha vida tentando mostrar a ele que o amava e que tinha desistido da vingança muito tempo antes. E mesmo que ele não acreditasse, lutaria por seu perdão até o fim.

Theo não disse nada, apenas me olhou com ódio e desprezo.

— Aqui está, Eva. Preparada? — Ramiro me entregou a sacola de papel e a segurei, olhando-o. Apesar de tudo, ele parecia preocupado. E aquilo só me deixou mais nervosa. — Entendeu tudo o que falei?

— Sim.
— Tente manter a calma. E tenha cuidado. — Observou-me, talvez sabendo que eu sentia dor, que tremores me percorriam, que o suor frio escorria da minha testa e das minhas têmporas. — Sente-se em condições de seguir em frente?
— Sim. — Foi tudo que consegui dizer.
Lancei um último olhar a Theo, mas ele não me olhava. Segurava a pistola com a mão esquerda e tentava enfiar o dedo inchado e ferido da mão direita no gatilho. Era nítido que sentia dor, mas nada o deteria.
Respirei fundo e abri a porta do carro. Mesmo tremendo de medo e de dor, saí o mais rápido possível e bati a porta, isolando os dois homens da visão de quem estivesse do lado de fora.
Encostei no carro, pois minhas pernas pareciam gelatina, e quase me curvei para a frente com a cólica, o útero se contraindo em espasmos, o sangramento aumentando. Minha cabeça rodava, latejava. Os seios doíam duros de leite. Nunca me senti tão arrasada. Levei alguns segundos para me acalmar e me acostumar um pouco com a dor. Então, desencostei do automóvel, tirei o cabelo suado do rosto e consegui dar alguns passos, trêmula, meio cambaleante. Sentia meu corpo no limite, quase sem forças. E o medo só piorava tudo.
Ergui a cabeça e caminhei, os olhos fixos na primeira árvore. Não havia nem sinal de Lauro. Era só todo aquele verde me rodeando, as folhas das árvores balançando, formando um labirinto fechado onde uma pessoa poderia facilmente se esconder. Mas segui em frente, pisando nas terras que eram alvo da disputa de duas famílias. E que agora eram minha desgraça.
Finalmente, cheguei até a árvore, tremendo sem parar. Esperei que Lauro pulasse de trás do tronco atirando, mas nada aconteceu. Com muito medo, deixei a bolsa no chão e, quando me ergui, fiquei ainda mais tonta. Apoiei uma das mãos na árvore e tentei respirar, mas minha visão nublou e via apenas pontinhos coloridos.
— Não... — murmurei em pânico, sem controlar os movimentos.
A cabeça girava, o corpo estava dormente e sem força, até respirar era difícil.
Lutei contra a inconsciência. Quis correr, entrar no carro, escapar de qualquer perigo, acabar logo com aquilo. Mas meu corpo não me obedeceu, mesmo quando implorei a Deus que me ajudasse. Minhas pernas enfraqueceram e os joelhos dobraram. Ainda tentei me escorar no tronco,

mas já era tarde demais. Caí no chão, ainda consciente. Então, senti uma espécie de alívio e a escuridão me afastando de tudo.

THEO

Desde que Eva saiu do carro, não tirei os olhos dela. Tenso, sentia cada músculo do corpo contraído, esperando o momento de agir. Mesmo com muita dor na mão, consegui colocar o dedo machucado no gatilho, amparando a pistola com a mão esquerda, e mirei perto da árvore, esperando o bandido aparecer a qualquer momento.

Eu sabia que Lauro não apareceria por enquanto, mesmo achando que Eva não tinha contado nada a ninguém e que estava sozinha por conta da chantagem. Ele devia estar escondido, esperando-a se afastar com o carro para então pegar a bolsa, supostamente cheia de joias e dinheiro. Mas tudo podia acontecer e o risco era grande.

Por instinto, o medo me corroeu quando a vi sozinha e desprotegida do lado de fora. Era apenas uma menina, pálida, o rosto inchado de tanto chorar, o vestido largo contornando a barriga ainda arredondada do parto recente, os cabelos longos despenteados se colando ao rosto suado. O sol a iluminava como um holofote, tornando meu medo algo vivo, pulsante. Não deixei que ele me dominasse e me agarrei ao ódio.

Disse a mim mesmo que não me importava com nada que pudesse acontecer a Eva, que ela só colheria o que plantou. Mas era mais forte do que eu e me vi sem ar, quase em pânico, temendo por sua vida. Cada parte de mim ficou em alerta e foi um custo me conter, não sair do carro e trazê-la de volta. Lutei sem descanso comigo mesmo, e cada passo que ela dava em direção à árvore era como morrer um pouco.

Ramiro estava armado, mirando também, pronto para agir. Dentro do carro a tensão era absurda, o ar carregado. Um pavor que era maior que tudo me devorava, embora eu tentasse negar o que estava sentindo.

Imóvel, vi Eva parar em frente ao local combinado, de costas para mim. Mantive o cano da arma encostado no vidro, o dedo doendo no gatilho, esperando a qualquer momento o pior acontecer. Não pisquei nem respirei. Sabia que, apesar de tudo, se algo acontecesse a ela, eu nunca me perdoaria.

Apoiou-se no tronco e vi que parecia fraca, cambaleante. Deixou a bolsa no chão e demorou a voltar ao normal. Por um segundo, imaginei se não seria algo combinado entre ela e Lauro, uma armadilha, tudo parte da vingança. Não sabia mais quem era Eva e do que era capaz, qual seu verdadeiro papel naquilo tudo. Casar comigo, engravidar, ter uma herdeira que lhe garantiria parte da fazenda, das terras malditas que foram da sua família? E depois me matar para ter acesso a tudo? Seria esse o objetivo? Eu poderia ser o alvo ali?

Pensava nisso sem tirar os olhos dela e sentia o pavor me consumir enquanto via seu corpo se escorar mais na árvore e, por fim, escorregar até o chão. Quando caiu deitada, senti meu coração falhar uma batida e pouco liguei se poderia ser uma armadilha. Temi por ela mais do que tudo e, mesmo não tendo ouvido disparo nenhum, fiquei alucinado com a possibilidade de que pudesse ter sido atingida.

Abri a porta com brutalidade e pulei para fora.

— Theo! — gritou o delegado Ramiro.

Não vi mais nada pela frente. Foi como se eu estivesse a ponto de morrer. A adrenalina se espalhou no meu sangue enquanto eu corria como um louco até Eva, desprotegido, sabendo que nada mais importava a não ser salvá-la. Mesmo com os dedos arrebentados, segurei a arma firme e corri empunhando-a, pronto para disparar caso o bandido aparecesse.

Meus olhos varreram os arredores enquanto eu caía de joelhos ao lado dela. Felizmente, não havia nenhuma mancha de sangue em seu vestido, mas estava pálida demais, desacordada, o que por si só bastou para me desesperar. Em alerta, puxei-a para meus braços e a apertei contra o peito, aliviado ao ver que respirava, meu coração batendo tão forte que parecia a ponto de sair pela boca.

— Coelhinha... — O murmúrio escapou sem que eu pudesse conter, agoniado, enquanto tocava seu rosto com a mão esquerda, sentindo como estava gelada, o medo me devorando, a dor me golpeando forte e duramente. — Não faz isso comigo...

Num momento de puro desespero, todas as minhas defesas desapareceram. Foi quando ouvi os tiros e o delegado Ramiro me empurrou, me fazendo cair deitado sobre Eva, enquanto ele gritava e corria, atirando.

— Ele está atrás das árvores! Fique deitado! — disse ele.

Protegi Eva com meu corpo e senti as balas passando zunindo por sobre a minha cabeça. Quando pararam, o delegado gritou:

— Leve Eva para o carro e avise aos outros onde ele está! Precisamos fechar o cerco! — completou ele, antes de sair correndo em direção ao labirinto de árvores.

Por um momento, pensei em ir com ele, para ajudar a pegar logo o desgraçado, mas não podia deixar Eva ali sozinha, mesmo com meu peito sangrando, imaginando que tudo podia ter sido armação dela para me matar. Ergui-me com ela no colo e voltei rápido para o carro, deitando-a no banco de trás. Cheio de preocupação, raiva, ódio, desconfiança, eu a sacudi, furioso.

— Acorde, porra! Pare de fingir! Eva!

Eu a segurei pelos ombros com força, mas ela parecia mesmo desacordada, muito pálida. Foi então que vi o vestido todo manchado de vermelho perto das coxas.

O pavor me fez perder o ar. Ergui rápido o vestido, buscando tiros e ferimentos, mas era uma hemorragia. Esforço demais após um parto muito recente. Desesperado, entrei no carro e saí em disparada. No caminho, liguei para Pedro, a dor na mão tornando-se cada vez pior.

Expliquei correndo o que tinha acontecido e para onde o delegado tinha ido. Garantiu que eles estavam seguindo para lá também e desliguei, pisando no acelerador. Nunca dirigi tão rápido na minha vida. Consegui ligar para o hospital e avisar que estava levando Eva, desacordada e com hemorragia. Até chegarmos, quase morri de tanto desespero. Nunca na minha vida tinha me sentido tão mal, tão dilacerado.

As dúvidas me despedaçavam, assim como o medo de que tivesse acontecido algo sério com ela. Eu não sabia o que pensar e somente agi. O resto, decidiria depois.

O médico ginecologista e obstetra de plantão que a atendeu ficou quase uma hora com Eva no consultório e eu já estava desesperado, andando de um lado para o outro no corredor. Uma enfermeira quis cuidar da minha mão, mas não deixei. Exigia respostas sobre o estado de Eva, mas só me mandavam esperar.

Também não conseguia falar com nenhum dos meus irmãos, até Heitor me ligar. Atendi rapidamente:

— Pegaram o filho da puta? — perguntei, fora de mim.

— Não.

— Porra! — Quase dei um soco na parede de novo, alucinado, nervoso.

— O cara sumiu, Theo. Deve conhecer alguma estrada secundária, pois o caçamos em todos lugares e nem sinal dele. Achamos só marcas de pneus, que sumiram na estrada asfaltada. — Ele estava irritado.

— Alguém se feriu?

— Não. Estou indo para a delegacia com o delegado e com o Pedro. Vamos procurar Micah. Talvez ele saiba o paradeiro de Luiza e por intermédio dela podemos pegar o Lauro.

— Boa ideia.

— Onde você está? E a Eva?

— Estou com ela no hospital. Traga Micah pra cá. Quero saber de tudo, Heitor.

— Calma, já vai saber. Estamos a caminho. Cuidou dessa mão?

— Depois vejo isso.

— Deixa de ser teimoso! Está no hospital!

— Tá bom.

Não discuti e desliguei o celular. O médico saiu do consultório e eu o cerquei, ansioso, com o coração disparado.

— Como ela está?

— Senhor Falcão, sua esposa continua desacordada, o que é até bom, nestas circunstâncias — falou, cauteloso, observando-me.

— Que circunstâncias? — Paralisei, preocupado.

— O puerpério precisa ser respeitado e não foi o que aconteceu. Pelo menos por trinta dias, no caso do parto normal. Ela não levou pontos, mas por dentro, na região onde ficava a placenta, ficam pequenas feridas que cicatrizam com o tempo. Se o resguardo não for respeitado, pode haver hemorragia e infecção. Para ter uma ideia, o útero cresce cinquenta vezes o seu tamanho durante a gestação e precisa de tempo para voltar ao normal.

— Ela está com infecção?

— A febre é baixa, felizmente. Parece estar esgotada fisicamente, mas algum trauma pode ser a causa. Ela se aborreceu, carregou peso, dirigiu? Parece que os vasos sanguíneos do útero se romperam.

Passei a mão esquerda pelo rosto, angustiado. Senti-me culpado, arrasado, pois o meu ódio tinha me cegado. É claro que passou por um trauma, abusou, dirigiu. Tudo ao mesmo tempo.

— Quais os riscos que Eva corre? — perguntei, nervoso.

— Se ficar em repouso e tomar os medicamentos, nenhum. Mas precisa ter cuidado com ela. Não deixe Eva se levantar por pelo menos três dias nem que se aborreça.

— Ela vai ficar internada?

— Não é necessário, ainda mais se tiver alguém para cuidar dela. Só vamos esperar o tempo de o medicamento no soro fazer efeito.

Acenei com a cabeça, menos angustiado.

— E pode amamentar?

— Sim, pode. Deve, até. Está com os seios duros de tanto leite e a amamentação faz o útero se contrair e voltar mais rápido ao tamanho normal. Mais uma hora e poderá levá-la para casa, mas não esqueça, respeitando tudo que lhe falei.

— Obrigado.

O médico apontou para minha mão:

— Agora podemos ver isso?

— Depois.

— Não vai demorar. E assim fica liberado mais rápido para ir embora com sua esposa. Vamos lá, senhor Falcão, se não cuidar logo dessa mão, a dor daqui a pouco vai enlouquecê-lo. Vou chamar um ortopedista.

Eu ia recusar, mas foi só ele falar em dor que meus ferimentos começaram a latejar terrivelmente, irradiando até o ombro, parecendo que meu braço estava sendo arrancado. Travei o maxilar e concordei com a cabeça.

Depois da radiografia e dos exames, foi constatada a fratura do boxer, onde o terceiro, quarto e quinto metacarpiano foram atingidos e houve uma ruptura dos ossos que ligam o pulso aos três últimos dedos. Como não houve desvio rotacional das falanges, o médico achou que não seria necessária cirurgia. Optou, então, por uma imobilização de quatro semanas e medicamentos.

Depois de um analgésico e de um anti-inflamatório, concordei de má vontade com a imobilização. Mas não aceitei gesso, insisti em uma tala, que daria uma relativa movimentação ao polegar e ao indicador. Saí do consultório com a mão apoiada na barriga, pois se abaixasse doía ainda mais e eu já estava irritado com aquilo. Encontrei Pedro, Heitor, Micah e o delegado. Conversei com o médico e ele nos cedeu a sala em que fui examinado para conversarmos em particular. Tão mal entramos, Micah disse de cara feia:

— Vocês deviam ter me ligado. Estou acostumado a lidar com esse tipo de coisa, seria mais difícil esse bandido fugir.

— E você iria na fazenda? — inquiri, ainda nervoso com tudo.

— Na casa, não. — Fitou-me, bem sério. — Mas nas terras, sim.

— Nem deu tempo de avisar e planejar nada — completou Heitor, puxando uma cadeira e se sentando. — Foi tudo corrido.

— Por sorte, não foi pior — concluiu o delegado, olhando para mim. — Você e Eva poderiam ter sido atingidos.

Acenei com a cabeça, lembrando que Ramiro me empurrou quando me distraí, preocupado com Eva desacordada, cego para o resto.

— Obrigado, Ramiro.

— Eu tinha que ter pego o desgraçado — disse o delegado, com raiva. — Mas ele corria demais. Não tenho mais idade para isso!

— Vamos pensar o que podemos fazer agora — rebateu Pedro, cruzando os braços, encostado na porta fechada. — Sabe onde Luiza mora? — perguntou a Micah.

— Ela não quis me dizer. Descobri que é em Ituiutaba, mas ainda estou averiguando onde — respondeu ele.

— Porra, ela vai ser alertada pelo desgraçado e fugir! — gritei, puto, revoltado, andando pela sala. E eu nem podia pressionar Eva para me dar o endereço, ela não podia se estressar. — Merda!

— Luiza deve ter comprado a casa ou a alugado com um nome falso — explicou Micah. — E não deve ser muito de fazer amizade com vizinhos. Fui em Ituiutaba e ninguém sabe dela, mas com mais gente podemos aumentar o número de casas visitadas e descobrir mais rápido.

— Vou convocar uns policiais para ajudar nas buscas — prometeu Ramiro.

— Também vamos ajudar. — Heitor se levantou. — Começamos agora?

— O quanto antes, melhor — concordou Micah.

— Vou levar Eva para casa e depois vou para Ituiutaba com Joaquim. — Caminhei até a porta e Pedro a abriu, apontando para minha mão:

— Melhor você ficar em casa. Já passou por muitas hoje, irmão.

— Acha que posso ficar em casa tranquilo? Quero pegar esses dois.

Ele acenou com a cabeça, sabendo que nada me demoveria da ideia.

Eva não acordou e eu continuava preocupado enquanto a levava para casa, deitada no banco reclinado ao meu lado, presa pelo cinto. A todo momento eu a olhava, ainda como se tudo que aconteceu fosse um pesadelo. Minha mente era preenchida pelos meses de felicidade que vivemos, por todos os sonhos que ousei ter, tudo uma farsa. Dúvidas, ódio, desespero, uma batalha era travada dentro de mim, difícil de suportar. Nunca imaginei amar tanto uma mulher e me decepcionar na mesma proporção. Eu nem sabia o que era mais forte dentro de mim.

Parei o carro em frente ao casarão e por um momento não me movi, cansado, exausto como nunca antes tinha me sentido. Virei o rosto devagar e olhei para ela. E a dor me dominou totalmente, me deixou com a sensação de ser um desgraçado, um nada, um condenado. E o pior de tudo era saber que fui traído, que me deixei levar por uma mentira, que aquele encontro com Lauro Alves poderia ser uma armadilha para me matar.

Corri meus olhos desesperados por ela, o cabelo despenteado, o rosto pálido, os lábios entreabertos, o corpo ainda arredondado pela gravidez recente, linda como sempre foi. Apenas uma garota. Dezenove anos. E me tinha nas mãos. Acabava comigo sem precisar me matar realmente, pois eu me sentia vazio e destroçado sem ela. O que seria da minha vida dali para a frente, como poderia viver sabendo que fui tão cruelmente enganado?

Respirei fundo e saí do carro, arrasado, sem precisar disfarçar para mim mesmo o quanto fui atingido. Tudo em mim doía. De que me adiantava a idade, a experiência, a riqueza, a dureza? No final, era um idiota enganado.

Abri a porta do lado dela e soltei seu cinto. Não queria olhar para Eva nem tocá-la. Tudo era ainda mais dolorido. E mesmo sabendo que era errado, que não devia, levei minha mão ao seu rosto e a virei para mim. Saiu antes que eu pudesse conter, um murmúrio dolorido:

— Coel...

Calei-me na hora e endureci, com ódio de mim mesmo. Ela não era mais minha coelhinha e nunca mais seria. Disse mais firme, tentando acordá-la:

— Eva. Eva!

Ela não se moveu. Talvez o corpo dela não tivesse suportado o trauma, mas nada amenizava a sua culpa.

O ódio cresceu forte dentro de mim, suplantando todo o resto. E foi ele que me deu forças de seguir em frente e não me deixar abalar ainda mais por Eva. Teria que ter muito cuidado com ela.

Controlei meus sentimentos. Com a máxima frieza, eu a peguei no colo e a levei para dentro, onde pude ouvir o choro da minha filha. Tia estava com ela na sala e me olhou, muito preocupada e nervosa.

— Ah, meu Deus! — Tia correu até nós com Helena no colo, que gritava.

— Ela está bem, só precisa de repouso. E Helena?

— Está esfomeada, tadinha. Eu a tapeei com chá de erva-doce, esperando vocês chegarem. Gabi tentou amamentá-la, mas ela não quis. Como é que pode isso, tão pequena e já sabe que não é a mãe, mesmo com fome? Já ia desistir e fazer uma mamadeira. Ah, Theo, meu Jesus! Quanta tragédia! — disse ela, desolada, com lágrimas nos olhos, seguindo-me escada acima.

Deitei Eva na nossa cama com cuidado e me afastei, sem querer olhar demais para ela e me comover. Peguei Helena dos braços de Tia e falei:

— Abra o vestido dela e tente acomodar Helena para mamar. Vai aliviar as duas. Preciso ir, mas não deixe Eva levantar de jeito nenhum quando ela acordar. Precisa fazer repouso absoluto por três dias. — E quando Tia foi fazer o que instruí, dei-lhe as costas e tentei confortar Helena que berrava, toda vermelha, esfomeada. — Calma, filha... calma...

— E você, meu filho? Como você está?

— Bem.

— Não está bem — lamentou ela, chorosa. — E sua mão?

— Tudo sob controle, Tia. Chamei alguns seguranças, que vão manter vigília em volta da casa. Qualquer coisa chame um deles ou ligue pra mim.

— Seguranças? Mas...

— Só precaução. — Tranquilizei-a.

— Vem aqui, bebezinha... — Tia veio até mim e pegou Helena, que gritava estridente a ponto de ficar vermelha. Dei um beijo em sua cabecinha e, antes de caminhar para a porta, ela me chamou: — Theo...

Tia fitou-me suplicante.

— Sei que está se sentindo horrível com tudo isso, que foi um golpe muito duro, mas... — disse ela.

— Não quero falar disso agora, Tia. Tenho muita coisa para resolver.

— A Eva ama mesmo você, dá para ver isso. E...

— Ama tanto que me levou para uma emboscada. — Olhei-a furioso, a dor da traição me corroendo por dentro.

— Mas...

— Não tem mas, Tia. O homem estava lá, esperando só eu sair para mandar bala em cima de mim!

— Ela não desmaiou de verdade?

— Não sei! Não sei até que ponto não armou tudo! Será que não entende? Pra Eva, pra essa maldita vingança, sou melhor morto!

— Ah, Deus! — Deu um passo para trás, chocada, abraçando forte Helena. — Não diga isso!

— É a verdade. — Tentei me acalmar, mas era impossível. O sofrimento e as desconfianças eram atrozes, a dor em minha mão era insuportável, mas meu coração era o que mais padecia. — Tia, preciso ir.

— Tá, meu filho. Mas se cuide, por favor.

— Pode deixar.

Decidido, caminhei para a porta. Era só o início daquela merda toda. E eu não sossegaria nem me entregaria à dor até resolver tudo. A traição de Eva quase me derrotou, mas eu me recuperaria. E destruiria todos os inimigos da minha família.

3
eva

Acordei com Helena dormindo quietinha ao meu lado. Sorri de alegria ao abrir os olhos e dar de cara com meu bebê lindo, a penugem loira sobre a testa, as bochechas rosadas deixando-a ainda mais fofa, parecendo um anjo. Ainda me sentia sonolenta e suspirei, feliz. Mas, então, a consciência retornou com força total e visualizei os olhos azuis irados de Theo, cheios de desprezo. Foi como tomar um soco, deixando-me sem ar.

Lágrimas inundaram meus olhos na hora e todos os últimos acontecimentos me golpearam duramente, fazendo-me sentir a tristeza como uma mortalha dentro de mim.

Olhei em volta, estava de novo em casa, e pensei em Theo, preocupada. Tentei levantar o corpo, tonta, tremendo.

— Ei, Eva, calma! — Tia levantou da poltrona em que estava sentada e veio até mim, segurando meus ombros.

— Tia, e o Theo?

— Ele está bem, todos estão bem.

Ela sentou na beira da cama, conferindo Helena dormir, e me ajudou a deitar no travesseiro.

Estava exausta e aliviada. Respirei fundo algumas vezes, até me sentir mais forte.

— O que aconteceu? Pegaram Lauro? — perguntei.

— Não — respondeu ela, desolada, e torceu a mão no colo, encarando-me. — Ele estava lá.

— Mas então...

— O que eu soube foi que você desmaiou e Theo saiu do carro, ficou preocupado. Quando chegou até você, o bandido atirou.

— Ah, meu Deus... — Fui dominada pelo pânico.

— O delegado empurrou vocês e correu atrás desse Lauro, mas ele escapou.

Eu tremia, imaginando como corremos perigo, o que podia ter acontecido com Theo. Então, senti um pingo de esperança.

— Tia, o Theo... ele saiu do carro por minha causa?
— Sim, mesmo achando que tudo era uma armadilha.
— Mas...
— Pense comigo, Eva. Você o levou até lá e desmaiou. Sabia que ele não ficaria no carro, mesmo com toda a raiva que sentia. E acabou sendo recebido a tiros. Isso depois de descobrir que foi enganado por você. Na cabeça dele, você o quer morto.
— Não! — Eu engasguei, dilacerada, sentando-me de novo. Tonteei e Tia me fez deitar, mas agarrei seus braços e suppliquei, com lágrimas nos olhos: — Isso nunca, Tia! Prefiro morrer a deixar que algo aconteça com Theo.
— Eva... — Ela sacudiu a cabeça, abatida, parecendo ter ainda mais rugas no rosto cansado. — Foram muitas mentiras. Não sabemos quem você é.
— Eu sou Eva Amaro. Mas não sou inimiga. E amo o Theo. Amo Theo e Helena mais do que tudo nessa vida. — Comecei a chorar, arrasada. — Juro que não faço parte dessa vingança há muito tempo. Tentei convencer minha mãe, achei que ela tivesse desistido... Fui burra, quis acreditar que podia ser feliz apesar das mentiras, mas eu tinha tanto medo de perder Theo! Tanto! Precisa acreditar em mim, Tia.
— Quero acreditar. Vi como você o fez feliz esse tempo todo. Isso é difícil de fingir. Vejo seu desespero agora. Mas entenda, Eva, fomos pegos de surpresa. E como ele disse, você agora tem um trunfo. Tem Helena, herdeira de Theo, caso ele morra.
— Não! Não... — murmurei, angustiada, chorando copiosamente.
— Calma. Olha, talvez eu não devesse, mas acredito em você. Agora se acalme, por favor. Ainda está de resguardo, vai ter outra hemorragia.
Tia acariciou meu cabelo e contou como tudo aconteceu. Lutei para me controlar, enxuguei as lágrimas, fitei Helena e a acariciei, tentando reunir forças. Ela era muito pequenininha e precisava de mim. Não podia fugir. Precisava lutar, mesmo que tudo parecesse perdido.
O medo agora era meu fiel companheiro. Medo de ter perdido Theo para sempre, de ser afastada de Helena, de que algo acontecesse com o pai da minha filha, pois minha mãe e Lauro poderiam estar tramando algo. Eu tinha que estar atenta, provar que o amava. Ia ser uma luta inglória. Não sabia o que poderia fazer comigo, entendia seu ódio. E talvez fosse uma tola por ainda ter esperanças, mas não podia desistir.

— Eles estão procurando a casa da sua mãe em Ituiutaba.

As palavras de Tia me tiraram do meu devaneio.

— O quê?

— Eles acham que podem pegar Lauro lá.

— Duvido. A essa hora devem estar longe — disse, agoniada. Apesar de tudo, ela era minha mãe. E tinha medo do que Theo poderia fazer se a pegasse. — Mas... sabem onde é a casa?

— Não. Estão procurando. Micah, meu menino, está de volta — disse Tia, emocionada. — Ainda não o vi, mas não vejo a hora. Joaquim disse que me leva hoje na cidade pra encontrar com ele. Micah descobriu a cidade, mas não sabem o endereço.

Entendi sua indireta. Eu sabia onde a casa ficava e poderia facilitar aquela busca.

Por um momento, fiquei muito dividida. Lembrei que passei anos da minha vida lá, que cresci vendo minha avó e minha mãe tramando como destruiriam os Falcão e participei dos planos. Agora, estava no meio, entre Theo e minha mãe. Se dissesse onde ficava a casa, ele poderia pegá-la, e eu temia por ela. Se eu não dissesse, ele me odiaria ainda mais. Todos achariam que eu estava do lado dela naquela vingança.

Pensei que não aguentaria mais chorar, mas novas lágrimas surgiram e senti a cabeça latejar. Tia sacudiu a cabeça, desolada, sem me pressionar.

— Eu só queria que tudo isso acabasse — murmurei.

— Minha filha, isso ainda está longe. Sua mãe esperou por anos. Não vai desistir agora. Você sabe disso.

— Eu sei.

— Durante anos, achei que tivesse sido o fim. Que sua avó e sua mãe tinham ido embora para nunca mais voltar, que tinham seguido em frente. Acho que me enganei. — Encarou-me. — Conheci Estela, sua avó. Ela nunca desistiu de nada. Fui tola. E você, melhor do que ninguém, deve saber que essa vingança vai até as últimas consequências.

Suspirei, muito cansada. Senti-me uma traidora, mas soube que teria que tomar uma posição. Assim, mesmo arrasada, falei:

— Vou dar o endereço. Mas não sei se minha mãe ainda mora lá. Ela estava comprando outra casa.

— Tem certeza? — Tia parecia saber o que aquilo significava para mim.

— Tenho. Ligue para o Theo e passe o endereço, Tia.

Ela acenou com a cabeça e se levantou, caminhando até o telefone. Eu me recostei no travesseiro e fechei os olhos. Agora era oficial. Além de ter desistido da vingança, eu me voltava contra minha mãe. E ela nunca me perdoaria.

MICAH

Fechávamos o cerco na cidade de Ituiutaba. Como sabia que a avó de Eva tinha morrido em decorrência de um câncer, como Luiza mesmo me contou, tive a ideia de irmos até o hospital da cidade. Enquanto os outros continuavam as buscas pelo bairro, eu e Theo pedimos para falar com um funcionário da administração. Depois de apresentar minha carteira da Abin, consegui convencê-lo a olhar os registros e descobrimos algumas Estelas internadas.

Partimos do pressuposto de que, como Eva, elas usariam o mesmo nome e só mudariam o sobrenome. Se isso não desse certo, teríamos que ampliar as investigações.

De acordo com a idade, o tipo de doença e a data próxima do falecimento, chegamos a apenas uma Estela que esteve internada ali. Usava o nome de Estela Oliveira e tinha tido a filha como acompanhante, que segundo a ficha da assistente social se chamava Lúcia Santos. Poderia ser o nome falso de Luiza.

O administrador chamou duas enfermeiras do setor e pediu que descrevesse as duas para nós.

— A dona Estela estava muito doente, um câncer terminal. Mas teve sorte, pois a filha não a deixou sozinha. Esteve sempre presente — explicou uma enfermeira de meia idade.

— Ela tinha uma neta? — perguntou Theo. — Loira, estatura mediana, cabelo comprido?

— Ah, sim. Vinha pouco aqui, mas já a vi, sim — confirmou.

— Também vi — completou a segunda.

Troquei um olhar com Theo.

— Podem descrever como era Lúcia Santos? — pedi.

— Sim — disse a mais jovem. — Alta, magra, loira, por volta dos quarenta anos. Muito bonita. Cabelos na altura dos ombros, olhos castanhos.

— É a Luiza — concluí, lembrando da minha meia-irmã. Voltei para as enfermeiras. — Obrigado pela cooperação.

Enquanto elas saíam, Theo se aproximou da mesa do administrador. Meu irmão estava nervoso, embora sua aparência fosse fria.

— Precisamos do endereço que deram aqui — disse Theo.

— Claro, vou providenciar agora.

O endereço poderia ser falso, mas como era uma cidade relativamente pequena, seria fácil de descobrir. Agradecemos e saímos do hospital, nos dirigindo para o local. Theo ligou e avisou ao delegado. Quando desligou, ficou quieto, sério, olhando para a frente.

Por mais que parecesse frio, eu sabia que estava em seu limite. Nunca o tinha visto tão transtornado. E tive pena de sua situação. Lembrei como cuidava de Eva quando saiu com ela do hospital, o amor refletido no olhar e nas ações. Agora sua expressão fechada, a mão machucada, a aura de ódio que o envolvia. Tinha sido um golpe duro para ele.

— O que pensa em fazer daqui pra frente, Theo?

— Prender esses dois.

— E quanto a Eva?

Eu dirigia pelas ruas calmas de Ituiutaba, mas senti quando me olhou.

— Ela vai ter o que merece — respondeu, sem vacilar.

— Vai denunciá-la?

— Eva vai pra cadeia junto com os dois da mesma laia que ela. Assim que eu voltar a Florada, vou à delegacia denunciá-la por falsidade ideológica e tudo o mais que descobrir sobre ela. E logo depois entro com o pedido de anulação do casamento.

Entendia sua mágoa. Mesmo depois de quinze anos sem vê-lo, sabia como era sua personalidade. Apesar de duro e autoritário, sempre procurou ser justo e correto. Odiava mentira e falsidade. Eu imaginava como se sentia ao ser traído daquela maneira pela mulher que escolheu para ser sua esposa.

E, mesmo sabendo que ele estava furioso demais para me ouvir, falei:

— Quando Luiza me procurou, ela disse que tinha perdido o apoio da filha. Que Eva mudou de lado ao se apaixonar por você.

— E você acreditou?

— Pense comigo, Theo. Se não fosse verdade, se Luiza e Eva continuassem juntas, por que ela se arriscaria me procurando? Eu fui sua última cartada.

Ele ficou quieto, pensativo. No fim, respondeu ainda muito furioso:

— Pode ter várias explicações. O que importa é que Eva mentiu para mim o tempo todo. E hoje aquele homem estava me esperando para me matar.

— Talvez ela não soubesse de nada.

— É, mas talvez soubesse. E estou cansado de ter dúvidas. Quero fatos e esses são bem claros. Ela mentiu pra mim, casou com documentos falsos, é só a porra de uma menina de dezenove anos que cresceu me odiando e que quase conseguiu me destruir! Se eu morrer e vocês continuarem com pena dela, ela será a administradora da herança da minha filha. Conseguirá o que planejou com a mãe — disse Theo, friamente.

Meu irmão estava sério, transtornado, arrasado.

— Entendo seu lado, sua desconfiança. Mas por que não deixa a poeira assentar para fazer a denúncia? O delegado Ramiro não vai te pressionar. Então, pode agir com mais calma.

Theo me olhou, puto, quase fora de si.

— Não vou esperar nada. Vou fazer o que deve ser feito.

— Vocês têm uma filha.

— Sei disso muito bem. E a sorte é que ainda não a registrei, pois também não teria validade com o nome falso da mãe. Infelizmente, vou ser obrigado a colocar o nome verdadeiro dela. Por mim, nem isso teria. E falo mais, Micah, quero um teste de DNA.

— Você acha...

— Não acho mais nada. Quero ter certeza.

Eu me calei, vendo como ele estava nervoso, o que na verdade só mascarava a dor que devia estar sentindo.

Estávamos quase chegando no endereço que procurávamos, quando meu celular tocou. Pensei que pudesse ser Luiza. Eu tinha o número dela e tinha ligado muitas vezes, sempre sem sucesso.

Atendi e vi que meu palpite estava certo, embora ela tivesse ligado de outro número.

— Seu traidor! Virou as costas pra sua família! Fingiu estar do meu lado e correu pra contar tudo para os Falcão malditos, os mesmos que te expulsaram. Como se fosse um deles e não a merda de um bastardo! — gritou Luiza, furiosa.

— Por que não acabamos logo com isso? Não acha que foi longe demais? — perguntei, com calma.

— Você ainda não viu nada! Só liguei pra avisar que vou pegar cada um de vocês! Vou destruir todos, nem que seja a última coisa que faça na vida! E pode mandar rastrear esse celular, ele está indo para o lixo!

— Está com seu comparsa?

— Isso não é da sua conta! Mas se não fosse o Lauro me contar que estavam atrás dele, vocês iam me pegar, porque confiei em você!

Percebi que chegaríamos tarde demais, mas não desisti.

— É ela? — indagou Theo.

E, antes que eu pudesse impedir, ele arrancou o telefone da minha mão.

THEO

O ódio me consumia quando peguei o telefone.

— Pensou que me mataria, Luiza? Estou vivo e sei de tudo.

Houve silêncio do outro lado e achei que tivesse desligado. Então, a ouvi arfar e continuei:

— Vocês quase conseguiram. Quase. Mas vou continuar vivo e só vou sossegar quando pegar você e seu comparsa.

— Eu é que vou te pegar! — gritou, histérica, fora de si. — Vou te matar, Theo Falcão! E destruir sua família! Vou...

— Vai nada. É uma burra, idiota. Jogar as duas filhas nessa vingança ridícula e agora pergunto, o que pode conseguir? Porra nenhuma! Só anos de cadeia pela frente — vociferei, cheio de raiva, mas falando com uma frieza que passava longe de sentir.

— Eu ainda tenho Eva! — Luiza riu, parecendo uma bruxa. — Ou você acha que é tão fodão que a fez se apaixonar de verdade? Ela vai te destruir e, junto com minha neta, vai recuperar nossas terras!

Gelei com suas palavras. Como se soubesse que tinha me atingido, berrou ainda mais:

— Ela vai te destruir, desgraçado! E vou rir sobre o seu túmulo!

— Não vai me destruir, já sei de tudo, vagabunda. Só aviso uma coisa: se esconda em um buraco bem fundo e fedido e fique lá, pois vou te buscar nem que seja no inferno. E aí vamos ver quem vai para o túmulo primeiro.

— Desgraçado, filho da puta! Acabo com você, Theo Falcão, nem que seja a última coisa que faça na vida!

— Pode continuar tentando.

— Ahhhhhhhhhhhhh... — gritou furiosa e desligou.

Só então eu me dei conta do meu estado. Tremia e sentia meu coração apertado, massacrado, suas palavras ecoando em minha mente: "Ela vai te destruir e, junto com minha neta, vai recuperar nossas terras!". Como se Eva já não tivesse feito metade do serviço que era me destruir. Estava completamente acabado, ainda mais achando que ela continuaria tentando me matar.

— Ela está nervosa, significa que está com medo. Sabe que estamos na cola dela. É questão de tempo até pegar os dois, Theo — disse Micah.

Acenei com a cabeça, ainda muito perturbado.

Micah parou o carro em frente à casa, em uma rua pacata e quase vazia. Antes que pudéssemos sair, meu celular começou a tocar. Atendi enquanto abria a porta, ao ver o número de casa.

— Sou eu, meu filho — disse Tia.

Saí do carro preocupado, seguido por Micah, que o contornou e veio para o meu lado.

— Aconteceu alguma coisa? — indaguei, tenso.

— Não, está tudo bem. É que... Eva acordou. E me disse onde fica a casa da mãe dela. Posso passar o endereço?

Nós já estávamos lá, mas mesmo assim concordei:

— Pode falar, Tia.

Ela deu o nome da rua e o número da casa. Por um momento, senti um fio de esperança por Eva ter contado aquilo sem que eu exigisse. Mas logo a razão retornou e me dei conta de que poderia ser mais uma de suas armações, para me amansar e se reaproximar fingindo arrependimento. No fundo, devia saber bem que a mãe não estava mais ali e que de uma forma ou de outra chegaríamos ao local.

— Obrigado, Tia. Micah já tinha descoberto o endereço. Estamos aqui.

— Ah, que bom. Ele... Ele está aí? — perguntou ela, chorosa.

— Está, sim. — Olhei para Micah, que parecia tenso, quieto.

— Diga a ele que hoje Joaquim me levará para vê-lo. — E começou a chorar.

— Calma, Tia. Eu digo, sim. — Fiquei com pena, uma parte de mim quebrada. Era muita coisa fora do lugar, muita coisa acontecendo ao mesmo tempo, o passado cobrando o preço de velhas dívidas.

— Tá, filho. Se cuida. Aqui está tudo bem.
— Pode deixar. Se cuida também. Depois a gente se fala.
Quando desliguei, olhei para meu irmão.
— Tia está querendo muito rever você. Mais tarde Joaquim vai levá-la até sua casa.

Eu vi como ele ficou, embora quase não se alterasse. Havia uma saudade e uma agonia perceptíveis em sua expressão, uma emoção contida e vibrante em seu olhar. Apenas acenou com a cabeça e caminhou em direção à calçada. Eu me senti mal por tudo que tinha acontecido, pelos anos de distância, por toda tragédia entre ele e meu pai, embora nada daquilo fosse culpa minha. Mas tinha afetado a todos nós.

A casa era velha e feia, com tinta branca manchada e cercada por um muro alto de cimento, o portão enferrujado e trancado. Por mim, arrombávamos e entrávamos, mas Micah pediu calma, ou todas as provas que encontrássemos não poderiam ser usadas futuramente contra Luiza no tribunal.

Andei impaciente pela calçada naquela tarde nublada, enquanto esperávamos o delegado Ramiro chegar com a polícia e o mandado de busca. Por fim, um dos policiais arrombou o portão e a porta da frente. Em seguida, Heitor e Pedro chegaram e entramos juntos.

Olhei em volta, sabendo que Eva passara boa parte da sua vida ali.

O quintal era pequeno e malcuidado, com mato por toda a parte. Havia um latão de lixo verde perto da porta, cheio.

— Lixo fresco. Saíram daqui não tem muito tempo — concluiu Micah. — Peça para os policiais falarem com os vizinhos, de repente, alguém viu quando Luiza e Lauro saíram. Perguntem se viram o carro, a placa. Assim podemos encontrá-los mais rápido — disse ele ao delegado.

— Tinha acabado de pensar isso — concordou Ramiro, já chamando os policiais. — Não mexam em nada, a perícia está vindo pra cá.

— Pode deixar.

Fui o primeiro a entrar na sala, atento, seguido por Micah, um dos policiais, Heitor e Pedro, todos em silêncio. A sala era pequena. Sofá antigo, tapete puído, mesa no canto com toalha de plástico colorida, chão de lajota. Estava limpa, sem pistas aparentes.

Segui pelo corredor e abri a primeira porta. Um banheiro pequeno, com o armário aberto, algumas coisas espalhadas na pia, maquiagem caída no chão, toalha úmida pendurada. Pelo visto, Luiza saiu às pressas.

Ao lado do banheiro, ficava a cozinha. Tinha restos de café da manhã na mesa e louça na pia. Era velha, mas limpa. Saí logo de lá e voltei ao corredor, onde havia duas portas fechadas. Uma era de um quarto de casal, com a cama desfeita, a porta do guarda-roupa aberta e várias coisas espalhadas. Pedro e Micah entraram também, analisando o ambiente.

— A safada deve ter levado tudo que podia ferrar com ela — comentou Pedro.

— Saiu correndo, talvez tenha deixado algo pra trás — disse Micah, levantando o colchão, mas não achou nada.

Deixei os dois lá e fui ao outro quarto, onde Heitor já estava e tinha acendido a luz. Parei na porta enquanto ele examinava tudo. Por um momento, não pude reagir, pois a presença de Eva era nítida e foi impossível não a imaginar ali ainda menina.

As paredes eram rosa, mas a tinta estava desbotada. Era um quarto feminino e infantil, com bonecas velhas em um canto. O guarda-roupa era branco e sem uma das portas. Havia duas camas de solteiro, uma com lençol branco e a outra com lençol rosa, além de um urso encardido e sem um dos olhos. O chão era rústico, como o resto da casa.

Imaginei Eva crescendo ali, com poucos brinquedos, ouvindo o que a mãe e a avó falavam de nós, aprendendo a nos odiar. E senti a angústia me corroer, me dominar por dentro, pressionar meu peito. Heitor me olhou em silêncio e saiu do quarto, depois de me dar um tapa amistoso no ombro, como se soubesse como eu me sentia.

Meu ódio vacilou. Por alguns segundos, senti pena de Eva e a entendi. No final das contas, era jovem demais. Dezenove anos, criada pela louca da Luiza. Ao mesmo tempo, não era mais criança. Poderia ter escolhido. E, de uma maneira ou de outra, sendo influenciada ou não, optou por fazer parte da vingança. Mesmo quando contei a ela sobre a família de Gabi, não me disse nada. Ela calou e consentiu. Me traiu desde o início, quando soube e participou do ataque na estrada que me fez tomar um tiro. Assim como poderia ter combinado tudo com Lauro naquela manhã. Sabia que tinha que tomar cuidado com ela. Era meu ponto fraco, minha perdição.

Por fim, foram recolhidos objetos e caixas para análise, mas não parecia haver muita coisa importante. Duas caixas estavam com cadeados e foram abertas pelo delegado, mas sem grandes pistas. Uma delas foi encontrada sob a cama de Eva, e dei uma espiada.

Parecia que podia sentir o cheiro e a presença dela. Havia uma foto de Eva com uns sete anos, agarrada com uma boneca, olhos enormes e tristes que fizeram meu coração se apertar e me deixaram sem ar. No meio de tudo, itens que pareciam sem importância me deixaram com um nó na garganta. Pedras e flores secas, batom, um cacho de cabelo, CDs, roupas antigas, folhas soltas com letras de músicas, uma flauta barata, um caderno com capa amarela, enfeites infantis de cabelo e mais um punhado de pequenas coisas.

Um dos policiais fechou a caixa e exigi:

— Abra, eu estava olhando. É da minha esposa.

— Desculpe, senhor. — O policial era de Ituiutaba e não de Florada, não devia me conhecer. — O delegado deu ordem para não deixar que mexam em nada.

— Abra — ordenei, furioso.

Ele me olhou de cara feia e Micah se meteu na minha frente, dizendo sério:

— Quer ser preso por desacato à autoridade?

— Foda-se! Esse moleque não sabe com quem está se metendo! — gritei, fora de mim.

— Sou uma autoridade! — disse o policial.

— Theo, é o trabalho dele.

— São as coisas da Eva, porra! Pode ter alguma pista!

— Calma. Vou acompanhá-los à delegacia e conversar com o delegado — apaziguou Micah. — Espero catalogarem tudo, prometo que entrego a você depois. Mas esse é o procedimento correto. Não vamos arrumar problema aqui. Não vai adiantar nada. E se tiver alguma prova, ficará infundada.

Eu estava muito nervoso e com raiva. Foi um custo me controlar, sabendo que ele tinha razão. Olhei com ódio para o policial, que agarrou a caixa e saiu. Passei a mão pelo cabelo e andei pelo quarto, angustiado, reparando nos quadros na parede, naquele ambiente que me oprimia e me entristecia.

Como não achamos mais nada que pudesse nos trazer informações imediatas, saímos da casa. Foi um alívio estar do lado de fora e me encostar em meu carro, que Micah tinha dirigido para que eu poupasse a mão.

No final das contas, apenas um vizinho tinha visto Luiza sair com um homem alto e moreno em um Fiat Pálio preto, mas não sabia a placa. Isso tinha sido ainda de manhã, mas ele não tinha certeza da hora. Agora só restava à polícia investigar e tentar chegar até eles. É claro que contrataria gente para fazer o mesmo. Enquanto não fossem pegos, eu teria que proteger a minha família e redobrar os cuidados.

— Vão pra casa — disse Micah. — Eu acompanho os policiais e espero analisarem tudo. Tenho autoridade pra isso. Depois, recolho o que for possível e entro em contato com você, Theo. Não vai adiantar nada irem juntos.

— É o melhor mesmo — concordou Heitor. — Foi um dia atribulado.

Estava cansado demais. Não só fisicamente, mas também emocionalmente. De nada adiantaria minha presença na delegacia. Ramiro também não estava ali e resolvi deixar as denúncias para o dia seguinte. Assim, concordei com a cabeça.

Mas antes de sair, olhei para Micah e agradeci, sério:

— Obrigado.

Sabia que ele não tinha obrigação de voltar e muito menos me ajudar. Metade dele era da família de Eva. Havia uma tragédia que o separava de nós, muitas mágoas do passado, muita coisa sem explicação. Mas se não fosse ele, talvez eu ainda estivesse sendo enganado, vivendo em uma falsa bolha de felicidade e correndo risco de vida.

Ele ficou sério também e acenou com a cabeça.

— Fiz o que era certo — respondeu Micah.

Eu, Pedro e Heitor ouvimos.

Nem sempre foi assim. Muita coisa tinha acontecido e continuava acontecendo. O passado mal resolvido voltava com força total e tudo se entrelaçava. Mas ao menos uma coisa nós tínhamos: o apoio um do outro. E era com aquilo que eu contava para resolver tudo. Não estava sozinho.

4
eva

Não pude fazer nada, passei o dia de repouso. Tia me proibiu de sair da cama e só me levantei para ir ao banheiro e tomar banho. Ela cuidou de mim, trouxe comida, deixou Helena comigo para que eu a amamentasse e andou com ela pelo quarto enquanto conversava comigo. Se não fosse isso, teria enlouquecido, presa, sem notícias de Theo.

Minha hemorragia melhorou, assim como as dores abdominais e de cabeça, mas eu continuava me sentindo em frangalhos. Recostada nos travesseiros, apenas torcia minhas mãos e pensava, enquanto Tia caminhava pelo quarto tentando fazer Helena arrotar, falando baixinho com ela. Foi naquele momento que a porta da suíte abriu e Theo entrou.

Na mesma hora, meu coração disparou e perdi o ar, imobilizada, meus olhos varrendo-o vorazmente. Ele não me olhou, foi direto até a filha. Mas eu o olhei com desejo e preocupação, com um amor que chegava a doer.

Mesmo alto e arrogante como sempre, parecia cansado e abatido, mais pálido que o normal, a barba mais espessa, a roupa amarrotada. Senti o peito apertar ao ver sua mão direita em uma tala, lembrando que Tia comentou que Theo tinha quebrado três dedos.

Comecei a tremer e me sentei na cama, minha atenção totalmente voltada para ele enquanto beijava suavemente a cabeça de Helena e depois a face de Tia, que o olhou preocupada.

— Meu filho, como você está? — perguntou ela.

— Bem. Não deu pra voltar antes.

Nem por um segundo olhou para mim, como se eu não existisse. Engoli as lágrimas, dilacerada.

— Sem problemas, ficou tudo bem aqui.

— Sei que a senhora queria ficar um pouco com a Gabi e o Caio também.

— Não se preocupe, Gabi está bem. Eu fui lá várias vezes — garantiu ela.

— Vou tomar banho e pego a Helena, Tia. Joaquim está esperando a senhora pra levá-la até a cidade pra encontrar Micah.

— Ah, Theo, nem acredito que vou ver meu menino depois de quinze anos. — Ela engoliu a emoção, para não chorar. — Mas vai tomar banho. E cuidado pra não molhar essa mão.

— Pode deixar.

Theo foi ao closet e depois sumiu no banheiro, sem me olhar nenhuma vez. Eu me senti desprezada. Sabia que seria assim, mas era pior do que pensei, insuportável.

Tia veio com Helena até perto da cama, olhando-me com pena.

— Dê um tempo a ele — disse ela, baixinho.

— Nunca vai me perdoar, Tia — murmurei, angustiada.

— Calma. É tudo muito recente, Eva.

Queria muito acreditar que, com o tempo, Theo acreditaria em meu amor e me perdoaria. Mas a dor rasgando meu peito parecia me avisar que isso seria impossível.

— O que posso fazer? Por favor, me ajude, Tia — supliquei.

— Você precisa se recuperar, ficar boa para cuidar da sua filha e lutar por Theo. Não adianta tentar pôr o carro na frente dos bois, Eva. Tem que ser paciente.

Respirei fundo, mas tinha um medo atroz de que nada, nem o tempo ou o fato de termos uma filha, pudesse fazer Theo voltar para mim.

Olhei para Helena, com a cabecinha no ombro de Tia, bocejando. Fui envolvida por uma imensa vontade de chorar. Imaginei como seria a nossa vida sem aquela vingança, Theo na cama comigo e com nossa filha, carinhoso, dizendo o quanto nos amava, seu olhar sem ódio ou desprezo.

Fiquei quieta, sentada, observando Helena enquanto Tia falava com ela com carinho. Então, Theo saiu do banheiro e entrou no quarto.

Estava descalço, usando um jeans que caía nele com perfeição, uma camisa branca, barba cerrada e cabelos úmidos penteados para trás.

Não me olhou, como se eu de fato não existisse. Mas eu o mirei com desespero, reparando em cada detalhe de sua beleza máscula, sua expressão fechada, aquele finco entre as sobrancelhas, que o deixava ainda mais duro e inalcançável. Mordi o lábio, com vontade de chorar. Eu o amava demais para lidar com sua completa indiferença.

— Eu fico com ela, Tia.

— Já mamou e arrotou. Capaz de dormir agora. — Com cuidado, Tia entregou a filha ao pai, e a bebê gemeu baixinho ao ser acomodada nos braços dele, minúscula, envolvida na manta lilás.

Era uma cena linda. Theo alto e viril, com aquela cara de mau, tão cuidadoso com a pequena Helena. Eu os admirei em silêncio, sentindo-me sozinha e excluída, fora da vida deles.

— Não vou demorar — disse Tia, olhando para mim, vacilante. — Precisam de algo?

Neguei com a cabeça, sem condições de falar.

— Não, Tia. Obrigado — agradeceu Theo, sem sorrir, mas seu semblante relaxou ao fitá-la.

Tia acenou com a cabeça e acariciou o braço dele.

— Tome cuidado com essa mão.

Ela sorriu para mim, tentando confortar-me. Então, saiu, fechando silenciosamente a porta atrás de si.

Um medo absurdo me invadiu. Não temia que Theo fizesse algo contra mim, tinha medo de ser completamente desprezada, de estar sozinha com ele e mesmo assim ser ignorada.

Observei-o andar com Helena no colo até a janela e abrir a cortina, olhando para a paisagem da fazenda. A noite chegava e o céu estava tingido de roxo, lilás e laranja. Dentro do quarto, o silêncio era sepulcral e mantive-me quieta, olhando seus cabelos e suas costas largas, implorando silenciosamente por qualquer migalha de atenção, que nunca veio.

Theo acariciava suavemente Helena enquanto ela dormia. O desespero crescia dentro de mim, a ponto de me sufocar.

— Theo, me perdoe — pedi, sem aguentar mais.

Senti que se enrijeceu, mas não se virou nem disse nada. Torci as mãos no colo e aumentei o tom de voz, agoniada, meus olhos queimando:

— Precisamos conversar. Por favor, me escute. Olhe pra mim.

Ele não se moveu, mas não era surdo. Então, continuei:

— Theo, fui criada odiando vocês. Sempre foi assim. Quando mandei os bilhetes pra Gabi, fiz os telefonemas ou mesmo concordei com o atentado contra você, eu odiava vocês. Não tinha ideia de quem eram. Eu... sei que errei. Mas não era pra você ser baleado. Eles iam roubar seu carro e te deixar desacordado e eu... eu ia te achar. Assim, você teria uma dívida comigo, como aconteceu. Mas foi tudo diferente. Desde o início tudo foi diferente.

Ele não se moveu nem parou de ninar Helena, que dormia quietinha, indiferente à tragédia dos pais. Parei de falar, pois minha voz embargou, as lágrimas escorreram sem controle. Peguei a ponta do lençol e as enxuguei, tentando me manter forte. Respirei fundo e continuei:

— Acho que amei você desde o início. Desde que abriu os olhos e me encarou naquele terreno na favela, baleado, coberto do sangue que ajudei a derramar. Talvez mesmo antes, quando vim disfarçada em uma festa aqui e vi você na minha frente. Nunca mais me esqueci de você. Juro que fui contra aquele atentado, mas estava com raiva. Você era meu inimigo. Eu... Eu...

Estremeci, abalada, nervosa demais. Sabia que devia continuar, mas era como se Theo não ouvisse nada.

— Nunca fingi que era louca por você. Eu era mesmo e sou. Eu te amo tanto que desisti dessa vingança, tentei convencer minha mãe a parar e... — insisti.

Theo se virou devagar e seus olhos azuis encontraram os meus. Foi como ser fuzilada. Perdi o ar e a fala. Palavras eram desnecessárias. Estava tudo ali, o desprezo, a raiva, a repulsa. Diante daquele olhar, eu me sentia pior que um inseto.

— Theo... — implorei baixinho por uma chance, talvez apenas para que não me olhasse daquele jeito e me matasse aos poucos.

Ele veio andando até parar na minha frente, muito concentrado, as palavras saindo frias e os olhos brilhando de ódio:

— Eu não quero ouvir suas mentiras, Eva. Quero apenas os fatos.

— Mas não são mentiras...

— São. Muitas. — Ele não alterou o tom de voz e Helena continuou em seus braços, adormecida. Friamente, disse, sem tirar os olhos dos meus: — Vamos ao início. Você falsificou seus documentos e os registros do orfanato. A Eva Camargo de vinte e dois anos, órfã, nunca existiu. O que me contou sobre sua solidão e a vida no orfanato era tudo mentira.

— Não, Theo, contei como me sentia...

— Tenho quarenta e dois anos e já me achava um pervertido por transar com você, sem nem imaginar que só tinha dezenove. Não podia aumentar muito a idade por sua aparência, mas o objetivo era esse, não é? Ser ao menos um pouco mais velha, acima dos vinte, pra me convencer mais rápido. Parabéns, foi bem pensado. Burro fui eu em acreditar nos seus olhos inocentes e não ter ido ao orfanato pessoalmente ver seu registro. Teria sido desmascarada no início.

Eu mordi o lábio, controlando o choro diante de sua raiva e de sua mágoa.

— A idade nunca importou — murmurei.

— Talvez não. Aos dezoito, eu já tinha minha personalidade formada e sabia muito bem quem eu era e o que queria da vida. A idade não é desculpa pra suas escolhas. Você optou por mentir, trair e enganar. Nada mais importa. Foi escolha sua.

— Foi, mas me arrependi! Será que não entende? Eu...

— Não quero saber — cortou ele, frio, cerrando as sobrancelhas. — Me odiando ou não, é uma criminosa por ter participado de um atentado que quase me matou.

— Theo, eu estava com raiva. Lauro disse que na tentativa de roubo do gado você matou Abel com um tiro na cabeça, que era frio e cruel. Eu acreditei!

— Ele matou Abel.

— Agora eu sei disso, mas na época, não. Achava que tinha matado Flávio também, o irmão de Lauro, quando ele saiu da delegacia. Hoje sei que não foi você, mas ele era meu namorado e...

— Namorado? — Franziu o cenho, com fúria. — É lógico que namorou um ladrão. Pegou o irmão também? Lauro era seu amante?

— Não! — gritei horrorizada. — Eu era virgem! Você sabe disso muito bem!

— Sim, virgem, tudo para chamar a atenção do burro aqui. Mas e depois, Eva? Quando eu virava as costas ia se deitar com Lauro, era a puta dele?

— Nunca! — Meus olhos encheram-se de lágrimas e levei as mãos ao peito, sufocada. — Você foi o único a me tocar. Depois que conheci você, passou a ser o único homem que importava pra mim. Nunca teve ninguém como você.

— Fica difícil acreditar em uma mentirosa. Vou pedir um exame de DNA para comprovar se Helena é minha, embora ache que você não seria tão idiota a ponto de tentar me enganar com isso. Afinal, ela é sua garantia.

— Não, Theo... — supliquei, lágrimas caindo sem controle, a dor me arrasando. — Não tive outro homem, nunca... nem em pensamento.

— Aqueles dias em que sumiu...

— Estava no hospital com minha avó. Você não entende, estava dividida entre elas e você, perdida, sem saber o que fazer. Tentei me afastar de você, mas...

— Não subestime a minha inteligência. Tomou as decisões que quis. Você mentiu, armou tudo, concordou com meu atentado. Assim como ligou pra Gabi e tentou virá-la contra nós. Você invadiu minha casa e o quarto dela naquela festa, deixou fotos da minha intimidade e da intimidade dos meus irmãos para nos fazer parecer sujos. Sabia dos meus gostos e veio pronta para usar essas informações. — Mesmo furioso, Theo falava baixo e segurava Helena com cuidado. — E não foi só isso, não é, Eva? E o ataque à Tininha, a batida na cabeça dela para incriminar Joaquim, que poderia ter matado a menina?

— Eu não fiz isso, juro! Fui contra!

— Como se eu pudesse acreditar — disse ele, com desprezo.

— Theo...

Afastei o lençol, pronta para sair da cama, angustiada, desesperada, mas sua voz cortante me impediu:

— Não se levante, porra! Se tiver hemorragia de novo, te largo naquele hospital! Fique aí, chega de me dar trabalho. Dê-se por satisfeita, ainda está aqui e não na cadeia, por causa de Helena. Mas, se me provocar, Eva, esqueço isso também!

Sua fúria era como uma navalha. Encostei à cabeceira, pálida, com medo de que me expulsasse. Não queria ficar longe da minha filha nem dele. Não queria perder a chance de tentar convencê-lo de que o amava. Por isso, mantive-me quieta, respirando fundo, tremendo.

— O que mais você fez, Eva? Que outras mentiras e traições cometeu? Vou descobrir tudo, é melhor me falar antes.

Eu mordi o lábio e olhei para minhas mãos, arrasada. E soube que era melhor acabar com todas as mentiras de uma vez.

— No dia do nosso casamento, quando houve o roubo do gado. Eu... Eu tive medo de que você prendesse Lauro e ele contasse tudo sobre mim. Então... Então, eu... Liguei para minha mãe e ela o avisou. Por isso, ele conseguiu fugir.

— Desgraçada — disse Theo, entredentes.

Ergui os olhos, chorosa, suplicante:

— Eu não podia perder você. Olhe pra mim, como posso ter fingido tanta paixão, tanto amor? Eu fiz tudo achando que a única chance de ficarmos juntos era se não descobrisse nada.

— Mentiu mais uma vez. Mesmo no dia em que eu me dava a você por inteiro, você me traiu.

— Não...

Theo estava pálido, suas feições ainda mais duras. Podia ver como aquilo era pesado para ele, como se sentia traído, como me olhava com um desprezo que parecia que nunca teria fim. Era difícil demais aceitar.

— Diga tudo — exigiu, com ódio. — Como controlou sua mãe e Lauro esse tempo todo? Por que eles ficaram quietos? Deu dinheiro a eles?

Eu soube que estava perdida. E, sem coragem de dizer mais nada, acenei afirmativamente com a cabeça. Ele apenas me olhou, feroz, com repulsa.

— Estavam esperando só a Helena nascer pra tentar me matar.

— Não! — gritei fora de mim, fazendo menção de sair da cama.

— Fique aí, porra! — exigiu Theo, furioso.

Agarrei o lençol e estremeci, sacudindo a cabeça que não, desesperada. Helena acordou e choramingou, mas, mesmo fervendo de ódio, ele a ninou e a protegeu, até que ela voltou dormir.

— Nunca quis matar você, Theo, nunca! Se você morrer, eu morro. Você é minha vida, não consegue perceber isso?

— Pensa que não entendi seu plano? — Seus olhos nem piscavam, fixos nos meus. — Por isso, seu comparsa atirou hoje de manhã. Você desmaiaria e eu sairia do carro, afinal, sou um babaca, não é? Foi tudo combinado entre vocês. Eu morreria e você teria Helena, minha herdeira.

— Não, não foi isso... — Eu chorava e soluçava, angustiada. — Desmaiei sem querer, Theo. Eu tive uma hemorragia.

— É, talvez tenha tido uma ajuda da natureza.

— Meu Deus, olha o que está dizendo! Eu...

— Vou contar como vão ser as coisas, Eva. Avise à sua mãe e ao comparsa dela que não vai ser tão fácil. Primeiro, estou pronto pra eles. Segundo, se conseguirem me pegar e me matar, você sai desta com uma mão na frente e outra atrás. Amanhã, anulo nosso casamento e faço uma denúncia oficial contra você. Falsidade ideológica, participação no atentado contra a Tininha e contra mim, tentativa de homicídio. Aposto que posso encontrar mais algumas coisas para encher sua ficha e deixar você mofando na cadeia. Nunca terá a guarda de Helena, mesmo que eu morra. E meus advogados vão cuidar disso.

Escutava tudo, chocada, perplexa, cada palavra me perfurando. Olhei apavorada para nossa filha em seus braços e chorei observando tudo o que eu mais amava: Theo e Helena. Não conseguia nem imaginar como seria minha vida se ele morresse ou se minha filha fosse tirada de mim. Solucei, tentei me conter, mas estava aos prantos, fora de mim.

Theo continuou frio, olhando-me, até que consegui balbuciar:

— Nunca... Nunca planejei sua morte. Eu te amo e... amo nossa filha. Pode me deixar presa aqui, me castigar, mas... por favor, não tire Helena de mim, Theo.

— Ela é sua garantia.

— Não, ela é minha vida. Como você. — Tentei secar as lágrimas, mas elas voltavam, me encharcando.

— Não acredito. E nada do que disser vai me convencer. Vai ficar aqui enquanto ela precisar de você. Mas só sairá desse quarto se eu deixar. Terá um segurança aí fora e outros em volta da casa o tempo todo. Nem pense em fazer nada com Helena ou tentar fugir com ela, pois aí vai me ver realmente furioso. — A voz era fria e cheia de desprezo. Ele parecia ter nojo de mim. — Amanhã faço as denúncias e só sai daqui direto pra prisão.

— Não, por favor...

— Se sair dessa cama, se tiver outra hemorragia, vou te prender no hospital, está ouvindo? E aí, sim, vai ficar longe de Helena. Não teste minha paciência. Não me dê mais motivos nem mais trabalho do que já está dando. Minha paciência com você está por um fio.

— Theo... — supliquei, arrasada.

— Quero ficar um pouco com minha filha, longe de você. Por mim, nunca mais ouviria sua voz ou olharia na sua cara. Dê-se por satisfeita por poder ficar aqui, enquanto a amamenta.

E caminhou para a porta com Helena no colo.

A dor me rasgou e me vi impossibilitada de lutar, de mudar a realidade, de fazer o tempo voltar atrás e fazer diferente. Quis suplicar, mas apenas chorei, com medo de enfurecê-lo ainda mais e perder o pouco que eu ainda tinha.

Theo saiu e trancou a porta. Eu desabei na cama, chorando e me contorcendo de desespero, minha cabeça explodindo, meu corpo todo se sacudindo em um pranto avassalador. Nunca senti tanta vontade de morrer como naquele momento.

THEO

Saí do quarto destruído.

Era minha filha, tão pequena e frágil, que me dava forças para seguir adiante. Nunca tinha me sentido daquele jeito, tão arrasado que parecia que nada, nem minha família ou minhas responsabilidades com a Falcão, poderia me reerguer. A traição de Eva tinha sido dura demais, e ser obrigado a ficar perto dela piorava tudo.

Acomodei melhor Helena nos braços e desci as escadas da casa silenciosa. Fui até a varanda, me sentei no sofá e olhei para o rostinho rosado e delicado da minha filha, meu coração ainda mais apertado. Ela era como uma miniatura de Eva. Cada vez que eu a olhasse, seria lembrado do que era amar sem limites e ser traído. Seria lembrado das escolhas que fiz, de como tinha sido cego e burro, de como tinha me entregado de uma maneira que nunca tinha pensado ser capaz.

Suspirei e a envolvi na manta, embora a noite não estivesse fria. Recostei a cabeça no sofá e deixei os olhos vagarem pela fazenda iluminada, reparando na imensidão das terras. Tantas pessoas sob a minha responsabilidade, um negócio grandioso, e eu seria ridicularizado por todos. Logo se espalharia a notícia de que fui enganado, de que uma menina de dezenove anos conseguiu me derrubar. Mas eu não abaixaria a cabeça nem deixaria sentirem pena de mim. Arrasado ou sofrendo, ergueria o olhar e seguiria em frente, como sempre fiz. Um dia tudo aquilo seria apenas passado.

Fiquei lá, quieto e sozinho, apenas com meu bebê adormecido como companhia, sentindo-me pior do que tudo. Eva não saía da minha cabeça, suas palavras, seus olhos, sua palidez, sua dor que pareciam tão reais. No entanto, como acreditar, se eu só via uma mentirosa na frente, se eu sabia que confiar nela poderia significar a minha morte? Tudo o que ela tinha feito tinha sido grave demais. Não dava para esquecer nem fingir que não aconteceu. Me fazia sangrar, doía forte e fundo, nunca mais confiaria tão cegamente em alguém.

Quando recuperei minhas forças, peguei o celular do bolso com a mão esquerda, sentindo os dedos da direita doerem ao amparar Helena. Mas era bom sentir a dor física, parecia me distrair da que trazia dentro de mim. Logo o chefe dos seguranças que contratei atendeu:

— Senhor Falcão.

— Robson, como estão as coisas?

— Tudo tranquilo, senhor. Há uma equipe fazendo a ronda em volta da casa.

— Vou precisar do segurança para a parte interna, como conversei com você.

— Claro, quer que o mande agora?

— Mais tarde. Eu ligo e aviso, mas já deixe tudo preparado.

— Sim, senhor, pode deixar.

— Certo. Boa noite.

Desliguei e guardei o celular, passando a mão sobre a manta de Helena, algo dentro de mim abrandando ao vê-la dormir tão calmamente. Tentei relaxar um pouco, sem me importar com a dor ou com a fome. Eu só precisava de um pouco de paz.

Ia colocar um segurança do lado de fora do quarto de Eva e outro sob a janela, além de uma equipe na fazenda. Não apenas para evitar qualquer ataque surpresa de Luiza e seu comparsa, já que duvidava que seriam tão burros, mas, principalmente, porque eu não confiava em Eva e tinha medo que ela tentasse fugir com Helena e usasse nossa filha para me chantagear. Para mim, ela era capaz de tudo.

O tempo passou, não sei se uma ou duas horas, até que o carro de Joaquim parou em frente à casa e Tia desceu. Meu irmão levou o quatro por quatro para a garagem e ela subiu os degraus segurando a bolsa, olhando-me preocupada.

— Tudo bem com vocês?

— Sim, Tia. — Observei que usava calça comprida, uma de suas melhores blusas e estava com o curto cabelo grisalho bem penteado. — Encontrou com o Micah?

— Encontrei. — Ela sorriu e veio se sentar ao meu lado, emocionada. Sua voz embargou: — Não acreditei, Theo. Durante anos eu o imaginei morto ou como um bandido, viciado, sofrendo. Mas ele superou a si mesmo. É um homem da lei, um oficial, voltou por sua causa. Não se esqueceu da gente. Senti tanto orgulho dele!

— Entendo o que quer dizer. — Acenei com a cabeça.

Ela suspirou, olhando para a frente, perdida em lembranças.

— Sabemos o que vimos quinze anos atrás e tudo que houve para culminar na tragédia. Micah me disse que nunca se livrou da culpa pelo que aconteceu a Mário. Mas não quis falar sobre aquele dia. Só eles dois sabem o que realmente se sucedeu naquele escritório quando a arma foi disparada tantas vezes e seu pai quase morreu. Mas sabe, Theo... Eu não consigo culpar Micah. Seu pai deve ter feito algo pior do que tudo que fez com ele no decorrer dos anos. Ou não teria chegado a esse ponto.

— Eu sei.

Acho que foi o que nos fez ser mais complacentes com toda a tragédia. Meu pai era violento e cruel com Micah por saber que não era seu filho, que foi fruto de uma traição. Desde que descobriu, quando Micah tinha nove anos, até seus dezoito anos, quando aconteceu a tragédia, o ódio do meu pai por ele só aumentou. E embora eu, meus irmãos e Tia tivéssemos tentado intervir, amenizar as coisas, tudo caminhou para aquele fim, onde a raiva tomou proporções gigantescas e terminou com tiros ecoando no escritório após uma briga violenta entre eles.

Meu pai nunca quis falar no assunto. E Micah, por sua vez, sumiu. Soubemos apenas o que vimos. O sangue e os ferimentos. O rompimento no meio de nossa família no mesmo dia que enterrávamos nossa mãe. Era como se a presença dela, mesmo que sempre aérea e dentro do seu mundo, tivesse contido a situação. Quando morreu, a verdade explodiu em forma de tragédia.

— Eu fico pensando... — Tia me encarou. — Como seu pai vai reagir quando souber que Micah está na cidade. Melhor ninguém contar nada. Afinal, ele vive em seu mundo próprio. De que adianta saber?

Acenei com a cabeça, embora soubesse que, dependendo do tempo que Micah fosse ficar, meu pai acabaria descobrindo. Mas eu deixaria para pensar nisso depois.

Tia suspirou de novo e mudou de assunto:

— Heleninha está dormindo desde aquela hora?

— Sim.

— Daqui a pouco acorda gritando, querendo mamar. — Sorriu e passou o olhar em mim. — Você e Eva conversaram?

— Não há o que conversar.

— Theo...

— Não quero falar sobre ela, Tia — disse sério.

Naquele momento, Joaquim subiu os degraus da varanda e nos olhou, preocupado.

— Tudo bem? — perguntou ele.

— Tudo.

— E sua mão?

— Melhor — menti. Os dedos latejavam e pareciam ainda mais inchados dentro da tala. Lembrei que estava na hora de tomar o anti-inflamatório, mas não falei nada.

— Já jantaram? Estou faminto.

— Ainda não, já vamos — respondeu Tia. — Gabi deve estar esperando você pra descer com ela e Caio.

— Vou lá então e já volto. — Olhou-me. — Precisa de mim, Theo?

— Não. Vá cuidar deles. — Não sei como, consegui sorrir. Eu me orgulhava dele, do modo como amava e protegia Gabi. Como se importava com a gente. Era um bom rapaz e seria um pai sem igual.

— Tá certo.

Depois que ele entrou, Tia se debruçou sobre mim e pegou Helena dos meus braços.

— Agora você vai jantar e tomar seus remédios que deve estar na hora. Eu levo Helena para o quarto, já está quase na hora dela mamar — disse ela.

— A senhora já fez demais por hoje.

— Que nada, filho. — Ergueu-se com minha filha no colo, seus olhos preocupados nos meus. — Vai dormir em seu quarto?

— Não.

— Eu imaginei. Deixa que durmo lá essa noite e tomo conta de tudo.

Não queria explorá-la, mas sabia que ficaria muito mais tranquilo.

— Obrigado, Tia. Será só por hoje. Amanhã contrato uma das enfermeiras do meu pai para passar a noite aqui, até Eva se recuperar e poder dar conta de Helena sozinha.

— Posso ficar com elas.

— Não, só hoje. — Eu me levantei também e a mão latejou terrivelmente, mas não dei atenção. — Haverá um segurança na porta da suíte. Não quero que Eva saia do quarto sem minha autorização.

— Mas, Theo...

— Vai ser assim. Não confio nela. Pode querer roubar minha filha.

— Não... — Tia sacudiu a cabeça, com uma certeza que me irritou.

— É assim que vai ser, Tia — insisti. — Fique de olho também. Nada nesse mundo é mais importante para mim do que Helena.

— Eu sei disso. — Parecia que queria dizer mais alguma coisa, no entanto, veio até mim e se esticou para me dar um beijo no rosto. — Agora me prometa que vai jantar e tomar seu remédio. Está muito pálido.

— Pode deixar — concordei da boca para fora, pois eu não sentia vontade de fazer nada, só de ficar sozinho.

Observei Tia se afastar com Helena e fui até uma das pilastras da varanda, olhando para a paisagem, que conhecia de cor. A fazenda sempre teve um poder benéfico sobre mim, mas daquela vez nada aliviava a dor que eu sentia. Tive uma vontade imensa de sumir, mas soube que, aonde quer que eu fosse, aquele sofrimento iria junto.

Entrei em casa e fui para o escritório. Lá me servi de uísque e tentei ler meus e-mails, mas nada me deixava ficar concentrado. Terminei a bebida, que queimou em meu estômago vazio. Servi-me de mais uma dose e me sentei no sofá, olhando para o nada, bebendo em grandes goles.

Ali, sozinho, não precisava mais ser forte. Deixei minha armadura de ódio e desprezo cair e só sobrou a dor. Minha mente se encheu de imagens de Eva e foi como se uma faca atravessasse o meu peito. Fechei os olhos, nocauteado.

Foram imagens e sensações aleatórias, pegando-me desprevenido. Eu a vi rir e me beijar, seus olhos verdes brilhando de paixão, de um amor falso no qual acreditei. Vi seus seios, senti seu cheiro. Pude sentir na ponta dos dedos a textura do cabelo, a maciez da pele, fui preenchido pela felicidade gritante que foi minha vida durante os meses de casado.

Eu a vi andando comigo pelas terras da fazenda de mãos dadas, colocando uma coroa de flores sobre os cabelos, vindo para meus braços, sussurrando em meu ouvido o quanto me amava. Eu a senti deitada sob mim, com meu pau dentro dela, gemendo em minha boca enquanto eu sabia que nunca mais seria tão terrivelmente feliz.

Levantei e fui encher o copo. Voltei para o sofá com a garrafa e abri a camisa, com calor, com ódio, com desespero. Enquanto bebia e tentava esquecer, eu só lembrava. De tudo. De cada instante que na hora pareceu tão simples, mas que agora voltava com força total. De como achei que estava no paraíso para me ver ali, perdido no inferno.

O sofrimento me golpeava. O desespero fazia meu coração se apertar. Vi seu olhar naquela manhã, ouvi suas palavras na minha cabeça, "eu sou Eva Amaro", destruindo todos os meus sonhos, me mostrando como fui idiota, como me entreguei a alguém que não me merecia. Era só uma menina, porém acabou comigo. Eu não era mais nada, só uma casca. Um imenso vazio que me consumia e dilacerava. Até que não restaria mais nada.

Bebi. Bebi muito, até quase esvaziar a garrafa e meus pensamentos se embaralharem a ponto de eu não saber mais o que era realidade. Lembranças boas vieram e me agarrei a elas. A dor na mão sumiu. Caí deitado no sofá e o copo vazio rolou pelo chão. Fechei os olhos e vi Eva, sorrindo, se debruçando sobre mim, dizendo baixinho: "Eu te amo, Theo".

Tentei lembrar por que não devia acreditar, mas não consegui. Eu me agarrei naquela imagem, naquela felicidade fugaz. Ainda doía, algo me alertava para acordar, mas era tão bom!

— Coelhinha... Minha coelhinha... — disse baixinho, sentindo sua presença, achando que me abraçava. Então, a dor passou e mergulhei num sono profundo, finalmente, me sentindo em paz.

5

THEO

Não sei como consegui levantar na manhã seguinte. Parecia que minha cabeça ia explodir e todo meu corpo doía por ter dormido no sofá. Estava suado e me sentia mal, com o estômago embrulhado. A mão doía e latejava, a ponto de me fazer xingar meia dúzia de palavrões.

Saí do escritório antes das seis da manhã e subi a escada cerrando o maxilar para conter as pontadas na cabeça a cada passo. No corredor, vi o segurança sentado na cadeira e ele me cumprimentou. Resmunguei um "bom dia" e entrei no quarto, ainda descalço.

Tia não estava mais ali. Na certa, já tinha descido para tomar café da manhã. Parei, olhando para a cama, onde Eva e Helena estavam dormindo, bem perto uma da outra. Senti como se tivesse sido golpeado, a dor voltando com força total. Nem todo o álcool que consumi na noite anterior poderia aliviar.

Eva usava uma camisola branca comprida e estava de lado, os cabelos espalhados na cama, a mão em Helena, que tinha a cabecinha recostada contra o peito da mãe. Raios de sol começavam a invadir o quarto e iluminavam a cena.

Estavam lindas e fiquei muito abalado. Respirei fundo e caminhei para o banheiro, torturado. Teria que me acostumar a não acordar mais com Eva ao meu lado, com seu cheiro em minhas narinas, sua pele contra a minha. Estava acabado.

Tomei uma chuveirada com cuidado para não molhar a mão, livrando-me do suor pegajoso, conseguindo me sentir um pouco melhor. Vesti uma calça azul-marinho e uma camisa cinza-claro, pus o paletó, sapatos italianos e saí do quarto.

Ao chegar à cozinha, encontrei Tia, Pedro, meu pai e a enfermeira dele, Margarida, tomando café em volta da mesa.

— Bom dia.

Tia me olhou horrorizada enquanto eu ia até a pia e tomava um analgésico e um anti-inflamatório com um copo d'água, sem saber se fariam efeito com todo o álcool que ainda devia circular em meu organismo.

— Theo, você está horrível, pálido, cheio de olheiras — disse Tia, passando a mão em meu braço.

— Obrigado — agradeci, entredentes.

— Está com dor? — perguntou ela, preocupada, enquanto eu me sentava à mesa e ela enchia minha xícara de café.

— Vai passar.

— Ahn... — soltou meu pai, franzindo o cenho e olhando a minha mão, sem entender nada. — O... ahn... que...

— Eu me machuquei, pai. Mas não é nada sério — afirmei, sem querer preocupá-lo.

— Ahn... — insistiu, pouco convencido, encarando-me como se exigisse saber. — O... q-que...

— Ele escutou a confusão ontem e queria saber o que estava acontecendo. Ficou nervoso — explicou Margarida, sem graça. — Disse que devia ser algo sobre os ladrões de gado, não é?

— Foi, mas já está tudo resolvido, pai — afirmou Pedro, seguro. — Fique tranquilo.

Meu pai olhou-me, insistente. Mas, por fim, voltou a comer, ainda desconfiado.

— Coma alguma coisa. Sei que nem jantou ontem. — Tia colocou sanduíches diante de mim, aproveitando para acariciar meu ombro, tentando me passar conforto com seu toque. Estava preocupada e disse: — Tentei te acordar ontem no escritório, mas não consegui.

— Estou bem, Tia — assegurei, forçando um sorriso para tentar tranquilizá-la.

Devorei o café, os sanduíches e um suco. Pedro se despediu, dizendo que ia para o frigorífico e que mais tarde passaria no escritório. Terminei de comer e só então levantei, dando tchau para meu pai e Margarida.

Tia me seguiu até a porta da frente e falou:

— Hoje vou colocar algumas coisas suas no quarto de hóspedes. Não tem necessidade de dormir no escritório.

— Fique tranquila — afirmei e disse, antes de sair: — A segurança vai mudar. E não esqueça, Tia, Eva não deve se levantar da cama pelo menos até amanhã. Muito menos sair do quarto. Hoje vou ligar para uma enfermeira e combinar tudo com ela.

— Mas posso ficar e...

— Vai dormir na sua cama hoje e descansar. — Beijei sua testa.

— Qualquer coisa, liga.

— Certo. Se cuide, meu filho. E não deixe de almoçar.

Acenei com a cabeça e saí.

Não fui direto para o escritório. Antes, passei na delegacia e Ramiro me recebeu com simpatia, indicando-me uma cadeira em frente à dele, onde me acomodei, encarando-o e perguntando:

— Alguma novidade?

— Ainda não. Mas nós e a polícia de Ituiutaba estamos contando com o apoio de delegacias de todo o estado. Eles não vão conseguir se esconder para sempre. Vão precisar aparecer, conseguir dinheiro.

— Isso que me preocupa. Eva disse que dava dinheiro a Luiza. Ela pode ter uma reserva guardada e fugir com o comparsa, sumir de Minas.

— Pode ser, mas o dinheiro não vai durar pra sempre.

— Eu sei. E ela é muito obsessiva com o desejo de vingança pra sumir de vez. Tentará alguma coisa, talvez não agora, mas logo.

Ramiro concordou e se recostou na cadeira, enfiando mais o chapéu branco na cabeça.

— Você e sua família precisam de proteção, Theo.

— Contratei seguranças.

— Mas cada um de vocês tinha que ter um guarda-costas. Esses dois podem armar alguma emboscada.

Eu fui dominado pela raiva por ter minha liberdade cerceada por dois bandidos. Mas não respondi, mudei de assunto, bem sério:

— Vim denunciar a Eva.

Ramiro não pareceu muito surpreso, só cauteloso.

— Somos amigos há muitos anos, Theo. Conheço você e sua família, sei o quanto são justos e tudo que já fizeram pelos moradores dessa cidade. Vi quantas pessoas você ajudou a sair da favela Sovaco de Cobra dando trabalho a elas. Além de um homem da lei, sou também um homem justo e pra mim nada está acima da honra e da amizade.

— Eu sei disso.

— Pois, então. O caso da Eva ainda não veio à tona. Somente nós sabemos de tudo e pode ficar assim por enquanto. Posso fazer "vistas grossas", como dizem por aí. Acusamos publicamente Luiza e Lauro como ladrões de gado e culpados por seu atentado e deixamos Eva de fora até tudo se resolver. Mais tarde, vemos como fica.

Senti a vergonha me dominar. Ele estava certo. Por enquanto, as pessoas não precisavam saber a verdade sobre Eva, mas seria temporário. Eu ainda não conseguia me perdoar por ter sido tão cego.

— Quero fazer a denúncia — falei, friamente.

O delegado pegou uma caneta sobre a mesa e brincou com ela, pensativo.

— E vai denunciá-la por quais crimes? — indagou, por fim.

— Pelo que sei, posso fazer uma queixa-crime por falsidade ideológica, já que é uma ação civil pública. Vou usar essa denúncia para dar entrada ao pedido de anulação do casamento.

— Sim, o delito de falsidade ideológica está prescrito no artigo 299 do CPP, e como ofendido você pode fazer a denúncia a uma autoridade policial ou ao Ministério Público. Não será difícil provar, uma vez que Eva usou identidade falsa, tirou carteira de motorista e até casou com documentos forjados — concordou Ramiro, atento. — Se é assim que quer, darei entrada pra você.

— É assim que quero.

— Mais alguma acusação?

— Tentativa de homicídio. Duas vezes. Contra mim e contra Tininha.

Ramiro largou a caneta sobre a mesa e acenou a cabeça.

— Sabe que são acusações graves.

— Sei.

— Theo, entendo que esteja furioso com tudo isso, mas escute...

— Não quero ouvir nada — falei duramente, irritado. — Ela só vai pagar por crimes que cometeu, assim como a mãe e o comparsa delas, quando forem pegos.

— Claro, mas me deixe falar. — Ele se inclinou para a frente e apoiou os cotovelos na mesa. — Ela é muito jovem e vocês têm uma filha. Agora, tudo está fervendo, seu ódio exige justiça, mas já pensou se novos fatos surgirem e você descobrir que ela é inocente?

— Eva não é inocente.

— Talvez não, mas muita coisa pode mudar. E será tarde demais. Entendo que queira denunciá-la por falsidade ideológica e precisa fazer, mesmo, pois o casamento de vocês não é válido e não pode registrar sua filha com documentos falsos da mãe.

Eu o ouvia, pronto a intervir, mas Ramiro continuou:

— A pena pode chegar a três anos de detenção, mas sabemos que com um bom advogado Eva pode escapar, pagando apenas com serviço comunitário e multa. Agora, se acusá-la de tentativa de homicídio, ela poderá pegar muito mais tempo de prisão. Se for um crime simples, entre seis e vinte anos e, se for qualificado, entre doze e trinta anos de detenção. Claro que, como foi tentativa e ela é ré primária, teria o tempo reduzido, mas ainda assim ficaria presa por pelo menos uns três anos.

Eu sabia. Mas ouvir do delegado tornava tudo oficial. Mesmo com o ódio que sentia dela, com a vontade de puni-la, eu não conseguia imaginá-la na cadeia, no meio de um monte de presas perigosas. Pensei também em Helena e aquilo pareceu horrível.

Fiquei calado, abalado, nervoso.

— Espere um pouco, Theo. Vamos esclarecer o resto, caçar os dois bandidos. Enquanto isso, terá tempo para saber se é isso mesmo que quer. Não é questão de burlar a lei, mas de ser coerente. Não tenho pressa — disse Ramiro.

— Tudo bem. — Acenei com a cabeça, pois não suportaria levar tudo aquilo adiante, pelo menos não naquele momento. — Eu a acuso de falsidade ideológica.

— Certo. Vamos aos trâmites legais.

Só saí da delegacia quando terminamos. Ainda teria que ir ao cartório de Pedrosa para dar entrada no pedido de anulação do casamento.

Foi difícil trabalhar naquela manhã. Eu não conseguia me concentrar em nada e liguei para casa duas vezes para falar com Tia e saber se estava tudo bem.

Tinha uns relatórios importantes para analisar e chamei Valentina para uma reunião. Ela era sempre muito eficiente e eu estava com medo de deixar passar alguma coisa relevante. Nunca me senti tão aéreo, tão sem capacidade para me focar, minha mente o tempo todo voltada para os acontecimentos do dia anterior.

— Tudo bem, Theo? — Valentina colocou uma mecha do cabelo preto atrás da orelha, sentada à minha frente, olhando preocupada para minha mão direita. — Sofreu um acidente?

— Sim, mas não é nada grave. Só não posso assinar nada e estou meio grogue por causa dos medicamentos. Preciso que me ajude com esses relatórios.

— Claro. Tem algo mais que possa fazer? Quer um café?

— Não, estou bem. Podemos começar?

Ela concordou. Pegou o primeiro relatório e leu. Logo discutíamos os detalhes e consegui me concentrar. Como minha diretora, ela podia assinar certos documentos e autorizei que assinasse aqueles. Estávamos trabalhando havia quase uma hora, quando o interfone tocou.

— Sim, Eurídice?

— Seu irmão está aqui e deseja falar com o senhor.

— Pode mandar entrar.

Achei que fosse Pedro, embora ele não precisasse ser anunciado, geralmente, entrava direto.

Desliguei o interfone e me recostei na cadeira. Sentada à minha frente em suas roupas formais, sempre muito segura e centrada, Valentina me olhou ainda com uma ponta de preocupação.

— Quer continuar em outra hora?

— Talvez seja melhor. Já adiantamos bastante.

— Certo. Se precisar, é só chamar. — Ela se levantou, esticando a saia reta que ia até os joelhos, alta e elegante. Eu também me ergui e nós dois olhamos para a porta que se abria.

Micah parou lá, erguendo um pouco as sobrancelhas, o que lhe dava um ar meio endiabrado. Tia sempre dizia isso, que ele tinha uma maneira de levantá-las que o fazia parecer cínico.

Com seu jeans surrado, jaqueta de couro e coturnos, cabelos escuros espetados e barba por fazer, não combinava em nada com o ambiente austero e elegante do escritório, o que pouco lhe importava. Bateu a porta atrás de si e entrou, dando uma mordida na barra de chocolate que trazia na mão. Acenou com a cabeça para mim e olhou para Valentina de cima a baixo.

Ela estava imóvel, um tanto pálida, fitando-o, chocada. Então, me dei conta de que ainda não devia saber que Micah estava de volta. Lembrei que eram da mesma idade e que Valentina, inclusive, tinha estudado na mesma escola que ele, possivelmente, na mesma sala.

— Chocolate a uma hora dessas? — indaguei.

— Dentre os meus vícios, é o menos prejudicial neste horário. — Deu de ombros, parando à nossa frente. — As outras opções eram um cigarro ou uma cerveja.

Sorriu com cinismo e ofereceu-nos:

— Querem um pedaço?

— Não, obrigado.

Dei um meio sorriso e Micah fitou Valentina, que continuava muito quieta.

— E você, madame, aceita? É o meu preferido, meio amargo com castanhas. Uma tentação.

— Madame? Não lembra da Valentina? — perguntei a ele e depois a ela: — Lembra-se do meu irmão Micael, não é?

Ela ainda parecia imobilizada. Então, piscou e acenou com a cabeça, lançando-me um olhar estranho, perturbado, que não entendi. Estava pálida.

— Claro, lembro — respondeu ela, mais séria que o habitual.

— Valentina? — Micah ergueu as sobrancelhas de novo, olhando-a com toda atenção, o que só parecia deixá-la mais desconfortável. — O nome não é estranho, mas acho que não lembro de você.

Ela empalideceu ainda mais e ergueu o queixo, um tanto irritada.

— Imagino que não — disse ela, com frieza.

Eu os olhei, quieto, notando o clima pesado. Micah também sentiu e fitou-a com mais interesse. Geralmente, Valentina era uma pessoa tranquila, contida, sem grandes alterações, mas estava muito tensa.

— Eu me lembro de uma Valentina que sentava na minha frente na escola e me dava cola — disse pensativo. — Mas ela usava óculos e era grandona.

— Grandona? Gorda, você quer dizer. — A voz dela era cortante e ergueu o queixo, desafiadora. — Era eu mesma. Emagreci e fiz cirurgia para corrigir a miopia.

Micah ficou evidentemente surpreso e assobiou, dando-lhe uma olhada de cima a baixo. Sorriu, cínico.

— Está linda. Parabéns. Acho que nunca agradeci pelas colas que me deu. Naquele ano, fui reprovado, mas valeu a intenção.

— Não é de se surpreender. Passava mais tempo bêbado do que estudando — disse com ironia.

A atitude de Valentina chamou atenção do meu irmão, que a fitava um tanto curioso com sua agressividade.

Eu também estava surpreso e concluí que Valentina devia ter sido uma das pessoas que Micah irritou no passado. Ele era especialista em tirar todo mundo do sério naquela época.

— Depois volto para terminarmos os relatórios, Theo. — Ela se virou para mim, parecendo ansiosa em sair dali. — Qualquer coisa, estou na minha sala.

— Certo.

— Tchau, Micael — disse ela, com frieza.

— Micah. Micael é nome de anjo, não combina nada comigo.

Meu irmão piscou para ela, mas, se o objetivo era amansá-la, não adiantou. Valentina apenas o encarou com o nariz empinado e caminhou decidida até a porta.

Micah se virou e a acompanhou com o olhar, sem disfarçar que admirava sua bunda. Sacudi a cabeça e voltei para minha cadeira. Somente depois que Valentina bateu a porta, ele soltou um sorriso safado e virou a cadeira em frente, sentando-se ao contrário e apoiando os braços no encosto.

— Não se meta com ela — avisei, guardando os relatórios em uma pasta.

— Por quê?

— Não é para seu bico.

— Não mesmo — disse, bem-humorado. — Parece uma pedra de gelo. Lembro que era mais legal gordinha e de óculos. Mas achei engraçado esse jeito pomposo dela. Pensei que fosse puxar uma arma e me dar um tiro.

— O que aprontou com ela no passado?

— Não lembro. Sei que era estudiosa, só tirava dez. E eu pedia cola a ela, que sempre me deu. Acho que gostava de mim. — Deu de ombros.

— Deve ter feito alguma merda.

— Pior que nem lembro. Mas com certeza foi besteira. — Terminou seu chocolate e jogou a embalagem na lixeira, sorrindo. — Quem sabe eu possa me desculpar agora.

— Nem tente. Valentina está noiva, vai casar no início do ano que vem.

— É sério?

— Bem sério. E tem mais.

— O quê?

— É sua vizinha. A casa dela é ao lado da sua.

— Ela que escuta aqueles rocks no último volume? — perguntou, achando graça. — Eu me amarro.

— Deve ser o filho dela, o Cacá.

— É mesmo? O moleque tem bom gosto. Deep Purple, Guns N' Roses, Scorpions, AC/DC, Black Sabbath, Metallica... Tô pensando em ir na casa dele pedir pra baixar umas músicas pra mim. — Olhou-me, curioso. — Quer dizer que ela já foi casada?

— É viúva. Como eu disse, Valentina não é para seu bico.

— Vamos ver.

— Como assim, vamos ver?

Micah apenas sorriu, misterioso. Sacudi a cabeça. E pensei que não precisaria me preocupar, Valentina o colocaria no lugar dele. Mudei de assunto:

— Como foi na delegacia ontem?

— Tudo certo em Ituiutaba. Em poucos dias, vão liberar as duas caixas encontradas na casa e trago pra você. Precisam ver o que é ou não relevante ao caso.

— Entendo.

— E estão à caça de Luiza e Lauro. Também estou usando alguns conhecidos meus para ajudar.

— Obrigado. — Observei-o com atenção. — Vai ficar aqui até as coisas se resolverem?

— Tenho férias acumuladas. Posso passar um tempo aqui — concordou, mas sério demais.

Entendi o quanto aquilo devia estar custando a ele, depois da tragédia e de permanecer quinze anos longe. Não havia outro motivo para voltar que não fosse me ajudar e fiquei sem saber o que dizer.

— Isso incomoda você? — perguntei, sem rodeios.

— Bastante. Não quero que o velho saiba que ando por aqui.

— Ele não precisa saber.

— Assim espero. Mas, se minha presença causar qualquer transtorno, eu me mando.

— Transtorno nenhum — garanti. E não pude deixar de agradecer: — Obrigado por ter voltado e me ajudado a saber toda a verdade.

— Somos irmãos. Pelo menos, por parte de mãe.

— Mas você também é irmão de Luiza, por parte de pai.

— Não concordo com os métodos dela. — Ergueu as duas sobrancelhas. — Sou um homem da lei, lembra?

— Difícil acreditar, mas um dia chego lá.

Micah sorriu com meu comentário. Então, meteu a mão no bolso e tirou uma caixa pequena e azul-marinho de lá. Colocou-a sobre a mesa, diante de mim e explicou:

— É pra Helena. Trouxe uma parecida para o Caio.

— O que é isso? — Eu peguei a caixa de veludo e a abri. Era uma delicada pulseira de ouro com um minúsculo pingente de figa.

— Pra proteger a minha sobrinha.

Eu o olhei em um misto de emoção e alegria, indagando:

— Quando ficou supersticioso?

— Sei lá. Confio nessas coisas. Tenho uma tatuagem de ferradura e ela sempre me protegeu. Não custa nada ter fé. Vai colocar nela?

— Claro.

— Não deixe de pôr, mesmo sem acreditar, Theo.

— Vou colocar — garanti, feliz com sua preocupação com minha filha. Guardei a caixa dentro do bolso do paletó. — Obrigado.

Micah acenou com a cabeça, sério.

— Decidiu o que vai fazer com Eva? — indagou ele.

— Eu a denunciei hoje por falsidade ideológica e vou mais tarde ao cartório dar entrada no pedido de anulação do casamento.

— Tem certeza?

— Claro que tenho certeza — respondi, irritado. — Ela tem que agradecer porque ainda não fiz uma acusação formal de tentativa de homicídio.

— Theo... — Micah suspirou, cauteloso. — Acho que ela se arrependeu mesmo e mudou de lado. Quando falei com Luiza...

— Não quero saber o que foi dito. Só me importam os fatos.

— Sei disso. Mas Luiza me pareceu realmente furiosa com a filha, como se depositasse todas as esperanças em mim. — Micah passou a mão pelo cabelo, arrepiando-o ainda mais. — Vai com calma com a Eva. Ela pode ser melhor do que você pensa. E...

— Chega de falar dela — cortei; como se não bastasse ela ficar no meu pensamento, entranhada em mim, eu tinha que aguentar meu irmão defendendo-a.

— Certo. — Micah se levantou, colocando a cadeira no lugar. — Só fique ligado pra não fazer algo de que vá se arrepender depois. Qualquer novidade, passo pra você. E qualquer coisa, não deixe de me avisar. Lembre-se de que trabalho com casos complicados, tenho mais experiência caso Luiza e Lauro entrem em contato.

— Certo, pode deixar. Precisa de alguma coisa, Micah?

— Não, tudo sob controle. — Sorriu, preguiçoso, fazendo um gesto com a mão como se batesse continência. — A gente se vê por aí. E não se esqueça de colocar a pulseira em Helena.

— Não vou esquecer.

— Se cuida, cara.

— Você também.

Depois que ele saiu, esfreguei as mãos no rosto, cansado.

Havia um mundo de decisões para serem tomadas. Eu queria logo pegar Luiza e Lauro e me livrar daquelas ameaças, deixar todos em segurança. Mas teria que ser paciente e cuidadoso.

Mesmo contra vontade, liguei para a firma de segurança e contratei um para seguir cada um dos meus irmãos e até Tia quando saísse da casa. Odiava ter alguém na minha cola, mas teria que dar o exemplo para que eles aceitassem. Assim, teria sempre alguém de olho na gente, pronto a interferir caso algo acontecesse.

Depois, liguei para a agência de enfermeiras e cuidadoras que usava com o meu pai e contratei mais duas profissionais para se revezarem à noite com Eva e Helena, pelo menos até o resguardo passar e não haver mais risco de hemorragia.

Então, pude voltar aos negócios, só uma parte de mim concentrada. Continuava perturbado demais para me desligar completamente dos problemas e do sofrimento. Mas ao menos tentei.

EVA

Era horrível ter que ficar o dia todo deitada. A hemorragia tinha parado e o sangramento que continuava era o normal após o parto. A dor abdominal e de cabeça também tinham sumido. Mas o desânimo, a preocupação, a saudade de Theo, todos os problemas e o desespero continuavam. E me deixavam arrasada, sem vontade de nada. Se não fosse Helena, com certeza, teria entrado em depressão.

Tia me ajudava muito. Estava sempre presente, cuidava de Helena para que eu não fizesse esforço, conversava comigo. Gabi também foi ao meu quarto e ficou lá com Caio. Sua recuperação era ótima e ela nem parecia que tinha acabado de ter um filho.

Havia um clima estranho entre nós. Embora eu tivesse pedido perdão pelo que fiz e ela ter dito que me perdoava, a sensação ruim de falsidade e traição permanecia. Sabia que ela ainda tinha medo de confiar em mim, como todo mundo. Só o tempo poderia provar que eu dizia a verdade quando falei que desisti da vingança e que realmente amava Theo como homem e Gabi como minha irmã.

Eu sabia que devia ser paciente e lutar para provar a verdade, mas era difícil suportar o desânimo e a tristeza.

Gabi conversou comigo, ficou bastante tempo lá e isso me alegrou um pouco. Tia aproveitou para cuidar de suas coisas na cozinha e toda hora vinha ver se estava tudo bem. Assim, foi mais fácil sobreviver ao dia, embora não conseguisse parar de pensar nem por um segundo em Theo e em seu desprezo.

Comi porque sabia que Helena precisava de um leite forte. Tomei banho porque Tia me ajudou a ir ao banheiro. Mas fiz tudo de forma mecânica, sem parar de sofrer e desejando ver Theo, nem que fosse para ele me olhar com raiva. Estava sentindo desesperadamente a falta dele.

Era uma tortura imaginar que ele nunca mais me tocaria, me olharia com paixão, sorriria para mim. Parecia impossível que nosso caso tivesse solução. Conhecia Theo, seu gênio, seu senso de justiça. Como voltaria a confiar em mim? O que eu poderia fazer para que acreditasse no meu amor?

Já era noite e Tia me avisou que uma enfermeira tinha sido contratada para passar a noite comigo, mas que, se eu precisasse, ela estava à disposição. Agradeci, sabendo que Tia já não era jovem e que precisava descansar, afinal, já tinha passado praticamente o dia inteiro comigo.

Helena mamou e dormiu. Tia deixou-a na cama ao meu lado e saiu para tomar banho. Prometi que não me levantaria e fiquei recostada nos travesseiros, quieta, perdida nos pensamentos, sentindo-me mais sozinha do que nunca. Passei os dedos pela penugem loira que cobria a cabecinha de Helena, observando-a com amor, maravilhada pelo fato de que era um pedacinho meu e de Theo. Ela era meu tesouro. Por ela, morreria e lutaria até o fim da minha vida.

Lembrei-me de como tinha sido criada e jurei a mim mesma que nunca deixaria Helena sofrer. Eu a protegeria, a amaria, daria a ela o melhor de mim. Seria sua amiga e companheira, alguém com quem ela pudesse contar sempre. Bem diferente do que minha mãe fez comigo e com a Gabi, pouco se importando com a gente e só pensando na maldita vingança.

Tudo que eu mais queria na vida era ter Theo perto de mim e com ele passar por cima do passado, para que criássemos Helena juntos e formássemos uma família. Mas o futuro que se descortinava diante de mim era muito mais negro do que eu desejava e nada do que eu pudesse pensar solucionaria os meus problemas.

Fiquei quieta no quarto, até que a solidão e o silêncio que me oprimiam se tornaram insuportáveis. Peguei o controle da tevê e a liguei, só para me distrair. Mudei de canal sem poder me concentrar em nada, até que parei em um de clipes internacionais com legenda. Deixei baixinho, tentando esquecer, nem que fosse por um momento, meus próprios pensamentos.

Só que aconteceu o contrário. A música que começou a tocar, "Angel", de Sarah McLachlan, começou triste e lenta, ao som de piano, com uma letra que parecia feita para mim:

> *Spend all your time waiting*
> *For that second chance*
> *For a break that would make it oka*y [...][1]

E fazia o mesmo, esperava por uma segunda chance, que talvez nunca viesse. Enquanto a música me envolvia, eu não me distraí, senti a minha dor latente dentro de mim, quase impossível de suportar. E desejei a "mudança que resolveria tudo". Faria qualquer coisa para sair daquele abismo e ter minha segunda chance. Só mais uma, para fazer tudo diferente.

Naquele exato momento, quando me sentia tão frágil e sensível, com os nervos à flor da pele, a porta do quarto se abriu e vi Theo entrar. Ele parou, olhou para mim e senti o desespero me invadir. Eu quis chorar e implorar, quis contar a ele tudo que me matava por dentro, jurar e fazer promessas, suplicar por mais uma chance, qualquer migalha.

Fitei-o com minha alma exposta, minha dor nos olhos, meu amor todo para ele. Sabia que falar não adiantaria, mas queria que Theo visse, que sentisse e entendesse como eu não era nada sem ele. Enquanto a música

---

[1] "Gaste todo seu tempo esperando/ Por aquela segunda chance/ Por uma mudança que resolveria tudo [...]"

triste tocava baixinho e nossa filha dormia, fomos só nós dois ali. Perdi o ar, não ousei nem piscar. Fiquei suspensa na esperança, vã e frágil, mas que ainda assim era tudo que eu tinha.

Alguma coisa aconteceu. Do mesmo modo que eu me expunha por completo, vi parte de sua armadura desabar. Não sei como ou por quê. Não durou quase nada. Mas o ódio e o desprezo e a frieza e a indiferença foram substituídos apenas pela dor e por uma pergunta dolorosa: por quê? Como se ele gritasse: por que fez isso comigo?

Eu solucei e aquele som minúsculo foi o bastante para alertá-lo. Seu olhar endureceu e em questão de segundos tudo estava de volta, cada centímetro dele me odiando. Ainda lamentei baixinho, mas tudo tinha passado como se nem tivesse existido.

— Theo...

Seu olhar foi para Helena, dormindo na cama ao meu lado. Então, como se eu não merecesse nem uma palavra, deu-me as costas e entrou no closet. Respirei, controlando a dor para ser capaz de ter forças e lutar.

Ele não demorou. Saiu de lá com uma sacola, onde enfiou algumas roupas, nos braços e um par de sapatos. Fiquei com muito medo que estivesse me deixando de vez e indaguei:

— Aonde você vai?

Não respondeu. Não me olhou. Mas não saiu do quarto de uma vez. Ao contrário, aproximou-se da cama e fiquei nervosa, meus olhos bebendo sua imagem, engolindo-a com fome.

Theo não estava ali por mim, mas por Helena. Inclinou-se sobre ela e beijou com delicadeza sua cabecinha. Vi quando pegou uma delicada pulseirinha de ouro com um pequeno pingente de figa e colocou no pulso direito dela. Eu me emocionei ainda mais com seu gesto carinhoso.

Estava tão perto que senti seu cheiro, sua energia pulsante, sua presença que era sempre impactante para mim. Vi seus lábios tocando nossa filha, o carinho da sua expressão, e quis desesperadamente aquilo para mim. Lágrimas inundaram meus olhos, amor e paixão me encheram além do suportável. Então, perdi o parco controle que tinha conseguido manter o dia todo.

Ergui a mão e, sem poder me conter, corri meus dedos pelos seus ondulados cabelos escuros. Foi como acariciar um leão selvagem. Na mesma hora, reagiu com violência e se afastou de mim, olhando-me com ódio, com uma fúria que permeou cada palavra dita entredentes:

— Não toque em mim. Nunca mais.

Eu gelei, abri os lábios para conseguir respirar, fui golpeada por sua raiva e convicção. Não havia nenhuma brecha ali, nenhuma saudade ou desejo, só o ódio puro.

— Não posso... Vou morrer se não tocar em você... — murmurei, angustiada.

— Então, morra. — Ergueu-se em seus mais de um metro e oitenta de altura, suas palavras machucando-me mais do que tudo, o olhar frio e cheio de desprezo. — Porque se me tocar de novo, acabo matando você.

Era dor demais para suportar. Lágrimas desceram por meu rosto e meu queixo tremeu sem controle. Nada tinha se abrandado em Theo. Deu um passo para trás e soube que me deixava para sempre, que nunca mais seria meu. O desespero foi estarrecedor, embora eu já soubesse que isso aconteceria, a certeza esmagou qualquer sementinha de esperança.

— Theo... — falei, com dor. — O que vai ser de mim?

— Você vai ter o que merece, Eva.

Não havia mais "coelhinha". Talvez nunca mais ouvisse aquele apelido vindo de seus lábios. Tentei segurar um pouco o sofrimento, engoli em seco e murmurei:

— O que... quer dizer? Vai me mandar embora?

— Hoje denunciei você na delegacia.

Foi como tomar um soco e continuei olhando-o, apavorada, doída, arrasada. Seus olhos azuis pareciam duas pedras de gelo.

— Falsidade ideológica. Quero que me entregue seus documentos verdadeiros pra poder registrar Helena. Porque a Eva Camargo não existe, assim como não existe nosso casamento. Dei entrada na anulação hoje.

Cada palavra era uma punhalada.

— Ficará aqui enquanto estiver amamentando a minha filha e até eu pegar seus comparsas. Então, acuso você de tentativa de homicídio, junto com eles. Mas um aviso: se tentar qualquer gracinha, sai daqui direto pra cadeia.

Senti muito medo e muita mágoa. Mas não retruquei, não quando sabia que tinha provocado tudo aquilo. Estava acuada e sabia que se ainda estava naquela casa e com minha filha era porque Theo permitia. Ele me tinha em suas mãos.

— Não farei nada — sussurrei.

— Não mesmo. Tem gente de olho em você.

Ele me olhava como se eu fosse sua inimiga. Não sua mulher, sua amante ou a mãe da sua filha. E era difícil demais suportar. Como eu aguentaria um dia após o outro naquela situação, dilacerada de tanta dor? Era como contar as horas até o momento em que me enviasse para a cadeia, esquecendo que eu existia, afastando-me de tudo que era importante para mim.

Eu o vi me dar às costas e sair do quarto pisando duro.

Não me movi.

Tentava ser forte e viver um dia de cada vez, afinal, eu tinha Helena. E ainda não tinha conseguido desistir totalmente de fazer Theo enxergar o meu amor.

Decidi ser o mais obediente possível, não ficar no caminho dele nem irritá-lo, até que sua raiva diminuísse ou que algo acontecesse e eu pudesse lutar. Porque não me restava mais nada além de ter um fio de esperança. E era a ele que eu iria me agarrar.

6
THEO

Eu tive que usar toda a minha força de vontade para não entrar mais na suíte em que dormi com Eva desde que nos casamos. Durante todos os dias daquela semana, não a vi e pedi que Tia pegasse algumas roupas e objetos pessoais e deixasse no quarto de hóspedes. Era ela também quem trazia Helena para que eu ficasse com minha filha entre uma mamada e outra.

Achei que não ver Eva me ajudaria a seguir em frente mais facilmente, mas estava sendo um tormento. Eu não dormia nem comia direito. Não me concentrava no trabalho, estava difícil tomar decisões e conversar com as pessoas. Era como se só meu corpo estivesse presente, meu coração e minha mente concentrados na traição que acabava comigo.

Nunca pensei que pudesse me sentir tão fraco, impossibilitado de reagir e de mudar, de voltar a ser eu mesmo. Tudo parecia sem sentido. Os únicos momentos em que me sentia vivo era quando estava com minha filha nos braços. Somente perto dela sentia emoções boas, pulsava e conseguia sorrir. De resto, era como se, a cada manhã, eu me levantasse para cumprir uma penitência.

Não conseguia aceitar a traição de Eva. E mesmo dominado pela raiva e pela certeza de que nunca a perdoaria, pensava nela vinte e quatro horas por dia. Eu me odiava por passar em frente à porta do seu quarto, cumprimentar o segurança e sentir sempre aquela vontade enorme de entrar. Só para olhar e ouvir sua voz, nem que fosse para odiá-la ainda mais. Era uma fome visceral, um desejo alucinado, mas eu sempre me controlava, decidido a extirpá-la de dentro de mim por bem ou por mal.

Não soubemos do paradeiro de Lauro e de Luiza. Deviam estar escondidos em algum buraco, preparando uma nova armadilha. Enquanto isso, continuavam sendo procurados. E, mesmo a contragosto, segui as recomendações do delegado Ramiro e aumentei a segurança, tanto na fazenda quanto no escritório e no frigorífico. Havia sempre um guarda-costas para cada membro da família.

Pedro reclamou muito de sempre ter um carro na sua cola e se recusou a deixar de ir e voltar de moto para o trabalho, mas acabou se acostumando a ter um segurança que o protegia de longe. Meu irmão tinha porte de arma e estava sempre preparado para qualquer eventualidade.

Heitor e Joaquim trabalhavam na fazenda, então, era mais fácil protegê-los. Não se importaram muito com a segurança e logo esqueceram que ela existia. Gabi quase não saía de casa devido ao resguardo e, quando o fazia, era sempre com Joaquim ou um de nós, então, estava protegida. Tia fez amizade com os seguranças que a acompanhavam quando precisava ir a Florada, com os mais próximos da casa e com os que se revezavam guardando o quarto de Eva. Servia bolo com café para eles e já sabia detalhes da vida pessoal de cada um.

Micah achou graça quando soube que havia um segurança para ele também. Deu de ombros e fez pouco caso, como se achasse ridículo, mas não se importou. Ele tentava a todo custo descobrir o paradeiro de Luiza e de Lauro e ficava furioso por não os encontrar.

Sua presença na cidade gerou falatório e se tornou o assunto favorito dos fofoqueiros. Os mais antigos relembravam suas estripulias de jovem rebelde, contavam aos mais novos todas as loucuras que meu irmão tinha feito e se indagavam sobre seu sumiço durante quinze anos e sua volta inesperada. Curiosos, queriam descobrir o motivo de seu retorno, assim como estranhavam o fato de termos seguranças. Corriam vários boatos, até que espalhamos que tudo tinha a ver com o roubo de gado e as ameaças dos ladrões, o que acabou ajudando a acalmar a curiosidade de todos.

Naquela semana, Tia me entregou os documentos verdadeiros de Eva e fiquei com dor no coração ao ver sua foto com cara de menina e me dar conta de quanto era jovem. Isso sempre mexia comigo e aliviava um pouco seus erros, mas não era o bastante para que eu a perdoasse.

Havia o nome da mãe nos documentos, mas pai desconhecido. Imaginei-a criada por Luiza e Estela em meio ao ódio e, no fundo, lamentei por ela, embora não existisse nada que pudesse fazer. Usando seus documentos, finalmente, registrei Helena.

Ainda naquela semana, Micah trouxe da delegacia de Ituiutaba as caixas que foram encontradas na casa de Luiza. Tinham sido lacradas pela polícia e, segundo meu irmão, não havia nada ali que ajudasse as autoridades a descobrir o paradeiro dos bandidos. Sabia que tinha coisas de Eva e as levei para casa.

Sentia um misto de curiosidade e aversão, no entanto, não estava pronto para saber mais sobre ela. Então, enfiei as duas caixas lacradas no fundo do guarda-roupa do quarto de hóspedes. Eu as abriria quando estivesse mais forte.

Soube por Tia que Eva tinha se recuperado e já não sentia dores. Cuidava de Helena, andava pelo quarto, melhorava a olhos vistos.

Estava na varanda, sexta-feira à noite, olhando para o horizonte sem enxergar nada, perdido em meus pensamentos enquanto Tia me falava sobre o dia. Em determinado momento, ela me encarou e deu sua opinião:

— Theo, entendo sua raiva e revolta. Eva não reclama de nada e nem uma vez pediu para sair do quarto. Quando trago Helena aqui fora para tomar um ar e dar uma volta, ou quando a trago para você, ela fica lá sozinha, como se achasse que merece esse castigo. É uma prisioneira aqui. Filho, podia deixá-la ao menos vir aqui fora, tomar um sol, respirar ar puro ou...

Eu a olhei na hora e a interrompi, irritado:

— Ela tem que agradecer por não estar vendo o sol nascer quadrado. Podia estar agora em uma prisão de verdade.

— Eu sei disso, Theo. Mas a menina acabou de ter filho e está isolada. Pode ter uma depressão pós-parto e até mesmo...

— Problema dela.

Tia sacudiu a cabeça, angustiada.

— Pense bem. Só sair um pouco do quarto. A fazenda está cheia de seguranças e fico com ela, fico de olho.

— Não.

— Theo...

— Não, Tia. — Encarei-a decidido, escondendo uma ponta de desespero. No fundo, além de querer castigar Eva, eu também queria me proteger. Mantê-la isolada era uma maneira de não a ver e assim conseguir me livrar dela dentro de mim. Queria excluí-la da minha vida, esquecer que ela existia.

Tia suspirou, derrotada. Odiava vê-la assim e, com a mão direita ainda na tala, acariciei seu cabelo grisalho e abrandei o tom:

— Preciso de um tempo, Tia. Estou fazendo o melhor que posso.

Ela fitou meus olhos, como se entendesse. Então, segurou minha mão e beijou-a, acenando com a cabeça.

— Está bem, filho. Vamos deixar o tempo passar.

Mesmo com o tempo passando, nada mudou.

Novos dias vieram, mas a dor continuava latente e feroz dentro de mim, sem se abrandar. Acordava, comia, trabalhava, seguia em frente como um robô. Sonhava com Eva, tinha pesadelos, passava noites em claro suado e desesperado, sem me perdoar por ter sido tão cego e por continuar obcecado por ela mesmo sabendo a verdade.

Era uma tortura passar em frente ao seu quarto e saber que estava do outro lado. Que bastava abrir a porta e eu fitaria seus olhos verdes, sentiria o seu cheiro, veria cada parte daquela mulher maldita que tinha arrancado uma parte de mim e estava agarrada a minhas entranhas, com as unhas cravadas em meu coração.

Para dormir melhor e, às vezes, só apagar e esquecer tudo, passei a beber muito. Havia noites em que resistia, mas em outras a dor era tão insuportável que eu só a aplacava quando caía desmaiado. Naquele ritmo, viraria um alcóolatra ou teria uma cirrose, no entanto era minha fuga, meu bálsamo, uma maneira de manter o controle.

No fundo, nada adiantava. E depois de duas semanas naquele martírio, todo mundo que eu encontrava na rua, na cidade ou no escritório me perguntava o que estava acontecendo. Tinha emagrecido, andava irritado, não me concentrava em nada. Era só Eva, Eva, Eva, martelando em minha mente, tirando minha paz.

Não dava satisfações a ninguém. Saía irritado se um dos meus irmãos ou a Tia tentasse conversar comigo. Eles queriam ajudar, mas não havia o que fazer. Contava com o tempo para apaziguar meu coração, mas ele também me sabotava. E tudo só se acumulava dentro de mim a ponto de sentir que a qualquer momento poderia explodir.

No trabalho, não conseguia me concentrar; cheguei a perder um contrato milionário com uma empresa por não ter cumprido o prazo de entrega duas vezes. Isso fez com que Valentina e Pedro marcassem uma reunião comigo e, naquele início de novembro, me olhavam preocupados em minha sala.

— Acho que você devia tirar um tempo pra colocar a cabeça no lugar, Theo, se afastar um pouco — começou Pedro.

Eu os olhei, furioso, minha paciência por um fio.

Valentina era discreta demais para perguntar o que realmente estava acontecendo, mas com certeza sabia que os problemas eram bem mais sérios do que todos diziam. E tentava ajudar de sua maneira.

— Você se esqueceu de assinar contratos, brigou com alguns fornecedores, chegou a enviar documentos errados, Theo. Nunca vi isso acontecer. Trabalho há um tempão aqui e você sempre foi excepcional, nunca errou. Estamos preocupados e queremos ajudar — disse ela.

— Ajudar em quê? Por acaso, sou uma máquina, não posso errar nunca? — perguntei, com agressividade.

— Não é isso, irmão. — Pedro me observava, sério. — Mas está sob pressão. É normal não conseguir se concentrar. Só queremos o melhor pra você.

— O melhor é me deixarem em paz, fazendo meu trabalho como sempre fiz. Esses erros não tornarão a acontecer.

— Theo... — Valentina foi cautelosa. — Se eu puder ajudar... Quando não tiver certeza de algo ou estiver sem cabeça, fale comigo.

— Você já tem trabalho demais, Valentina. — Olhei para ela e depois para o meu irmão, odiando me sentir um incapaz. — Você também, Pedro.

— Mas sempre podemos ajudar. — Ele me observava, pensativo. — Sabe, Theo, ontem encontrei Micah no Falconetes e ele me disse que está pensando em voltar para o Rio e continuar as investigações de lá. Acha que não está ajudando muito por aqui. Mas penso que, de todos nós, ele é o que mais pode ajudar se os bandidos derem as caras. É o trabalho dele.

Concordei com a cabeça. Preferia que Micah continuasse na cidade, não apenas por aquele motivo, mas por segurança. Ficaria mais tranquilo com todos por perto, sem contar o fato de que o passado do meu irmão continuava sem ser resolvido. Parecia que tudo se embolava e eu sentia que a presença de Micah era fundamental. Mas não podia ser egoísta e atrapalhar a vida dele.

— Ele me disse que está de férias e tem dias de licença acumulados. Então, não tem nada que o force a ir embora. Tive umas ideias — continuou Pedro.

— Que ideias? — perguntou Valentina, preocupada.

— Sabe que ele é formado em Direito e em Administração de Empresas? — Pedro olhou para mim. — E que tem um Q.I. elevado, praticamente de um gênio? Fiquei pensando que poderíamos unir o útil ao agradável.

— Diga de uma vez, Pedro — pedi.

— Se ele se sentir mais útil, vai querer ficar mais um tempo e, se precisarmos dele, estará aqui. Além disso, eu e Valentina estamos sempre cheios de trabalho. Micah poderia aparecer aqui e dar uma ajuda a você, sem compromissos. Apenas se precisasse. Ele aprende o trabalho e te desafoga um pouco.

Eu já ia negar, sentindo-me um merda por precisar de ajuda para fazer um trabalho que sempre fiz, mas surpreendentemente foi Valentina quem falou primeiro, parecendo um tanto ansiosa:

— Acho isso desnecessário. Ele daria mais trabalho até aprender tudo e posso muito bem ajudar Theo se ele precisar. O irmão de vocês sempre foi impaciente e na certa já está querendo ir embora pra suas aventuras, não quer ficar preso aqui.

— Valentina tem razão.

— Eu não acho — insistiu Pedro, olhando-me fixamente. — Não vai doer você admitir que está sob pressão, Theo. A Falcão sempre foi importante demais pra você, com certeza sabe que não está podendo dar o melhor de si e não custa nada pedir ajuda, ainda mais sendo nosso irmão. Volto a repetir, todo mundo sairia lucrando. E sei que Micah quer só um motivo pra ficar. Vamos dar esse motivo a ele. Você continua como presidente e tomando as decisões finais, só vamos ter mais apoio.

Eu o observei, passando por cima do meu orgulho, sabendo que ele tinha razão. E, afinal, queria Micah por perto. Ainda tínhamos um mundo de coisas para resolver.

Vendo que eu pensava sobre o assunto, Valentina foi mais insistente:

— Não concordo com isso. Micael não sabe nada sobre a empresa. Pode atrapalhar mais do que ajudar.

Pedro olhou-a, desconfiado, e foi direto:

— Qual é o seu problema com ele, Valentina?

— Problema? Nenhum, claro! — retrucou, nervosa. — De onde tirou essa ideia? Mal o conheço!

— Exatamente — concordou ele.

— Sei que sempre foi um irresponsável.

— Foi. Agora ele tem trinta e três anos e é um agente da Abin, não pode ser tão irresponsável assim — afirmou Pedro. — Sabe que fui um dos que mais desconfiei da volta de Micah, mas ele só tem nos ajudado. E algo me diz que poderá ajudar ainda mais.

— Eu sinto o mesmo — admiti.

Valentina ficou quieta, mas apertava os lábios, contrariada. Por fim, acabei tomando minha decisão:

— Vou conversar com ele. Talvez possamos tentar. E vou me concentrar mais, é apenas muita coisa na minha cabeça.

— Compreendo, irmão. Faça no seu tempo.

A reunião foi finalizada. Depois que eles saíram, me senti ainda pior, um merda. Nem o trabalho, ao qual tinha dedicado toda minha vida, era o suficiente para mim. Eva tinha destruído tudo.

No dia doze de novembro, um dia antes de Helena e Caio completarem um mês de vida, tirei a tala e fiz radiografias. Meus dedos continuavam inchados, doloridos e com as falanges roxas. Mas os ossos tinham se calcificado bem e o médico disse que nos primeiros dias era normal sentir incômodo e dor. A fisioterapia ajudaria a melhorar mais rápido.

Havia quase um mês que não via Eva. Exatos vinte e sete dias. Mas não passava um segundo sequer sem pensar nela, minha vida tinha se tornado uma tortura. Nada mais tinha importância e o que ainda mantinha minha sanidade era Helena. Passava o maior tempo possível com ela, me deliciava com seu cheiro, o modo como me olhava e agarrava meus dedos, sua semelhança absurda com a mãe. Era como matar um pouco a saudade estando com ela, saudade que sentia de Eva mesmo sem querer sentir.

Com exceção dos olhos que se tornavam cada vez mais azuis, como os meus, de resto, minha filha era uma miniatura da mãe. Eu a amava tanto que chegava a doer. E já sofria por ela, imaginando-a longe de Eva, pois eu não a queria mais na minha vida, mas não abriria mão de Helena. Era muita preocupação na minha cabeça.

Pela manhã, tomava café antes de sair de casa, bem cedo. Só Tia estava lá, sentada ao meu lado, um tanto calada. Praticamente todos os dias falava que Eva precisava sair do quarto, que era loucura isolá-la daquele jeito, que precisava voltar ao médico para fazer os exames pós-parto e ser liberada oficialmente do resguardo. Eu me mantinha firme em minha posição e ela reclamava que falar comigo era o mesmo que bater contra um muro de concreto, que eu era teimoso demais.

No entanto, estava muito quieta naquela manhã e olhei-a, um tanto preocupado com seu desânimo.

— É necessário manter as enfermeiras ainda? — indaguei.

— Não. Pode dispensá-las. — Nem me olhou ao responder.

Sabia que se sentia impotente. Tentava me ajudar, pedia que eu não bebesse tanto, insistia para que comesse bem, porém se desesperava ao ver que nada melhorava. Mas o que eu podia fazer, quando o desespero me devorava vivo e lutava a cada dia para me manter lúcido e firme, sem saber como lidar com aquela situação, inseguro pela primeira vez na vida?

Micah tinha começado a ir ao escritório e, surpreendentemente, estava se saindo muito bem. Ele me aliviou de algumas obrigações e aprendeu o trabalho rápido. Sentia que existiam atritos entre ele e Valentina, o que parecia até diverti-lo, mas eu não tinha cabeça para me preocupar com bobagens. Fazia o que podia e o resto passava para ele. Pelo menos, as coisas entraram nos eixos.

Estava terminando meu café quando Gabi entrou na cozinha empurrando o carrinho de Caio, com Joaquim ao lado dela, ambos sorrindo. Estavam felizes e sempre apaixonados, curtindo juntos cada minuto da aventura de serem pais. Mais de uma vez peguei-me com inveja, mesmo sem querer. Helena nunca tinha os pais juntos, só seu tempo com cada um. E, no fundo, eu me sentia culpado.

— Bom dia — eles nos cumprimentaram, acomodando-se em volta da mesa.

— Bom dia — respondi.

— E essa mão? — Joaquim fitou meus dedos ainda arroxeados e levemente inchados, enquanto se servia de café, deixando seu chapéu em uma cadeira vazia.

— Já está boa.

— Quase boa — corrigiu Tia. — Tem que fazer fisioterapia.

Eu não disse nada, sabendo que não perderia meu tempo com aquilo. Ia esperar os dedos voltarem naturalmente ao normal.

— Theo — chamou Gabi, com o semblante preocupado e emocionado, deixando-me alerta. — Preciso pedir uma coisa.

Aguardei, sério. Ela respirou fundo e disse suavemente:

— Sei como tem sido difícil pra você. Pra mim também foi, pois Eva é minha irmã. Mas sei que pra você foi muito pior, por isso não me meti, deixei o tempo passar, as coisas se acalmarem. Mas agora...

— Agora o que, Gabi?

— Ela está há um mês trancada naquele quarto e nem um dia sequer reclamou, como se aceitasse qualquer castigo que desse a ela. Come, toma banho, toma conta de Helena, faz tudo como deve ser, mas está tão triste quanto você.

— Não quero falar sobre isso. — Arrastei a cadeira e me levantei.

— Mas precisa me ouvir! — Surpreendendo-me, Gabi se levantou também, olhando-me decidida e ao mesmo tempo suplicante, com lágrimas nos olhos. — Se quer matar a Eva, vai conseguir, Theo! Ela está definhando naquele quarto, aquilo não é vida, pelo amor de Deus! Grite, xingue, mas não a torture nem se torture mais! Não dá pra ficar imparcial vendo tanto sofrimento!

— Ela quis assim! — falei entredentes.

— Sim, ela errou! Está pagando! Mas não somos carrascos! Eva é mãe da sua filha, merece ao menos ter o direito de andar pela casa, de pegar um sol e respirar ar puro. Merece o direito de ir ao médico!

— Vou mandar o médico vir aqui hoje pra ver vocês duas.

— Tá! Mas não pode deixá-la para sempre naquele quarto! — Suspirou, secando as lágrimas com as pontas dos dedos, e implorou: — Por favor, Theo, pense nisso. Ninguém aguenta viver assim, até na cadeia os presos precisam de uma hora fora da cela pra não enlouquecer. A casa está cheia de seguranças em volta, ela não vai fugir. Eu e Tia ficamos com ela. Confie na gente, por favor.

Eu me senti péssimo. Suas palavras calaram forte dentro de mim e percebi que além de Gabi, Joaquim e Tia pensavam da mesma maneira. Vi o quanto estava sendo um carrasco, mas não me sentia preparado para ver Eva, para me desesperar ainda mais.

Estava muito cansado. Era duro demais suportar a realidade, mas eles tinham razão.

— Quero o segurança de olho nela. E vocês também. E que não se afaste das redondezas da casa. Quando eu voltar do trabalho, ela deve estar no quarto. Não quero que cruze o meu caminho.

— Está bem — concordou Gabi, na hora.

— Graças a Deus! — Tia se levantou aliviada e veio até mim. Segurou minha cabeça e me puxou para beijar meu rosto, acariciando meu cabelo. — Não vai se arrepender, filho.

— Assim espero, Tia.

Saí de lá arrasado, que era como eu tinha passado a viver.

EVA

Foram dias difíceis e fui testada até meu limite. Acordava apenas por causa de Helena. Caso contrário, para que comer, respirar e viver? O que tinha para me fazer seguir em frente além da dor, da saudade e da culpa? Eu tinha minha filha e foi dela que extraí todas as minhas forças.

Não enlouqueci por ela e por Gabi e Tia, que estavam sempre comigo, conversando e me dando conselhos. Aprendi a não criar expectativas nem me entregar à ansiedade, pois nada se resolveria de uma hora para outra. Apesar de sofrer, me preocupar e me sentir morrer um pouco a cada dia, algo dentro de mim ainda me dava alguma esperança, mesmo que mínima. Era um fio no qual eu me agarrava firmemente, sem nunca o soltar.

Era uma prisioneira, mas ainda conseguia suportar a situação. Tentava ver televisão, ler, ouvir música, navegar na internet, aprender bordado com a Tia. Conversava com ela e com Gabi. Brincava com Helena, que me olhava e sacudia perninhas e braços, sem saber da dor dentro de mim disfarçada por meu sorriso. E a maior distração era olhar pela janela a fazenda e o mundo lá fora, como se eu estivesse isolada em uma torre inalcançável. Era ali que também matava um pouco a saudade absurda de Theo.

A janela do quarto dava para a lateral da casa e, de um canto, eu podia ver um pedaço do portão da frente. Aprendi a me esgueirar ali no final da tarde e esperar, só para ver o carro preto de Theo passar e conseguir ter um vislumbre ocasional dele entrando na casa. Não era muito, apenas uma silhueta de relance. Mas era tudo que eu tinha, uma migalha para me alimentar em minha saudade avassaladora.

Adorava quando Helena abria os olhos. Eram cada vez mais parecidos com os de Theo, não só na cor e no formato, mas na intensidade. Eu quase a podia ver mais velha com aquele finco entre as sobrancelhas, decidida, fazendo as pessoas terem vontade de obedecê-la. Eu sorria e acariciava-a entre os olhos, dizendo baixinho:

— Theozinha...

E ela apenas me olhava, como se já soubesse de tudo.

Naquele dia treze de novembro acordei e Helena chorava no berço. Eu a peguei no colo e a enchi de beijos, levando-a para a cama e trocando sua fralda, cantando baixinho:

— Parabéns pra você, nessa data querida, muitas felicidades, muitos anos de vida...

Ela reclamava querendo mamar, sacudindo as perninhas.

— Minha princesa linda, coisa fofa da mamãe...

Eu conversava com ela, debruçada, totalmente recuperada do parto, meu corpo praticamente o mesmo de antes. Ainda tinha a barriga levemente arredondada e os seios mais cheios, mas fora isso, estava muito bem.

Sentei em uma poltrona e a acomodei no colo, até que abocanhou meu mamilo e mamou sofregamente, sossegando quando teve o que queria.

— Parece o pai... — murmurei, acariciando suavemente sua penugem loira, olhando-a cheia de amor, a saudade doendo como sempre dentro de mim.

Imaginei por um minuto como seria ter Theo dividindo comigo aqueles pequenos momentos e comemorando o primeiro mês de vida de nossa filha. Não pude deixar de sentir, além de tudo, também o desejo corroendo minhas entranhas. Poderíamos voltar a fazer amor, livres, intensos como sempre. Embora duvidasse que ele voltaria a tocar em mim. Não queria nem me olhar.

Empurrei a tristeza e o desespero para o fundo de mim, lembrando-me de repetir meu mantra de "um dia de cada vez", para poder suportar a dor e seguir em frente.

Acabei de amamentar Helena e levantei, apoiando-a contra o peito para ela arrotar, andando devagar pelo quarto e cantando baixinho.

Naquele momento, bateram na porta e, somente por alguns segundos, ousei ter esperanças de que fosse Theo. No fundo, sempre esperava ansiosamente pelo momento em que o veria. Meu coração disparou e senti o corpo mole, dormente. Mas não foi ele quem entrou, e sim Gabi com Caio no colo, acompanhada por Tia. Minha irmã sorriu, falando:

— Viemos dar os parabéns pra Helena!

— E quero beijar o Caio. — Sorri de volta, embora ainda fosse um sorriso triste.

Peguei meu sobrinho no colo, beijando sua carequinha e desejando a ele sinceros votos de saúde e de felicidade. Era um garotão, grande e robusto, com os olhos verdes do pai, bem mais pesado que Helena.

— Eu e Tia compramos dois balancinhos de neném, estão lá no jardim, embaixo de uma árvore. Assim, podemos deixá-los lá e sentar perto enquanto conversamos — disse Gabi, já mais à vontade comigo, como se tivesse me perdoado de vez e acreditasse em mim. — Tia disse que vai fazer um bolo e podemos cantar parabéns pra eles à tarde. O que acha?

— Eu... Vai ser legal. — Forcei um sorriso, embora soubesse que não poderia estar presente. — Tirem fotos.

— Claro! Você pode tirar as suas também. Vamos lá ver?

— Mas eu... Eu não posso... — murmurei.

— Pode sim. — Tia sorriu para mim e abriu a porta do quarto. Vi o segurança lá fora. — Theo mudou de ideia, não é mais prisioneira deste quarto. Mas não quer que ande sozinha por aí nem se afaste da casa. Já é alguma coisa, não é?

Eu senti aquela sementinha de esperança crescer ainda mais e uma emoção indescritível tomou conta de mim. Lágrimas inundaram meus olhos e não tive condições de falar.

Gabi se aproximou e beijou meu rosto.

— Tudo vai dar certo, Eva. Não desista — disse ela.

— Não vou desistir — consegui sussurrar.

— Theo é osso duro de roer, mas aos poucos vai enxergar tudo, vai ver, como nós, que você o ama.

Olhei-a, cheia de dúvidas, mas querendo muito acreditar que ela estava certa.

— Mas olha, tem que ser com calma — disse, cuidadosa. — Ele ainda não quer ver você. Antes que ele chegue, volte pra cá. As conquistas são lentas, mas, se for paciente, vai valer a pena.

— Eu sou paciente. — Consegui sorrir e engolir as lágrimas.

Devolvi Caio para a mãe e abracei Helena com carinho, pegando uma mantinha e a chupeta para ela. Quando saí do quarto, foi como sair de uma prisão e só então me dei conta de como estava sufocada. Acenei com a cabeça para o segurança e não me importei por ele nos seguir.

Caminhei devagar, mas queria correr para ver o dia e sentir o ar da manhã no rosto. Quando descemos e Tia abriu a porta da frente, pisei na varanda com uma felicidade que, mesmo em meio a tudo, era muito real e pura.

Senti a brisa suave no rosto, inspirei o ar perfumado de flores, olhei o dia lindo e claro. Foi impossível não me encher de esperanças, não rezar a Deus que me ajudasse a passar por tudo aquilo e provar meu amor. Comemorei comigo mesma aquela pequena vitória e liberdade. Apesar de tudo, ainda estava ali, com minha filha nos braços, com o apoio de Tia e Gabi, não mofando numa cadeia ou proibida de chegar perto de Helena.

— Vem ver os balanços! — Gabi passou por mim com Caio no colo, animada, descendo os degraus da varanda. — Vamos comemorar! Hoje é dia de festa!

E era mesmo. Em meio a todo o caos, a uma guerra que ainda teria que enfrentar pela frente, aquele dia era um bálsamo e um banho de esperanças. Sorri e a segui.

Foi maravilhoso. Como podíamos dar tanto valor às mínimas coisas quando nos víamos privados delas? Um raio de sol no rosto, sentar sob uma árvore e ver as folhas balançando, poder andar além de quatro paredes: eram sensações maravilhosas e inexplicáveis e aproveitei cada uma delas.

Colocamos Helena e Caio nos balanços, conversamos, tomamos refrescos. Entramos e ficamos na cozinha com Tia, preparando o almoço e ajudando a fazer o bolo, enquanto os bebês dormiam em seus carrinhos. Sorri pela primeira vez de verdade em muitos dias. Relaxei e simplesmente me permiti aqueles pequenos prazeres. Nem pensei muito na dor e no mal que minha mãe e Lauro ainda podiam causar.

A médica ginecologista e obstetra que nos acompanhou durante a gravidez veio nos ver em casa ainda de manhã e nos examinou. Tanto eu quanto Gabi recebemos alta e um pedido de exames de rotina para fazer mais para a frente. De resto, estava tudo bem. O resguardo chegava ao fim.

Nem o fato de almoçar na mesa com Mário Falcão e ele me olhar insistentemente me desanimou. Eu não tinha certeza de até que ponto ele sabia quem eu era, mas desconfiava que não haviam contado nada a ele. Devia estranhar minha ausência naquele mês inteiro e sentir que algo não ia bem, mas devido ao seu estado, com certeza, tinha sido poupado dos detalhes.

Muitas vezes, sentia vontade de dizer a ele quem eu era e perguntar se matou mesmo meu avô e roubou nossas terras. Era praticamente uma certeza, mas queria estar olhando em seus olhos e ver a verdade neles. No entanto, apenas o evitava. Ele era o maior estranho para mim naquela casa.

Heitor e Joaquim também vieram almoçar e me trataram bem, pegaram Helena no colo, trouxeram presentinhos para ela e Caio, brinquedos como mordedores e chocalhos coloridos. Joaquim acariciou a figa presa na pulseirinha de Helena e sorriu, comentando:

— Outro dia, ele me perguntou se ela estava usando a pulseira.

Na mesma hora que falou, ele pareceu se assustar e arregalou os olhos para o pai, com medo de ter deixado escapar que era presente de Micah. Pelo que soube, foi ele quem deu a pulseirinha para minha filha e ainda estava na cidade, mas Tia contara que Mário não sabia de nada.

Gabi sacudiu a cabeça, como se garantisse que ele não pronunciou o nome do irmão. Mário continuou comendo normalmente e Joaquim se sentou, um pouco nervoso.

À tarde, voltamos para o jardim e sentamos à sombra. Eu, Tia e Gabi cantamos parabéns quando Helena e Caio estavam acordados em nosso colo e tiramos várias fotos. O segurança permanecia de longe, olhando tudo, e Tia lhe ofereceu bolo e refresco.

Foi tudo maravilhoso e só lamentei ter que entrar quando a tarde caiu. Queria muito, desesperadamente, ver Theo, mas entrei em casa e voltei ao quarto dizendo a mim mesma para ter calma.

Beijei e agradeci a Tia e a Gabi.

À noite, quando Tia entrou para pegar Helena e levá-la para Theo, eu a entreguei e perguntei baixinho:

— Como ele está?

— Bem. — Ela acomodou minha filha no colo, linda em um macacãozinho vermelho, adormecida. — Trouxe um monte de presentes para os bebês. Está lá embaixo com os irmãos.

Acenei com a cabeça, lutando para não chorar, morrendo de vontade de ir junto.

— E a mão dele?

— Quase boa. Tirou a tala e não tem mais ossos quebrados. Aos poucos tudo se ajeita, Eva. Tenha fé.

— Eu tenho. — Sorri, embora algo travasse minha garganta. — Tia...

— Sim?

— Dê um beijo em Theo, como se fosse meu. Mas não diga nada.

Ela suspirou, desolada.

— Dou sim, minha filha. — Beijou meu rosto. — Fique bem.

— Vou ficar.

Depois que ela saiu, eu me joguei na cama e chorei muito, soluçando, o desespero me consumindo. A saudade que sentia de Theo era o pior martírio. Com ela, eu ainda teria que conviver por um bom tempo.

7
THEO

Eu tive muita dificuldade para dormir naquela noite, mas não bebi. Eva não saía da minha cabeça, ainda mais porque Tia tinha feito questão de comentar como tinha sido bom cantar parabéns para Helena e Caio e como ela, Eva e Gabi ficaram felizes. Não respondi nada, mas enquanto à noite todos se reuniam para comemorar o primeiro mês de vida dos bebês com um belo jantar, pensei nela sozinha naquele quarto. Tive muita raiva de Eva e de mim mesmo.

Achei que precisava sair um pouco de casa. Talvez uma mulher pudesse me ajudar a aplacar o desejo, o ódio, o tesão e a saudade, toda a obsessão que sentia por Eva e que, apesar de tudo, persistia. A anulação do casamento estava prestes a sair e não queria mais uma traidora como ela em minha vida.

Pensei em ir ao Clube Triquetra no sábado. Há muito tempo não sabia o que era pisar lá ou no calabouço. Meus desejos vorazes como dominador tinham sido contidos dentro de mim, antes pela gravidez de Eva e depois pela tragédia que se abateu sobre mim. Não tinha ânimo para nada, embora meu corpo ardesse e eu acordasse com uma ereção dolorosa toda manhã. Sempre fui um homem com desejos fortes e tudo parecia se acumular dentro de mim, como um vulcão prestes a entrar em erupção.

O pior era não sentir vontade de tocar em outra mulher. Sabia que sempre teria alguma querendo ir para a minha cama, não importava onde eu fosse. E talvez eu só precisasse de sexo mesmo, para tirar Eva mais rápido da minha corrente sanguínea. Mas era difícil me imaginar com outra mulher quando ela ainda estava tão entranhada ao meu corpo, à minha mente e aos meus desejos. Por mais que a odiasse, era nela que pensava ao dormir e ao acordar, era seu corpo que desejava loucamente contra o meu e seu cheiro que me deixava doido.

Vi o modo como Gabi e Joaquim passaram o jantar, apaixonados, comemorando o fato de não ter mais resguardo. Se nada daquilo estivesse acontecendo, eu estaria na cama com Eva, comemorando também, penetrando-a, beijando-a, amando-a. Com ela sempre tinha sido diferente e único. Mas não dava para fugir da verdade. A realidade era que nunca a perdoaria ou voltaria a tocar nela.

Aquela noite foi ainda pior do que as outras, e mesmo duro, excitado, com Eva tomando todo meu pensamento e meus sentidos, não bebi nem me masturbei. Lutei por horas comigo mesmo e só consegui dormir quando o dia já estava amanhecendo.

No sábado, haveria uma feira de Exposições de Gado, em Uberaba, e nós teríamos gado e novilhos nossos participando. Saí cedo com Pedro, Joaquim e Heitor, e encontramos com Micah lá. Era a primeira vez que saíamos juntos. Existia uma camaradagem tranquila entre nós. Percorremos os pavilhões, vendemos um bom lote de gado, fechamos negócios. Fiquei impressionado como Micah pegou rápido o andamento de tudo e dava boas opiniões.

Como sempre, Pedro não podia ver mulher que logo marcava encontros com mais de uma. Havia muitas por lá, uma mais bonita que a outra. Fomos alvos de várias paqueras e até de investidas diretas. Heitor acabou tendo uma loira escultural como companhia constante e Pedro ficou provocando, jogando charme. No meio da tarde, os dois sumiram e Micah comentou:

— Eles continuam com esses jogos de compartilhar?

— De vez em quando. — Dei de ombros. — São como siameses, às vezes.

— Compartilhar não é comigo, embora já tenha experimentado uma loucura ou outra — disse Micah.

— Nem comigo — concordei.

Estávamos sentados em volta de uma mesa após almoçarmos no melhor restaurante perto do pavilhão. Para onde quer que eu olhasse, havia uma mulher me paquerando, mas permaneci frio, passando o polegar no lábio inferior, só observando.

— Nunca nem experimentei isso — disse Joaquim, sorrindo, meio sem graça. — Deve ser muito esquisito ficar pelado perto de outro cara, dividindo uma mulher. Ainda mais se esse cara é seu irmão.

— Você se acostuma — completou Micah, tomando um gole da sua cerveja, bem-humorado.

— Bom, não experimentei nem vou experimentar. Agora sou casado e muito feliz — disse Joaquim, com um sorriso que comprovava sua felicidade.

Eu não falei nada. Olhei para uma morena bastante atraente que baixou o olhar, com jeito submisso. Ela usava um batom vermelho forte, que combinava com suas unhas compridas. Estranhamente, aquilo não mexeu comigo. Com frieza, desviei o olhar, irritado comigo mesmo.

Saímos de lá por volta das três da tarde. Micah voltou em sua moto e Joaquim em meu carro comigo. Heitor tinha sumido com Pedro, imaginei o que os seguranças encarregados de segui-los deviam estar pensando, mas não me incomodei. Os outros seguranças vieram atrás de nós.

Deixei o carro na garagem da fazenda e voltei ao casarão conversando com Joaquim sobre o sucesso da exposição, mas estava um tanto distraído. Acho que por isso não notei o movimento no jardim ao lado da entrada da varanda até estar quase perto dos degraus. Então, já era tarde demais e, pela primeira vez, em quase um mês, fitei os olhos grandes e verdes de Eva fixos em mim.

Parei, chocado, estarrecido, uma miríade de emoções violentas me envolvendo. Todo o meu corpo reagiu, o coração bateu forte contra minhas costelas, a respiração se alterou. Amor, desejo, mágoa, raiva, tudo se misturou dentro de mim sem controle.

Naquela tarde fresca e ensolarada, Gabi e Eva tinham estendido um lençol branco na grama sob uma grande árvore e estavam lá sentadas, enquanto Caio e Helena dormiam ao lado delas. Vi tudo de relance, pois meus olhos só conseguiam se fixar em Eva. Os cabelos claros soltos voando com a brisa, o jeans mostrando como seu corpo tinha voltado à forma de antes, a camiseta rosa colando-se aos seios redondos, sem maquiagem, descalça, mais linda do que nunca.

Cheguei a sentir o peito doer. O mundo todo deixou de existir diante da minha saudade. Da vontade de ir até ela e puxá-la para mim, beijar seus lábios entreabertos até meu coração se curar, apertá-la tão forte que ninguém nunca mais poderia nos separar. Foi um custo me lembrar por que aquilo não podia acontecer. Mas lembrei.

O sofrimento ainda latejava demais para ser esquecido, assim como a traição. Empurrei para longe o desejo e os sentimentos que ela ainda despertava em mim e cerrei o maxilar, deixando a ira tomar conta de tudo. Apertando os olhos com ódio, caminhei duro até ela e na mesma hora Joaquim me seguiu, dizendo cauteloso:

— Theo...

— Theo... — repetiu Gabi, levantando de um pulo. Eva também se ergueu, nervosa, olhos arregalados para mim, mas a irmã se meteu na frente dela e esticou a mão para me conter, completando: — Pare, Theo!

— O que ela está fazendo aqui? — perguntei, furioso.

— Você deixou, você...

— Quando eu não estivesse em casa! — gritei, muito puto.

— Mas pensei... Está certo, vamos entrar. Entendi. Agora, se acalme — pediu Gabi, ainda na frente de Eva.

— O que pensa que vou fazer, bater nela? — Franzi o cenho, me dando conta da preocupação de Gabi e Joaquim.

— Não, mas, Theo, você precisa se acalmar.

— Eu vou entrar — disse Eva, baixinho, e nossos olhares se encontraram.

Fitava-me sem disfarçar a saudade, o amor e a paixão, assim como a dor que trazia no olhar. Mas não acreditei em nada daquilo. Só me irritei mais, porque não queria vê-la, ter dúvidas, pena ou desejo. Eu só a queria fora da minha vida, longe de mim.

Esperei, calado, frio, dando uma ordem com o olhar. E ela obedeceu. Mordeu o lábio inferior, pareceu prestes a dizer algo mais, só que desistiu. Abaixou-se e, com cuidado, pegou Helena nos braços.

— Vou com você — disse Gabi, virando-se para pegar Caio. Então, me olhou: — Dá licença, Theo.

Eu dei um passo para o lado, saindo do caminho. Gabi passou na minha frente, cautelosa. Joaquim continuou perto, como se estivesse prestes a agir se fosse necessário. E, então, Eva se aproximou, fitando meus olhos.

Nem pisquei. A fúria ferveu dentro de mim ao vê-la com nossa filha nos braços. Senti vontade de tocá-las, mas permaneci imóvel. Eva passou por mim e seguiu em frente. Talvez fosse imaginação minha, mas senti seu cheiro e todo o meu corpo reagiu. Foi uma tortura apenas olhar enquanto saía de perto, subia os degraus da varanda e entrava na casa seguindo Gabi. O segurança que estivera ali o tempo todo as seguiu.

— Irmão, Gabi não fez por mal — disse Joaquim.

— Eu sei.

Sabendo que não poderia ficar ali sem cometer alguma loucura, comecei a caminhar.

— Aonde você vai? — perguntou Joaquim.

— Ficar longe disso tudo. — E minha voz saiu mais cansada do que eu gostaria.

Escurecia quando cheguei à cidade e fui direto ao Falconetes. Como era sábado, já estava enchendo, mas ainda havia várias mesas vazias. Escolhi uma de canto e sentei.

Abigail me viu do bar e veio até mim, sorrindo.

— Ora, ora! Quanto tempo, sumido.

Apenas a olhei, mas foi o suficiente para ela perceber que havia algo errado. Franziu o cenho e chegou mais perto.

— Theo, o que houve? Por que está tão abatido?

— Nada. — Recostei-me na cadeira, bem sério. — Pode trazer um uísque, por favor?

— Claro, mas... Como assim, nada? Soube que andam com problemas com ladrões de gado e ameaças, vi os seguranças pela cidade, mas... É sério assim?

— Tudo vai se resolver, Abigail.

— Seus irmãos estão bem?

— Sim.

— E Eva e sua filha?

Eu não queria falar, mas sentia que sua preocupação era genuína.

— Estão todos bem. São só problemas, mas vão passar — desconversei.

— Se eu puder fazer alguma coisa, Theo.

— Só me trazer uma bebida mesmo.

— Certo. Vou mandar uma das meninas trazer. Mas se precisar de alguma coisa, diga. Estou ali no balcão.

— Pode deixar.

Ela acenou com a cabeça, ainda preocupada. Mas, se afastou. Logo uma garçonete trouxe um copo de uísque com gelo e, mal o depositou na mesa, falei secamente:

— Pode trazer outro. E sem gelo.

— Sim, senhor.

Tomei a bebida em dois goles. Algumas pessoas passaram perto e me cumprimentaram. Respondi sem nem ver quem eram, olhando para a frente, a imagem de Eva tomando toda minha mente. Tive um ódio mortal de mim mesmo por não conseguir me livrar dela, por ela ter tanto poder sobre mim, apesar de tudo.

Bebi todo o uísque do segundo copo e pedi mais uma dose. Depois outra. Era bom ficar dopado, sem capacidade de pensar. Tinha muito ódio da minha fraqueza, da minha falta de coragem de arrancar Eva da minha casa e jogá-la na cadeia. Ela não merecia minha preocupação. Devia estar só esperando a primeira oportunidade para me apunhalar pelas costas de novo. Então, por que eu não agia? Porque era mãe da minha filha? Porque no fundo não podia imaginá-la na prisão?

No quinto copo do uísque, já me sentia alterado e meio tonto. Mas o alívio ao meu tormento não vinha. A dor latejava dentro de mim.

Abigail voltou à mesa e se sentou ao meu lado, preocupada.

— Meu amigo, não acha que já bebeu demais? Como vai voltar dirigindo assim?

— Estou bem — disse e tomei o último gole do copo.

— Está tudo menos bem, Theo. — Estendeu a mão e acariciou o meu braço. — Sabe que pode confiar em mim. O que está deixando você assim?

Eu a olhei, cansado. As pessoas passavam, divertiam-se, falavam alto. Uma música tocava, mas eu me sentia sozinho. Arrasado.

— Fui traído, Abigail.

— Como?

Ela olhava-me atentamente, sua mão repousada em meu braço.

— Eva. — Foi só uma palavra, mas doeu demais.

Ela franziu o cenho e negou com a cabeça.

— Não é possível. Ela não seria tão burra. Não tendo um homem como você.

— Não foi sexualmente. Ao menos, acho que não.

— Mas...

— Lembra de Pablo Amaro?

— Claro.

— É neta dele. É irmã de Gabi, filha de Luiza Amaro. Junto com a mãe e a avó, armou de se aproximar de mim, pra se vingar porque acha que meu pai matou seu avô e conseguiu as terras deles ilegalmente — confessei, baixo, realmente cansado.

Brinquei com o copo vazio sobre a mesa.

— Meu Deus... — Ela estava surpresa.

Encarei-a. Sabia que não contaria a ninguém, éramos amigos havia muitos anos, eu a conhecia. Ainda assim, sentia certa vergonha ao comentar o quanto fui enganado.

Precisava desabafar, queria algum alívio, já que a bebida só serviu para me deixar tonto.

— Mas como... Como pode, isso?

— Eva me enganou desde o início. Forjou documentos falsos. Participou daquele atentado em que tomei o tiro. Lembra que foi ela que me encontrou na favela? Tudo armado.

— Isso é sério demais. Você podia ter morrido! — exclamou, furiosa.

— Eu sei.

— Theo, mas o que ela esperava conseguir? As terras de volta?

— Possivelmente. E muito mais, afinal, mesmo com documentos falsos, teria validade se não fosse descoberta. E tivemos uma filha. Sairia lucrando muito com um divórcio. E mais ainda com minha morte.

— Não diga isso! — Fitou-me, horrorizada.

Sorri, sem um pingo de vontade.

— É a verdade.

— Que coisa! Por essa, eu não esperava. Sabe Theo, sempre desconfiei dela. Ainda mais quando Dalila disse que ela vinha pra causar destruição e por ela você sujaria as mãos de sangue. Agora entendo por quê! Nem sei mais o que dizer.

Eu também não sabia. Recostei-me na cadeira e tirei os braços da mesa, fazendo Abigail me soltar. Estava morto, só queria um lugar para deitar e apagar. Pensei em pedir mais uma dose, mas aí não teria condições de voltar para casa.

— E agora? O que vai fazer?

— Estamos tentando pegar a mãe e o comparsa dela. Então, poderei decidir o que fazer com Eva. Por enquanto, está sendo vigiada em casa.

— Entendo. Elas tinham um comparsa?

— Sim.

Ela franziu o cenho, como se lembrasse de algo.

— Agora sei quem era aquele homem que falou com Eva aqui!

Eu a olhei na hora, sentindo-me gelar por dentro.

— Que homem?

Abigail vacilou, mas insisti:

— Que homem?

— Teve uma noite em que vocês vieram aqui, foi quando as Espetaculosas se apresentaram. Eva estava na fila do banheiro e vi quando um homem alto encostou nela e deixou algo em sua mão. Parecia um bilhete. Ela entrou correndo no banheiro e quando saiu, perguntei quem era o homem e o que tinha dado a ela. Ficou nervosa, negou tudo. Mas sei o que vi.

Fiquei cego de ódio. Ao mesmo tempo senti vergonha, ao imaginar que além de tudo, ela poderia ter armado ainda mais contra mim ou ter sido amante de Lauro Alves. Foi como se um véu vermelho descesse sobre meus olhos.

— Por que não me contou? — perguntei, furioso.

— Theo, o que eu poderia dizer? Não tinha certeza de nada! E, além disso, já fomos amantes. Você podia pensar que era mentira minha pra separar vocês, sei lá — respondeu, nervosa.

Eu me levantei e tirei a carteira do bolso, minha visão meio turva. Peguei várias notas e larguei sobre a mesa.

— Theo... — Abigail se levantou também, preocupada. — Entenda, não fiz por mal. Eu só...

— Deixa isso pra lá — rosnei, rasgando-me por dentro, por um fio não me descontrolando totalmente. — Preciso ir.

— Eu te levo. Não está em condições de dirigir.

Eu dei as costas a ela e caminhei até a saída. Correu atrás de mim, suplicando baixinho:

— Escute o que estou falando, eu...

— Me deixe em paz, Abigail — eu disse, com tanta frieza que ela obedeceu.

Saí do Falconetes e entrei em meu carro, acelerando, vendo o carro dos seguranças me seguir.

Diminuí a velocidade e me concentrei, sabendo que não tinha mesmo condições de dirigir. Nem sei como cheguei à fazenda. Larguei o carro na frente de casa e saí, furioso, fora de mim, fervendo de mágoa e de ódio. Aquela desgraçada ia me contar tudo. Ou eu não responderia por mim.

A casa estava vazia e concluí que meus irmãos tinham saído. Subi os degraus e cheguei ao corredor. Vi o segurança na porta do quarto de Eva, sentado em uma cadeira. Ele me cumprimentou, mas nem sei se respondi. Estava cego, surdo, irado.

Agarrei a maçaneta e abri a porta, fechando-a atrás de mim. O quarto estava vazio. Olhei em volta e vi Helena dormindo em seu berço. Uma música suave tocava ao fundo, tudo parecia tranquilo e em paz, mas sentia que dentro de mim tudo crescia como um terremoto, pronto para arrasar tudo.

Andei até o centro do quarto e Eva saiu do banheiro, descalça, cabelos molhados, apenas uma toalha branca em volta do corpo. Parou abruptamente ao me ver e arregalou os olhos surpresa, pega desprevenida.

— Theo...

Eu a fitei dentro dos olhos, imóvel, os punhos cerrados ao lado do corpo, emoções violentas me dominando.

— Você foi amante dele?

— O quê? — Ela não entendeu nada, um pouco assustada.

— Responda! — Dei um passo à frente.

— Não sei do que está falando. — Estava pálida.

Minha vontade era de sacudi-la, de fazê-la confessar tudo.

— Lauro Alves, é dele que estou falando.

— Eu já disse que...

— Você é uma falsa, mentirosa! — Parei à sua frente, fora de mim, sem poder me controlar. Agarrei seu braço e a puxei, meu nariz quase colado ao dela, meu ódio deixando-me irracional. — Vim agora do Falconetes e Abigail me falou do encontro que teve com ele lá.

— Não foi um encontro! — Eva tremia, muito perto de mim, olhos desesperados e suplicantes. — Eu estava lá e ele se aproximou pra me entregar um bilhete.

— Fale tudo, porra! — Sacudi-a e ela gemeu, assustada.

— Não é isso que está pensando! Pare, Theo! Está me machucando. Você está bêbado!

— O que tinha no bilhete? — exigi, agarrando seu outro braço, sacudindo-a, tão irado que meu coração batia enlouquecido, estava a ponto de perder a cabeça, tudo maximizado pelo álcool que corria em minhas veias.

— Era da minha mãe. Eu a evitava, fugia dela, não atendia seus telefonemas e ela mandou Lauro atrás de mim.

— Mentira!

— Verdade! — gritou, prestes a chorar, suplicando. — Ela dizia que se eu não entrasse em contato, ia contar tudo pra você. Foi só isso, Theo!

— Não foi só isso! Vocês marcavam algo pelas minhas costas! O que era, Eva? Me matar? Pular na cama dele tão logo saísse da minha e rir pelo babaca que eu era?

— Não!

— Foi fácil me enganar, não é? — Eu a sacudi de novo, irado, enlouquecido de ciúme, de raiva, de desespero. — Muito mais fácil do que vocês pensaram.

— Não, Theo, foi só no início que participei de tudo, depois eu me apaixonei por você e tentei cair fora. Acredite em mim, nunca deixei Lauro ou outro homem tocar em mim, foi sempre só você, meu amor...

— Não me chame assim, desgraçada.

Eu devia largá-la, sair dali, mas não conseguia. E mesmo em meio à minha fúria, sentia seu cheiro, sua pele sob meus dedos, sua presença que me invadia como punhaladas. Não conseguia tirar meus olhos e minhas mãos dela, não conseguia parar de sofrer, obcecado, dilacerado.

— Mas é verdade... — E em meio ao medo e às lágrimas, Eva se colou a mim, disse perto do meu queixo, olhando em meus olhos, com a voz baixa, cheia de emoção: — Eu te amo. Só você, sempre você, Theo...

Tentei afastá-la com força, estava perto do meu limite, mas foi meu fim. A toalha em seu corpo se soltou e fiquei imobilizado ao vê-la completamente nua na minha frente, ainda mais linda do que era antes da gravidez, suas formas mais curvilíneas e femininas, os seios redondos e cheios, sua beleza sendo um golpe cruel demais para suportar.

Perdi o ar e a razão. Fitei seus lábios carnudos e trêmulos, seus olhos tão cheios de amor e soube que estava perdido. Gemi com uma dor que era quase física, um desejo que consumia tudo em sua voracidade, que me deixou doido, alucinado, com o corpo e a alma em combustão.

Empurrei-a contra a parede com brusquidão, arquejando como um animal enlouquecido, agarrando seu rosto entre as mãos, colando-me todo nela, encurralando-a brutalmente, duro e fora de mim, excitado a ponto de gemer de dor. E não pude mais lutar. Deixei de pensar, fui só instinto e sentimento, só paixão e perdição, em um delírio que me fez buscar sua boca com a minha, esfomeado.

Quase chorei, tamanho meu descontrole. Fechei os olhos e foi como viver pela primeira vez em muito tempo quando seus lábios se abriram e meti minha língua em sua boca. Eva não fugiu. Agarrou-me com igual desespero, gemeu, sugou minha língua, moveu loucamente a dela, beijou-me alucinada. E eu a beijei de volta, a possuí com a boca e a alma, com um desejo que ultrapassava qualquer razão, querendo ter mais dela do que era humanamente possível, cada parte minha entregue naquele beijo.

    Gememos e tomamos tudo um do outro. Respirei seu cheiro, engoli seu gosto, desci as mãos por sua pele, pois nada parecia o bastante para aplacar minha necessidade. Rosnei insano quando toquei seus seios, sua textura única, seus mamilos roçando minha pele, cada polegada dela feita para mim. Beijei-a tanto que não sabia mais qual boca era a minha, pois ela já fazia parte de mim, do meu corpo, da minha essência.

    Tornei-me mais voraz, alienado de tudo que não fosse Eva e aquela paixão, aquele amor sem limites sem o qual não conseguia viver. Percorri sua carne, suas curvas, esfreguei meu pau completamente duro na junção de suas pernas e tudo dentro de mim perdeu o controle. Uma necessidade única dela. Senti suas mãos em mim também, puxando minha camisa, tocando meus cabelos, agarrando-me com sofreguidão. Ouvi seus gemidos, tomei seus beijos. Eu precisava dela. Muito, demais, alucinadamente.

    Agarrei seus cabelos e puxei-os com força, expondo seu pescoço, descendo a boca por seu queixo até abocanhá-la, em mordidas fortes e chupadas firmes, saboreando sua pele, minha outra mão descendo por sua barriga, encontrando seus lábios vaginais inchados e completamente molhados.

— Porra... Porra...

Rosnei e a mordi de novo, fazendo-a gritar e me agarrar, tremer loucamente enquanto eu metia meu dedo dentro dela e fechava os olhos, sentindo sua maciez, delirando em meu desejo, pressionando meu pau em sua coxa.

— Theo... Theo... — Suplicava, pedia por mais, tentava abrir minha calça. E se movia contra minha mão entre as suas pernas, chupando meus dedos para dentro da sua boceta, dizendo fora de si, com voz chorosa:

— Me faça sua... Preciso tanto de você... Tanto... Meu amor, que saudade!

Ergui a cabeça e fitei seus olhos, fechando minha mão em sua garganta, a deixando sem ar, alguma força dentro de mim me mandando parar, querendo fazer a razão voltar. Mas o álcool e a paixão avassaladora que sentia por ela me confundiam e dominavam, minavam minhas forças, sua carne encharcada em volta dos meus dedos era tudo que conseguia sentir, eu me via a ponto de morrer se não entrasse nela.

— Você é minha... — rosnei, mantendo-a contra a parede, enfiando dois dedos fundo em sua boceta, desesperado por mais.

— Toda sua... Sempre... — Lágrimas desciam por seus olhos, os lábios tremiam, Eva me agarrava e descia a mão até meu pau completamente ereto, suplicando. — Vem pra mim, Theo... Eu te amo... Eu te amo tanto!

Respirei fundo, dividido, desvairado, corpo e mente lutando, minha força vital dizendo-me para continuar, pois eu não suportava mais ficar longe dela, minha razão querendo me lembrar quem ela era e o que tinha feito comigo.

— Mentirosa.

— Não. — Chorou e quis me beijar, mas a mantive imobilizada pelo pescoço, enquanto eu arfava e lutava comigo mesmo, como se tivessem dois homens igualmente fortes duelando dentro de mim.

Parei com os dedos dentro dela e falei perto de sua boca, fitando-a bem nos olhos, dizendo com uma ponta de desespero:

— Como pode fingir tanta paixão? Como pode me olhar com amor e me apunhalar pelas costas, sua maldita?

— Não... Não é fingimento. Me deixe provar...

E me beijou na boca com loucura e sentimento, saboreando meus lábios, buscando minha língua, movendo a boceta sedenta contra meus dedos. Não consegui resistir. Lutei, mas a beijei de volta, perdido em meu amor, em uma necessidade que era minha perdição. Quando ela abriu minha calça e tirou meu pau para fora, eu soube que tinha que estar dentro dela, acima de qualquer coisa.

Foi naquele momento que Helena acordou, chorando. Berrou alto e forte, nos fez parar colados e com as bocas e línguas unidas, a ponto de transar. Eva tremia sem controle. Eu sentia a razão retornar, gélida, lutando contra o corpo em brasa.

Helena gritou mais alto. Abri os olhos e arquejei. Afastei a boca e fitei os olhos de Eva. Ela me agarrou, em pânico.

— Não, não me deixe...

Mas os berros da minha filha foram como um alarme. Puxei os dedos de dentro dela e apoiei as duas mãos espalmadas na parede, buscando ar, tentando pensar, agir. Eva me abraçou pela cintura, encheu meu peito, meu rosto e meu queixo de beijos, suplicou entre lágrimas:

— Eu te amo mais do que tudo, me deixe provar, Theo... Faça o que quiser comigo, me castigue pelo resto da vida, mas não me deixe...

Fechei os olhos, agoniado. Tudo girava dentro de mim. Sabia que ela quase tinha me vencido. Se não fosse Helena acordar, teria me dado inteiro a ela, mesmo depois de tudo que ela me fez, mesmo sabendo que poderia estar armando para me destruir por completo.

Minha filha continuou gritando e foi aquilo que me deu forças. Abri os olhos e agarrei seus braços, encostando-a contra a parede, mantendo-a longe de mim enquanto a olhava furioso, principalmente, comigo mesmo, com a minha fraqueza.

— Acabou, Eva.

— Mas eu...

— Eu ia te comer, só isso. Foder você. Acha que posso perdoar sua traição? Sem confiança, não temos mais nada. Talvez sexo, mas nem isso eu quero. Não quero mais nada de você além de distância.

Foi difícil falar com tanta frieza quando eu ardia. Eva sacudiu a cabeça, chorando.

— Por favor... — implorou.

— Não.

Eu a soltei, como se estivesse segurando um carvão em brasa. Tentou me abraçar, mas avisei:

— Não, porra! Não me faça perder a cabeça!

— Theo...

Helena se esgoelava de tanto chorar. Quis pegá-la, mas percebi que eu tremia, não teria condições. E precisava ir embora, afastar-me de Eva o quanto antes. Dei-lhe as costas e caminhei decidido até a porta.

— Eu amo você e não é mentira! Eu amo você, Theo!

Eva gritou. Mas saí, como se mil demônios me perseguissem, batendo a porta atrás de mim, com ódio por querer tanto acreditar e ficar, quando eu sabia que não podia. Ela tinha feito um trabalho completo, acabado com minha confiança e com minha capacidade de perdoar. O homem que saiu daquele quarto estava vazio, oco, mais arrasado do que jamais havia estado.

8
EVA

— Eva, o que você tem? — perguntou Gabi.

No domingo, minha irmã foi conversar comigo depois do almoço.

Sentou na poltrona com Caio adormecido no colo, eu estava na cama, recostada na cabeceira, acariciando Helena, acordada, mas quietinha, ao meu lado.

Olhei para minha irmã, ainda sem poder acreditar que, apesar de tudo, estávamos juntas. Não sei como teria passado por tudo aquilo se não tivesse tido o apoio e a companhia dela e de Tia.

— Ontem Theo veio aqui — respondi.

A sua visita não saía da minha cabeça. Quase não tinha dormido, chorando por seu perdão, desejando-o tanto que meu corpo parecia entrar em combustão. Era uma mistura de paixão e amor, de loucura e de desejos não saciados. O tempo todo eu revia aqueles momentos.

— Veio? Mas conversou com você?

— Não, ele... estava muito nervoso. E tinha bebido.

— Continua nervoso hoje. — Gabi me olhava, pensativa. — Desceu só para o almoço e com uma cara! Não falou quase nada, bem mal-humorado. Ninguém nem ousou se meter com ele. Mas me conta, o que aconteceu?

— Theo tinha ido ao Falconetes e Abigail contou a ele que uma vez viu Lauro me passar um bilhete. Eu juro, Gabi, era da nossa mãe, furiosa porque eu a evitava e não entrava em contato. Tinha dito a ela que estava fora dessa vingança e me ameaçava: se eu não a procurasse, contaria tudo ao Theo.

Ela franziu o cenho, horrorizada. Continuei, angustiada:

— Abigail viu e agora contou para o Theo. Aposto que foi de propósito, ela nunca negou que é louca por ele. E aí ele ficou uma fera. Já tinha bebido e entrou aqui me acusando de ser amante de Lauro. — Eu respirei fundo, nervosa, sacudindo a cabeça, suplicando para que acreditasse em mim: — Isso nunca aconteceu. Theo foi meu único amante.

— Ele ficou com ciúme, Eva. Mas... machucou você?

Eu corei, desviando o olhar.

— Não. Foi bruto, mas me beijou. — Fechei os olhos, sem poder evitar. — Por um momento, pensei que me perdoaria. Que voltaria para mim. Mas é claro, não é tão fácil assim.

— Eva...

Eu abri os olhos e a fitei.

— Vai ter que ser paciente. Theo está tão furioso exatamente porque ama você como nunca amou mulher nenhuma. Ele não aceita traição. Para ele vai ser difícil perdoar, mas se entender que você o ama de verdade, se acreditar que tinha desistido da vingança, aos poucos vai voltar — disse minha irmã, com carinho.

— Acho que não, Gabi. Foi sério demais.

— Foi. Mas vamos deixar o tempo correr. Só não permita que ele a machuque. Se ele fizer isso, me fale.

Eu acabei sorrindo com seu tom protetor. Pensei o que diria se soubesse que a violência era uma velha companheira do seu irmão. Talvez soubesse e fosse isso que a preocupava. Acenei com a cabeça e fiquei quieta.

Gabi também ficou em silêncio. Por fim, me olhou e indagou baixinho:

— Como elas eram?

— Elas?

— Sua avó e sua mãe.

— Nossas. — Corrigi.

— Pra mim, não são minha família. Meu lugar é aqui, Eva. Mas fico curiosa. Como foi criada? Já contou superficialmente, mas o que quero saber é se cuidaram de você, apesar de tudo.

— À maneira delas, sim. Nunca foram de muito carinho. Mas não me deixaram sem escola nem passar fome. Nossa mãe, apesar de ser prostituta, nunca deixou que seus clientes me vissem ou tocassem em mim. A vovó era mais presente, me ajudava com os deveres, conversava comigo. Mas sabe, Gabi... Acho que nunca foram felizes, nunca se livraram do passado. Era sempre a vingança, o ódio, a espera pelo momento certo de agir. Penso que, se não fosse essa obsessão, teríamos sido muito felizes. E elas nunca teriam deixado você aqui.

— Não consigo entender isso. É muito louco! Abandonar uma filha na casa do inimigo para no futuro usá-la. Será que acharam que isso daria certo?

— Também não entendo — concordei. — Nossa avó foi contra. Mas, na época, mamãe disse que estávamos na rua e passando fome. De qualquer forma, não dá mesmo pra entender. Acho que ela contava com o fato de você não ser bem tratada e aceitar se voltar contra eles no futuro.

Era tudo um horror e eu me dava conta, mais do que nunca, de que minha mãe era mesmo louca.

— E o que fez com você, jogando-a na cama de um homem mais velho e... eu vi as fotos de Theo naquele clube, sei das coisas que gosta. — Ficou vermelha, sem graça. — Como sei também das qualidades dele, mas para todos os efeitos, podia machucar muito você. E ela nem se importou!

— Verdade.

Ficamos ambas pensativas, sabendo que fomos usadas. Como peças de uma jogada que não deu certo. Como também não tinha dado com Micah.

— Tenho medo do que ela é capaz — murmurei, fitando minha irmã. — Não tem mais nada a perder, Gabi. E sei que não vai desistir.

— Também acho, mas estamos atentos. Theo aumentou a segurança na fazenda, em volta da casa e cada um de nós tem seguranças em nosso encalço quando saímos daqui. Além disso, a polícia e Micah estão investigando, tentando encontrar Luiza e Lauro antes que façam alguma coisa.

— E Theo? Ele está tomando cuidado? Tem segurança?

— Tem, fique tranquila.

Suspirei, mais aliviada. Olhei para minha filha e dei graças a Deus por ela estar protegida. Sabia que podia ser alvo da avó, mas eu tomaria todo cuidado possível para que nunca chegasse perto dela, nunca.

— Vai dar tudo certo. — Gabi sorriu para mim. — Você vai ver.

Eu queria acreditar, mas era muita coisa acontecendo ao mesmo tempo.

Sorri de volta, porém um tanto triste, com Theo na minha mente e no meu coração. Ele não saía nunca de lá.

THEO

Acabei indo de novo ao Falconetes naquele início de noite de domingo. Depois de passar um dia massacrante, em que sentimentos e pensamentos quase me levaram à loucura, não suportava mais a minha própria companhia, nem os olhares preocupados de todos em casa, que me sufocavam. Odiava que tivessem pena de mim. Até meu pai parecia desconfiado e me perguntou mais de uma vez o que estava acontecendo.

Como na noite anterior, entrei e sentei a uma mesa. Várias pessoas me olharam e cumprimentaram. Acenei com a cabeça, sem querer conversar, queria ficar em paz, coisa que estava difícil nos últimos tempos. Um dos seguranças ficou em um canto do salão, o segundo permaneceu no carro. Eu também odiava ter babá, mas sabia que era um mal necessário.

Abigail me viu e sorriu. Depois encheu uma tulipa de chope e saiu de trás do balcão, vindo até mim rebolando em um vestido vermelho colado, que marcava sua cintura fina e seus quadris redondos. Também usava um marcante batom vermelho.

Colocou o copo na minha frente, dizendo:

— Sabia que ia pedir uma bebida, então, trouxe cerveja, que é bem mais fraca do que os destilados. Fiz mal?

— Não. — Peguei o copo e tomei um gole.

— Posso sentar? — Ela me observava.

— Claro.

Acomodou-se à minha frente e cruzou as mãos sobre a mesa, atenta.

— Está tudo bem? — perguntou ela.

— Estou cansado de todo mundo me perguntar isso.

— Sinal de que todo mundo gosta e se preocupa com você, Theo. Saiu daqui ontem nervoso, fiquei preocupada.

— Está tudo certo.

— Com essa cara?

— É a única que tenho.

— Sim. — Abigail sorriu. — A cara de mau mais bonita que já vi. Não tem outra igual no mundo.

Acabei relaxando um pouco, minha irritação diminuindo. Tomei mais chope, lembrando que ela costumava brincar dizendo que eu tinha a cara de mau mais linda do mundo. Também dizia que nunca conheceu um homem mais machão que eu e que adorava, pois eu era naturalmente assim.

Naquele momento, eu era um machão fodido, traído, enganado, um fraco. Era assim que eu me sentia por não conseguir me livrar daquele sofrimento nem de Eva e da obsessão que sentia por ela.

— Quer comer alguma coisa?

— Não.

— Quer conversar?

— Não.

Ela se mexeu na cadeira.

— Quer que o deixe em paz?

Olhei dentro dos seus olhos castanhos bem maquiados. Lembrei-me das tantas vezes que transamos e conversamos na cama, do modo como Abigail sempre foi receptiva a mim, sem se assustar com meu jeito bruto. Ela me conhecia e me amava, sempre soube disso e nunca disfarçou. Casou duas vezes, mas era a mim que queria.

Abri mão do sexo por sua amizade, mas de todas as mulheres que tive, foi a única que era realmente minha amiga e me conhecia a fundo. Não havia segredos nem mentiras entre nós. Abigail nunca me trairia.

Nunca quis usá-la, por isso a deixei. Mas, naquele momento, analisei-a como fazia no passado, como uma amante. Pensei em Eva, no desejo avassalador que despertava em mim, que me deixava no limite, à beira do precipício. Precisava me livrar daquele sentimento, ter mais controle sobre mim ou acabaria fazendo uma besteira.

— Abigail...

— Sim?

— Quer transar comigo?

Ela corou, surpresa com minha pergunta direta e fria. Por um momento, ficou sem ação, perturbada, nervosa. Nunca a enganei e não começaria agora.

— Não sou casado. Vai ser anulado. E quero esquecer aquela mulher que está na minha casa e que é a mãe da minha filha. Sinto falta de sexo. Não vamos ter um relacionamento, será apenas uma transa entre amigos — eu disse, com sinceridade.

— Theo, tem anos que não... não temos nada.

— Sei disso.

— Não pensou em ir ao clube?

— Pensei.

— Mas, então, por que eu? — Ela foi sincera também.

— Porque é minha amiga. Vai me dar o que quero, o que preciso. — Terminei a cerveja e deixei o copo vazio sobre a mesa. — Mas entendo se não quiser.

Ela deu uma risada, fitando meus olhos, tentando conter a emoção.

— Se eu não quiser? E quando, desde que pus meus olhos em você pela primeira vez, não quis, Theo? Casada, solteira, longe, perto, sempre foi você dentro de mim, ocupando cada espaço. Sei que não me ama, já aceitei isso. Mas nunca deixei de desejar você.

— Não quero te magoar, Abigail.

— Não vai. Você é sempre muito sincero. — Levantou-se. — Minha irmã cuida de tudo por aqui. Vamos?

Ela nem ao menos vacilou em sua decisão.

Eu, sim, vacilei. Por vários motivos. Porque só a usaria e ela merecia mais. Porque só pensava em Eva. E porque, no fundo, eu não queria. Desejava ir para casa, jogar Eva na cama e estar dentro dela.

Levantei. Abigail caminhou para a lateral que dava para os fundos do bar, onde havia uma porta. Abriu-a e seguiu por um corredor, enquanto eu a fechava atrás de mim. Subiu um lance de escadas e olhei para o movimento ondulante dos seus quadris. O desejo não veio. Mas continuei em frente.

Chegamos a uma outra porta, que ela destrancou. Era o apartamento dela e de Dalila, no andar de cima do bar. Eu já tinha estado ali muitas vezes e o conhecia bem. Segui-a em silêncio até sua enorme suíte, que refletia seu gosto quente e sensual, com cortinas cor de vinho, manta coral sobre a cama imensa, tapetes vermelhos.

Abigail parou ao lado da cama e se virou para mim, ansiosa, seus seios fartos subindo e descendo arfantes, o desejo latente.

Quis sentir uma parte daquele desejo, mas continuava frio e isso me desesperou, porque eu nunca dispensava sexo. E meu corpo precisava de alívio. Era mais de um mês sem transar, sem nem mesmo me masturbar.

Levei as mãos à minha camisa branca e a puxei de dentro da calça jeans. Comecei a desabotoá-la e disse secamente:

— Quero uma bebida. Nada de cerveja. Uísque.

— Você manda, Theo — ela disse, submissa. Caminhou até um pequeno bar no canto do quarto e serviu dois copos de uísque com gelo. Voltou e parou à minha frente, estendendo-me um, bebericando o outro.

— O que mais ordena, Senhor Falcão?

Aquilo não mexeu comigo. Fiquei parado, com a camisa aberta, os olhos nos dela. Tomei minha bebida e Abigail segurou minha mão, como se entendesse como eu me sentia. Puxou-me para a cama e murmurou:

— Não se preocupe. Vou cuidar de você.

Empurrou-me para a cama e sentei na beira, terminando o uísque. Ela pegou meu copo e o dela e os deixou sobre a mesinha de cabeceira. Então, parou entre as minhas pernas e enfiou os dedos em meus cabelos.

— Sabe o quanto sonhei com isso? Toda vez que via você, desejava poder te tocar de novo, ser sua, da maneira que você quisesse. Nem que fosse para me tratar como uma qualquer — confessou ela.

Sôfrega, espalhou beijos em meu rosto, até que desceu aos meus lábios. Travei, sem vontade de beijá-la. Ela esfregou a boca na minha, mas eu virei de leve o rosto. Parou um pouco, mas não desistiu diante da minha frieza. Foi abaixando-se, beijando minha barba, meu pescoço, minha camisa e meu peito, afastando o tecido para os lados, caindo de joelhos no chão e lambendo minha barriga.

Permaneci imóvel, as mãos segurando firme a beira do colchão, com ódio de mim mesmo por não reagir. Tentei me concentrar e olhei o que Abigail fazia, sabendo que era experiente, conhecia meu corpo e como eu gostava de ser beijado e tocado.

Excitada, ela abriu minha calça e desceu o zíper. Quando baixou a cueca, viu o que eu já sabia. Não estava ereto. Mesmo assim, agarrou meu pau com as duas mãos e ergueu os olhos para mim, murmurando:

— Que saudade! Vou adorar você com minha boca e meu corpo. E poderá fazer tudo comigo, Senhor. Poderá me comer onde quiser, me amarrar e usar seu cinto em mim, bater na minha cara, ser duro e feroz, me usar sem piedade.

E, sem esperar, desceu a boca até meu pau e começou a me chupar com desespero.

Fitei seus cabelos castanhos e a angústia corroeu minhas entranhas. Tentei me concentrar no que disse, me excitar, mas aquilo parecia errado. Não era ela quem eu queria, não era seu cheiro que inflamava minhas narinas nem sua boca que queria no meu corpo. E por mais que fosse experiente, tivesse os lábios firmes e molhados e soubesse o ponto exato para me excitar, não aconteceu.

Fechei os olhos e fui invadido pela imagem de Eva na noite anterior, nos meus braços, nua, implorando por mim. E senti uma dor absurda me golpear, pois era só nela que conseguia pensar. Estava alucinado, perdido, fora de mim. Ela não tinha deixado espaço para outras mulheres, ela destruiu até a minha sexualidade.

Nervoso, abri os olhos e agarrei os cabelos de Abigail. Puxei-a para longe e me levantei. Na hora, ela segurou minhas pernas.

— Vou te dar prazer, Senhor! Permita que eu... — suplicou ela.

— Não. — Eu a segurei pelos braços e senti o coração apertar quando vi seu desespero, as lágrimas em seus olhos. Éramos dois desesperados. — Abigail...

— Espere, você vai gostar, sei que vai.

Eu a ergui e ela se colou a mim, acariciando-me, roçando-se em meu corpo, enfiando as mãos dentro da minha camisa, buscando minha pele.

— Theo, eu sou louca por você! Se o que precisa é de violência, fico de quatro na cama, deixo me surrar!

— Não consigo, estou perturbado demais. Não devia ter vindo aqui. Foi um erro.

— Não foi! Posso ajudar você a esquecer aquela traidora! Ela não te merece, Theo. Vai destruir você! — Estava praticamente histérica.

Segurei-a firme e a afastei de mim, olhando em seus olhos.

— Ela já me destruiu, Abigail. Olhe pra mim. Não sou mais nada.

— Você é tudo! É o sonho de qualquer mulher! É o homem mais maravilhoso deste mundo. — Estremeceu, sua boca manchada do batom vermelho, seus olhos apaixonados e submissos, sua voz cheia de emoção: — Essa garota não é nada, Theo! Nada! Estou aqui, me deixe cuidar de você.

— Abigail. — Tentei falar com calma, sério, fitando-a com cuidado. — Não sou boa companhia pra ninguém, nem pra mim mesmo. Só preciso de um tempo, de tudo isso. Pra esquecer Eva e pra poder me envolver com outra mulher. Mas agora não posso.

— Theo...

— Entenda isso.

Por fim, pareceu se dar conta do que fazia e seus ombros caíram. Vi a mágoa, a dor e a decepção. E me senti ainda pior por ter causado aquilo. Soltei-a, dei um passo para trás e fechei a calça.

— Não queria magoar você — disse.

— Eu sei. — Respirou fundo. — Mas se um dia... Se quiser voltar, estarei esperando.

— Não me espere. Siga a sua vida. Não posso oferecer mais nada a ninguém. Tudo o que tinha pra dar e que nunca pensei que daria a alguém já foi dado. Procure um homem que te ame, Abigail. Eu sempre deixei claro que nunca te amei. Se a gente pudesse escolher a quem amar, te garanto que nem eu nem você estaríamos nessa situação. Tenho certeza de que você ainda vai encontrar um homem que faça de você a vida dele.

— Minha vida é você, Theo. Sempre vai ser.

Fiquei mal, mas não havia mais o que fazer. Nem o que dizer.

Dei as costas a ela e fui embora, me sentindo pior do que lixo.

Enquanto dirigia de volta para casa, pensava em como poderia viver com aquela necessidade e aquele desespero. Precisava de algum alívio, mas como, se a mulher que causou aquele caos era a única que eu queria?

Cheguei ao casarão repleto de ódio, necessidade, tesão reprimido, sofrimento. E tomei uma decisão.

eva

Passava das oito horas da noite e Helena tinha acabado de mamar e dormir. Estava cada vez mais gordinha, cada vez mais corada.

Sorri para ela em meu colo, logo depois de arrotar, caminhando devagar para colocá-la no berço, ninando-a lentamente ao som da música de Adele que tocava na televisão. Adorava sua voz cantando "Skyfall", trilha do último filme do *007*. Como ficava muito tempo no quarto, passei a gostar de ver clipes. Dancei suavemente com Helena no colo, descalça, uma camisola fina de seda rosa cobrindo meu corpo. Estava cansada e me deitaria também, para assistir aos clipes e remoer meus pensamentos até dormir.

Naquele momento, a porta do quarto abriu e fiquei imobilizada ao ver Theo entrar. Estava sério, com os olhos ardendo, despenteado, a camisa branca aberta.

Fui tomada por vários sentimentos. Abalada, tremi, pega de surpresa com sua chegada. Deixou a porta aberta e caminhou decidido até mim.

Paralisada, não sabia o que esperar. E ele não disse nada. Pegou Helena dos meus braços e a segurou contra si. Quando me deu as costas, percebi que sairia com ela e reagi. Andei atrás dele.

— Theo, o que... O que você vai...

— Fique aqui.

Parei, chocada, quando saiu e bateu a porta atrás de si. Queria correr atrás dele, mas sabia que o segurança me impediria. Fiquei parada, nervosa, pensando em mil possibilidades. Para onde levaria nossa filha? Passaria um tempo com ela? Sempre era Tia quem vinha buscá-la. E o jeito como tinha entrado ali, seu olhar...

Apertei as mãos, tensa, angustiada. Pensei em ligar para Tia, perguntar se sabia de alguma coisa, se estava tudo bem, mas não demorou muito e a porta se abriu de novo. Theo entrou, encarando-me, sério, com raiva. Para minha surpresa, girou a chave, trancando a porta.

Imóvel, eu o vi se aproximar, com a camisa aberta e amarrotada, sensual e viril. Mordi o lábio, abalada, nervosa, excitada, mas tentei não perder o foco.

— Onde está Helena? — perguntei.

— Está com a Tia.

— O que...

Quando chegou perto, vi algo que me fez gelar e entendi o motivo de tanta sensualidade. Havia uma marca de batom no colarinho da sua camisa, vermelha como sangue. Ergui os olhos, arrasada, furiosa, golpeada tão duramente que quase me dobrei em duas e chorei, mas a mágoa e a raiva me impediram.

— O que é isso? — Apontei para a marca em sua camisa, a mão tremendo, todo o corpo tremendo.

— Isso o quê?

Theo se aproximou tanto que seu peito empurrou minha mão, mas não me afastei. O descontrole ditou minhas ações e fiquei tão fora de mim que agarrei sua camisa e a sacudi:

— Isso! Essa marca de batom!

— Não é da sua conta. — Estava furioso também e segurou meus braços com firmeza, fazendo-me estremecer.

— Me larga! Seu bandido! Seu... — Eu me debati, alucinada de tanta dor, lutando contra as lágrimas e o desespero. — Traidor!

— Aqui, a bandida e traidora é você. — Empurrou-me para trás, avançando, sem me soltar. Os olhos azuis soltavam faíscas, até que me empurrou e caí deitada sobre a cama, surpresa. Ele me olhou de cima, seus gestos frios entrando em choque com a raiva que emanava dos seus poros.

— Você transou com outra? — perguntei, em pânico, apoiando-me nos cotovelos.

— Isso é problema meu. Transo com quem eu quiser.

Foi um golpe duro. Imaginar Theo tocando, beijando, entrando em outra mulher me matava. Soltei um grito de raiva, tudo pesado demais para suportar, a dor surgindo como uma avalanche. Ergui-me e avancei nele, querendo causar em Theo a mesma dor que acabava comigo.

— Desgraçado! — berrei fora de mim, com lágrimas nublando a minha visão, mas antes que pudesse machucá-lo, ele agarrou os meus pulsos e me jogou com brutalidade na cama.

— Agora vou transar com você — afirmou, tirando de uma vez a camisa, olhando-me com ódio, o que fazia seus olhos parecerem duas brasas azuis.

— Não! — gritei, embora todo meu corpo reagisse e eu tivesse esperado ouvir aquilo. Mas não assim, não depois de ele vir da cama de outra mulher. E berrei de novo, furiosa: — Não vai! Tire as mãos de mim!

— Você vai ver. No final, vai gemer e gozar embaixo de mim como sempre faz.

Tentei escapar. Virei para fugir, mas Theo se ajoelhou na cama e me imobilizou enquanto eu me debatia e chorava, agarrando meus pulsos, segurando-os firme apenas com uma das mãos sobre a minha cabeça, a outra abrindo minhas pernas.

— Não quero! Me solta!

— Não quer, sua desgraçada? Quer o que, me deixar louco? — perguntou, feroz, e gritei de novo quando ele puxou brutalmente minha calcinha e a rasgou.

— Pare!

E mesmo em meio ao ódio, à mágoa e à dor, eu não era imune a ele. Senti seu corpo sobre o meu, musculoso e firme, seu pau longo e grosso entre minhas pernas, seu olhar me consumindo, seu cheiro e seu hálito, e minha cabeça rodou, meu peito doeu, minha pele incendiou. Eu o desejei na mesma intensidade em que o odiava. Comecei a suplicar, chorando:

— Pare, Theo... Eu não aguento mais!

— Você vai ser minha, Eva, sempre que eu quiser. Vou usar seu corpo enquanto estiver aqui, na minha casa. Não era isso que você queria? Não foi para isso que me seduziu, me deixou cego, me fez de palhaço?

Seu tom cheio de raiva e mágoa me golpeou.

— Não! Eu te amei! Eu nunca me dei a outro!

— Mentirosa! — Irado, abriu a própria calça e segurou o membro ereto. Eu o senti contra a vagina e tive raiva do meu corpo traidor que latejou e implorou pelo dele.

— Quem é ela? — perguntei perto de sua boca.

Theo não respondeu, olhando-me com desejo e fúria, se acomodando sobre mim, segurando-me firme enquanto esmagava meus seios com seu peito e me dominava com seu corpo.

— Quem? — indaguei num fio de voz, chorando, dilacerada. — Abigail?

— Não tem ninguém — respondeu com ira, e senti seu pau deslizar a ponto de entrar em mim, quente e duro, inchado, grosso. — Eu tentei, mas só pensava em vir aqui e entrar em você, sua desgraçada. Até nisso me destruiu. Acabou com o meu desejo por outras mulheres. Então, é você que vai me servir. Sempre que eu quiser, é isso que vou fazer. Vir aqui e te comer, porque é só isso que você merece!

E me penetrou em uma investida funda e bruta.

Gritei, angustiada, aliviada, arrasada, exalando desejo e amor. Eu vibrei quando soube que não transou com ninguém, mas chorei pelo modo como falava comigo. Desejei, mas ao mesmo tempo me sentia usada. E no meio de tantos sentimentos contraditórios, tudo se perdeu diante da imensidão de ser novamente dele, de senti-lo dentro de mim.

Era puro êxtase e me abri molhada para receber seu pau inteiro, seus olhos nos meus, sua respiração pesada se confundindo com a minha. Eu me quebrei em mil pedacinhos e gemi, agonizante. Vi sua expressão mudar, cheia de sentimentos vorazes, e me perdi em cada um deles. Então, soltou um gemido rouco e entrecortado e estocou dentro de mim, me comendo duro e forte, fazendo-me dele mais do que eu já era.

— Theo... — gemi, movendo-me, abrindo-me para sugá-lo para dentro de mim, para que me preenchesse de paixão e desejo e aliviasse a saudade. — Senti tanto a sua falta... Tanto!

Segurou-me firme e me penetrou mais e mais, enterrando-me na cama enquanto eu me abria e latejava em volta do seu pau enorme. Tirei a cabeça do travesseiro e, desesperada, beijei sua boca, mordendo seus lábios esfomeada. Ele avançou e me empurrou contra o travesseiro, tomando posse do beijo, enfiando a língua dentro da minha boca.

Gememos e nos movemos na cama, colados, nossos corpos se buscando, os sexos unidos em uma dança delirante e voraz.

Fiquei fora de mim, alucinada. Chorava de tanta emoção e de tanto tesão. E quando Theo soltou meus pulsos, eu o abracei e enfiei minhas unhas em suas costas, trazendo-o mais para mim, suplicando com meu corpo e minha alma que nunca mais me deixasse, que acreditasse que ele era minha vida e meu amor.

Fui devorada sem dó, ele entrava em mim com violência e eu o agarrava da mesma forma. Nos beijávamos com fome e volúpia, em um sexo vigoroso, em uma entrega avassaladora. Eu renasci em seus braços, enquanto me possuía, suas mãos em minha pele, nos meus seios, em minha barriga e pernas, em todo o corpo.

Acariciei seus cabelos, mordi sua orelha quando desceu a cabeça no meu pescoço e me mordeu como sabia que me deixava louca, dando chupões que faziam minha vagina se contrair, metendo o pau em mim até o útero, me fazendo choramingar e gemer.

— Que saudade, Theo! Que saudade do seu corpo, do seu cheiro, do seu pau... das suas mãos em mim...

Eu tocava o seu corpo, me embriagava com seu cheiro, beijava seus cabelos, delirava enquanto descia a cabeça e abocanhava um dos mamilos escurecidos após o parto, vermelhos e pontudos. Gritei e me sacudi quando sugou forte, viril e potente, fazendo-me delirar.

Tornou-se mais bruto e voraz, me comeu com seu pau, me prendeu na cama segurando meus dois pulsos, meus braços abertos como em uma cruz e, quando ergueu a cabeça de repente e me encarou, um olhar que ardia, queimava, brilhava. Era como se lutasse contra si mesmo, calasse tudo que queria dizer, escondesse uma parte de si. Mas eu, não. Eu me dei toda e me entreguei emocionada, sussurrando:

— Eu te amo tanto! Não vivi longe de você, estava morta... Só estou vivendo agora, Theo...

— É só sexo.

— Não, é mais. É tudo. É você dentro de mim, é sua pele na minha, seu gosto na minha boca... — Lágrimas inundaram meus olhos, meu coração disparou, solucei e tentei me soltar para abraçá-lo, mas ele não deixou. Penetrou-me fundo e duro e estremeci, ondas de excitação me envolvendo, minha vagina tendo espasmos incontroláveis. — Ah, como amo você!

E não aguentei mais. Explodi em um orgasmo glorioso e absurdo, que me fez gritar e me contrair, me debater e gemer, dizer o nome dele em sussurros descontrolados enquanto ele me olhava fixamente e me comia mais e mais rápido. Ondulei e me dei por completo.

Quando desabei na cama, lânguida pelo prazer avassalador, Theo soltou meus pulsos e me puxou contra seu corpo, espalmando sua mão em minha nuca, entre meus cabelos, dizendo bem perto da minha boca:

— Sua diaba... Você sabe o que fez comigo? O que continua fazendo?

— Theo... — Eu o abracei enquanto ele dava uma última estocada dentro de mim e saía, agarrando seu pau no exato momento em que gozava, ejaculando em minha barriga, tomando minha boca em um beijo faminto, cheio de tesão e aflição, gemendo rouco. Beijei-o da mesma maneira e agarrei seu pau, masturbando-o, adorando-o, ainda envolta em um prazer descomunal.

Bebi seus gemidos e o segurei contra mim, mesmo quando tudo acabou e ficamos imóveis, nossas respirações se misturando, nossos lábios colados. Abri os olhos e os dele estavam fechados. Permaneci fitando-o, implorando a Deus com todas as minhas forças que não o deixasse mais se afastar de mim.

Então, Theo abriu os olhos e eu soube que estava perdida. A mágoa e a desconfiança estavam lá, as emoções contidas, a armadura voltando ao lugar. E, quando fez menção de se afastar, eu o abracei sofregamente com braços e pernas, agarrei-o como se fosse minha tábua de salvação, implorei a ponto de chorar:

— Não vá, por favor. Fique comigo.

Não adiantou. Segurou firme meus braços e me afastou de seu corpo, deixando-me deitada. Sentou-se e não me olhou, correndo os dedos entre os cabelos, nervoso.

— Theo. — Eu me ajoelhei na cama, o esperma em minha barriga escorrendo. Toquei seu ombro e disse com lágrimas nos olhos: — Diga o que quiser, mas fique aqui comigo.

Virou a cabeça e me olhou com frieza. Era difícil fitar o rosto do homem que amava com todas as forças e ver a raiva e o desprezo. Engoli em seco, abalada.

— Eu volto quando quiser te comer de novo. É assim que vai me pagar pela casa e pela comida, enquanto não te jogo na cadeia.

Sabia que falava para me ferir, e conseguia. Levantou-se e suspendeu a calça, fechando-a antes de pegar a camisa no chão.

— É só isso que vai ter de mim, Eva. Não pense que vai me enganar com sexo, que vai me fazer esquecer tudo que fez. Vai apenas me pagar do jeito que eu quiser — continuou ele, cruelmente, com desprezo.

Não tive condições de dizer nada, pálida, fitando-o com o coração apertado, a dor no peito me dilacerando.

Theo deu as costas e saiu do quarto.

Continuei parada, tão arrasada que nem consegui chorar.

9
THEO

Na segunda-feira, consegui trabalhar, apesar de estar com a cabeça fervendo. Eu me culpava por não ter resistido e transado com Eva, mas ao mesmo tempo sentia que tinha sido bom. Consegui me acalmar um pouco e tentei manter o foco, dizendo a mim mesmo que era melhor assim do que ficar louco de desejo, principalmente se não conseguia transar com outras mulheres.

Nada mudaria. Se ela pensava que o sexo me amansaria ou que poderia me reconquistar, estava enganada. Eu sabia muito bem separar uma coisa da outra. E estaria alerta o tempo todo.

Não podia negar que Eva me desejava também, e muito. Ela podia ter mentido sobre muitas coisas, mas não sobre aquilo. Era um homem experiente e sabia quando uma mulher estava louca por mim a ponto de pingar e latejar, de ficar com as pupilas dilatadas e os mamilos duros, de gemer e gozar enlouquecida. O desejo era latente entre nós. Não seria sacrifício para mim nem para ela. Mas eu nunca esqueceria sua traição ou a perdoaria. Apenas a usaria para me satisfazer e me aliviar.

Tinha que ir a uma reunião em Pedrosa com novos clientes, mas ao mesmo tempo havia uma infinidade de coisas para resolver no escritório. Era um período movimentado, com um aumento considerável de vendas e novos clientes, justamente quando eu tinha menos cabeça para me concentrar. A presença de Micah estava sendo mais do que necessária. Naquele dia mesmo, enquanto eu ia para a reunião, ele tomaria conta de tudo com Valentina.

Antes de sair, fui até a sala do meu irmão. Micah não tinha horários fixos, chegava e saía quando queria, não gostava muito de tudo certinho. Mas todo dia ajudava mais do que eu esperava. Era muito inteligente e sagaz, aprendia rápido.

Quando entrei, ele estava relaxado em sua cadeira giratória, com os pés em cima da mesa, ouvindo a música vinda do iPhone, um cigarro pendurado no canto da boca, o jeans rasgado no joelho, barba por fazer e o cabelo castanho todo despenteado, como estava na moda. Lia uns documentos, sacudindo um dos pés na bota de couro.

— Isso é jeito de trabalhar? — perguntei, secamente, fechando a porta atrás de mim e caminhando até a mesa.

— Você também? — Segurou o cigarro entre os dedos e expeliu a fumaça, erguendo as sobrancelhas com ironia.

— Como assim, eu também?

— Já basta aquela sua assistente pegando no meu pé.

— Valentina?

— Acabou de sair daqui cuspindo fogo. Não sabe brincar. — Sorriu, divertido. — Cara, nunca vi mulher mais mal-humorada. O que ela tem contra sorrir?

— Valentina é séria, mas não é mal-humorada. — Tamborilei os dedos sobre o tampo da mesa, observando-o. Tinha pedido que Valentina explicasse uma parte do trabalho a Micah, mas sabia que ela tinha odiado a missão. Parecia não o suportar. — Pelo que vejo, é você que a irrita.

— O fato de eu respirar a irrita. — Deu uma risada e tragou o resto do cigarro, amassando-o no cinzeiro.

— E você gosta de provocá-la.

— Muito. — Deixou os documentos sobre a mesa e balançou a cadeira. — Tenho pena do noivo dela. Como é o cara? Chato como ela?

— Você não tem jeito. — Sacudi a cabeça. — Que interesse é esse? Não está dando em cima de Valentina, não é?

— Eu? Se colocar um dedo nela, congelo na hora! — Divertiu-se.

— Só curiosidade.

— É um cara legal.

— Há. Entendi.

— Entendeu o quê?

— Chato. Esse é o sinônimo de legal.

Acabei sorrindo.

— Normal. Esse é o sinônimo de legal — corrigi, mas me lembrei do noivo de Valentina e fui obrigado a comentar: — Se bem que "normal" não se encaixa bem na descrição dele.

— Como assim? — Interessou-se Micah, observando-me.

— Deixa pra lá.

— Fale, Theo.

— Por que o interesse? Não gosto de fofoca. Quando o conhecer, vai ver por quê.

— Puta merda, odeio ficar curioso! — reclamou, e meu sorriso se ampliou.

— Vim aqui só avisar que estou saindo pra reunião. Qualquer coisa, me ligue.

— Pode deixar, mas antes conta do noivo anormal.

— Tá curioso demais.

— Theo...

Eu ri do seu tom ameaçador e caminhei para a porta. Soltou um palavrão e parei quando mudou de assunto de repente:

— O velho sabe que estou trabalhando aqui?

Virei e o olhei, sério.

— Não.

— Entendo. Vai dar merda quando ele souber. A Falcão é dele.

— É nossa. E você é um dos herdeiros.

— Sou nada.

— É, pela parte da nossa mãe. — Quase não falávamos sobre o que aconteceu no passado e sobre meu pai. Sabia que, se ele descobrisse que Micah estava na cidade e na empresa, realmente a coisa ia ficar séria, mas meu irmão tinha seus direitos.

Pensei em toda a tragédia, no fato de Micah ter segurado a arma que deixou meu pai na cadeira de rodas. Ainda era uma história mal explicada. Foi preciso muito tempo para perdoá-lo e levamos em consideração o modo como sempre foi tratado.

Eu o olhei bem sério e indaguei:

— O que aconteceu naquele dia há quinze anos. A arma era do nosso pai. Como parou na sua mão?

— *Seu* pai — corrigiu, também bastante sério, até demais.

— Você queria matá-lo?

Encarou-me por um momento em silêncio e, por fim, disse friamente:

— Não quero falar disso. Se achar melhor, posso ir embora.

— Não acho melhor. Quando quiser, você fala.

Sabendo que não falaria, abri a porta e saí.

Fui para Pedrosa e consegui resolver tudo. Lá, encontrei meus advogados para me informar sobre a anulação do casamento. Estava levando mais tempo porque eu e Eva tivemos uma filha. Não fosse isso, já teria saído. Eles me garantiram que estavam acompanhando tudo de perto.

Voltei para casa no final da tarde e só de entrar lá já me senti ansioso, com raiva do desejo absurdo que sentia de ir ao quarto de Eva. Depois do que aconteceu, sabia que ia querer vê-la a toda hora. E não evitaria. Pelo menos aquilo ela faria por mim, aplacar meu desejo, aliviar a loucura que causava em mim.

Tomei banho, resolvi algumas pendências, vi meu pai e falei com Tia, que foi buscar Helena. Só de ver a minha filha, transbordei de amor e saudade. Estava cada dia mais linda e já não dormia tantas horas.

Quando a peguei no colo, bateu os bracinhos e me olhou firme, animada. Tia sorriu e comentou:

— Ela já reconhece o pai. Olha como ficou feliz!

Sorri todo bobo e fui para o sofá, passar os melhores momentos do dia na companhia da minha filha. Deitei-a com a cabeça em meus joelhos e falei baixinho com ela:

— Sentiu falta do papai? Hein? Quando for maior, toda vez que eu chegar em casa, vou trazer um brinquedo ou um doce pra você.

— Vai estragar a menina. — Sorriu Heitor entrando na sala para jantar, de banho tomado, sem seu tradicional chapéu de coubói.

— Ela merece — falei, orgulhoso.

— Merece, mesmo. — Parou perto de nós e se inclinou, amansando a voz grossa para falar com ela: — Cadê a gatinha do titio? Vou trazer balas pra você também, é só ter dentes.

Dei uma risada.

— Eu também falo desse jeito, com voz de garotinha? — perguntei.

— Pior ainda — respondeu Tia, parando perto de nós. — Parecem dois babões! Imagino quando essa menina crescer, vai ter vocês todos comendo na mão dela, fazendo todas as suas vontades!

Heitor e eu rimos. Meu pai chegou, empurrado na cadeira pela enfermeira, olhando-nos como se fôssemos idiotas, mas não me importei. Ele era indiferente tanto com Helena quanto com Caio, embora às vezes os olhasse com curiosidade. Era muito fechado. Jantamos todos juntos, em relativa paz. Eu me sentia um pouco mais tranquilo, apesar de pensar em Eva a cada segundo e ansiar por vê-la e saciar meu desejo. Mas me continha. Helena ficou comigo até chorar de fome e Tia a levou para o quarto.

Saí para uma caminhada e aproveitei para conversar com o chefe da segurança, que garantiu que tudo estava em paz, sem alterações. Quando voltei, Tia estava na varanda me esperando. Deixou que eu me aproximasse e segurou minha mão direita, observando-a.

— Está quase boa. E a fisioterapia? — perguntou ela.

— Não vai ser necessária — garanti.

Suspirou, mas não insistiu no assunto. Fitou meus olhos.

— Fiquei feliz hoje, Theo.

— Por quê?

— Senti você mais relaxado, sem a tensão desses dias todos. Não sabe como rezo para que fique bem, meu filho.

— Eu sei — disse, com carinho, e a abracei. Ela era como uma mãe para mim e eu não queria preocupá-la. Quando sorriu e me olhou, perguntei: — Como foram as coisas aqui hoje?

— Tudo bem.

— Eva saiu do quarto?

— Sim. Faz um bem danado pra ela e pra Helena. E pra Gabi e Caio também. Elas se dão bem e se ajudam.

Concordei com a cabeça e comentei:

— Estou pensando em contratar duas babás, para se revezarem ajudando-as. E assim aliviar a senhora. Sei que fica de um lado para outro e parece cansada.

— Que nada! Está tudo sob controle.

Sorri.

— Vou contratar as babás na mesma agência das enfermeiras. Ajuda nunca é demais.

Assim também não precisaria pedir a Tia para ficar com Helena toda vez que eu quisesse transar com Eva. E sabia que ia querer.

Havia um quarto arrumado para Helena e outro para Caio, mas tanto Eva quanto Gabi preferiram que os bebês ficassem com elas nos primeiros meses. A babá poderia ficar com Helena no outro quarto quando eu estivesse com Eva.

No meu quarto, fiquei deitado na cama olhando para o teto, deixando o tempo passar e esperando todos irem dormir. Não queria comentários depois nem que pensassem que eu estava me acertando com Eva, porque não era verdade. Eu só queria transar com ela e aliviar o desejo que parecia me comer vivo, a ansiedade que me enlouquecia. A necessidade que sentia de Eva me irritava, mas eu não podia mais voltar atrás. Repetia a mim mesmo que era só sexo e que com o tempo a obsessão passaria. Então, poderia me livrar dela.

Empurrava as preocupações para o fundo da mente, com medo da verdade. Ela tinha sido a única mulher que amei e, emocionalmente, eu me sentia como um adolescente bobo sem saber lidar com o primeiro amor e a primeira traição. Isso me deixava doente, pois era um homem adulto, experiente, dono das minhas vontades. Mas o que Eva despertava em mim ultrapassava qualquer controle, era profundo, visceral, irracional. Eu estava lidando com tudo da melhor maneira que podia para não enlouquecer.

Contei cada segundo, ansioso para ir ao quarto dela. Por fim, não aguentei mais, tirei a roupa e vesti apenas um curto roupão preto. Lembrei-me das camisinhas, coisa que no furor da noite passada tinha esquecido. No último segundo, quase chegando ao fim, tive um clarão e gozei fora. Ainda assim havia risco de gravidez e eu não queria nem pensar naquela possibilidade. Já bastava ser obrigado a ter um vínculo eterno com Eva por causa de Helena.

Coloquei os preservativos no bolso do roupão, calcei chinelos e saí do quarto. Vi o segurança da noite sentado em sua cadeira no corredor silencioso, tomando café. Havia uma mesa de rodinhas ao seu lado com um lanche. Tia os tratava muito bem, eram loucos por ela. E quem não era?

— Boa noite — cumprimentei.

— Boa noite, senhor Falcão.

Abri a porta do quarto de Eva, onde dormi tantas noites com ela, com raiva de mim mesmo por ficar nervoso e sentir o coração disparar. Estampei uma frieza que não sentia e entrei, fechando a porta atrás de mim.

Estava tudo em silêncio, na penumbra, apenas os abajures acesos. Vi Eva na cama, sentada e recostada nos travesseiros, olhando-me como se estivesse me esperando, contando os segundos, sabendo que eu iria. Estava nervosa também, e linda, com uma camisolinha de seda branca, os cabelos presos em um coque frouxo, a pele macia, cada parte de seu corpo me tentando.

Não me apressei, sério, aparentemente dono de mim mesmo. Olhei para Helena dormindo em seu berço. Então, me aproximei da cama.

Foi uma luta não a beijar como eu queria, doente de saudade. Enfurecido, tirei os preservativos do bolso e joguei na cama, perto dos pés dela, que os viu e mordeu o lábio, ansiosa. Olhou-me quando soltei a faixa do roupão e fiquei totalmente nu enquanto a encarava com uma falsa frieza. Porque meu corpo já estava aceso, o membro ereto.

Eva arfou, os olhos enormes passando sôfregos por meu corpo, o desejo mais do que claro em sua expressão. O silêncio pesava entre nós e ela arquejou quando ajoelhei no colchão e me aproximei. Fitou-me com expectativa e luxúria, em um anseio que espelhava o meu.

— Theo... — murmurou.

— Não diga nada — exigi.

Não queria nenhum envolvimento, só ser o mais animal possível, trepar e ir embora. No entanto, meus instintos mais básicos de dominação pediam por mais. Queria castigá-la, amarrá-la, ser bruto e cruel, tirar de Eva tudo que eu podia e um pouco mais. Tinha medo de mim mesmo, minhas emoções estavam prestes a entrar em erupção e ela tinha o poder de me descontrolar. E poderia pegar realmente pesado.

Segurei com firmeza seus tornozelos e a puxei para baixo. Seu corpo resvalou na cama e a camisola subiu, mostrando sua minúscula calcinha branca, que me deixou doido.

— Pra que isso? — perguntei, com raiva, cheio de lascívia, agarrando as laterais da calcinha e descendo por suas pernas. Parei no meio de suas coxas quando meus olhos fitaram sua boceta e meu coração quase parou. Estava completamente depilada, como sabia que eu gostava, os lábios polpudos e rosados à mostra.

Quase enlouqueci de tanto tesão. Minha respiração se alterou e ergui os olhos, acusadores.

— Pra você — respondeu ela.

Engoli um palavrão. Terminei de tirar a calcinha, revoltado, cerrando o maxilar. Então, ergui a camisola e tirei por cima de sua cabeça, deixando-a completamente nua, linda demais, com uma vontade alucinante de beijar cada pedacinho dela.

— O que quer com isso? Me seduzir? — indaguei, entredentes.

— Consegui? — Lambeu os lábios.

— Não. — Menti. Olhei-a deitada, acabando com meu controle, testando-me mais do que eu podia suportar. Ajoelhado na cama, abri suas pernas sem um pingo de delicadeza. — Só vim aqui te foder.

Vi como empalideceu, a dor em seu olhar, mas não fugiu ou reclamou. Parecia disposta a me vencer pelo cansaço, pois abriu ainda mais as coxas para os lados e desceu as mãos pelos seios redondos, pela barriga, até a boceta. Acariciou-se lentamente com os dedos e murmurou:

— Já estou pronta pra você, Theo. Passei o dia todo pronta, esperando você chegar.

Era uma luta até mesmo respirar. Podia sentir o cheiro da excitação dela, como se estivesse cravado em minhas narinas. Admirei seus dedos mergulhando na boceta e saindo molhados, comprovando que dizia a verdade. Estava pronta, lubrificada.

Quis ser forte o suficiente para me levantar e ir embora, provar que eu decidia quando e como a pegaria, mas não podia. O desejo latejava em meu corpo, o sangue corria rápido e denso, a fúria se juntou a tudo mais. Não pude me controlar.

Bruto, pegando-a de surpresa, eu a virei de bruços na cama e Eva soltou um pequeno grito estrangulado. Em segundos, montei em seu corpo e segurei seus pulsos juntos as costas, com a mão esquerda. Com a direita, dei uma palmada firme em sua bunda e ela não pôde deixar de gritar assustada.

— As coisas vão ser do meu jeito, não do seu, diaba ardilosa.

— Theo... — Tentou dizer algo, mas desci a mão em sua bunda, dando tapas fortes e ardidos, que a fizeram gemer e se debater, choramingar e suplicar: — Não... Pare...

E bati mais, vendo a carne redonda e macia ficar quente e vermelha, espalhando bofetadas em cada parte da sua bunda, desejo e ira me envolvendo, mas, com muito custo, conseguindo conter meus instintos mais violentos.

— Da próxima vez, trago meu cinto. Nem o fato de nossa filha estar neste quarto vai me impedir de surrar sua bunda. Não me provoque mais do que já faz, Eva.

— Ah...

Mesmo assustada, sentindo a ardência e a dor das palmadas, ela gemeu e, em determinado momento, se empinou. Lembrei de como gostava daquilo, como ficava dividida entre a dor e o prazer quando eu era violento. Sabia que se metesse o dedo nela a sentiria escorrer, pingar seu mel quente e grosso, que aguentaria mais.

Tinha prometido que pegaria mais pesado quando a gravidez acabasse, mas seria apenas um jogo de prazer, sem o peso do ódio e da traição. Naquele momento, era uma luta me conter e não descarregar nela minha fúria, ser mais violento do que já tinha sido um dia. Os instintos estavam ali, prontos para agir e tomar conta da situação, mas um fio de razão me impediu, me conteve. No final das contas, bandida, traidora ou não, ela ainda era a minha esposa e mãe da minha filha.

Parei, respirando pesadamente, ainda a segurando firme, lutando para não me deixar levar pela raiva, pela vontade de fazê-la pagar por tudo que me fazia sofrer e sangrar por dentro. Não sabia se poderia realmente machucá-la, qual seria o limite do meu ódio.

Eva gemeu e arqueou as costas como uma gata no cio, me oferecendo a bunda, arquejando, parecendo fora de si, dominada pelo desejo. Empinou-se tanto que vi os gomos de seus lábios vaginais ainda mais inchados e brilhantes, implorando pelo meu pau. Cerrei o maxilar para não entrar nela de uma vez, tentei frear minha fome descomunal, mas estava cada vez mais difícil.

— Por favor, Theo... Vem... Preciso de você... — suplicou, angustiada, e vi como seria fácil obedecer, me deixar levar. Mas eu não queria aquele domínio sobre mim, eu queria dobrá-la, mostrar que eu mandava e ela obedecia, que transava com ela nos meus termos e não nos dela.

Parte da minha violência não pôde ser contida. Perguntei com grosseria, indo mais para cima dela:

— Quer o meu pau?

— Sim... — Arfou, excitada, dominada pelo tesão, esfregando-se na cama. — Por favor, come a minha boceta...

— Como o que eu quiser. E não quero a sua boceta — menti, quase morrendo de vontade de fodê-la, mas cuspi nos dedos e esfreguei saliva no meu pau. Então, cuspi de novo e espalhei saliva no seu ânus. Ela estremeceu, um pouco assustada, calada. — Vou comer a sua bunda.

Não peguei o preservativo. Não queria soltá-la para nada e montei em sua bunda por trás, abrindo-a para o lado com a mão esquerda, ainda segurando firme seus pulsos nas costas.

— Theo...

Fechei os olhos, segurei um pouco minha fome e meti nela. Não bruto como poderia ser, mas com firmeza, tomando o que queria, embora quisesse tudo de Eva, tudo.

O ânus não se abriu muito para me receber, estava contraído. Rosnei furioso, em sua nuca:

— Não se contraia. Vai doer mais. Relaxa pra mim.

— Ai... Ai, Theo... — Eva gemeu, não sei se de prazer ou se de medo. Mas não parei. Insisti e entrei nela, penetrando-a forte e fundo, até que só meu saco ficou de fora. Cerrei os dentes, alucinado com o seu calor, com o fato de ser tão deliciosamente apertada.

Agarrei o cabelo em um rabo de cavalo na nuca e puxei sua cabeça para trás, movendo meus quadris em estocadas vigorosas, comendo-a firme e fundo, abrindo-a mais para que meu pau deslizasse estrangulado dentro dela, dizendo cruelmente:

— Vai ser sempre assim, do meu jeito. Não estou aqui para o seu prazer, só para o meu. Pode raspar essa boceta, achar que pode me seduzir e me amansar, mas pra mim é só uma puta. Vou te comer e só. Como eu quiser. Entendeu? — disse perto de seu ouvido, ainda mais bruto, estocando forte.

— Theo... Eu só...

— Não quero ouvir.

— Sou sua mulher... — murmurou angustiada, dividida entre o prazer e a humilhação, chorosa, sacudindo-se com cada estocada que eu dava.

— É só uma puta, uma cadela... — Eu a ofendi com raiva, principalmente, por me deixar tão doido.

— Não...

— Sim. Cadela... Safada...

E a fodi, bruto, delirando de prazer, usando minha raiva como escudo.

Eva se debateu, mas não conseguiu se soltar. Eu a empurrei contra a cama e a comi com voracidade, mais rápido e mais forte, enquanto ela gemia, miava e se sacudia, estremecendo, tão arrebatada quanto eu. Minhas ofensas não eram o bastante para impedir seu prazer e, a cada arremetida minha, ela esfregava a boceta na cama, entre os lençóis, ondulando, apertando mais meu pau com suas contrações.

Gemi rouco, fechei os olhos e me entreguei àquela loucura, ao delírio que dopava meu corpo e minha mente, calava meu ódio e fazia meu tesão alcançar picos inimagináveis. Então, Eva gritou e começou a gozar agoniada, chorando, dizendo meu nome e palavras desconexas. Foi meu fim. Estoquei forte e ejaculei dentro dela, inundando seu ânus com meu esperma quente, que parecia não acabar nunca.

Apoiei a cabeça sobre a dela, parei com a boca perto de sua orelha e a fodi até cada gota sair de mim, cada gemido escapar sem controle, cada batida do coração acelerar. Eu a quis ainda mais, com um desespero latente, uma saudade doentia, uma dor insuportável, mas tudo suplantado momentaneamente pelo prazer espetacular do orgasmo.

Quando terminei, meu pau continuou a latejar enterrado em sua bunda, a saudade retornando. Porque eu teria que sair de dentro dela, da cama, do quarto. Teria que voltar para uma outra cama, vazia e fria, me forçar a dormir longe do seu corpo e do seu calor, uma das coisas de que mais sentia falta. Nunca imaginei que fosse tão difícil voltar a dormir sozinho.

Protelei. Fiquei lá só um pouco mais e Eva também não se mexeu, como se me quisesse mais tempo ali, quietinha embaixo de mim, ofegante. Mas não tinha como permanecer sem me entregar, então, soltei devagar seu cabelo e seus pulsos. E me ergui.

Saí de cima dela e me sentei na cama, suado, esfregando a barba em um gesto nervoso. Senti seu olhar sobre mim quando se virou de lado, mas não a fitei. Tinha medo de cair em tentação, de arrumar uma desculpa para ficar mais do que deveria.

Levantei e vesti o roupão, sentindo meu coração bater ainda descompassado, a respiração pesada. Só depois eu me virei e a olhei o mais friamente possível.

Porra, era linda demais, com aqueles cabelos compridos espalhados na cama e a pele avermelhada pelo gozo. Sempre ficava mais bonita depois do prazer, as pálpebras pesadas como se estivesse bêbada, os lábios inchados de tanto me beijar, as faces coradas, um ar de devassidão e languidez.

E me olhava daquele jeito esfomeado, como se implorasse pela minha presença, frágil, parecendo tão sincera em seu amor e em sua paixão que era difícil acreditar que me traiu tão duramente, que participou de um atentado que quase me matou, que poderia tentar me matar de novo se eu não tomasse cuidado com ela.

Amarrei o robe na cintura e Eva sentou na cama, afastando o cabelo do rosto, gemendo baixinho, talvez dolorida. Desci meu olhar por seu corpo, sua pele, seus seios, pensando o quanto gostaria de lambê-los, de chupar seus mamilos, de sentir o gosto morno e doce do leite enquanto os sugava. Desci mais o olhar e meu corpo reagiu diante da boceta nua e depilada. Senti uma vontade absurda de chupá-la, mas me contive.

Mesmo sabendo que não adiantaria, Eva pediu baixinho:

— Fique. Durma aqui. Nunca consigo dormir direito longe de você, Theo.

— Vai ter que aprender — falei secamente.

— Só esta noite. Por favor — implorou.

— Pra quê? Pra enfiar uma faca em meu coração de madrugada? — perguntei, com ironia.

Ela empalideceu e sacudiu a cabeça, chocada com minhas palavras.

— Nunca!

— Talvez não consiga dormir por culpa, dor na consciência. Como naquele poema do Augusto dos Anjos, "O morcego". Conhece, Eva?

Não respondeu, mas me olhava magoada.

— À noite o morcego entra no quarto e inferniza, não deixa dormir. E ele nada mais é que a consciência humana. Por mais que faça, não pode fugir dela.

— Eu sei que errei e sinto culpa, sim, mas...

— Não tem "mas". Aguente as consequências das suas escolhas.

Cansado, dei-lhe as costas e parei perto do berço de Helena. Olhei através do mosquiteiro, uma emoção e um amor sem igual me consumindo, me acalmando um pouco. Quando cheguei perto da porta, Eva disse baixinho:

— Eu amo você, Theo. E isso nunca vai mudar.

Eu a ignorei. Fingi não ouvir. E saí.

10
EVA

Depois da estupidez e da brutalidade de Theo naquela noite, pensei que dormiria muito mal, mas acabei pegando num sono pesado sem sonhos, acordando só quando meu reloginho Helena despertou chorando para sua mamada, gritando como só ela sabia fazer.

No dia seguinte, tentei agir normalmente, entretanto me pegava pensando em Theo o tempo todo, como ele podia me levar ao ápice do prazer e ao mesmo tempo ao ápice do desespero, com seus insultos e seu desprezo. Além da culpa que eu sentia, era muito duro saber que ele não me via mais como sua esposa, mas como uma puta qualquer que podia usar e maltratar.

Eu aguentava toda a humilhação por dois motivos: por amá-lo acima de tudo e porque sabia que era culpada, que tinha feito parte da vingança e o enganado. Era como se eu mesma estivesse me castigando, pois tive a felicidade na mão e a perdi. Sabia que o tinha feito sofrer, que tudo tinha sido demais para Theo aceitar.

Não podia esquecer como tinha me amado e demonstrado o que sentia em cada dia do nosso casamento, fosse no jeito de me olhar, de sorrir para mim, de cuidar de mim. Eu vi um lado seu terno e apaixonado, de um homem que faria tudo por mim. Agora ver sua raiva e repulsa, ser maltratada por ele era pior do que qualquer coisa. Era um castigo horrível, muito difícil de suportar.

Theo era duro e orgulhoso. A traição tinha sido demais para ele e eu pensei que nunca mais olharia para mim, muito menos me tocaria. O fato de ter invadido meu quarto e me agarrado, possesso, achando que eu tinha sido amante de Lauro, demonstrava um ciúme doentio. Quando a toalha caiu e ele não resistiu ao me ver nua, tive outra dimensão das coisas e me enchi de esperança. Porque Theo não era indiferente a mim, por mais que me odiasse.

Suas ofensas podiam machucar, mas ele me tocava e me beijava, ele me fazia dele com paixão. Ele me olhava com desejo, com raiva por me querer. E se era assim, eu tinha alguma chance. Por isso, me depilei e esperei por ele na cama, achando que diria com meu corpo o que ele não queria ouvir com palavras. Poderia ser loucura, porém como diz o ditado, "água mole em pedra dura tanto bate até que fura". Queria seduzi-lo não apenas sexualmente, mas por meio do sexo queria provar o meu amor.

Não tinha saído da forma como pensei. Ele nem ao menos me beijou. Foi muito bruto, ficou quase fora de si, mas no final das contas tinha sido quente e delicioso como sempre e eu me viciava ainda mais nele. E decidi continuar em frente, pronta para seguir lutando com as armas que tinha.

Theo era uma verdadeira contradição. Quase no mesmo momento em que tinha sido extremamente grosso comigo, olhou para Helena com doçura, com um amor tão grande que abarcava tudo. Um amor verdadeiro como o que tinha sentido por mim.

Naquele dia, ajudei Tia na cozinha, andei com Gabi no quintal e conversamos sobra a pediatra que viria à fazenda no final de semana para ver como estavam nossos filhos. Como ainda havia a ameaça da minha mãe, todos achavam melhor não irmos à cidade. Eu continuava vivendo como uma prisioneira, agora não no meu quarto, mas na fazenda. No entanto, aquele era o menor dos meus problemas.

Ficar ali não me doía tanto quanto a possibilidade de ser expulsa. Estava com Gabi, Theo, Helena, toda a família. E apesar dos problemas, estava segura, perto da minha filha. Theo poderia ter sido muito pior comigo e eu acreditava que, apesar dos pesares, ele ainda tentava ser justo.

No fim da tarde, voltei para o quarto e cuidei de Helena. Só depois fui tomar banho, a ansiedade crescendo conforme a noite caía, desejando ardentemente que Theo viesse de novo. Não tive medo de que fosse agressivo. Decidi que o seduziria de todas as formas, o faria ficar ainda mais louco por mim, assim como eu era louca por ele.

Tia trouxe o jantar em uma bandeja e brincou com Helena enquanto eu comia, dizendo que naquela semana duas babás se revezariam de segunda a sexta, uma de dia e outra de noite. Elas ajudariam a mim e Gabi.

Depois que Tia saiu e deu boa noite, amamentei Helena e ela dormiu. Então, me preparei. Perfumada, coloquei uma das camisolas que comprei no início do casamento para agradar o Theo. Era perolada, de uma renda fina e transparente, colada ao corpo como uma segunda pele.

Bem decotada e curta, mais mostrava que tapava. Escovei os cabelos e liguei a tevê para ver clipes de músicas românticas, deixando só os abajures acesos. Quase passei um batom vermelho, mas achei melhor não exagerar, uma coisa de cada vez.

Deitei na cama e esperei, ansiosa, excitada. Não consegui me concentrar nos clipes e praticamente contei os minutos e as horas. Oito, nove, dez horas da noite e nada do Theo. Angustiada, levantei, andei pelo quarto, bebi água, voltei para a cama. Rolei nela, gemi em febre. Eram onze horas e então me acabei em lágrimas. Quando Helena acordou chorando, eu me juntei a ela e a amamentei soluçando de tanta saudade e solidão, todas as minhas esperanças arrasadas.

Dormi muito mal. De manhã, estava abatida, com os olhos inchados, cheia de tristeza e desânimo. Joguei a camisola na cesta de roupa suja, coloquei uma roupa comum e passei um dia horrível. Gabi e Tia perguntaram o que eu tinha, ofereceram ajuda, mas respondi apenas que estava tudo bem.

Quando escureceu naquela quarta-feira, fiquei com medo de ter esperanças de novo, mas tive mesmo assim. Repeti todo o processo da noite anterior, agora com uma camisolinha preta e uma calcinha fio dental. E foi uma nova tortura, porque Helena dormiu e Theo não veio.

Já passava de meia-noite quando a amamentei de novo, pus para arrotar e finalmente a deixei dormindo no berço. Deitei na cama em posição fetal, louca de vontade de chorar, mas lutando para ser forte. Estava cansada de tanto chorar e sofrer, querendo passar só um dia e uma noite em paz, sem me sentir péssima e culpada, sem ficar esperando alguma migalha de Theo para poder ser um pouco feliz.

Por fim, acabei pegando no sono, o que foi um alívio para minha tortura.

Acordei de madrugada com a pele arrepiada e o prazer me fazendo contorcer por dentro. Gemi, grogue, despertando e buscando a fonte daquelas sensações tão deliciosas e delirantes. Tentei abrir os olhos e outro gemido entrecortado escapou de minha garganta quando senti mãos fortes em minhas coxas, me abrindo, e uma língua macia e firme no meu clitóris.

— Ah... — gemi, finalmente despertando.

Abri os olhos e vi que estava na cama sem calcinha, Theo no meio das minhas pernas me sugando tão gostoso que um prazer sem igual me varreu e golpeou forte.

Veio tudo de uma vez, o tesão e as emoções ferozes, a realidade de que ele estava na nossa cama me fez gemer e agarrar seus cabelos enquanto murmurava seu nome e me entregava inteira, feliz e aliviada por ele não ter me abandonado. Lágrimas surgiram em meus olhos, não mais de tristeza, porém de uma felicidade que era maior do que tudo.

Theo desceu a boca, lambendo minha boceta toda, metendo a língua dentro de mim, enlouquecendo-me. Estremeci e ondulei, debati-me em êxtase, quase morri de tanta excitação, principalmente quando abocanhou meu lábio vaginal de um lado e deu um dos chupões que me deixavam louca, pingando, à beira de um prazer sem igual. Gritei rouca e tremi inteira, as coxas se contraindo com espasmos incontroláveis.

Mas Theo não se demorou ali. Subiu pelo meu corpo, afastando a camisola, beijando a boceta, subindo pela barriga, vindo para cima de mim. Eu o olhei e o abracei, adorando quando mordiscou o seio e chupou forte o mamilo esquerdo. Eu o busquei, tirei o quadril da cama e esfreguei minha boceta em seu pau longo e ereto, já com o preservativo. Agarrei-o e o masturbei, levando a cabeça até minha abertura, precisando tanto ser penetrada por ele que não conseguia me conter, tremendo, almejando, ansiando.

Ergueu-se mais e largou meu mamilo, seus olhos escurecidos na penumbra do quarto encontrando os meus, perturbadores, intensos, vorazes. E foi assim, me olhando cheio de desejo, que investiu e me penetrou fundo e forte, de uma vez.

— Theo... — Arquejei em um arroubo, fora de mim, enlouquecida pelas emoções violentas e incontroláveis, agarrando-o com força, como se fosse cair.

Ele me penetrou mais e mais em estocadas firmes e profundas, segurando-me também, uma de suas mãos se infiltrando entre meus cabelos, a outra em meu seio, seu olhar descendo dos meus olhos até meus lábios entreabertos, dizendo baixo e rouco:

— Não aguento ficar longe do seu corpo, do seu cheiro nem da sua boca gostosa. — Ele fez a confissão que não queria fazer, mas parecia abalado demais para se conter.

Com lágrimas nos olhos, acariciei seu rosto, sua barba, murmurei, apaixonada:

— Então, não fique longe. Me faça sua, agora e sempre... Não consigo viver sem você, Theo...

Vi a dor em seus olhos, em sua expressão. E chorei, pois aquela separação doía demais em mim também.

— Me perdoa... — pedi num fio de voz e ele não respondeu. Só me segurou firme, entrou todo dentro de mim e me beijou na boca.

Aquele beijo disse mais do que mil palavras. Falou do nosso amor e da nossa separação, da dor que corroía e feria fundo, da saudade que matava lentamente. Falou da paixão que continuava apesar de tudo, que nos devorava em sua fome latente, em sua necessidade incontrolável. E nada poderia esconder tantos sentimentos, mascarar a realidade que era o fato de nos amarmos. Eu tive certeza de que meu amor não era o único, mas não havia perdão e a dor da traição contaminava tudo e nos afastava.

Daquela vez foi muito mais do que sexo. Nossas emoções estavam à flor da pele, vivas e torturantes, nos ferindo e, ao mesmo tempo, exigindo alguma compensação, algum alívio. Precisávamos de um conforto e foi o que buscamos nos braços um do outro, despidos de tudo mais, apenas nos entregando ao amor.

Seu corpo tomou o meu e meu corpo tomou o dele, nossas bocas foram apenas uma em um beijo amoroso e saudoso de um tempo em que não precisávamos chorar. Eu o recebi e gozei entre lágrimas. Foi ao mesmo tempo doce e desesperador e, quando gozou, gemeu rouco, em um lamento, uma dor que me mostrou sua alma.

Nunca me senti tão viva e tão infeliz, porque eu causei aquilo, eu o perdia quando o queria tanto, sem saber mais o que fazer para provar que o amava, que nunca mais o faria sofrer, que daria minha vida para ter o seu perdão.

Ficamos nos braços um do outro e deslizei as mãos em seus cabelos e suas costas, aproveitando antes que me deixasse e voltasse a me olhar com ódio. Só naquele momento, em meio a tantos sentimentos que corriam dentro de mim, ouvi a música triste e linda tocando ao fundo. Era antiga – "Everything I Own", do Bread – e pensei que fosse imaginação minha, mas vinha da televisão que tinha ficado ligada.

Eu não entendia a letra em inglês, no entanto a senti fundo e voltei a chorar. Quando Theo enrijeceu, precisei de muita força de vontade para deixá-lo me largar, sabendo que nada o impediria. Quieta, o vi sair de dentro e de cima de mim, calado, sem me olhar.

Admirei os ombros largos, os músculos dos braços, o peitoral definido, o corpo que eu amava tanto quanto tudo dele. Senti o peito doer ao notar a pequena cicatriz do tiro em seu ombro, que ajudei a colocar ali, assim como aquela sob seu olho. Sem falar nos dedos quebrados por minha causa. Eu deixava marcas nele. Como meu amor podia machucar tanto?

Não conseguia parar de chorar. Theo me olhou ao se levantar, mas parecia perturbado demais, sem condições de falar. Não era como das outras vezes, com ódio. Era pior. Era uma tristeza silenciosa que doeu mais do que tudo.

Vestiu o short preto que estava no chão e me deu as costas, caminhando para a porta. Somente quando ele chegou lá, consegui murmurar o que disse para ele da última vez:

— Eu te amo, Theo. E isso nunca vai mudar.

Ele abriu a porta e saiu.

THEO

Na quinta-feira, trabalhei até ficar exausto, não parei nem para almoçar. Me tranquei no escritório e não quis falar com ninguém. Sentia-me na merda e aquilo era muito pior do que o ódio. Doía mais, feria tanto que minha vontade era só de sumir.

Em casa, também não quis muita conversa. Jantei no quarto e fiquei na cama, quieto, cansado, sem querer pensar, mas sendo bombardeado por emoções e lembranças, por sentimentos demais. Eva não saía da minha cabeça e eu não sabia mais como lidar com ela e com todos os sentimentos que despertava em mim.

Nem mesmo tinha visto Helena, estava sem coragem de tê-la por perto, embora morresse de saudade. Ela era um pedaço tão grande de nós, tão parecida com Eva! Lembrava-me de tudo que eu queria e não podia ter: minha esposa, a felicidade que só conheci com ela, a família que ela me deu. Como ter tudo de volta se minha vida tinha sido forjada em uma mentira, se me enchia de dúvidas e desconfianças, se nem a sinceridade e o amor que eu via nos olhos e sentia nos beijos de Eva podiam me convencer?

Tentei resistir às duas naquela noite, para me proteger. Não estava bem e foi uma luta ficar longe de Eva por quase duas noites. Queria me livrar de tudo aquilo, voltar a ser eu mesmo, mas como? Estava exausto demais para saber. E muito sozinho.

Ficou tarde, a casa silenciosa e eu não conseguia dormir. Sentia saudade de Helena. Sentia falta de Eva. Sentei na beira da cama e corri os dedos entre os cabelos, angustiado. Então, eu me levantei, ainda de jeans e camisa preta amarrotada, descalço.

Disse a mim mesmo que não tocaria em Eva. Eu só ia vê-la e ficar um pouco com minha filha. Só matar a saudade para conseguir dormir.

Passava da meia-noite, na certa as duas dormiam, o que seria melhor. Entrei no quarto de Eva e me surpreendi ao vê-la de pé no meio do quarto, com Helena nos braços, segurando o celular contra a orelha, debulhando-se em lágrimas. Meu coração quase parou.

— O que aconteceu, Eva?

— Theo! — disse angustiada, correndo para mim, nervosa. — Achei Helena quietinha demais, nem acordou para mamar e fui pegá-la agora. Está queimando em febre! Estava aqui tentando ligar pra Tia. Temos que levá-la para o hospital.

— Calma. — Eu me aproximei mais e pus a mãos na testa de Helena. Estava muito quente e parecia mole. Senti um baque por dentro, um pavor me dominar na hora. — Vamos agora. Coloque uma roupa e pegue as coisas dela. Vou pegar meus sapatos e documentos.

— Tá bom! Mas vamos logo, por favor! Não demore, estou apavorada, Theo.

E assim fizemos. Em questão de minutos, saímos de casa e acionei os seguranças.

Acomodei Helena na cadeirinha de bebê no carro e Eva foi atrás com ela. Não acordamos os outros. Enquanto dirigia de madrugada em direção a Florada, dois carros de segurança nos seguiam.

— Ela estava assim durante o dia? — perguntei, lançando um olhar a elas pelo retrovisor, nervoso.

— Não. Eu a achei meio enjoada, mas às vezes é manhosa. Não estava com febre. Só que não acordou à meia-noite pra mamar, como sempre faz. E quando vi, estava assim! — Eva estava pálida, nervosa.

— Calma, é só uma febre. Isso acontece com bebês. O médico vai examiná-la e medicá-la, e logo ela estará melhor.

Ela acenou com a cabeça, mas continuou apreensiva, pálida demais.

Se Tia estivesse ali poderia nos confortar, era experiente, mas eu não quis acordá-la e preocupá-la.

Chegamos ao hospital e os seguranças nos seguiram discretamente até o interior. Estava vazio e na mesma hora Eva e Helena foram encaminhadas a um consultório, enquanto eu preenchia a ficha de entrada. Um dos seguranças as seguiu e parou na porta do consultório.

— Obrigada, senhor Falcão — disse a recepcionista, quando terminei tudo. — Pode se juntar à sua esposa, se quiser.

Acenei com a cabeça e segui rapidamente para lá.

A porta estava entreaberta e, quando a abri mais, ouvi o jovem médico dizendo a Eva, enquanto examinava Helena só de fralda em uma maca no canto:

— Está muito nervosa, fique calma! Ela já está sendo atendida e logo estará melhor.

— Será que eu fiz algo errado pra ela ter tido essa febre, doutor? Juro que tomo muito cuidado, quase não saímos de dentro do quarto, e o pouco que ficamos ao ar livre, nunca pegamos vento. Nem contato com muitas pessoas nós temos.

— Não é culpa sua, isso é normal, só precisamos descobrir o porquê de ela estar assim e dar o remedinho certo. Vou deixar meu cartão com você com os meus números pessoais caso precise de qualquer coisa, digo qualquer coisa mesmo, não hesite em me ligar. Sou novo na cidade e sei como é complicado estar sozinho, ainda mais com criança pequena e sendo mãe solteira...

Aquilo foi o cúmulo para mim, nem esperei pela resposta de Eva. Depois de toda preocupação com minha filha, ouvir aquele médico querendo dar uma de garanhão, todo prestativo, foi demais. Entrei pisando duro e falei em tom autoritário:

— Ela não é mãe solteira nem está sozinha. É minha mulher.

Tanto o médico quanto Eva me olharam, surpresos.

— Ah, sim... Des... desculpe o engano, eu só... Eu... — gaguejou o homem, nervoso.

— Sou Theodoro Falcão. Acredito que já ouviu falar de mim.

Eu o encarei como se o quisesse matar e ele chegou a estremecer, arregalando os olhos.

— Sim, senhor... Já, sim... Lamento. Só queria ajudar.

O jovem médico voltou-se rapidamente para Helena, corado, colocando o estetoscópio no ouvido e examinando seu peitinho. Parecia prestes a sair correndo ou se esconder embaixo da mesa.

Eva me encarava, mordendo o lábio inferior. Eu a fitei de cara feia, quase explodindo de raiva e de ciúme.

Porra, como podia culpar o rapaz? Mesmo de jeans e despenteada ela era linda demais, perfeita, parecia um anjo loiro e de olhos verdes. A mulher que qualquer homem desejaria.

O médico se concentrou totalmente em Helena, que mesmo acordada, estava quieta. Isso era o que mais assustava, pois, se estivesse bem, estaria chorando, querendo atenção. No entanto, mesmo sem ter mamado, não se rebelava.

Eu me aproximei mais e passei a mão na cabecinha dela, muito preocupado. O médico ficou ainda mais nervoso, apreensivo que eu fizesse alguma coisa. Perguntei baixo, enquanto ele examinava a garganta dela:

— O que ela tem?

— Garganta inflamada. Não chega a ser grave, mas está bem vermelhinha e irritada — disse sem me olhar, logo caminhando apressado para sua mesa, falando sobre o ombro: — Pode vesti-la.

Sentou-se e começou a escrever a receita, explicando:

— Isso ela pegou de alguém. Adultos não podem beijar o rosto dela nem falar muito próximo, pois passam muitas bactérias e ela é muito novinha, ainda não tem anticorpos suficientes. Vou ter que passar um antibiótico, mas são poucos dias. Não é nada grave. Só medicá-la e continuar amamentando. Vou pedir pra enfermeira trazer um antitérmico para baixar a febre e deixar tudo prescrito.

Ao final, Helena berrou porque não queria tomar os remédios, mas Eva e a enfermeira acabaram conseguindo fazê-la tomar. Quase se esganou de tanto chorar e eu a peguei no colo, acalmando-a, falando baixo e carinhoso com ela, até que foi parando de chorar e ficou chupando a chupeta, molinha.

— Ela vai ficar bem — assegurou o médico, sem nem olhar mais na direção de Eva, forçando um sorriso para mim. — Foi um prazer conhecê-lo, senhor Falcão.

Eu apenas o encarei sério e na mesma hora piscou nervoso, desviou o olhar e correu para abrir a porta, como se nos quisesse logo longe dali.

— Obrigada — disse Eva ao passar por ele.

— De nada, senhora Falcão. — Manteve os olhos baixos.

Eu não o cumprimentei ao sair, para deixá-lo mais nervoso e ele parar de sair por aí dando em cima da mulher dos outros.

Acomodei Helena no carro e Eva se sentou ao lado dela. Quando voltávamos para a fazenda, seguidos pelo segurança, indaguei irritado:

— Que porra foi aquela no hospital? Você disse a ele que era mãe solteira?

— Não, não entendi nada também.

— Então, como ele chegou a essa conclusão?

— Não sei, Theo. Tá achando que dei espaço pra isso? Será que não percebeu como estava preocupada com nossa filha? — Olhou-me pelo retrovisor, parecia perturbada. — Mas no final das contas o médico está certo, não está? Nosso casamento vai ser anulado. Vou ser mãe solteira.

Eu fui tomado pela raiva, mas não retruquei. Imaginá-la solteira, livre, para que qualquer homem tivesse o que era meu e, ainda por cima, ocupar o espaço de pai na vida de Helena me deixava furioso. E foi assim que dirigi de volta para casa.

Olhei para a estrada vazia à minha frente naquela madrugada e tudo que eu vinha sentindo naqueles dias e que ultrapassava a raiva me consumiu. Era uma agonia, uma angústia, uma sensação de que, não importava o que eu fizesse, ia sair perdendo. Já tinha perdido a confiança. Depois as esperanças de que algo desse certo. Naquele momento não tinha mais certeza de nada.

Não queria mais Eva na minha vida e ao mesmo tempo não me imaginava vivendo sem ela. Tentei por dois dias e quase morri. Como conseguiria pela vida inteira? Arrancá-la de mim, afastá-la do meu corpo e da minha convivência, saber que reconstruiria sua vida longe, que outro homem poderia tê-la, tocá-la, fazer com ela tudo que eu queria tanto?

Era jovem e linda. Tinha uma vida pela frente. Mesmo que a denunciasse, o que eu sabia que não faria pelo menos pelo fato dela ser mãe da minha filha, Eva teria tempo de reconstruir a vida. Mas eu, não. Porque sabia que nunca amaria ninguém como a amei, como ainda a amava apesar de tudo. Era como se eu já me sentisse morrer e essa sensação era pior que tudo. Eu me sentia sem alternativas.

Chegamos em casa cansados, já passava das duas horas da manhã e todo mundo dormia. Entramos sem fazer barulho, eu com Helena dormindo no meu colo. O segurança que guardava o quarto de Eva nos cumprimentou.

— Ela nem mamou — disse Eva, preocupada.
— Veja se ela mama agora.
— Tá bom.

Ajeitou os travesseiros na cabeceira da cama e sentou-se, abrindo os primeiros botões da camisa e baixando a alça do sutiã, que estava molhado.

— Está tão cheio que o leite vazou...

Fiquei imóvel, sem conseguir tirar os olhos do seio muito redondo que ela desnudava, marcado por veias azuladas. Senti o corpo reagir excitado, o desejo latejar dentro de mim. Fitou-me com aqueles grandes olhos verdes e me estendeu os braços. Só então me dei conta de que era para entregar Helena a ela e o fiz.

Acomodou-a com cuidado e segurou o seio, roçando o mamilo avermelhado e pontudo nos lábios do bebê adormecido. Na mesma hora, nossa filha se moveu e o abocanhou, mamando faminta.

Senti inveja dela, vontade de descer a outra alça do sutiã e sugar o outro mamilo, esfomeado, excitado, no meu limite. Mas fiquei quieto, só as olhando, admirando. Eva acariciou a penugem na cabeça de Helena e me olhou com um sorriso:

— A febre está cedendo. E se está mamando é porque está melhorando. Cada dia que passa fico mais encantada com nossa filha, ela é tão linda e tão perfeita, né, Theo?

Aquele sorriso, aquela mulher, era minha perdição. Acenei com a cabeça, sem condições de falar, sem poder parar de olhar para ela. Dentro de mim tudo crescia e se confundia. Desejo, paixão, mágoa, dor, tristeza, em uma miríade de sentimentos. Eva pareceu perceber, pois mordeu o lábio e me olhou do mesmo jeito.

— Hoje você pode dormir aqui? Tenho medo que ela passe mal de repente. Estou muito assustada ainda. Por favor.

Eu não podia ficar. Ia ser tentação demais. Mas era minha filha e eu não ficaria em paz longe dela. Caminhei até a poltrona e me sentei, dizendo apenas no tom mais sério e neutro que consegui:

— Eu fico.

Sua expressão mudou, se iluminou. Fitou-me com esperança e sorriu.

Não desviei o olhar. Não falei nada. Nem Eva. Olhamos um para o outro, tanta coisa entre nós, um abismo, mas também tanta coisa ainda nos ligando. Era impossível cortar aquele elo, me afastar dela de vez.

Eva terminou de amamentar Helena em um seio e tentou fazê-la mamar no outro, ainda cheio. Mas ela dormia profundamente e não pegou o mamilo. Eu me ergui e peguei nossa filha, para que arrotasse, o que fez logo. Eva se levantou ajeitando a camisa, indo arrumar o berço. Eu a deitei de lado e a cobri com a manta, colocando a mão em sua testa, vendo que quase não tinha mais febre.

— Ela vai ficar boa. Mas tomei um susto tão grande! — afirmou Eva, baixinho, ao meu lado, fechando o mosquiteiro.

Seu cabelo roçava meu braço, seu perfume penetrava em minhas narinas, era difícil me concentrar em qualquer coisa com ela por perto, com sua presença fazendo meu corpo doer e endurecer de tanto desejo. Virou-se para mim, também nervosa, e disse:

— Meu seio está doendo muito, está cheio de leite.

Foi a minha perdição. Olhei para ela, imaginei seu seio nu, senti meu pau latejar. As emoções me golpeavam todas ao mesmo tempo. E não consegui mais lutar. Fui para mais perto, segurei seus pulsos com firmeza, vi como arquejou, deixando claro que queria aquilo tanto quanto eu. Perdi completamente a razão quando a puxei para mim e agarrei a barra da sua camisa, tirando-a por sua cabeça.

— Tire o sutiã — ordenei, entredentes, agoniado de tanto tesão, abrindo a sua calça.

Eva obedeceu. Em questão de segundos estava nua, fitando-me com luxúria enquanto eu me despia também. Puxei-a para mim e agarrei seu cabelo, beijando-a na boca e sendo beijado de volta, ambos nus e colados, abraçados, arfantes.

Eu delirei. Andei assim pelo quarto, sem soltá-la, sem tirar minhas mãos dela, precisando muito tê-la, mais do que do ar para respirar. Eva gemeu, me segurou, me implorou com seu corpo e sua boca que não a deixasse. Eu podia morrer naquele momento que não me afastaria dela.

Sentei na cama e a puxei para cima de mim, montada de frente, nossos sexos se roçando, nossos ventres se colando. Ela estremeceu, correu as unhas por minhas costelas e costas, enfiou os dedos em meu cabelo, choramingou rebolando sobre mim, me enlouquecendo.

Apertei sua carne, me inebriei com seu cheiro, senti o desejo e o desespero em igual intensidade dentro de mim. Era uma fome que me devorava, uma necessidade urgente não só de sexo, mas de Eva, enraizada em mim. Não podia falar, dizer como eu me sentia, dar a ela armas para usar contra mim. Amordaçava o meu amor porque ele era perigoso e podia me matar, porque eu não devia estar ali com quem me traiu duramente, mas também não podia resistir.

Toquei seu seio e o senti quente, duro, inchado. Afastei os lábios e fitei os olhos dela, pesados, nublados de desejo. Parecia tão apaixonada, tão enlouquecida por mim que por um momento vacilei, cansei de lutar tanto. E, como se me referisse apenas ao seio cheio de leite e dolorido, murmurei:

— Vou cuidar de você, Eva. — E desci a cabeça para o mamilo em que Helena não tinha mamado, sugando-o forte, fazendo-a gritar e tremer, me agarrando com volúpia.

Chupei forte e contínuo, descendo a mão entre nossos corpos e acariciando sua boceta, seu clitóris. Os sentimentos estavam aprisionados dentro de mim, mas soltei a paixão e o desejo, deixei que eles falassem mais do que eu podia ou me permitia. Usei o sexo para extravasar algo mais profundo e dolorido.

— Ah, Theo... Theo... Que delícia.

Delirou em êxtase e me buscou. Eu não aguentei mais e a fiz se acomodar sobre meu pau, entrando nela duro e grosso, já lubrificado. Gritou e me agarrou, enquanto montava em mim e eu a comia, forte e fundo, sem parar de mamar em seu peito, me alimentando do seu corpo e do seu leite, enlouquecendo a mim e a ela.

Com um dos braços em volta da sua cintura e o outro agarrando sua nuca, eu a fiz se inclinar para trás e suguei forte seu mamilo, todo enterrado dentro dela, seus gemidos como música para meus ouvidos, seus tremores e contrações sendo sentidos por mim, seu leite quente se derramando em minha língua. Estava louco, queria tudo dela, sua essência, seus sons, seu gosto, sua carne, sua alma. Nada para mim era o bastante, a necessidade só aumentava, exigia satisfação, ia além do corpo e consumia tudo.

Não demorou. Estávamos além de qualquer controle e eu a penetrava em estocadas longas e firmes. Ela se movia e se chacoalhava enlouquecida, ajoelhada ao lado dos meus quadris, ondulando e gemendo agarrada em meu cabelo. E logo se sacudiu em um orgasmo longo, feroz, furioso.

Ainda tentei me segurar, consegui me lembrar que estava sem preservativo e deixei Eva terminar de gozar antes de puxar o pau para fora e jorrar esperma em sua barriga. Gemi rouco em seu mamilo e senti o leite na língua, inundando-me junto com o prazer embriagante.

Eu a abracei quando acabou. Era mais forte que eu, uma dependência absurda. Como fingir que era só sexo se eu precisava do contato, de saber que estava perto, que eu poderia tocá-la e cheirá-la quando não tivesse forças o bastante para resistir? Fechei os olhos contra seu pescoço, senti suas mãos em minha cabeça, seus beijos perto da orelha, sua respiração entrecortada junto a mim.

Nunca me senti tão desolado. Por um momento, não era um homem, era apenas um garoto. Emocionalmente, era um adolescente. Não sabia lidar com a situação, com o ódio, a decepção, o amor e a necessidade. Não sabia lidar com Eva.

— Theo... — murmurou carinhosa, passando as mãos em mim, apertando-me, como se implorasse mais. Empurrou-me para trás, ainda por cima, erguendo a cabeça e buscando meus olhos. Desabamos na cama e ela não me largou, agarrada, beijando meu rosto, suplicando: — Fica aqui, Theo, por favor...

Eu podia dizer que era por Helena e em parte não mentiria. Mas enquanto Eva me segurava e me beijava com desespero, fitei o teto branco do quarto e admiti a mim mesmo que estava cansado demais para lutar naquela noite. Os sentimentos e as emoções me venciam em sua luta inglória e segurei-a com as mãos espalmadas em sua cintura, tentando empurrá-la para me livrar do seu domínio, mas precisando demais que alguém cuidasse de mim. Que Eva me desse o conforto que eu precisava tanto.

Como se sentisse que eu não sairia dali, beijou minha orelha e murmurou em meu ouvido:

— Eu te amo demais, Theo. E isso nunca vai mudar.

Eva poderia repetir aquilo para sempre, mas como eu iria acreditar? Não respondi. Fechei os olhos e não a soltei.

Foi a primeira vez em mais de um mês, desde que soube quem ela era, que dormimos juntos. E foi a primeira noite que dormi em paz, com Eva nos meus braços.

11

eva

Não havia palavras que pudessem descrever o que significou Theo ter dormido comigo naquela noite. Mesmo exausta, não preguei os olhos até bem tarde. Fiquei deitada, olhando-o enquanto dormia abraçado a mim. Guardava na memória cada traço dele, temendo nunca mais poder estar tão perto, já sentindo saudade.

Passava os dedos por sua barba macia, seus traços angulosos e rígidos, sua boca carnuda e bem-feita. Aspirava seu cheiro, com cuidado para não acordá-lo e correr o risco de ele ir embora. E agradecia a Deus por aquele momento, pelas pequenas conquistas, esperançosa de que o tempo agisse a meu favor, que ele visse o quanto era amado e adorado, que enxergasse a verdadeira Eva.

Eu me levantei algumas vezes para ver Helena, que continuava bem e sem febre. Fiquei assim até que coloquei a cabeça no ombro de Theo e me senti tão bem, tão no meu lugar, que acabei pegando no sono.

Acordei de manhã bem cedo, com ela chorando. Sentei assustada, a cama vazia, o coração disparado. Levantei correndo para ver minha filha. Não estava com febre, deveria ser fome.

— Vem com a mamãe, amor... — murmurei, levando-a para a cama para amamentá-la.

Enquanto o fazia, eu olhava o lençol amassado e o travesseiro marcado pela presença de Theo, lamentando a sua ausência.

Sorri para Helena e disse baixinho:

— Papai vai voltar pra gente, querida. Você vai ver...

Podia ser loucura acreditar naquilo, sabendo como Theo era duro e genioso. Mas eu sentia que havia uma esperança. Ele demonstrava que ainda me desejava, que ainda tinha ciúme, não resistia tanto quanto pensei que faria. E estava decidida a usar todas as armas para reconquistá-lo e mostrar o meu amor.

Antes de ir para o trabalho, ele entrou no quarto todo elegante vestindo um terno grafite, cabelos penteados para trás, barba aparada. Eu o olhei apaixonada, mas recebi um olhar seco de volta. Ele estava acompanhado por Tia e me contive, enquanto terminava de trocar a fralda da Helena.

— O que houve com a minha bichinha? — perguntou Tia, preocupada, sentando na beira da cama e se inclinando para beijar a barriga dela, que estava acordada e sacudiu as perninhas. — Está melhor?

— Teve febre de novo? — indagou Theo, frio, como se não tivesse passado a noite comigo.

— Sim, mas já a mediquei.

Acenou com a cabeça, olhando para Helena. Quando se abaixou para acariciá-la, senti o seu perfume e, mais uma vez, me dei conta do quanto era bonito e másculo. Não pude tirar os olhos dele, pensando em como seria se um dia realmente me expulsasse dali e não quisesse mais nenhum contato comigo. Desesperada, me perguntei como poderia sobreviver.

— Você deve estar cansada — disse Tia. — Se quiser dormir um pouco, fico com ela.

— Estou bem — menti, agoniada, doida para ficar mais tempo com Theo e afastar aquela frieza.

Ele pegou Helena com cuidado, acomodando-a nos braços, sua expressão se desanuviando ao olhar para ela, um sorriso se desenhando em seus lábios. Era incrível como era carinhoso e como se derretia apaixonado perto da filha. Mordi os lábios, apaixonada também pelos dois.

Brincou um pouco com ela e então tornou a me fitar. Ainda havia um resquício de carinho em sua expressão e fingi que era para mim.

— Se ela piorar, ligue para mim — disse Theo, seco.

— Tá. — Acenei com a cabeça.

— Hoje as babás que contratei começam a trabalhar e podem ajudar você.

— Eu ficarei aqui também, se precisarem de mim — garantiu Tia.

No fim, beijou Helena no alto da cabeça, disse algo baixinho para ela e veio para a cama. Não a deu para mim, como se não quisesse me tocar nem chegar perto de mim.

A entregou para Tia e voltou a afirmar:

— Não deixem de me ligar se acontecer qualquer coisa.

— Vá trabalhar despreocupado. — Tia sorriu. — Vai ter um batalhão aqui para cuidar da sua menina.

Theo sorriu e beijou a senhora no rosto. Para mim, só um olhar sério. Então, saiu do quarto, deixando-me com saudade e tristeza. As coisas iam ser mesmo muito difíceis.

— Não fique assim — disse Tia.

— Estou bem. — Forcei um sorriso.

— Eu soube que Theo passou a noite aqui.

— Sim, por Helena.

— Aham... — Sorriu e piscou um olho. — E por você. Não vê que ainda a ama? E que aos poucos cede mais?

— Ele me olha com tanta raiva ainda... — desabafei, com um nó na garganta.

— Vai passar. O tempo é o melhor remédio pra tudo, Eva. E vocês têm uma forte aliada.

— Quem?

Tia deu uma risada e inclinou a cabeça para Helena em seu colo.

— Essa espertinha aqui vai unir mais vocês.

Acabei sorrindo e olhando para minha filha cheia de amor.

As coisas foram se acomodando naquele dia.

De manhã, fui tomar sol com Helena no jardim e Tia me fez companhia. Depois, Gabi chegou com Caio e ficou toda preocupada ao saber da febre da sobrinha, que felizmente já tinha passado.

A babá chegou e se apresentou. Era uma mulher robusta de quarenta anos, mulata, cabelos curtos, um belo sorriso aberto, que tinha quatro filhos e dizia adorar crianças. Seu nome era Hilda e trabalharia na casa de segunda a sexta durante o dia.

Gostei dela, e Gabi também. Ela nos fez companhia, cuidou de Helena e de Caio, enquanto Tia ia fazer suas coisas e logo começava a conquistar Hilda trazendo um pedaço de seus bolos deliciosos.

Joaquim, Heitor e Pedro vieram ver Helena e a pegaram no colo, preocupados e cheios de mimos. Eu só sorria, imaginando como ela teria todos aqueles homens na mão, fazendo-os de gato e sapato.

Foi um dia bom, em que parte da minha angústia passou, ainda mais por ver Helena melhorando.

À noite chegou a outra babá contratada. Era magrinha, pequena, morena clara com cabelos castanhos compridos presos em uma trança, rosto bonito. Sorridente e simpática, Cássia disse que tinha vinte e quatro anos e que gostava muito de crianças, que seu sonho era morar na capital e cursar medicina para ser pediatra, mas ainda não tinha tido condições. Eu e Gabi também gostamos dela.

A babá cuidaria de Helena e Caio, mas Gabi disse que o menino dormia bem e não dava trabalho. E como Helena estava doentinha, precisaria mais. No entanto, Cássia disse que estaria à disposição de Gabi também.

A babá ficou brincando com Helena no quarto enquanto eu ia tomar banho. Quando saí do banheiro, vi Cássia toda corada e nervosa e entendi o motivo. Theo estava lá, lindo de jeans e camisa polo cor de vinho, com a filha no colo. A moça o admirava. Não pude culpá-la, mas fiquei com ciúme.

Theo olhou de cima a baixo a camisola branca que me cobria, sério. O clima pareceu esquentar entre nós, a energia pulsando, tudo se tornando mais intenso e perturbador.

— Como ela está? — perguntou baixo.

— Bem. Já sem febre.

Ele acenou com a cabeça.

— Vou ficar um pouco com Helena lá embaixo enquanto a Cássia janta. Depois ela a traz de volta.

— Tá.

Senti vontade de pedir que ficasse no quarto, para poder estar com os dois, mas sabia que não adiantaria nada. Assim, só o olhei, saudosa, mordendo o lábio.

Theo saiu com Helena e a babá os seguiu. Eu perambulei pelo quarto e fui olhar a noite pela janela, sentindo-me muito sozinha.

Foram duas horas em que o tempo se arrastou dolorosamente. Não consegui me concentrar em nada, nem ler ou ver televisão. A empregada trouxe o meu jantar e só belisquei, forçando-me a comer só porque amamentava, mas sem fome nenhuma. Depois escovei os dentes e continuei sozinha.

Quando a porta abriu, meu coração disparou. Mas não era Theo, e sim Cássia com Helena no colo. A moça sorriu para mim e comentou:

— Tem alguém aqui que quer mamar.

Minha filha já se esgoelava de tanto chorar. Eu a peguei e a babá puxou conversa, simpática, elogiando a fazenda e a família. Explicou que era a mais velha e que sempre tinha cuidado dos irmãos, por isso, tinha experiência. Não morava em Florada, mas em Pedrosa. Estava juntando dinheiro para se mudar para Belo Horizonte, estudar, ter mais chances de conseguir um emprego melhor.

Conversamos banalidades e Helena já tinha arrotado e adormecido quando a porta abriu de novo. Daquela vez, meu coração disparou com razão. Passava das onze horas da noite e era Theo.

Olhou-me com aquele jeito sério e então se dirigiu à Cássia:

— Leve Helena até o quarto dela, aquele que a Tia te mostrou. Cuide dela lá. Depois a chamo.

— Sim, senhor.

Rapidamente, a moça veio até mim e pegou Helena.

— Se ela tiver febre ou precisar de algo, avise — disse.

— Pode deixar, vou cuidar dela direitinho — garantiu ela, sorrindo, antes de sair do quarto.

Eu e Theo nos olhamos.

Eu estava muito nervosa, de pé perto da cama, tremendo de ansiedade, desejo e saudade.

— Theo, eu...

— Não quero conversar, Eva.

Para comprovar, segurou a camisa polo e a arrancou pela cabeça. Não parecia com raiva, mas seus olhos ardiam, algo o preocupava.

Eu sabia o que ele queria, porém eu queria muito mais. No entanto, desejava-o e sentia saudade. Eu tomaria tudo que me desse e lutaria por mais.

Enquanto abria a calça, eu me aproximei dele e disse baixinho:

— Adorei você ter dormido comigo.

— Foi por Helena.

— Fique hoje também.

— Não.

Seu tom duro não me desanimou. Parei perto, olhei-o com desejo, não disfarcei o que eu sentia.

— Eu quero tudo que puder me dar, Theo. Um olhar, um toque, qualquer migalha para diminuir a falta que sinto de você.

— Já falei que não quero conversar.

Estava irritado e na mesma hora levei as mãos ao seu peito e o acariciei, colando-me a ele, murmurando:

— Faça o que quiser comigo.

Seu olhar mudou, ardeu em pura necessidade, suas mãos subiram para me segurar. E fez.

Ele me devorou antes que tivéssemos tempo de chegar até a cama. Nós nos beijamos e nos acariciamos com volúpia e paixão. Penetrou-me de pé, pressionando-me contra a parede, com minhas mãos e meu rosto espalmados sobre ela enquanto me comia por trás. Foi duro, bruto, seco. Se queria provar que era só sexo, não conseguiu. Pois mesmo daquela maneira os sentimentos extravasavam, os toques eram possessivos, os gemidos eram roucos de paixão.

Como sempre, foi delicioso, uma entrega de corpo e alma, uma luxúria avassaladora.

Quando gozamos, afastou-se de mim e tirou o preservativo. Ainda nua, eu o abracei pelas costas e pedi baixinho, enquanto se enrijecia:

— Fique.

— Não.

E me deixou, vestindo a calça e enfiando sua camisa. Antes de sair, disse sobre os ombros com uma indiferença que me magoou:

— Vou mandar a babá voltar.

— Theo...

Ele abriu a porta, mas eu disse assim mesmo:

— Eu amo você. E isso nunca vai mudar.

Não olhou para trás nem parou. Saiu e fechou a porta, brusco.

Mordi o lábio e respirei fundo, indo para o banheiro. Não chorei, mas senti um misto de esperança e decepção. Ele não queria me dar chance nenhuma. Quando eu pensava que estava se aproximando, dava um jeito de se afastar mais.

Quando Cássia voltou e acomodou Helena no berço, fui conferir se estava sem febre. Felizmente, ela dormia tranquila e saudável.

Havia um sofá perto do berço e Cássia garantiu que ficaria bem ali, já que eu ainda não estava pronta para deixar minha filha dormir longe de mim em outro quarto.

Não havia necessidade de uma babá durante a noite, mas eu sabia por que Theo a havia contratado: para ter alguém com Helena quando ele quisesse vir de madrugada.

Cássia deitou-se e ficou mexendo no celular, dizendo que era viciada em Facebook e WhatsApp, que quase não dormia por ficar batendo papo nas redes sociais. Eu sorri, dei boa noite e me acomodei na cama para poder fechar os olhos e reviver várias vezes meus momentos com Theo, meu corpo incendiado, guardando a presença do dele.

Acabei pegando no sono e acordei três horas depois, com Cássia me chamando e me dando Helena para mamar. Depois, ela trocou a fralda da bebê, colocou para arrotar e a arrumou no berço. Consegui relaxar e dormi de novo.

Pouco antes das sete da manhã, levantei e a babá já sorria, desperta, aprontando-se para ir embora.

Um novo dia se iniciava e, com ele, as minhas esperanças.

THEO

Mais uma semana se passou e o mês de novembro se aproximava do fim. Já fazia muito calor e os negócios da Falcão se expandiam cada vez mais. Precisei fazer uma viagem rápida a São Paulo para fechar um contrato importante. Passar um dia longe de Helena foi um sacrifício. Se fosse sincero comigo mesmo, admitiria que ficar longe de Eva também.

Nós tínhamos criado uma espécie de rotina, que me saciava e ao mesmo tempo me deixava cada vez mais preocupado, pois se tornava uma dependência em minha vida. Eu ia ao quarto dela toda noite. A babá já ficava no outro quarto com Helena. E quando eu entrava, Eva estava sempre linda e ansiosa me esperando.

Era uma loucura e eu tinha raiva de mim mesmo por aquela fraqueza. Tentei resistir uma ou duas vezes, briguei comigo mesmo, mas sentia uma falta absurda dela. Embora pudesse parecer que era só sexo que existia entre nós, era mais, muito mais.

Aqueles momentos traziam a desculpa e a oportunidade para tocar seus cabelos, cheirar sua pele, beijar sua boca, ouvir sua voz, fitar todas as emoções em seus olhos e poder abraçá-la. Eu passava meus dias faminto e só me alimentava quando a tinha contra meu corpo. Isso era pior do que um vício, eu precisava de Eva para sobreviver.

Muitas vezes pensei em ir ao clube, tentei me imaginar com outras mulheres, voltar a ser eu mesmo. Mas o Theo do passado parecia ter ficado em alguma parte do caminho. Estava completamente obcecado por Eva, apaixonado por Helena, com elas na cabeça o tempo todo. Ficava assustado com tamanha loucura, por meu mundo girar em torno delas, por nem minha decepção e minhas desconfianças serem fortes o bastante para me conter.

Na cama, quando pegava Eva, eu alternava momentos de ódio e de amor. Tinha dias que só queria beijá-la por inteiro e sentir sua boca no meu pau, no meu corpo. Passávamos horas na cama entre beijos e carícias, suados e arfantes, enquanto eu ouvia suas doces declarações de amor e fingia ignorar, mesmo com meu coração batendo forte e minha alma parecendo alcançar locais nunca antes atingidos.

Outras vezes, ficava irritado porque meus irmãos e Tia me davam sorrisinhos, como se soubessem que eu era um tolo apaixonado e que não resistia a Eva. Uma vez encontrei Pedro quando saía do quarto dela de madrugada, no corredor. O segurança apenas observou enquanto meu irmão passava com um sorriso debochado e comentava:

— Divertindo-se, hein?

Fiquei irritado, furioso, mas deixei passar. Em outra ocasião, Tia e Gabi soltaram sorrisinhos irônicos quando me viram sair da sala e dizer que ia me recolher, como se pensassem: "Lá vai ele comer na mão da Eva". Isso me enlouquecia e eu chegava cada vez mais ao meu limite.

Nessas vezes, era bruto com ela. Meu instinto animal e violento vinha à tona e eu espancava sua bunda, a enchia de mordidas e chupões, amarrava seus pulsos na cama e a fodia sem dó, onde eu quisesse. Mas nessas ocasiões, eu ainda mantinha controle sobre a minha raiva, não extrapolava um limite que sabia que ela não aguentaria. Mesmo quando eu era um troglodita, Eva me olhava com paixão, gemia e gozava, tanto que meus orgasmos eram sempre monumentais só de assistir aos dela. Deixava-me fazer tudo o que eu quisesse e isso só me enlouquecia ainda mais.

Era uma relação que oscilava entre dúvidas e sentimentos contraditórios. Por isso, achei que a viagem viria a calhar e fui de jatinho para São Paulo. Mas não tive paz nem dormi direito. Quase morri de tanta saudade.

Voltar à fazenda naquele sábado, parar meu carro em frente ao casarão e saber que veria minha filha e Eva deixou-me mais feliz do que eu poderia supor. Entrei e era como voltar após anos de distância, privado da minha vida, do que me fazia feliz.

— Theo! — chamou Gabi, sorrindo, descendo a escada com Joaquim, que trazia Caio no colo. — Como foi a viagem?

— Tudo tranquilo.

— Fechou o negócio? — perguntou meu irmão.

— Sim. — Eu me inclinei e depositei um beijo na cabeça do meu sobrinho, coberta por uma touca. Ele dormia serenamente.

— Chegou bem na hora do almoço. Está todo mundo na sala de jantar. — Gabi ficou meio indecisa quando eles vieram perto de mim e explicou: — Nós pensamos que só voltaria mais tarde e Tia chamou Eva para almoçar com a gente. Ela e Helena estão lá. Mas se você...

— Tudo bem, Gabi. — Disfarcei o quanto estava ansioso para vê-las. — Vou lavar as mãos e já me junto a vocês.

— Certo. — Ela sorriu.

Eu fui ao banheiro, só para ganhar tempo, lavando as mãos e me olhando no espelho bem sério, tentando parecer seguro e controlado quando fosse para a sala de jantar. A saudade me corroía. E eu abria mais uma brecha em minhas decisões: ia permitir que estivesse comigo e minha família na hora das refeições, como não acontecia havia quase dois meses.

Enquanto caminhava para a sala de jantar, meu lado racional me avisou que eu estava cada vez mais sendo dominado, deixando Eva ocupar novos espaços. Decidi ficar mais alerta, não permitir que os sentimentos e desejos me abrandassem. Eu tinha que ter em mente a traição de Eva e que a mãe dela ainda estava à solta, talvez esperando uma dica da filha para me pegar. Poderia estar caindo em uma armadilha, já tinha sido enganado antes.

Irritação e saudade duelaram dentro de mim, mas segui como se fosse o dono do mundo, decidido, aparentemente calmo, como se nada me incomodasse. E foi assim que entrei na sala de jantar.

A família toda estava reunida, mas meu olhar seguiu direto para Eva, sentada em uma ponta, com o carrinho de Helena ao seu lado. Ela já parecia ansiosa e seu olhar mudou quando encontrou o meu. Foi como se uma corrente elétrica percorresse a sala, fazendo o ar esquentar e estalar. Reagi de imediato e vi quando prendeu a respiração e entreabriu os lábios, corando, afetada ao me ver.

— Boa tarde — cumprimentei.

Enquanto os outros me cumprimentavam, caminhei até a ponta oposta ao meu pai e sentei ao lado de Eva, virando-me de imediato para ver a minha filha no carrinho.

Helena dormia serenamente, linda em um macacão branco e touca rosa, parecendo um anjo. Meu peito se encheu de amor e de saudade e eu toquei com carinho sua bochecha, minha mão enorme em seu rosto. Finalmente, eu me senti inteiro, na companhia de minha filha e de minha família, na minha casa. Com Eva.

— Ela sentiu sua falta — comentou Eva, baixinho, fazendo-me olhá-la.

Tinha falado com emoção contida e seus olhos pareciam dizer: "EU senti a sua falta".

O ar pesava entre nós, denso.

— Helena ficou bem? — perguntei, seco.

— Chorou bastante. Mas, de resto, ficou bem.

Acenei com a cabeça e aceitei a bandeja de salada que Tia me entregava, ignorando Eva a partir dali.

O almoço foi animado, Heitor e Pedro se divertiam contando alguns casos engraçados, Joaquim se metia e ria, meu pai rosnava, Tia e a enfermeira Margarida falavam sobre receitas, Gabi puxava assunto com Eva. Eu respondia quando era solicitado, mas fiquei na minha a maior parte do tempo, comendo, lutando para não reparar em cada respiração de Eva ao meu lado.

Ela não disfarçava tanto. Sentia seus olhares, notava seu nervosismo, o modo como parecia ligada em mim o tempo todo. Então, não aguentava e olhava para ela. Ficavam evidentes as emoções e os sentimentos que corriam entre nós e, naqueles momentos, como em muitos outros, sabia que eram verdadeiros.

Eu não deveria acreditar em seu amor, não depois do que fez. Mas havia momentos em que era difícil manter minhas certezas, pois me sentia amado, adorado, desejado com intensidade e plenitude. Não dava para uma pessoa fingir tanto, mesmo que Eva fosse uma atriz espetacular. Eram muitas dúvidas me remoendo e abalando.

Nossa incapacidade de participar do resto da conversa e de se desligar um do outro era óbvia. Reparei que minha família notava, nos lançava olhares debochados, como o de Pedro, ou esperançosos, como os de Tia e de Gabi. Eu me sentia um animal de laboratório sendo analisado. Estava incomodado, querendo demonstrar uma coisa que eu não sentia. Nervoso, com raiva de mim mesmo por ser transparente, por não conseguir disfarçar o quanto Eva me abalava.

Entendi que todos deviam estar pensando que aos poucos estava perdoando Eva e a deixando voltar à minha vida. Sentia-me um idiota e me arrependi por ter permitido que ela almoçasse com a gente, quando já tinha avisado que não queria cruzar com ela pela casa. Só quando eu a procurasse.

Irritado, me levantei e me inclinei sobre Helena, morto de saudade de senti-la e cheirá-la. Peguei-a no colo com cuidado para não a acordar e consegui me acalmar um pouco.

Os outros falavam entre si.

— Como foi sua viagem? — perguntou Eva, também se levantando.

Eu a olhei bem sério.

— Por que quer saber? — devolvi, entredentes.

— Senti sua falta — murmurou, como se fosse só para eu ouvir, seus olhos cheios de emoção.

Não foi possível não me abalar. Senti-me acuado, nervoso, cheio de dúvidas. Quis sair de perto dela, do feitiço que parecia jogar sobre mim, da vontade de puxá-la para meus braços e tê-la junto a mim como eu fazia com Helena. Mas me contive e me afastei.

— Aonde você vai?

— Dar uma volta com minha filha.

— Theo...

— Fique aí — ordenei.

Precisava de espaço, de um lugar longe dela onde pudesse me controlar e voltar a ser eu mesmo. Assim, saí da sala de jantar e fui caminhar com Helena no colo, na varanda, acariciando-a com cuidado para não a acordar, admirando-a cheio de amor. Era só nela que eu devia me concentrar.

Depois sentei no sofá, apoiei-a contra o peito e olhei as terras lá fora, pensativo, deixando meus sentimentos e preocupações extravasarem. Não demorou muito, Heitor apareceu, sentou na murada da varanda e perguntou como tinham sido os negócios na viagem. Logo Pedro e Joaquim também vieram e conversamos sobre como a Falcão prosperava cada vez mais. Éramos um dos maiores exportadores de carne do país e vendedores de sêmen de touros premiados. A parte profissional ia de vento em popa e trabalho nunca faltava.

— Micah tem ajudado muito — comentei, e meus irmãos concordaram.

— Quem sabe gostando de trabalhar na Falcão, ele resolva ficar de vez — completou Joaquim, animado.

— Acho difícil — opinou Heitor. — Tem o trabalho dele na Abin. E não parece o tipo que gosta de ficar em um lugar só.

Não nos estendemos muito, pois nosso pai ainda não sabia que Micah estava na cidade.

Quando Tia e Gabi se juntaram a nós na varanda, entendi que Eva tinha ido para o quarto, respeitando as minhas regras. Almoçar comigo na mesma mesa já tinha sido uma quebra e tanto.

Foi uma tarde agradável e, quando Helena acordou berrando, sorri e conversei com ela. Olhava-me concentrada, prestando atenção na minha voz, com os olhos lindos de morrer. Mas depois de um tempo voltou a gritar e, rindo, Tia a levou para mamar.

Já era tarde e eu lutava para resistir e não procurar Eva, embora soubesse que era uma luta perdida. Só estava esperando a casa silenciar para ir ao quarto dela e matar aquela necessidade que me devorava vivo, como se faltasse uma parte de mim.

Finalmente, todos se recolheram e saí do quarto, ansioso, nervoso, tendo certeza de que ela me esperava. Quando abri a porta e entrei, vi Cássia, a babá da noite, com Helena no colo. A moça ficou corada e na mesma hora percebeu que era para sair.

— Com licença.

A menina passou ao meu lado com minha filha adormecida, enquanto eu mantinha a porta aberta para ela passar e depois a fechava.

Eva estava sentada na poltrona e parei ao vê-la.

Estava ainda mais linda, como se fosse possível. Deslumbrante. Fiquei encantado, alucinado, doido ao vê-la com os cabelos soltos e brilhantes, um batom vermelho, olhos maquiados e uma camisola vermelho-sangue, com um decote pronunciado, renda colada nos seios redondos e curta. Para completar, delicadas sandálias de salto da mesma cor.

Meu coração disparou e meu pau já estava completamente ereto. A fome que me consumia era devastadora.

Tinha consciência de que ela estava pronta para me seduzir, para me dar o golpe final, mas mesmo assim não pude resistir. Vi suas unhas pintadas de vermelho, sua boca rubra, e o animal dentro de mim rugiu, tomou-me com violência. Mas não avancei. Tentei me conter, respirar, não a atacar como eu queria.

Eva se levantou, lambendo os lábios, vindo para perto como se soubesse que eu lutava uma batalha perdida. Tive muita raiva do seu poder sobre mim e ao mesmo tempo soube que não havia muito o que fazer. Eu era louco por ela e aquilo era um fato, uma realidade.

Seus olhos verdes brilharam emocionados quando parou à minha frente e sussurrou:

— Eu quase morri longe de você, Theo.

Não quis acreditar, mas como negar o que extravasava dela como uma energia viva e pura, que me tocava por espelhar o que eu mesmo sentia? Nem pude pensar ou reagir, nem mesmo tentar disfarçar como me abalava, pois já estava com as mãos em meu peito, colando-se em mim, ficando na ponta dos pés para cobrir meus lábios com os seus.

Senti que tudo dentro de mim gritava, crescia, expandia-se sem controle. Agarrei sua nuca e sua cintura, puxei-a forte para mim e a beijei apaixonado, finalmente encontrando meu lugar ao sentir seu gosto em minha língua e seu cheiro em minhas narinas. Era só aquilo que eu precisava para viver, para não vagar pelo mundo como uma alma penada.

Encontrei sua língua e a fiz minha, a lambi e chupei, a envolvi, ao mesmo tempo em que sentia cada palmo de sua pele junto a mim e meu coração batia descompassado, alterado, nervoso como eu. Era uma sensação única e inexplicável de saber onde era o seu lugar no mundo. E o meu era com ela.

Eva me agarrou e me apalpou, sôfrega, mãos em meu pescoço, cabelo, ombros, peito, costas, gemendo, pedindo, exigindo.

Nós nos beijamos e nos tocamos como se o mundo fosse acabar e aquele fosse nosso último encontro. Aquela sensação era esmagadora, parecia refletir o limite em que vivíamos, a necessidade guerreando com a realidade.

Mais uma vez meu lado racional tentou reagir, me alertar de que ela me vencia, me dominava, mas o meu emocional era incontrolável e gritava mais alto, exigia que eu a tivesse, sabia que eu morreria se ficasse longe. Era uma luta realmente perdida.

— Como eu te amo... — sussurrou entre beijos, esfomeada, segurando a barra da minha blusa e puxando-a para cima. Eu a tirei pela cabeça, impaciente, e Eva acariciou e beijou meu peito com desejo.

Antes que eu me desse conta e pudesse abaixar os braços, ela subiu a língua pelas linhas das costelas até minha axila, esfregando o nariz, beijando-me, lambendo-me como se sua fome a deixasse fora de si. E suas mãos agarravam meus bíceps, tentando me manter assim para continuar me cheirando e me lambendo, inebriando-se de mim.

— Porra... — deixei escapar, excitado, meu pau quase explodindo dentro da calça, meu corpo todo entrando em combustão instantânea. Então, agarrei seu cabelo e a trouxe para mim, fitando dentro de seus olhos, indagando rouco: — Quer me enlouquecer, coel...

Calei-me antes que completasse a palavra, chocado. Tinha sido tão natural tê-la nos braços que quase a chamei de coelhinha, como sempre fazia antes de descobrir sua traição. Fiquei imóvel e os olhos dela brilharam, sua mão acariciou minha barba, a voz saiu baixa e suplicante:

— Sempre vou ser sua coelhinha, Theo. Sempre.

— Não — rosnei, uma dor excruciante apertando meu peito, a razão me fazendo completar: — Nunca mais.

— Theo, por mais que não acredite em mim e que nunca me perdoe, sempre vou amar você e isso não vai mudar. Sou sua coelhinha. Sou sua e só sua. — E repetiu o que dizia a cada vez que ia ao seu quarto e que já se tornava um mantra: — Eu te amo. E isso nunca vai mudar.

Olhei dentro de seus olhos, sabendo que perdia feio aquela batalha. Tive muito medo que meu ódio cedesse, que meu amor me fizesse perdoá-la, porque no fundo eu sempre teria dúvidas, não poderia mais confiar nela. E naquele exato momento, o celular começou a tocar no bolso da calça.

— Não atenda... — pediu, sedutora.

Eva beijou minha boca, saboreou meus lábios e fiquei imóvel, lutando comigo mesmo, com medo de ceder mais do que eu deveria. Por isso, a soltei e dei um passo para trás, pegando o celular, tentando ganhar tempo e me acalmar. Corri os dedos pelos cabelos e atendi sem nem ver quem era, dando as costas a Eva e andando pelo quarto.

— Alô.

— Theodoro Falcão, o todo-poderoso! — cumprimentou uma voz feminina cheia de ódio e malícia, me fazendo parar e enrijecer. — Meu genro! Quem diria isso?

Olhei para o visor do celular: número inexistente.

— O que você quer? — perguntei, furioso.

Luiza riu.

— Ora, somos da família! Afinal, é casado com minha filha.

— Casamento que nunca existiu.

— Quem é? — perguntou Eva, nervosa, e virei para fitar seus olhos assustados.

— Tem certeza, Theo? Pelo que Eva me conta, você está bem empenhado em manter esse casamento. Só ontem, que viajou, não foi ao quarto dela. Em todas as outras noites vai com o rabinho entre as pernas para a cama dela, fingindo-se de forte, mas sendo totalmente dominado. — Riu de novo. — Interessante como uma mulher pode minar até o mais poderoso dos homens! Uma menina te fazendo de palhaço! Só rindo, mesmo. Theo Falcão, um fraco! Sabe com quem ela aprendeu? Com a mamãe aqui, querido. E por mais que você esperneie e grite, vai comer na mão dela, vai nos dar o que é nosso por direito! Eva e Helena vão vencer você!

Não havia palavras para descrever o que senti fundo dentro de mim, no meu âmago, enquanto aquela bruxa debochava e eu olhava para Eva. Foi uma dor inigualável, uma punhalada fatal, que entrou e torceu minhas entranhas, que fez eu me sentir burro, idiota, dominado, mais uma vez enganado. Traído tão duramente que fiquei sem ar, sem chão.

— O que foi, querido? É mentira? Não, sabe que não. Eu dou dicas valiosas a ela, como usar seu batom vermelho favorito, deixar o "fodão" tão louco com a ninfetinha que realiza todas as suas taras, a ponto de ele esquecer até o próprio nome. Mas não é bom? Vai negar que você gosta?

O ódio me engolia vivo, nublava meu raciocínio, me deixava pálido, até mesmo tonto. Assustada, Eva caminhou para mim, perguntando de novo com voz trêmula:

— Quem é? Theo?

Ela apoiou a mão em meu braço e acho que foi o seu toque que me despertou, me fez reagir em meio à decepção que me destruía com violência. Eu agarrei seu braço e a puxei com força contra o peito, dizendo tão friamente quanto consegui:

— Eva só está aqui pagando com o corpo a comida que come às minhas custas, o teto que tem sob a cabeça. Se é assim que a ensinou, devia ter se empenhado mais. Por isso, eu nunca quis comer você, Luiza. Nunca foi boa o bastante pra mim. E por isso você continua aí no seu buraco, escondida da polícia, enquanto eu uso a sua filha e continuo, sim, sendo o todo-poderoso aqui.

— Theo... — disse Eva, com lágrimas nos olhos, agoniada.

Luiza ficou quieta por um segundo, mas ouvi sua respiração agitada. Por fim, gritou, descontrolada:

— Desgraçado! Eu vou te pegar e te destruir! E digo mais, vai ser Eva quem vai te trazer até mim! Ela vai acabar com sua raça, vai fazer da minha neta uma herdeira e ainda vou pisar nessas terras como dona de tudo!

— Tente. Só estou esperando você tentar — respondi, seco, sem tirar meus olhos de Eva, a dor dentro de mim latejando, a traição doendo mais do que nunca.

— Deixa eu falar com ela... — pediu Eva, chorando.

— É só isso ou tem mais alguma coisa pra contar, alguma outra alucinação, sua doida? — indaguei.

— Eu te odeio! Vou te matar! Eva vai te matar! Vamos destruir você! — gritou fora de si e desligou o telefone.

— Theo... — Eva sacudiu a cabeça. — Não sei o que ela disse, mas...

Guardei o celular de volta no bolso e soltei seu braço. Olhei-a com desprezo enquanto pegava minha blusa no chão e a vestia.

Eva se encolheu e abraçou a si mesma, tremendo, lágrimas escorrendo pelo rosto. Sentia-me estranhamente calmo e foi isso que mais me assustou.

— Você não sabe o que ela disse? Não conversa sempre com ela? — perguntei, frio.

— Não! Eu nunca mais...

— Entendo. — Caminhei até ela e agarrei seu pulso. Arregalou os olhos quando caminhei para a porta e a levei atrás de mim. — Como ela sabe tanto, então? Pode me explicar isso?

— Sabe o quê? Theo, não vê que ela quer isso, te afastar ainda mais de mim?

Abri a porta e saí arrastando Eva. O segurança nos olhou em silêncio, alerta. Caminhei até o meu quarto, entrei, catei as chaves do carro.

— Theo, escute, vamos conversar. Eu não seria burra de...

— Não quero ouvir suas mentiras. — Não a olhava quando voltava para a porta e saía pelo corredor. Falei ao homem diante do quarto dela:

— Avise aos outros seguranças para me seguirem.

— Sim, senhor.

— O que você vai fazer? Pra onde vamos?

Eva mal conseguia falar de tanto nervosismo. Era mesmo uma atriz perfeita.

— Pra onde eu devia ter levado você desde que tudo isso começou — respondi, com uma frieza que vinha de dentro, que parecia me proteger de uma dor atroz demais para suportar.

— Mas a Helena...

Descíamos as escadas e chegávamos na sala, quando virei e a olhei em uma ira congelante.

— Não pronuncie o nome da minha filha — falei, entredentes.

— Nossa filha. — Tentou puxar o braço, mas segurei mais forte ainda seu pulso. — Está me machucando — disse, assustada.

— Você ainda não viu nada.

— Theo...

Eu a ignorei e saí de casa, cego, fora de mim, à beira de um colapso que só era contido por uma frieza igualmente assustadora.

Chegamos lá fora e ela gemeu, correndo em seus saltos pelo terreno irregular para tentar me acompanhar, suplicando:

— Pare com isso, Theo. Por favor, me diz o que minha mãe falou. Tenho o direito de me defender! Ela apenas...

— Cale a boca.

— Estou com medo! Quero voltar pra minha casa, pra minha filha...

Abri a porta do carro e a empurrei para dentro, finalmente deixando a violência me consumir, pouco podendo fazer para contê-la quando a olhei nos olhos e falei baixo:

— Essa casa não é sua. Nada aqui é seu. Ouviu, sua puta falsa e desgraçada? Agora, cale a sua boca!

Olhou-me apavorada, pálida, enquanto eu batia a porta com força e ia assumir meu lugar ao volante, sangrando de dor e decepção, latejando de ódio.

Aquela vingança ia acabar. Por bem ou por mal.

12

eva

Sentia muito medo enquanto o carro corria velozmente em direção a Pedrosa e ficava claro que Theo ia me levar ao calabouço. Não lutei, imóvel, olhando para a frente, o coração apertado e sangrando, o pânico me consumindo, uma raiva absurda da minha mãe por ter me destruído.

Podia jurar que aos poucos Theo estava se aproximando de mim, deixando-se seduzir, me olhando diferente. Ele me tocava e me amava com paixão e necessidade e, por mais que lutasse, que não quisesse confiar, abria espaço para mim. Quando entrou aquela noite no quarto era visível como estava louco por mim. Todo o meu esforço em vão, tudo arruinado pela ligação da minha mãe, que buscava a ira de Theo e a minha infelicidade. Como era possível fazer aquilo com a própria filha?

Meus olhos se encheram de lágrimas e lutei para não chorar mais, embora estivesse arrasada e com medo, sentindo-me traída mais uma vez por ela, que não se importava nem um pouco com a minha felicidade, e sem saber o que Theo faria comigo, em meio a sua ira.

Sempre soube que ele vivia no limite, que a qualquer momento poderia ultrapassar aquela linha invisível que o mantinha à beira da violência que senti na pele quando me pendurou em uma árvore ou quando descobriu minha traição e agarrou meu pescoço antes de dar o soco na parede. Naquele momento, temia que seu ódio vencesse e que ele me machucasse de verdade. Que me marcasse de uma maneira que não haveria mais volta para nenhum de nós, que destruísse o pouco do equilíbrio que ainda mantínhamos. Que me espancasse. Não durante os jogos, quando o prazer sempre existia, mas de verdade, além do que eu poderia suportar.

Não sabia o que fazer. Tremia e rezava, esperava por algum milagre, queria fugir e lutar e ao mesmo tempo queria deixar que me castigasse só para não o ver me odiar tanto. Estava perdida, sozinha, angustiada, no meu limite, prestes a despencar de vez, com as esperanças no chão e o medo me arrasando.

Não tinha coragem de olhar para ele e testemunhar sua ira, como se estivesse fora de si e ao mesmo tempo calmo demais, preparado para tudo. Mas, quando os portões da casa se abriram e o carro passou, seguido pelo dos seguranças, o pânico veio tão violento que me virei, fitei seu perfil anguloso e fui invadida pelo desespero.

— O que vai fazer comigo?

Estacionou sem responder e estremeci da cabeça aos pés, mal podendo respirar, suplicando:

— Não tenho culpa de nada! É mentira dela! O que ela disse, Theo?

Voltou os olhos gelados para mim.

— Contou o que só você poderia falar para ela. Que vou ao seu quarto toda noite, que estava tentando me seduzir, que usava esse batom vermelho.

Ele abriu a porta e saiu. Quando veio para meu lado e segurou meu pulso, tentei me agarrar ao banco.

— Theo, se estivesse querendo enganar você, por que contaria a ela? Sabendo que diria e...

— Você não sabia. Esqueceu que sua mãe é uma louca.

Então, ele me puxou tão bruscamente que quase caí. Fechou a porta do carro e me arrastou para dentro. Lutei, tentei me soltar, estava apavorada.

— Nunca falei com ela! Olhe meu celular! Veja o telefone da casa! Theo!

Gritei angustiada quando entramos na casa silenciosa e ele foi andando decidido pelo corredor que levava ao porão. Eu me desesperei de vez.

— Não quero entrar aí! Não vou te perdoar nunca se me bater, se...

— Quem disse que quero seu perdão?

A sua frieza era pior que tudo e me desmanchei em lágrimas, puxei o braço, tentei me jogar no chão.

— Porra! — Ele se voltou furioso e me agarrou.

— Não! — gritei quando me jogou em seu ombro e comecei a espernear e socar suas costas, alucinada de tanto medo.

— Vai ficar agora aqui, como uma prisioneira, até eu pegar seus comparsas e jogar todos vocês na cadeia, sua diaba, desgraçada! — Desceu os degraus do porão me segurando com firmeza e fiquei com medo de cair, parei de me debater, mas continuei a soluçar, tomada pelo pânico, por tudo que podia fazer comigo.

— Theo, pare! Pare, por favor!

Mas ele não parou, só quando entrou no calabouço e bateu a porta atrás de nós, pondo-me no chão. Andei para trás, ganhando distância, e vi que guardava a chave no bolso da calça.

— Não... — Sacudi a cabeça, aos prontos, soluçando como uma criança. — Quero sair daqui! Quero a minha filha!

— O que você quer não importa. — Sua voz era gelada, o vinco entre as sobrancelhas lhe dando um ar de mau, de quem era capaz de tudo. — Hoje vai me pagar por tudo que me deve, Eva. E depois que eu acabar com você, vou te deixar aqui. Esta é sua nova casa, sem Helena, sem jantares, sem usar seu veneno contra mim e minha família. Era o que eu devia ter feito desde o início.

Empalideci, sem ar, como se tivesse tomado um soco. E de tudo que falou, o que mais me apavorou foi dizer que não veria mais Helena.

— Não! Não pode tirar minha filha de mim... Isso não... Ah, meu Deus!

Levei as mãos aos cabelos, fiquei alucinada, como se suas palavras ceifassem todas as minhas esperanças, me jogassem no limbo. Mesmo que a voz dele fosse fria, eu sentia a ira e o descontrole atingindo-me em cheio. Quando andou em minha direção, fui para trás, olhando em volta e para ele, sabendo a infinidade de coisas que poderia fazer comigo.

Theo foi direto a um armário e pegou uma corda, decidido, autoritário, feroz como um animal pronto a atacar. E mesmo sabendo que não tinha escapatória, corri para a porta e tentei abri-la, chorando, socando-a, gritando:

— Quero sair daqui!

Foi tudo muito rápido. Em questão de segundos, ele vinha por trás, me pressionava contra a porta e puxava meus braços para trás com brutalidade. Berrei, chorei, esperneei, mas era muito forte e experiente. Foi fácil amarrar meus pulsos e cotovelos, me puxar bruscamente e me arrastar até a cama coberta com o lençol negro e gelado.

Quase perdi as forças de tanto medo. Então, engasguei e soube que estava perdida, que nada nem ninguém impediria Theo de acabar comigo. Chorei tanto que meu peito doía, o nariz escorria, as lágrimas não me deixavam enxergar direito. Fui jogada de bruços na cama e ele já dobrava minhas pernas e amarrava meus tornozelos aos pulsos, até me imobilizar.

Quase desmaiei de tanto pavor. Parei de me debater e fiquei tonta, os cabelos no rosto, a respiração entrecortada. Theo se levantou e só pude virar o rosto e olhá-lo quando foi até a parede e voltou com um chicote longo, estalando-o no ar, o olhar gelado demais, a determinação sem um pingo de culpa.

Era o meu fim e algo dentro de mim pareceu se desmanchar, romper-se, me deixando com a certeza de que nada voltaria a ser como antes. Aquele era o ápice, a erupção do vulcão. Minhas esperanças foram totalmente esmagadas, assim como meus sonhos.

A minha vida passou diante de mim como em um filme, a infância solitária, as palavras de ódio, a vingança sendo incutida em mim, os clientes da minha mãe, tudo que me foi privado, a distância de Gabi, eu sendo usada como uma arma o tempo todo.

E Theo chegando e tomando conta de tudo, invadindo meu coração e minha alma, me dando tanto amor quanto medo, me fazendo a mulher mais feliz do mundo, embora estivesse sempre angustiada, dividida, tentando evitar a vingança. Tudo voltou como uma avalanche, os medos, a felicidade absoluta, o nascimento de Helena, como fui amada e adorada por Theo durante nosso casamento e como naquele momento estava ali, presa, prestes a ser violentada, afastada da minha filha, depois de passar dois meses lutando para tê-lo de volta, aguentando tudo, sonhando com um final feliz.

Como fui ingênua! Não havia final feliz para mim, não enquanto ainda estivesse no meio daquilo tudo, dominada, primeiro por minha mãe e depois por Theo, sem poder ser eu mesma. Eu havia errado, mas por quanto tempo mais teria que pagar? O que poderia fazer para parar de sofrer?

Não aguentei mais e, naquele momento, desisti de tudo. Fechei os olhos e abandonei sonhos e esperanças, enfrentei a realidade, esperei a minha destruição. Era como ficar oca, vazia, desprovida de vida. Até o medo me deixou. Só restou um desânimo aterrador, uma vontade de morrer logo, pois não havia mais nada para mim. Não daquele jeito.

Esperei a surra, o castigo, a violência. Quase me dei a eles, como se merecesse, desejando quebrar de vez. Não chorei nem implorei. Era o fim e esperei que Theo acabasse com tudo.

Os segundos passaram. A dor física não veio. O silêncio fazendo-me ouvir meu próprio coração bombeando forte. Abri os olhos e encontrei os de Theo, fixos em mim, paralisado, alto e poderoso ao lado da cama, cada parte dele rígida, o chicote firme em sua mão.

Seus olhos não saíram dos meus.

Não dava para saber o que pensava, o que faria. Quando esperei que atacasse, um cansaço tomou sua expressão e ele largou o chicote no chão. Veio até a cama e se ajoelhou sobre ela, mal tocando em mim, só o suficiente para desatar os nós e me soltar. Então, soube que desistiu de me bater.

Um alívio intenso me envolveu e respirei, ainda abalada, sem poder reagir completamente. Então, suas palavras vieram baixas, vibrando com alguma emoção violenta:

— Não se preocupe. Nunca mais toco em você. Estava disposto a usar seu corpo; afinal, não foi sempre isso que me ofereceu enquanto mentia e me enganava?

— Não... — murmurei, sem forças.

— Mas não quero mais suas mentiras nem você. Vou te colocar na cadeia, Eva, mesmo que um dia minha filha me odeie por isso. Sinta-se feliz por não deixar você presa naquela gaiola, por não ser tratada como a puta que é — disse, apontando para a gaiola no canto do quarto.

Suas ofensas doíam, mas não conseguia dizer nada, sentir nada. Eu só olhava para ele, destruída. E o pior era notar que parecia arrasado também.

Theo se virou e caminhou para a porta.

— Não me deixe aqui — implorei, sentando na cama. Ele tirou a chave do bolso e a enfiou na fechadura. — Theo, por favor, Helena vai querer mamar... eu... Theo... — Abriu a porta e saiu. — Theo! — gritei, em pânico.

Ele trancou a porta e fiquei sem ar. Desabei na cama, arrasada, sem poder acreditar no que acabara de acontecer.

THEO

Cheguei em casa e fui direto para o quarto. Todo o meu corpo doía, aniquilado. Andei de um lado para outro, até que parei em frente à janela e lá fiquei, mudo, vazio. Não queria pensar em Eva, mas ela não saía da minha cabeça. Nem o que quase tinha feito em meio à minha ira.

Faria muito mais do que deixá-la no calabouço. Estava tão arrasado que tudo exigia um esforço enorme. Percebi que tremia e não conseguia tirar a imagem de Eva amarrada à cama, como se não fosse ela. E eu prestes a espancá-la, não em um jogo de prazer, mas de ódio, para causar nela a mesma dor que me corroía. A que ponto cheguei? Tinha me tornado um covarde, um desgraçado sem qualquer limite? Por mais que tivesse me enganado, eu não tinha o direito. Nunca.

Deixá-la sozinha e privá-la de Helena também me custava, me fazia sentir o pior dos homens, mas eu precisava agir, tomar uma decisão antes que enlouquecesse. Eu me contive o quanto pude. Poderia ter perdido de vez a cabeça depois de saber de mais aquela traição, principalmente, depois de quase me entregar de novo a ela e cair nas armadilhas da sua sedução. Estava perdido, sem saber como seguir dali para a frente, sem ter certeza de que teria coragem de levar minhas ameaças adiante.

Fiquei na cama não sei por quanto tempo, mas nem por um segundo deixei de me preocupar com Eva, embora isso me irritasse ainda mais. Por fim, ouvi batidas na porta do quarto e um choro abafado. Assustei-me ao lembrar de Helena e levantei rápido até me deparar com a babá no corredor, tentando colocar a chupeta na boca da minha filha.

— Senhor Falcão, ela quer mamar — disse Cássia, preocupada. — A dona Eva está aí?

— Não. — Inclinei-me e peguei Helena, acariciando-a, dizendo para a moça: — Prepare uma mamadeira.

— Sim, senhor.

Acabei descendo com Cássia, que foi para a cozinha enquanto minha filha se batia e começava a gritar, irritada.

— Calma... Papai está aqui.

Helena parava um pouco e então berrava mais alto, batendo braços e pernas, recusando-se a ser enganada e a pegar a chupeta. Parecia uma sirene na noite silenciosa e andei com ela de um lado para outro, sem saber mais o que fazer.

— O que está havendo? — quis saber Tia, descendo as escadas com sua camisola de algodão, toda despenteada, preocupada.

Gabi veio atrás, seguida por Joaquim só de short, com Caio no colo.

— Helena está doente? — perguntou minha irmã.

— Não, está com fome. Cássia foi preparar uma mamadeira.

— Mamadeira? — Tia pegou Helena do meu colo, ninando-a, tentando acalmá-la. — Mas cadê a Eva?

Naquele momento, Cássia chegou apressada com a mamadeira.

Tia se sentou confusa, sem entender nada. Tentou colocar o bico na boca de Helena, que por um momento se calou e sugou apressada, só para fazer uma careta e voltar a berrar, furiosa.

— Ela não gosta, Theo, você sabe disso. Quer a mãe dela. Onde está a Eva?

— Theo? — Gabi também me olhou, preocupada.

— O que está havendo aqui, todo mundo reunido? — perguntou Heitor, animado, chegando da farra com Pedro.

Estavam todos na sala, menos meu pai.

— Eva não vai voltar — disse, friamente.

— O quê? — Tia arregalou os olhos.

— Onde ela está? — indagou Gabi, ansiosa. — Theo, o que...

— Theo, mas o que é isso? Ela precisa da mãe! — exclamou Tia.

— Cadê a minha irmã? — insistiu Gabi.

Eu a olhei, a raiva ainda pulsando dentro de mim, mas uma angústia sem igual suplantando tudo.

— Ela vai ficar em outro lugar até eu colocá-la na cadeia.

Gabi levou a mão à boca.

A babá, que assistia a tudo, pediu licença e saiu da sala.

— Mas por que isso? Achei que tudo estava se resolvendo, que vocês iam se acertar! — exclamou Tia.

— Aconteceu alguma coisa muito séria — disse Heitor, pensativo.

Caminhei até o bar e enchi o copo com uma dose de uísque. Tomei a bebida, tentando me acalmar. Fitei Heitor e expliquei:

— Luiza ligou. Pra me lembrar do quanto fui idiota e continuo sendo.

— Mas... — Gabi respirou, angustiada. — Ela quer prejudicar vocês, infernizar!

— Ela sabia de coisas que só eu e Eva sabemos. — Terminei meu uísque de uma vez e bati o copo vazio no balcão.

— Tem certeza, irmão? — Joaquim franziu o cenho. — Tenho observado Eva todo esse tempo e o que vejo é uma mulher arrependida, que ama você, fazendo de tudo pra te reconquistar.

— Fazendo de tudo para me reconquistar, sim, Joaquim, até me ter nas mãos e armar outra pra mim.

— Não! Ela não faria isso! — defendeu Tia.

— Já fez.

— Theo, muito me admira você, que é tão inteligente, cair numa dessas! — Pedro fitou-me. — Se Eva quisesse mesmo isso, não contaria pra mãe, sabendo que ela falaria com você.

— Luiza é a desgraçada de uma louca! — Irritei-me.

— É louca, mas não é burra! Pense comigo! Ela não ia estragar os planos da filha te contando, não ia ganhar nada com isso — completou Pedro.

— Exatamente! — apoiou Gabi. — Luiza quis desestruturar vocês, separar, pra que fique mais fácil pra ela atacar! Está procurando uma brecha pra isso.

As palavras deles faziam sentido e penetraram toda a ira que me deixava cego. Analisei, observando-os, enquanto Heitor opinava:

— Pode ser alguém aqui na casa que está passando informações pra Luiza. Já pensaram nisso?

— Um espião? — Tia levou a mão ao peito, surpresa.

Fiquei abalado com aquela possibilidade.

— Mas quem? — Gabi nos olhou e baixou o tom de voz: — Um dos seguranças? Uma das babás?

Era uma grande possibilidade. Então, pensei em Cássia, vendo-me ir toda noite ao quarto de Eva, saindo quando eu chegava, sabendo bem o que eu ia fazer lá. E lembrei de algo que aconteceu naquela noite: Luiza falou de Eva com o batom vermelho, quando Cássia tinha acabado de sair do quarto.

Senti o coração disparar diante daquela possibilidade, enquanto Helena continuava a gritar e Gabi a pegava, tentando fazê-la mamar em seu seio.

— Alguém ligue para o delegado Ramiro e mande-o vir para cá — disse.

— Eu ligo — afirmou Joaquim.

Andei rápido em direção à cozinha, seguido por Heitor e Pedro, e encontrei Cássia sentada à mesa, tomando um copo de água, parecendo nervosa. O que só piorou quando nos viu entrar. Arregalou um pouco os olhos e empalideceu. Mas logo disfarçou, forçando um sorriso e dizendo apressada:

— Posso ajudar?

— O que Luiza ofereceu a você pra nos espionar? — perguntei, sem rodeios.

— O quê? — Ficou agitada e se levantou, balançando a cabeça. — Não sei do que está falando!

— A polícia está chegando — disse Heitor, mansamente.

— Mas eu não... Não sei quem é Luiza!

— É melhor cooperar. Podemos aliviar o seu lado. Caso contrário, as coisas vão se complicar pra você — ameaçou Pedro, cruzando os braços. — Deve saber a influência que temos na cidade. Já imaginou, mofar na cadeia enquanto espera um julgamento?

— Não podem me acusar assim! — Começava a se desesperar, lágrimas fazendo seus olhos brilharem.

Por um momento, temi estar sendo injusto, querendo pôr a culpa em Cássia para livrar Eva, mas estava mais do que claro que a mulher mentia e olhava em volta, como se estivesse se preparando para fugir. E a culpa me remoía ao imaginar o desespero de Eva.

— Dinheiro? Era isso que ela lhe dava? — indaguei. — Se confessar agora, não a acuso formalmente quando a polícia chegar.

— Senhor Falcão, por favor, sou inocente... — Chorou, apavorada.

— Sim ou não, Cássia? É a última chance que dou a você de sair dessa sem parar na cadeia. O delegado está chegando.

Ela me olhou, depois para meus irmãos, acuada. Por fim, desabafou:

— Não achei que fosse nada grave, eu juro! Ela me encontrou em Pedrosa e disse que era a mãe de Eva, que sentia muita falta da filha e só queria informações sobre ela para matar a saudade. Juro que não queria me meter nisso, mas não vi problema! Ela me dava um trocado, que estou juntando pra me mudar pra capital. Achei que...

— Quando foi isso? — perguntei.

— Há mais ou menos uma semana. — Ela se encolheu.

— E onde você a encontrava?

— Ela me ligou e marcou em uma padaria de Pedrosa. Tomamos café, respondi a algumas perguntas e ela... me pagou. Foi só essa vez e...

— Sabe algo sobre ela? — perguntou Heitor. — Onde mora, telefone, placa de carro?

— Ela me deu um número. Pediu que ligasse hoje para contar sobre Eva. Me perguntou algumas coisas. — Abaixou a cabeça.

— Perguntou o quê? — indaguei.

— Como ela estava vestida e se o senhor estava com ela.

— Quero seu celular.

Olhou-me, apavorada, mas viu como a olhávamos e pegou o aparelho no bolso, estendendo-me. Eu o peguei e dei a Heitor, dizendo baixo:

— Fiquem com ela. Não a deixem sair daqui até eu chegar. Quando Ramiro vier, mostrem a ele o celular e o número, talvez seja possível rastrear. Volto logo — disse, angustiado, quase fora de mim de tanta culpa, pensando em tudo que falei a Eva, como a tratei e a humilhei, como quase a violentei e a larguei sozinha e arrasada no calabouço. Corri as mãos pelo cabelo e andei apressado até a porta, xingando a mim mesmo, desesperado.

Passei pela sala e vi que finalmente Helena mamava em Gabi, mais calma. Acariciei sua cabecinha e murmurei:

— Vou trazer a sua mãe de volta.

Gabi e Tia me olharam aliviadas.

Saí de lá como um louco, mas agora de puro arrependimento e raiva de mim mesmo.

13

THEO

O que havia feito? Como podia ter sido tão facilmente manipulado? Eu sabia a resposta. Por ser emocionalmente instável quando se tratava de Eva. Esperava alguma armadilha da parte dela, ficava o tempo todo na dúvida sobre seus sentimentos e suas intenções, e foi isso que Luiza usou. E deixei, caindo como um bobo, quase chegando ao ponto de cometer uma atrocidade.

Cheguei à minha casa em Pedrosa e vi que os seguranças continuavam lá. Entrei rapidamente, nervoso, louco para ter Eva em meus braços, aliviado por saber que ela não tinha me engado. O que podia significar que outras coisas também eram verdade, como o fato de me amar e de ter desistido da vingança muito tempo antes.

Desci ao porão correndo, o coração disparado, a culpa me dilacerando, sentindo-me um louco, um garoto irracional que agia por instinto, não um homem feito. Destranquei a porta e vi Eva na cama, encolhida quase da mesma maneira como eu a tinha deixado, de lado, cabelos sobre o rosto, a corda largada no chão ao lado do chicote e de suas sandálias.

Ela abriu os olhos e me fitou. Senti a dor e a culpa ainda mais latentes me remoendo, a covardia ao arrancá-la de casa daquele jeito, aos prantos, com medo, seu desespero quando eu disse que não chegaria mais perto de Helena. E, no chão, as evidências do que quase fiz com ela.

Nunca em toda a minha vida tinha me sentido pior, nem mesmo quando descobri quem ela era e como tinha me enganado. Tinha deixado de ser justo, fui um idiota acreditando mais em Luiza do que em Eva. Eu me deixei levar por minhas desconfianças e por meu medo de voltar a ser traído. E a vítima foi a mãe da minha filha.

Caminhei até ela sem desviar o olhar, meu peito doendo, a injustiça que cometi me dilacerando. Sabia que nunca me perdoaria se tivesse tocado nela, se tivesse deixado todo ódio que sentia me dominar.

Eva não se mexeu. Não chorava nem reagia e foi isso que fez com que eu me sentisse pior. Sentei na beira da cama e falei baixinho:

— Vamos pra casa.

Ergui a mão para segurar seu braço, ajudá-la a se levantar, mas Eva me surpreendeu ao se afastar, empalidecendo, dizendo com uma mágoa que doeu dentro de mim:

— Você não disse que nunca mais tocaria em mim? O que está fazendo aqui?

Eu paralisei.

— Estava enganado, Eva. Sei que não ligou pra sua mãe.

— Sabe? — Sentou-se na cama, afastando o cabelo do rosto, sua expressão estranha, fria, como nunca tinha visto. — Não tinha tanta certeza? O que aconteceu?

— Descobri que foi Cássia. Era informante de Luiza.

Eva apertou os lábios numa linha fina. Estava pálida, com olheiras, as pálpebras inchadas e avermelhadas de tanto chorar. Eu me odiei demais pelo que tinha feito a ela e era uma sensação horrível.

— Entendi. Se não tivesse descoberto, não acreditaria em mim.

— Como podia acreditar, Eva? Como? Depois da maneira como me enganou e traiu?

Ela acenou com a cabeça, sem tirar os olhos dos meus.

— Claro, está com a razão. Minha palavra não vale nada. Meus sentimentos não contam. E nunca vão contar, não é, Theo? Você é poderoso e justo demais para perdoar uma falsa como eu. Nunca me deu o benefício da dúvida. Compreendi isso e vou facilitar as coisas pra você. — Ergueu o queixo, sua palidez me assustando: — Pode me entregar à polícia. Vou pagar pelos crimes que cometi.

— Pare de dizer besteira. — Levantei irritado, correndo os dedos entre os cabelos, nervoso.

— Ora, mas não é disso que estamos falando? Além do crime de falsidade ideológica, não tenho que responder por tentativa de homicídio? Pois, então, vamos fazer tudo certinho, como manda a lei. Quero ir pra delegacia agora.

Franzi o cenho, com raiva e ao mesmo tempo apreensivo, estranhando seu jeito. Parecia diferente, sem a fragilidade de antes, como se tivesse desistido de me reconquistar e de provar que havia mudado.

— E a Helena? — indaguei, angustiado.

— Agora você me pergunta sobre a nossa filha? — Finalmente, eu a vi se emocionar, os olhos enchendo-se de lágrimas. — Não ia me descartar, me proibir de ver a Helena? Não me deixou aqui, com os seios doendo e vazando de tanto leite e ela lá, com fome, por causa da sua raiva? Quer que acredite que se importa com isso?

Suas palavras foram um baque para mim, fizeram eu me sentir ainda pior do que já me sentia. Olhei os seus seios e estavam mesmo muito inchados, com a pele avermelhada. Só então reparei na camisola ensopada de leite, colava aos seus mamilos. Imaginei a dor que não devia estar sentindo.

— Eva...

— Quero muito estar com a minha filha, mais do que tudo no mundo. Pode me acusar de tudo, menos de não a amar, mas cansei, Theo. Cansei de ser humilhada, sacudida, jogada nos seus ombros, arrancada da minha casa, ameaçada! — falou alto, furiosa, tremendo. — Você quase me estuprou!

— Não fiz isso!

— Quase fez! — ela gritou e não a reconheci, nunca a tinha visto daquele jeito, fora de si, em seu limite, vermelha de raiva. Apontou para o chicote que eu tinha largado no chão antes de sair: — Fiquei em pânico achando que ia me espancar e violentar! Por um triz, mas um triz mesmo, não usou esse chicote em mim, como quando me caçou e me pendurou na árvore.

— Eva...

— Você jurou que respeitaria meu não!

— Eu perdi a cabeça! — Caminhei pelo quarto, nervoso.

— Perdeu a cabeça e a vítima fui eu! Fez o que quis comigo! Me largou aqui sozinha! Me deixou apavorada! — Estava descontrolada, a respiração entrecortada, as lágrimas pulando dos olhos enquanto me olhava com raiva e decepção. — Você não é um homem, é um animal irracional! Faz o que quer comigo, mas chega! Está ouvindo, Theodoro Falcão? CHEGA!

Seu grito pareceu vir do fundo da alma e me congelou no lugar. Um medo desconhecido me tomou. Eva parecia fora de si, despejando tudo de uma vez:

— Eu cansei! Cansei de ser dominada por todo mundo, da minha mãe ter me criado para ser uma fraca medrosa, sem opinião própria, fazendo tudo que ela mandava! Cansei de ter saído das mãos dela e caído nas suas, que me domina do mesmo jeito, que me usa e descarta, xinga, humilha, despreza, faz o que quer! Chega! Não quero mais! — gritava, alucinada, vindo até mim, seus olhos arregalados, furiosos. — Eu não deixo mais! Sou dona de mim mesma! Não sou perfeita! Errei, sim, menti, mas eu me envolvi com você e me enrolei nas minhas escolhas, nessa porcaria de vingança! Mas agora cansei de tentar me explicar e provar quem sou! No fundo, você e Luiza têm muita coisa em comum, só pensam em vocês, não se importam com os meus sentimentos, só me usam pra conseguirem o que querem. E eu, idiota, sempre cedi, sabe por quê? Porque sempre fiz tudo o que queriam por amor, porque queria me sentir amada e cuidada. E pra que tudo isso? Se no final sempre quem mais sofre sou eu! Sou sempre a errada na visão de vocês dois. Quero que minha mãe se dane! Quero que você se dane! Quero distância dos dois! Está ouvindo?

Eva empurrou meu peito com as duas mãos, como se precisasse me agredir, descarregar seu descontrole sobre mim. Fiquei parado e me empurrou de novo. Cerrou os punhos no meu peito e bateu nele com força, soltando um grito estrangulado, fazendo-me ficar arrasado e culpado ao ver seu estado. Deixei que descarregasse sua frustração em mim, enquanto gritava entre as lágrimas:

— Prefiro ir pra prisão, seu animal! Quero ficar longe de você e da minha mãe! Vocês estão me matando aos poucos. A Helena... A Hele... na... vai... me esquecer... e nunca... vai ter vergonha... de mim... — Soluçava, os socos perdendo a força, tremendo tanto que seus dentes batiam, a imagem do desespero. — Porque eu... não sou boa pra ela, não sou boa pra nada e ninguém... não sirvo... não...

— Coelhinha, pare com isso... — pedi, angustiado, sem poder mais suportar sua dor tão latente e dilacerante. Eu a puxei para mim e a abracei forte, prendendo seus braços contra o corpo, segurando sua cabeça contra o peito. — Você é uma boa mãe, eu nunca disse que não era. Helena não vai te esquecer, porque estará sempre com ela.

— Você vai... tirar a minha filha...

— Não vou. Nunca. Nunca, Eva...

— Você disse... — Ela mal conseguia falar, dilacerada.

— Esqueça o que eu disse — murmurei contra o seu cabelo, agoniado, amparando-a contra mim. — Estava muito nervoso, disse da boca pra fora. Tem razão, sou a porra de um animal mesmo. Mas nunca vou tirar

Helena de você, eu juro. Agora, se acalme, por favor. Não vai pra prisão. Vai voltar pra casa comigo, pra nossa filha.

— Não... Eu...

— Sim. Vai voltar, sim, você sabe que não pode viver longe dela. Nem ela de você. Ela precisa de você, Eva.

Queria dizer que eu também não podia viver sem elas, mas me contive, ainda perplexo demais, confuso com meus sentimentos, nervoso. Tudo tinha acontecido muito rápido e ainda estávamos no limite, abalados demais para entender tudo e tomar decisões.

— Vamos pra casa? — pedi, baixinho, mantendo-a presa em meus braços.

Eva ficou quieta, até os tremores e soluços diminuírem. Então, se afastou de mim e não a segurei, embora sentisse uma necessidade absurda de tê-la perto.

Esfregou o rosto, limpando as lágrimas com as mãos, tentando respirar normalmente e se recuperar. Eu apenas a olhei, cansado, ansioso. Até que voltou os olhos muito inchados para mim, também parecendo exausta.

— Vou voltar porque não posso viver sem minha filha. Mas se me ameaçar de novo, eu mesma ligo para a delegacia e me entrego. Prefiro ser presa, sofrer e chorar por Helena a passar de novo tudo o que passei. Não vou ser mais capacho de ninguém. Por mim, você e minha mãe podem se matar. Estou fora da vida de vocês.

Fiquei paralisado, sem consegui respirar. Eva me olhava com uma frieza que me congelou os ossos. Senti como se perdesse o chão, chocado com as suas palavras.

— Não quero que me toque mais, Theo. Estarei naquela casa como mãe de Helena e mais nada.

— Eva...

— Se não for assim, me leve pra delegacia. — Ergueu o queixo, decidida. — Não sou mais filha de Luiza nem mulher de Theodoro Falcão. Sou Eva Amaro, dezenove anos, mãe de Helena. Acabei de nascer hoje, agora. A outra Eva morreu.

A dor me corroeu. Nunca tinha me sentido tão perdido. Olhei para aquela nova mulher à minha frente e me dei conta de como era jovem para passar por tudo aquilo, de como a levei ao seu limite e nem uma vez parei para pensar nela. Seu olhar ferido acabava comigo e minha primeira reação foi ir até ela, puxá-la para os meus braços, provar que era minha mulher, sim, e seria para sempre, apesar de ainda não poder perdoá-la.

Eu me contive, porque sabia que isso só a afastaria mais de mim. Ela estava nervosa, descontrolada. Precisava de calma, conforto, segurança. Não do meu jeito dominador querendo tomar conta de tudo.

Talvez fosse melhor assim, um tempo para nós dois.

— Muita coisa aconteceu junta, muita desconfiança e muita raiva. Vamos voltar e nos acalmar, pensar primeiro em nossa filha.

— Sim. — Ela ainda me olhava, firme. — Mas que fique claro que não quero mais suas visitas noturnas, não quero mais ser sua mulher nem sua amante. Aqui e agora eu desisto de você. Desisto de nós. Desisto de tudo o que Eva e Theo um dia significaram.

Para mim, era um baque ouvir aquilo. Estava literalmente chocado, arrasado. Cerrei o maxilar, acenei com a cabeça, meu orgulho fazendo-me parecer frio ao responder:

— Tudo bem, vai ser como quiser.

Eva parecia cansada. Abaixou-se, pegou suas sandálias e me olhou de novo.

— Preciso de Helena — disse ela.

— Vamos pra casa. Ela está esperando você.

E foi o que fizemos, distantes um do outro como dois estranhos.

Meu coração doía. Meu corpo parecia ter levado uma surra. Fui, então, dominado por um medo atroz, pior do que tudo que já tinha sentido. Tive medo de perdê-la de vez.

EVA

Foi estranho voltar para casa. Entrei lá com uma pedra no lugar do coração, um peso dentro de mim que me fazia ter vontade de me encolher em um canto e só chorar. Vi a sala cheia, até o delegado estava ali. Reparei nos irmãos de Theo e em Cássia sentada no sofá, chorosa, baixando o olhar ao me ver. Nem tive forças para falar com ela, tentar entender por que tinha contado tudo para minha mãe.

— Eva, graças a Deus! — Tia correu até mim, angustiada, olhando meu estado, a camisola sexy e molhada de leite, seu semblante preocupado. — Ah, minha filha...

— Helena... — Foi só o que consegui murmurar.

— Está aqui. Ela mamou um pouco em mim, mas não o bastante. Só conseguiu dormir agora — disse Gabi.

Minha irmã veio até mim com Helena no colo e na mesma hora a peguei e a abracei forte, com o coração disparando, emocionada. Gabi me beijou e perguntou:

— Como você está?

— Bem — menti. Eu não queria falar com ninguém, precisava ficar só com a minha filha.

— Vou levar vocês ao quarto — disse Theo, atrás de mim.

Eu não o olhei nem me importei com o fato de a casa estar cheia. Não consegui fitar seus olhos em nenhum momento no trajeto até a fazenda. O que sentia era mais do que raiva, era mágoa, dor, uma sensação de fracasso e de ruptura. Precisava me afastar dele enquanto estivesse assim.

— Não. Não quero que nos acompanhe. Tia, pode ir comigo? — afirmei, seca.

— Claro. — Lançou um olhar como se pedisse calma a Theo. — Eu cuido delas.

Ele não disse nada. Não me virei para ver sua reação ou como se sentiu na frente de todo mundo.

Na sala, imperava um silêncio incômodo. Subi as escadas e Tia me acompanhou. Chegando ao quarto, ela disse com carinho:

— Vá tirar essa roupa, tomar um banho. Fico com Helena.

— Preciso amamentá-la. Meus seios doem demais.

Por fim, tomei um banho rápido, coloquei um robe curto e me acomodei na cama com Helena no colo, meus olhos se enchendo de lágrimas ao fitar seu rostinho. Quando sentiu o mamilo na boca, sugou forte e o leite saiu, aliviando a dor. Por fim, relaxei e apoiei a cabeça no travesseiro, exausta.

Sentada na beira da cama, Tia me olhava preocupada.

— Está tudo bem — menti.

— Não está. — Ela sacudiu a cabeça. — Precisava ver o estado de Theo hoje, andando pela sala com Helena no colo, completamente perdido e desesperado. E você lá sozinha, sendo acusada de algo que não fez. Isso tem que parar. Vocês precisam...

— Já parou, Tia — afirmei, séria, com uma certeza dentro de mim, minha voz demonstrando como eu me sentia. — E não quero mais saber de Theo. Ele fez o que achava certo, como sempre.

Ela me olhou meio assustada.

— Como assim?

— Tudo começou errado, não tinha como acabar bem — respondi, sem forças.

— Vocês se amam.

— Ele não me ama.

— Minha filha, Theo é louco por você!

— Não quero essa loucura.

— Eva...

— Isso não é amor. — Eu sentia o peito doer, mas lutei, cansada de tanto chorar, de tanto sofrer. — Amor sem confiança não é nada. O que aconteceu hoje à noite prova que nunca mais vai acreditar em mim e sei que a culpa é minha. Mas não vou pagar pelo resto da minha vida, Tia. Não aguento mais isso. Estou muito cansada. Muito mesmo.

— Eu sei. — Ela suspirou e segurou minha mão direita entre as suas. — Tanto você quanto Theo precisam de um tempo para digerir tudo isso. E enquanto sua mãe estiver rondando, devem manter a calma e não se precipitar. Vou falar isso com ele.

— Pode falar, mas não é isso. Cansei de ficar entre os dois. Sabe como me sinto? Um osso, jogado de um lado para outro em uma briga de cachorro grande — confessei, desolada, irritada, cansada.

— Eva...

— Sei que vai tentar amenizar as coisas, mas pra mim acabou.

A certeza em minha voz fez sua expressão ficar preocupada.

— Vocês se amam. Theo fica louco se for enganado, se...

— Ele que fique com a loucura dele! — desabafei. A raiva me fez calar e respirar fundo, abraçando mais a minha filha, buscando conforto em seu corpinho. Fitei Tia bem nos olhos e disse: — Hoje eu senti muito medo. Muito mesmo. Tenho passado todo o tempo assim, minha vida se resume a isso. Algumas escolhas foram minhas e me colocaram nessa situação. E vou pagar por elas. Mas não assim. Não vivendo acuada pelas duas pessoas que mais amei e que não estão nem aí pra mim.

Ela me fitou com pena e eu me calei, pois do jeito que eu estava acabaria me debulhando em lágrimas.

Meu outro seio doía demais e virei Helena, para que o pegasse e aliviasse o inchaço. Mesmo quase dormindo, ela agarrou o mamilo e sugou firme. Suspirei, aliviada porque ela faria aquela dor diminuir.

— Mas, Eva... — Tia acariciou a cabecinha de Helena. — Sei que Theo às vezes pega pesado, perde a cabeça, mas ele estava louco de tanta dor. Nunca o vi assim. Tive medo de que tivesse feito com você algo que pudesse se arrepender depois. Não sei até que ponto a magoou, mas compreenda que ele está inseguro, se sentindo usado. Está reagindo como sabe.

— Por quase dois meses, tudo o que tenho feito é tentar entender, dar tempo pra que me perdoe e perceba que eu realmente o amo — disse, magoada. — Só que hoje, Tia, foi meu limite. Fui desrespeitada. Não acreditou em mim e não me ouviu, fez o que quis. Por pouco, não me machucou de verdade.

— Ah, Deus, isso que temia...

— E me dei conta de que não posso viver assim. Cansei de esquecer de mim pra fazer o que outra pessoa quer. Primeiro foi minha mãe. Eu vivia insegura, fazendo todas as suas vontades, com medo de decepcioná-la. E olha onde isso me fez parar. — Respirei fundo, desolada. — Depois me envolvi com Theo e ele se tornou o meu mundo. Eu me arrependi da maneira como entrei na vida dele e passei todo esse tempo me remoendo em culpa. Sabe o que percebi?

— O quê?

— Que não tenho paz. Que não consigo respirar com tranquilidade. Que cansei dessa pressão toda. Chega. Eu sou uma pessoa, posso fazer minhas escolhas. Não sou joguete de ninguém!

— Está certa.

— Sim, estou. E daqui pra frente vai ser assim. Só quero saber da minha filha. E logo que essa confusão toda se resolver, vou pagar o que devo e seguir a minha vida.

— Ah, Eva... O que posso dizer? — Tia fitou-me com carinho. — Você tem razão. Entendo você e entendo o Theo. Eu vi como vocês foram felizes durante o casamento e vejo como se amam. É visível pra qualquer um. Mas não pode se anular por causa dele. E Theo não pode querer que pague o tempo todo porque o enganou. Ele vai ter que encarar isso e escolher perdoar ou não. Só que, mesmo entendendo tudo, rezo para que se acertem. Que tudo isso não destrua o amor de vocês.

— Ele pode fazer as escolhas que quiser. Não vou ficar sentada esperando. Não vou me anular. Não sou sombra dele nem da minha mãe. Sou uma pessoa! Uma mulher! — Respirei fundo, percebendo que tremia, que minhas palavras me feriam, mas não tinha como ser de outra maneira.

Ninguém melhor do que eu sabia o quanto amava Theo, de corpo e alma, mas se eu não desse um basta na minha infelicidade, ninguém daria. — Não quero mais que ele me toque, Tia. Nem que na próxima desconfiança ele me arraste de novo pra longe da minha filha e me faça sentir medo. Eu vou reagir, vou lutar. Prefiro ir pra cadeia a passar por isso de novo e continuar nessa montanha-russa emocional. Pra mim chega!

Calei-me, pois não tinha condições de dizer mais nada. Ainda o amava da mesma maneira, mas me sentia diferente em relação a mim mesma. Não queria mais fazer o papel de vítima nem de culpada. Queria tomar as rédeas da minha vida, assumir meus erros, erguer a cabeça e seguir em frente.

Não suplicaria mais pelo amor de Theo. Como poderia mostrar tudo o que eu sentia por ele, se eu não respeitava a mim mesma, não me amava, não me orgulhava de mim?

Tia pareceu entender como eu me sentia e permanecemos um tempo em silêncio.

— Se precisar de mim, você fala? Nem que seja para desabafar? — perguntou ela, por fim.

Eu a fitei agradecida.

— Tia, não sei como agradecer por tudo que faz por mim, por não ter me julgado e desprezado quando soube quem eu era e o que fiz. Seria um direito seu, sei que ama Theo como um filho. Mesmo assim, sempre me tratou bem e me ajudou — respondi, emocionada e agradecida.

— Eu vejo seu coração, sei que é uma boa menina. Errou, mas se arrependeu. E é isso que conta. — Sorriu, sem graça. — Eita, assim acabo chorando!

— A senhora é uma mãezona, não só de Theo, de Gabi, de todos eles. Mas minha também.

Ela riu, toda boba, sacudindo a cabeça.

— Vocês são minha família. Vou te contar um segredo, Eva.

— Sim...

— Quando era novinha, morria de amores por Mário Falcão. — Ficou corada, desviou o olhar. — Eu era filha da empregada e tremia cada vez que o via passar. Mas é claro, nunca olhou pra mim. Ele era tipo o Theo, bonito, autoritário, duro.

Eu a olhava, imaginando, pensando que Mário devia ter sido assim mesmo. Nem em uma cadeira de rodas ele perdia o olhar duro, a personalidade rascante. Nunca tinha conseguido me aproximar dele, ainda mais sabendo o que fez com meu avô.

— Sei que é ridículo o que vou falar, que hoje em dia as mulheres têm vários homens e seguem a vida, mas... Nunca consegui olhar pra mais ninguém. E quando ele se casou com Alice e a trouxe para cá, perdi todas as esperanças, mas não o amor — continuou Tia, olhando para as próprias mãos, pensativa. — Comemorei cada um dos nascimentos dos filhos dele, cuidei de todos como se fossem meus filhos. Praticamente os criei quando Alice ficou doente.

Ergueu os olhos para mim, sem mágoas, apenas um sorriso nos lábios:

— Claro que não amo Mário como antes. Aceitei meu lugar, mas nunca tive ninguém. Minha vida é esta casa e os filhos dele, que considero uma parte de mim. Morro por eles, se for necessário. Não me anulei. Eu fiz escolhas. E não me arrependo de nenhuma delas.

Estava impressionada. Estendi a mão e entrelacei meus dedos aos de Tia.

— Nunca teve ninguém? Um homem? — perguntei.

— Não. Tenho sessenta e nove anos e sou tão virgem quanto no dia em que nasci.

Mesmo surpresa, não a julguei. Tive vontade de dizer que Mário não merecia aquele amor, mas me dei conta de que, aquilo, a gente não escolhia. O sentimento vinha independentemente da nossa vontade.

— Mas a senhora... É feliz assim?

— Muito. Não me arrependo de nada.

— O meu amor por Theo é como o seu, Tia. Sei disso mais do que tudo na vida. Nunca vou amar um homem como eu o amo — afirmei, segura. — Mesmo que nunca mais fiquemos juntos. Ele arrebatou a minha alma. Isso, a gente não escolhe nem consegue impedir.

— Esses homens Falcão... — Tia brincou para desanuviar e acabamos sorrindo.

— E mesmo o amando desse jeito, não vou me anular mais. Vou ficar longe do caminho dele e quero que fique longe do meu.

Ela suspirou, triste. Ficamos quietas, mas então a encarei, mais séria, perguntando baixo:

— A senhora viveu aqui muitos anos. Conheceu meus avós e minha mãe?

— Sim.

— Acha que Mário mandou matar meu avô na prisão?
— Eu não sei, Eva — respondeu, incomodada.
— A senhora deve saber.
— Posso desconfiar, mas não tenho certeza. Se ele fez, guardou para si, nunca admitiu nada.
— Mas acha que ele pode ter feito?
— Sempre achei que Mário fosse capaz de tudo.
— Entendo.

Soube que teria que continuar com aquela dúvida, sem provas. Mas como Tia, eu o julgava capaz de tudo.

Suspirei e ficamos em silêncio.

Resolvi parar de pensar no passado e me concentrar na minha própria vida e nas mudanças que aconteciam em mim. Era coisa demais para tentar resolver e eu precisaria ser forte para conseguir.

Não sabia como resistiria a Theo, principalmente, quando minha mágoa diminuísse. Mas não dava mais para seguir do jeito que estava.

Fechei os olhos, cansada demais. No dia seguinte, pensaria com mais calma em tudo.

14
THEO

Entrei no quarto quando o sol já despontava no céu e a claridade começava a surgir. Tínhamos resolvido tudo. O celular de Cássia fora apreendido e ela havia chorado muito, implorado por perdão. Não seria denunciada, mas Ramiro deixou claro que estaria na cola dela. E é claro que a demiti. Agora o delegado ia tentar rastrear o número que Luiza tinha dado para a babá e o celular que tinha usado para fazer a ligação.

Pensei em ligar para Micah e passar o número para ele, mas estava cansado demais e deixei para o dia seguinte. Foi um alívio subir as escadas e ir para o quarto, exausto por tudo que tinha acontecido. E com a culpa ainda me remoendo.

Esfreguei o rosto e a barba, sabendo que, embora cansado, não conseguiria dormir. Pensei em tomar um banho, me livrar um pouco do peso sobre mim, que me fazia sentir sujo, um merda, um covarde, mas nem isso tive vontade. Apenas perambulei, angustiado, o tempo todo pensando em Eva.

Liguei o iPod para tentar me distrair e relaxar com uma música. Os The Carpenters começaram a cantar "Solitaire" e parei, como se a música traduzisse como eu me sentia.

> *"There was a man, a lonely man*
> *Who lost his love through his indifference*
> *A heart that cared, that went unchecked*
> *Until it died in his silence"* [2]

Parei, pensativo, sozinho, preocupado. Estava abalado com o que Eva me disse e com o que vi em seu olhar, aquele desprezo silencioso, que me

---

[2] "Havia um homem, um homem só/ Que perdeu seu amor por sua indiferença/ Um coração que se importasse, que nunca foi compartilhado/ Até que morresse no seu silêncio."

golpeou mais do que tudo. Não estava acostumado a ser tratado assim. De repente, tinha me visto privado de sua adoração, de suas tentativas de provar que me amava e de sua submissão. Estava me sentindo perdido.

Tinha uma vontade quase sobre-humana de ir ao quarto de Eva, de resolver tudo e de obrigá-la a me olhar nos olhos, beijá-la, afastar a distância que ela havia estabelecido entre nós e que era pior do que o ódio. Não conseguia lidar com o modo como tinha me tratado, mesmo sabendo que merecia.

Lembrei das caixas de Eva que Micah tinha trazido da polícia. E, de repente, não conseguia pensar em outra coisa. Era uma maneira de saber mais sobre ela, de tê-la um pouco comigo.

Peguei uma delas no closet e coloquei-a sobre a cama. Sentei e a abri, encontrando algumas flores secas, pedras, um cacho de cabelo, poesias, um DVD, um CD e um caderno amarelo de capa dura.

Abri a primeira página do caderno, deparando-me com uma letra infantil e bonita, redonda, que reconheci como de Eva.

Comecei a escrever este diário hoje, no dia do meu aniversário de nove anos. E é meu único amigo. Pensei que não fosse ganhar nenhum presente de aniversário, pois a última vez que ganhei um, nem me lembro mais quando foi. Acho que Deus ficou com pena de mim e resolveu fazer essa surpresa na volta da escola. Quando estava caminhando pra casa, vi um embrulho brilhante caído no chão. Na mesma hora abaixei e peguei. Fiquei esperando mais ou menos meia hora, pra ver se alguém voltava pra pegar. Como não voltou e não tinha nenhum nome escrito, resolvi abri-lo e quando vi que era um diário. Fiquei muito feliz, porque sempre tive vontade de ter um, mas mamãe sempre me disse que era bobagem. Pelo menos, este presente enviado por Deus diminui a tristeza por ninguém aqui de casa ter se lembrado que dia era hoje.

Só esse trecho já mexeu comigo. Solidão. Como eu me sentia, como a música que ouvia, tudo em uma mesma sintonia. Respirei fundo e passei a página, mesmo sabendo que não devia, que era a intimidade de Eva. Mas não pude conter a vontade de conhecê-la um pouco mais em diferentes fases da sua vida, saber um pouco dos seus pensamentos. Comecei a ler.

No início, eram apenas frases soltas sobre uma revista que queria comprar e sua paixonite por um ator adolescente. Depois vinham umas cópias de letras de músicas e poesias, como se ela criasse coragem para confiar no diário e desabafar, o que começou a fazer só mais à frente.

Eva dizia que pensava muito em Gabriela, em como ela seria, se ambas um dia se conheceriam, se poderiam ser amigas:

> *Hoje é Natal. Estou aqui no meu quarto, sozinha. Vovó já foi se deitar e mamãe está no quarto ao lado com alguns dos homens que pagam pra se deitar com ela. Coloquei fones de ouvido e estou ouvindo algumas músicas pra me acalmar. Não aguento mais uma vida tão triste. Não aguento ficar ouvindo os sons e as palavras feias que são ditas por eles. Queria dormir e nunca mais acordar. Sinto tanto por não ter uma família normal, queria que pelo menos no dia de hoje tivéssemos uma ceia e uma árvore de Natal com bolinhas coloridas e pisca-piscas. Que pudéssemos sentar à mesa e conversar besteiras e contar histórias. Mas nada disso é real, é apenas tudo o que mais desejo. Se a Gabriela pelo menos estivesse aqui comigo, acho que não doeria tanto. Queria muito dizer pra minha irmã que a amo e sinto falta dela todos os dias. Se Papai Noel existisse, iria pedir pra trazer Gabi de volta pra gente. Ia ser o dia mais feliz da minha vida.*

Depois falava da avó e da mãe, que elas estavam sempre ocupadas e que ela se sentia sozinha. Eu podia imaginar Eva, uma menina loira e pequena com enormes olhos verdes, quieta em um canto, isolada do mundo. Ela escrevia que a mãe não queria que fizesse amizade com ninguém, que elas viviam meio escondidas. Não queriam chamar atenção, já que o objetivo de Estela e Luiza era se manter no anonimato para agir com mais liberdade na vingança futura. Tinham sido bem cuidadosas e usavam nomes falsos.

Eva escreveu em diferentes momentos de sua vida, mas não muito, apenas pequenos desabafos. Tinha um relato dela aos onze anos dizendo que estava apaixonada pelo colega da escola e queria se casar um dia com ele. Mesmo sabendo que era ridículo, fiquei com ciúme, o que só aumentou quando descreveu seu primeiro beijo, contando em detalhes tudo o que sentiu, seu nervosismo aos treze anos, o garoto, que usava aparelho e machucou sua boca. E, no final, dizia que beijar era muito ruim.

Vi o sobrenome da minha família ser citado ali pela primeira vez quando ela ainda estava com treze anos, reclamando que odiava os Falcão:

> *Não aguento mais, minha mãe só fala neles. Eu sei que são culpados, que por isso vivemos escondidas, que eles querem acabar com a minha família. Passamos fome por causa deles. Minha avó perdeu tudo. E um dia juro que vou recuperar o que nos tiraram, assim minha mãe nunca mais vai precisar se deitar com aqueles homens.*

Que Luiza fosse prostituta, não me surpreendia. Mas que Eva soubesse disso naquela idade, sim, me preocupava. O que ela teria visto? E os riscos que correu? Fiquei nervoso, imaginando um homem pondo as mãos nela, sendo só uma menina. Voltei a me sentir mal, afinal, havia uma diferença de idade grande entre nós. Ela era ainda muito jovem e não eu tinha levado isso em consideração.

Voltei a ler, mas o que me deixou chocado, paralisado foi uma página escrita de um lado só. Ela tinha quinze anos:

> *Hoje fiz quinze anos e me disseram que eu estava me tornando uma moça. Pensei que ganharia algum presente ou até uma pequena comemoração, como todas as garotas da minha idade. Em vez disso, nada me preparou pra conversa que mamãe teve comigo, me explicando umas coisas. Sobre homens. Não sou uma boba. Leio, vejo televisão, escuto minhas colegas da escola falando. Meu corpo mudou e sinto coisas esquisitas. Tudo que ela contou sobre o corpo masculino e o que ela fazia com os homens me deixou assustada. Sempre ficava trancada no outro quarto com minha avó e só ouvia os barulhos. Só que não era o bastante. Vovó foi contra quando ela disse que me ensinaria tudo e eu aprenderia na teoria como conquistar um homem. E falou de coisas que achei nojentas! Nunca ia fazer aquilo com homens! Era horrível! Mamãe ficou com raiva quando falei isso. Então, fez os buracos na parede. Nunca vou esquecer quando me mandou olhar e foi para o outro quarto. E eu vi aquele homem entrar, barbudo, baixinho, com cabelo comprido e cara de sujo, todo peludo. Ele ficou pelado e era muito feio! Senti tanto nojo de tudo, de como foi bruto e puxou o cabelo dela, indo pra cima e se sacudindo todo. E ela fingindo que gostava.*
>
> *Pensei que sexo era entre pessoas que se gostavam, não aquela sujeira. E depois veio outro e outro. Não acabava e comecei a chorar, vovó deixou que eu parasse de ver. Mas agora minha mãe me obriga a olhar sempre,*

me explica como devo fazer e não consigo mais olhar para ela sem a imaginar com aqueles homens. Não quero nunca fazer isso!

Mamãe já me ameaçou várias vezes quando o assunto são garotos. Ela sempre me faz prometer que vou me manter virgem, que uma hora isso vai trazer benefícios pra gente. E como eu iria negar isso a ela? Além de nunca mentir, não quero que me odeie, não quero sentir mais solidão do que já sinto. Eu só quero o seu amor.

Mas fico pensando que, se um dia tiver um filho, vou fazer diferente. Vou cuidar dele e não vou deixar que se sinta sozinho. Vou querer que sorria, que esteja comigo, nunca vou esquecer seu aniversário. Vou beijar e abraçar muito ele. E nunca vou deixar que fique triste. Vai ser muito amado por mim. Tanto quanto quero ser amada por mamãe.

Parei de ler, angustiado, furioso. Não podia acreditar que Luiza tinha chegado àquele ponto. Só podia ser louca, mesmo! Respirei fundo, com vontade de sair quebrando tudo e de gritar de raiva pelo que aquela mulher tinha feito com a própria filha.

Senti uma pena terrível de Eva, sendo criada daquela maneira, sozinha, com duas depravadas. O que eu podia esperar? Foi condicionada desde cedo a pensar e agir como elas. A nos odiar e a querer tirar a mãe daquela vida, acreditando que tudo era culpa nossa.

Virei a página, perturbado, sem querer ler o resto. E a cada uma delas, senti mais raiva e revolta. Ela tinha crescido vendo sexo de duas formas: ora com nojo, ora com desejo. Tanto uma quanto outra a deixavam com a sensação de culpa, acreditando que a prostituição era a última opção da mãe para sustentá-la e mantê-la segura.

Entendi que era assim que Luiza a manipulava, fazendo-a se sentir em dívida, disposta a se sacrificar pela mãe que sempre sofreu para protegê-la. Isso ficou claro em seus relatos quando estava mais velha e contava os planos delas sobre a vingança. Primeiro, de usar a Gabi e fazê-la se virar contra nós. Segundo, de encontrar Micah e ter o apoio dele. Terceiro, de se aproximar de um dos homens da família Falcão e seduzi-lo, sem que ele soubesse quem ela era.

Senti-me mal ao ler o relato, mas esperançoso quando ela revelava suas dúvidas:

Não consigo entender como minha mãe pôde deixar minha irmã com eles, se sabe que são pessoas tão más...

Tenho medo de me meter nisso. Por mim, íamos embora e seguiríamos nossa vida. Mas como posso virar as costas a elas?

Minha mãe diz que vai ser mais fácil se eu conquistar o caçula, Joaquim. Já vimos uma casa pra eu ficar na favela Sovaco de Cobra. É de lá que vou mandar os bilhetes pra Gabriela e me aproximar de Joaquim. Estou com medo. Queria falar tudo pra minha irmã e fugir com ela...

Suas dúvidas apareciam sempre, assim como sua lealdade e sua devoção à mãe. Era claro como Eva tinha sido manipulada desde cedo por Luiza.

Nervoso, nem vi o tempo passar e o dia amanhecer. Lia sem parar suas palavras e seus desabafos, seus medos e suas dúvidas, seus desejos e suas apreensões. Até que cheguei ao fim e compreendi melhor tudo.

Gabriela é apaixonada por Joaquim. Mamãe ficou furiosa. Ainda mais porque ela não quer nem falar com a gente. Está com novos planos, disse que eu devo focar em outro Falcão e falou do mais velho. Ele tem mais de quarenta anos! Podia ser meu pai! Vi sua foto e fiquei com medo dele. Ele tem cara de ser tão bravo! Tenho até medo em pensar no que ele pode fazer, se me pegar.

— Ah, coelhinha... — murmurei, sentindo-me mal com tudo aquilo, com a diferença de idade, com tudo que fiz com ela. E também com o fato de ter sido alvo delas e de ter caído tão fácil naquela armadilha. Continuei lendo com mais atenção:

Ontem entrei pela primeira vez naquela casa. Fui disfarçada com peruca e óculos, acompanhando um dos contadores da fazenda em uma festa. Consegui colocar o bilhete e as fotos na cama de Gabriela, mas senti muito medo. Só que nada me deixou tão apavorada quanto encontrar com ele. Theodoro Falcão. O homem que mamãe quer que eu seduza. O depravado que colocava mulheres na coleira. Eu o encontrei sem querer e ele me olhou. Tive muito medo, nunca fiquei tão nervosa. Os olhos dele pareceram sugar alguma coisa de dentro de mim. Até agora não consigo esquecê-lo. Tem uma força que assusta, é poderoso, um homem de verdade. Nunca olharia pra uma garota tão simples como eu. Por que será que minha mãe acha que ele poderia ter algum interesse em mim, sendo que ele pode ter as mulheres que quiser? Estou tentando convencer mamãe a esquecer isso. Não posso me envolver com ele, nunca estaria à altura de um homem tão intenso.

Depois, passou muito tempo sem escrever. Parei de ler um pouco, tentando me lembrar daquele primeiro encontro, mas não consegui. Para mim, a primeira vez que a vi foi quando despertei do atentado na favela com ela debruçada sobre mim.

Eu havia impressionado Eva, mas isso não provava nada, apenas revelava que me temia e que sabia que poderia sair perdendo feio naquela história. Ansioso, comecei a ler mais:

Não tem mais jeito. Começou e me meti de cabeça nessa vingança. Vovó está doente e a cada dia piora. Gabriela não quer saber da gente, meu tio Micah nunca foi encontrado. Como posso fugir, se só eu tenho condições de recuperar o que nos foi tirado? Eu me sinto muito culpada. Theodoro sofreu o atentado e fui conivente. E agora essa culpa não deixa meu coração em paz. Não era pra ele ter tomado um tiro nem pra ninguém ter morrido. Minhas mãos estão sujas de sangue. E isso me deixa totalmente apavorada.

Quero fugir. Sei que isso está errado, mas não posso abandonar mamãe nem vovó. Mas não consigo tirar esse homem da cabeça. Mesmo baleado e ensanguentado, ele mexeu comigo. Penso nele o tempo todo. E sinto muito medo.

Depois disso, só havia mais uma página escrita, as outras estavam em branco. Abalado, li o último texto:

Eu não sei mais quem sou e o que quero. Sempre cultivei o ódio. Ódio do mundo, por ter sido privada de tanta coisa. Ódio da insegurança, pois nunca tive certeza de nada, nem mesmo de ser amada. E ódio da família Falcão, que roubou nossas terras e a Gabi, que matou meu avô, que tirou nossa chance de felicidade. Queria salvar minha mãe da prostituição e minha avó da doença. E pra isso precisava usá-los.

Agora só quero que tudo isso acabe. Se tivéssemos ido embora, nós quatro, sumido no mundo, criado novas raízes, esquecido tudo, talvez nossa vida fosse diferente. Mas não fizemos. Deixamos Gabi ir. E agora eu queria ir também. Mas e minha avó naquela cama? E tudo que minha mãe fez?

Em que momento eu mudei? Por que fui me apaixonar por Theo, mesmo sabendo quem ele é e que pode nos destruir? O que faço agora com essa vida miserável? E as dívidas que tenho com minha mãe e avó? E as injustiças que sofreram? E meu amor por Theo?

Eu quero gritar! Quero fugir e esquecer! Quero rir e ser feliz sem esse peso todo! Quero só uma chance de escolher. Eu sei o que quero. E o que posso. E o que quero é o que não posso. Como vou sair dessa, meu amigo? Como vou continuar em uma vingança para destruir o homem que invadiu meu corpo e minha alma? O homem que eu devia só odiar?

As palavras se embaralharam na minha frente e tive que ler de novo, vendo a data, que batia com a época em que a levei para morar na fazenda e já éramos amantes, logo no início. Ela registrou naquele diário esquecido na casa da mãe o que sentia. O que afirmava para mim sempre. Que me amava.

Uma parte daquela raiva que não saía de dentro de mim desde que descobri sua traição cedeu como se um peso enorme fosse tirado de cima de mim. Eu vi em suas palavras uma parte da alma de Eva e ela não era uma manipuladora sem escrúpulos que queria me enganar e me matar. Eram confissões de uma jovem manipulada desde cedo, acostumada a uma realidade triste e solitária, que mesmo assim tentava se libertar e pensar por si mesma.

Deixei o diário sobre a cama e me levantei, bombardeado por muitos sentimentos e dúvidas, angustiado, esfregando o peito. Entender Eva só fez com que visse a mim mesmo melhor e percebesse como tinha minha parcela de culpa. Ela saiu das garras da mãe e caiu nas minhas. E, apesar de ser louco por ela e de amá-la, fiz o mesmo que Luiza: eu a dominei, me impus, não a deixei respirar. Tanto meu amor quanto meu ódio se sobrepuseram aos desejos e vontades dela.

Nunca gostei de ser contrariado e era um manipulador. Sabia dos meus defeitos, minha mania de dominar, meu apreço pela violência, que era uma parte de mim. Levei anos para me entender e, por isso, nunca tinha querido me envolver com ninguém e tinha me mantido solteiro por tanto tempo. Até perder a cabeça e me apaixonar por Eva como nunca poderia imaginar ser possível.

Andei pelo quarto e desliguei o iPod, que tocava músicas que só me deixavam mais revoltado com tudo que tinha lido e comigo mesmo, com pena de Eva e com uma vontade enorme de jogar tudo para o alto e ir até ela, apagar o passado e começar uma nova história sem a vingança entre nós. Mas fiquei parado, quieto, cansado e preocupado, sofrendo por ela e por mim.

As feridas ainda estavam abertas. Ambos fomos além do que era permitido. Eva quando me enganou e eu quando usei minha raiva contra ela. Como resolver tudo, esquecer tanta mágoa, perdoar?

Não conseguia parar de pensar em suas palavras, suas necessidades e, sobretudo, sua declaração de amor. No fundo, sempre soube que Eva me amava, ela não conseguiria fingir tão bem, me olhar e beijar com tanta paixão e entrega, se dar a mim tão completamente como fez. Mas não queria acreditar, ferido por sua traição.

O que faria com aquela descoberta? Como passaria por cima do meu orgulho e da minha dor? Como a faria ver que mesmo tendo passado dos limites, eu só tinha me descontrolado por medo de uma nova traição? Se nem eu era capaz de me perdoar e sabia que não havia desculpa para o que tinha feito, para a violência que usei arrancando-a de casa, jogando-a no calabouço, amarrando-a e fazendo-a acreditar que eu a machucaria de verdade e tiraria sua filha?

Suspirei, com ódio de mim mesmo. Não havia desculpas para o meu comportamento. Embora no final das contas e no auge da minha fúria eu tenha recuado, sem poder feri-la, mesmo assim fui abusivo e dominador, autoritário e carrasco. Vi como tinha se entregado e desistido de lutar quando algo dentro dela se rompeu. Finalmente, eu havia entendido que mesmo tendo feito escolhas erradas, havia um mundo de desculpas para Eva. Sua criação, sua idade, sua lealdade à mãe e à avó. E para mim não havia desculpas. Só a realidade de que eu era um animal.

Voltei à cama, olhei para as coisas de Eva dentro da caixa. Fui ao closet, vasculhei a outra caixa e não encontrei nada demais, apenas objetos, retratos, enfeites. Então, achei uma foto dela, com mais ou menos uns cinco anos, olhos enormes tomando o rosto, uma expressão triste. E lembrei-me de suas palavras de que, se tivesse um filho, nunca o deixaria se sentir como ela.

— Porra... Porra! — xinguei, deixando a foto ali, sem poder encarar aquela tristeza do passado e sabendo que a tristeza do presente tinha sido causada por mim.

Voltei ao quarto e andei como um animal enjaulado, sem saber o que fazer e sem conseguir ficar parado. Por fim, peguei o celular, as chaves do carro e liguei para Ramiro. Eu tinha que ir a um lugar, ver com os meus olhos parte do que tinha acabado de ler.

Cheguei à casa pequena em que Eva morou com Luiza e Estela, depois de conseguir a chave com Ramiro. Era ainda de manhã cedo e as casas vizinhas estavam fechadas. Os seguranças estacionaram o carro atrás do meu, mas fiz um gesto para que ficassem ali. Estava com minha pistola e entrei sozinho.

Fui tomado por emoções violentas enquanto passava os olhos pelo quintal maltratado, com mato crescido, e imaginava aquela garotinha de olhos tristes ali, sozinha, sempre sozinha. Meu coração pesava quando destranquei a porta e entrei na sala.

A pobreza não me incomodava. Muitas pessoas eram pobres e viviam com dignidade. O que me deixou angustiado foi olhar em volta e ver uma parte da vida de Eva, imaginar quantas vezes perambulou por aquele lugar cheia de sonhos e dúvidas, o que viu e presenciou, tudo em que foi ensinada a acreditar. Pude senti-la comigo como uma sombra, deixando-me doente de culpa e de preocupação, sentindo uma compaixão que era mais forte que tudo. Imaginei Helena passando por aquilo e quase morri com o pensamento.

Havia uma energia ruim e pesada, o mal entranhado nas paredes e nos móveis, uma vibração que me angustiou ainda mais. Prendi a respiração, como se o cheiro de dor, solidão e ódio empesteasse tudo. Fui direto para o quarto meio infantil que sabia ter sido o de Eva. Acendi a luz e meus olhos varreram tudo, fixando-se na boneca velha e no urso sem um olho, imaginando que os teria ganhado já usado, talvez em uma das poucas vezes em que a mãe ou a avó resolveram presenteá-la.

— Desgraçadas... — rosnei, cerrando os punhos, com o ódio me consumindo mais e mais.

Não saía da minha cabeça a imagem de Eva numa daquelas camas com fones de ouvidos para não escutar a mãe transando com os homens no quarto ao lado. Fitei a parede que dividia os dois ambientes e vi dois quadros pequenos. Sem cuidado, eu os arranquei, jogando-os no chão, pouco me importando se quebrassem e espalhassem cacos de vidro para todo lado. Vi os dois buracos na parede e senti tudo dentro de mim se rebelar, em uma fúria assassina.

Tive que respirar várias vezes para me conter, enquanto me aproximava de um deles e via a cama bem diante de mim. Espalmei as mãos na parede e fiquei completamente irado ao imaginar Eva, ainda uma adolescente, obrigada a ver a mãe transando com uma infinidade de homens.

Meu peito doeu, meus olhos arderam. E por fim entendi Eva e toda a revolta que senti desde que descobri quem ela era desapareceu. Fiquei vazio, cansado, minha ira concentrando-se apenas naquela mulher maldita que tinha pensado só em si mesma e se desfeito das duas filhas. Luiza pagaria por tudo. Não sossegaria até acabar com ela.

Fiquei cego, descontrolado. Fui pegando tudo que vi pelo caminho naquela casa amaldiçoada e jogando no chão. Com um grito furioso, descarreguei a ira que sentia, a raiva por tudo que Eva tinha passado, o ódio de mim mesmo por também tê-la levado a seu limite, por ter sido um desgraçado com ela. Nada perdoava minhas ações, assim como nada perdoava as de Luiza. No fim das contas, Eva tinha sido oprimida por mim e pela mãe e isso me colocava no mesmo patamar que aquela maldita.

Fui ao outro quarto e destruí tudo que pude. Quebrei os móveis, esparramei roupas e objetos no chão, jurei a mim mesmo que compraria o quanto antes aquela casa, só para pôr fogo em tudo, queimar a maldade encrustada nas paredes, apesar de saber que as lembranças estariam sempre com Eva. E mais. Eu teria que fazer mais.

Parei, respirando irregularmente, descabelado, aos poucos me controlando.

Só aquilo não seria o bastante. Havia ainda muito a ser feito.

Prender Luiza e seu comparsa, afastar o mal e a ameaça que representavam. Mostrar a Eva que estava arrependido, tentar reconquistá-la. Lutar para que ainda estivesse disposta a viver o nosso amor.

Tudo pesava sobre mim. Naquele momento, via Eva como uma garota e eu como um algoz. As coisas tinham se invertido, sentimentos confusos me bombardeavam. Precisava ir para casa, buscar uma solução e um recomeço.

Angustiado, pisei sobre vidro, madeira, papel, tecido, sabendo que não poderia mais deixar meu gênio tomar conta de mim ao lidar com ela. Eu a amava e não queria magoá-la. Era a mulher da minha vida, a mãe da minha filha, a minha coelhinha. E mesmo com a diferença de idade, sua traição, seu passado, Eva tinha me feito um homem melhor. Eu tinha sido um imbecil, mas sabia que precisava mudar. Por ela.

A luta não tinha terminado. Uma nova batalha se iniciava. Mas eu estava disposto a vencer. E a ganhar Eva.

15

eva

Era domingo e fui informada por Tia que não precisava mais ficar trancada no quarto quando Theo estivesse em casa. Para mim foi indiferente, pois estava disposta a não o obedecer mais. Então, saí para tomar um sol com minha filha, mas fiquei perto do jardim, pois sabia que havia seguranças em volta.

Quando começou a esquentar, entrei com ela na sala, dizendo baixinho:

— Agora mamãe vai te dar um banho gostoso e um leitinho melhor ainda.

Helena me olhou e fez um som esquisito, como se respondesse. Sorri, antes de ouvir e ver Theo descendo as escadas de banho tomado, cabelo molhado, uma blusa preta deixando-o ainda mais másculo e lindo. Parou no último degrau, os olhos azuis fixos em mim.

Eu parei também, como sempre abalada por sua presença. Acho que nem se eu vivesse mil anos deixaria de ficar mexida quando o visse. Mas junto com a paixão, havia muito mais. Havia dor e uma revolta silenciosa, que ainda me corroía por dentro. Lembrei-me de como fui tratada, do medo, do desespero que tinha sido a pior coisa que tinha sentido na vida.

— Oi, Eva — disse baixo, cauteloso. Olhava-me de forma penetrante, diferente.

— Oi — respondi séria, pronta para passar por ele e evitá-lo.

Desviei o olhar e dei um passo em direção à escada, mas, ao chegar ao seu lado, sua voz me impediu:

— Preciso conversar com você.

Parei e me afastei dele antes de encará-lo, sem conseguir disfarçar a mágoa que ainda sentia. Observava-me bem atento.

— Tenho que cuidar de Helena.

Theo olhou para ela em meu colo e seu semblante se suavizou. Era impressionante como de um tigre virava um gatinho quando a olhava, o que sempre me emocionava. Sabia que seria um pai exemplar.

Emoções me consumiram. Fiquei feliz por minha filha, pois, com todos os problemas, ela era muito amada por mim e por Theo. E por todas as pessoas da família. Mas por um breve momento quis ser olhada da mesma maneira. Então, como se lesse meus pensamentos, ele ergueu aqueles olhos intensos e sua expressão ainda era carinhosa e amorosa. Era o modo como tinha me fitado muitas vezes durante os meses do nosso casamento, quando se entregou sem reservas a mim.

Engoli em seco, tentando não pensar no assunto. Já ia me afastar quando ele se aproximou mais e disse:

— Não adianta fugir. Precisamos conversar.

— Agora, não.

— Agora, sim.

— Vai me obrigar? — Ergui o queixo, enfrentando-o, parte de minha raiva voltando. Estava disposta a nunca mais me rebaixar diante dele.

— Não, Eva. Não vou obrigar você a nada. — Parecia um tanto cansado, parado na minha frente, sua mão acariciando a cabecinha de Helena. Ela se mexeu, animada, sem saber o clima que pesava entre nós.

— Não, até você ficar furioso com alguma coisa e me arrastar por aí. — Eu queria falar o que sentia, mostrar parte da minha raiva. Tinha cansado de ficar calada. Havia uma revolta latente em meu peito, uma decepção desconhecida, uma vontade de deixar de pôr meu destino nas mãos de outras pessoas.

— Sei que errei. E peço perdão. Pode me perdoar?

— Não.

Ficou surpreso, um tanto abalado com minha frieza.

— Não é fácil perdoar e você sabe bem disso, não é, Theo? Quantas vezes eu te pedi perdão? Quanto tempo tentei fazer com que acreditasse em mim? — continuei.

— Deve entender que era difícil pra mim. Você me enganou e me traiu.

— Sim, fiz isso. Mas expliquei tudo, falei que me arrependi, que casei com você por amor e que desisti da vingança. Aceitei tudo que fez comigo achando que devia ser mesmo castigada — cuspi as palavras, sem tirar os olhos dos dele nem recuar, os sentimentos aflorando em meu interior, enquanto ele me olhava. — Mas tem uma hora que cansa. Agora não me importo mais. Não quero saber se acredita ou não. Só quero que me deixe em paz.

— Entendo sua raiva.

— Não é raiva!

— Não? — Franziu o cenho, os olhos brilhando. Eu sabia que tinha vontade de me segurar e me sacudir, mas ao mesmo tempo o sentia calmo, um certo desespero em suas feições. — É raiva e revolta, Eva, mas não tiro sua razão. Passei dos limites e só posso prometer que isso nunca mais vai acontecer.

— Já prometeu antes.

— Antes de saber que você era uma Amaro.

— Sou, sim! Sou Eva Amaro, filha e neta dos inimigos da sua família! — falei em alto e bom tom, pois não adiantava fugir, teríamos que enfrentar.

— Ham! Ham!

Ouvi um som furioso vindo das minhas costas e dei com o olhar irado de Mário Falcão sobre mim, sentado em sua cadeira de rodas, com Tia a empurrando. Por sua cara, percebi que só agora sabia quem eu era. Estava todo vermelho, mas não recuei. Ergui mais o queixo, firme em meu lugar.

— Ham! — gritou mais alto e bateu com o punho cerrado na cadeira, apontando depois para mim, balbuciando: — A... Ama... ro.

— Calma, Mário — disse Tia, pondo a mão no ombro dele, mas o homem não tirava os olhos de mim, como se exigisse uma resposta.

— Sim, sou neta de Pablo Amaro — confirmei com todas as letras.

— Ahhhhh... — berrou, com raiva, seus movimentos desconexos ao bater na cadeira, nervoso, tentando gritar: — Fo... Fo... ra!

— Ela é minha esposa, pai — interveio Theo, metendo-se na minha frente e na de Helena, seu tom sério, mas apaziguador. — Tudo está sendo resolvido. Não precisa se meter.

— S... Sai! — gritou o velho.

— Ela fica — disse Theo.

— Ham! Sai! Sai!

Estava todo vermelho, fora de si de tanta raiva. Tia se desesperou e tentou acalmá-lo, segurando-o e dizendo palavras conciliadoras:

— Não fique assim, Theo sabe o que está fazendo. Ele e Eva vão se entender e...

— Sai!

— Por que não aproveita e me diz se matou meu avô, senhor Falcão?

— Eu também me sentia em meu limite e não me importava com aquele homem. Por sua culpa, toda aquela tragédia estava acontecendo. — Você o matou? Matou Pablo Amaro na prisão?

— Eva... — disse Theo, segurando meu braço, voltando-se para mim.

— Ma... tei! — berrou e bateu no peito com o punho cerrado, como se estivesse orgulhoso. Fiquei pálida, imobilizada, tendo a confissão como prova final de que pelo menos sobre aquilo minha mãe e minha avó não haviam mentido.

— Ah, meu Deus — exclamou Tia.

— Des... Des... truir. Des... truir... A... ma... ro... Ham...

— Sim, quis destruir os Amaro! — Furiosa, ia me aproximar dele, olhando em seus olhos, mas Theo me puxou e me segurou.

— Eva... — Theo repetiu, com firmeza.

— Eu quero ouvir! Quero saber como um homem causou tanto ódio e tanta tragédia! — Mal podia respirar e lágrimas começaram a descer. — Envolveu duas famílias em ira e vingança por sua maldade!

— S... Sai! — gritou, como se me expulsasse de sua casa.

— É o que mais quero, sair daqui! Seu assassino!

— Pare com isso, filha... — pediu Tia, apavorada quando Mário começou a ficar todo vermelho, como se estivesse tendo um ataque. — Ai, Jesus!

— Pai!

Theo correu até ele, abrindo o colarinho de sua camisa. Estava nervoso e foi aquilo que me fez calar e recuar, percebendo que Mário passava mal de verdade.

Tia o abanou e Theo disse a ela:

— Ligue para o médico, Tia!

Fiquei imóvel, culpada, abraçando minha filha enquanto Theo se inclinava e pegava o pai no colo, correndo com ele para o quarto.

Estava tensa e arrependida pelo meu descontrole. Joaquim desceu as escadas, indagando:

— O que aconteceu?

Em seguida, todos correram preocupados para o quarto do pai, enquanto Tia falava com a emergência.

Fui para o sofá e sentei, com lágrimas nos olhos e o peito doendo, indagando a mim mesma quando aquela tragédia acabaria. Raiva e culpa me dominavam. E eu me sentia cansada demais por tudo.

THEO

Tinha sido apenas um susto, um aumento de pressão ocasionado pela raiva. Meu pai foi acalmado e medicado pelo doutor e todos se tranquilizaram. Pedi a Gabi que ficasse com Eva. Tia também foi vê-la e disse que ela estava bem.

Sentado na beira da cama, olhava meu pai recostado nos travesseiros, percebendo o quanto estava velho, com os cabelos brancos e o rosto marcado por rugas. Mas, apesar de tudo, os olhos continuavam alertas e arrogantes, com uma raiva que fazia com que franzisse as sobrancelhas e me olhasse fixamente.

Pedro estava recostado contra o armário, com os braços cruzados. Heitor olhava pela janela, com as mãos nos bolsos. Joaquim tinha se sentado em uma poltrona e parecia perturbado. Sabia que eles queriam saber o que meu pai nunca contara, que tinha sido ele mesmo quem tinha dado um fim em Pablo Amaro. Sempre suspeitei, mas, naquele dia, tive a confirmação.

Não poderia perguntar mais nada a ele, não queria correr o risco de fazê-lo passar mal outra vez. Mas como se sentisse o clima, ele mesmo fez força para falar:

— Ham... Ham... Pa... Papel.

Era muito difícil para ele juntar as sílabas e formar palavras.

— Quer escrever? — perguntei.

Acenou com a cabeça. Percebi seu ar cansado e falei baixo:

— Não precisa ser agora, pai. Outra hora pode fazer isso.

— Pa... Ham... pel... — insistiu.

— Eu pego — disse Joaquim.

Meu irmão foi até o criado mudo e pegou o bloco e a caneta que ficavam ali. Voltou e apoiou uma almofada no colo dele, esperando que segurasse a caneta.

Nosso pai não tinha muita firmeza nas mãos, mas tinha aprendido a comer sozinho e a escrever quando era exigido, embora o fizesse com letras trêmulas e bem devagar. Respirou fundo, concentrou-se e começou. Ficamos quietos e deixamos que escrevesse sozinho.

Vários minutos se passaram e toda hora ele parava para descansar. Por fim, ergueu os olhos e indicou o bloco com a cabeça. Eu o peguei e meus irmãos se aproximaram para ler:

Ele tentou me matar. Atirou no capataz. Matou. Jurou acabar comigo. Era ele ou eu. Escolhi a mim. Ramiro fingiu não ver. Abriu a cela. Capataz meu entrou e matou asfixiado. Pendurou na corda. Acabou. Já tinha comprado a fazenda dele. Expulsei as duas. Fim.

Fiquei um tempo parado, lendo e relendo. Tão poucas palavras para descrever uma tragédia tão grande para duas famílias! Imaginei o ódio de Estela e de Luiza, as duas perdendo tudo de repente, sabendo que Pablo tinha sido assassinado, sem meios de lutar contra um homem poderoso como meu pai, que inclusive contou com a conivência de homens da lei para cometer o crime. Pela primeira vez, entendi as duas. Não desculpava o que fizeram depois, mas entendia como o ódio e a violência podiam destruir uma pessoa.

Ergui os olhos, de repente, muito cansado, encontrando o olhar do meu pai em mim. Não via nenhum arrependimento. Continuava lúcido e irritado.

— Não foi o fim. Foi o começo de uma vingança — afirmei.

Ele não se dobrou, arrogante.

— E... va. Fo... ra. Sai.

— Quer a Eva fora daqui? — perguntei, enquanto nos encarávamos. Meus irmãos estavam quietos, em silêncio.

Ele fez que sim com a cabeça, decidido.

— Se ela sair, saio também — avisei, sem me alterar.

Por fim, ele mudou a expressão e pareceu surpreso. Piscou, abriu a boca, fez cara feia. Sacudiu a cabeça que não.

— Ham... me... meu... Ham... fi... fi... lho.

— Sou seu filho. Mas sou marido dela. — Omiti os documentos falsos e a anulação do casamento que estava para sair. — É mãe da minha filha. Elas ficam comigo.

Nunca fui de enfrentar meu pai, nem ele a mim. Havia, acima de tudo, respeito entre nós. Mesmo sabendo que ele errou feio em suas ações do passado, não perderia aquele respeito nem brigaria com ele, principalmente, por sua situação. Mas não faria suas vontades.

— Posso sair com elas, se o senhor preferir assim.

— Theo... — começou Joaquim, preocupado com o rumo da conversa.

— Deixa eles, Joaquim — disse Heitor.

Meu pai olhou para meus irmãos e depois para mim, um tanto pálido. Ele me conhecia, sabia que eu não era de falar à toa. E, pela primeira vez, o vi realmente indeciso, como se não soubesse o que fazer.

Não dei mais explicações. E quando fiz menção de me levantar, balbuciou nervoso:

— Ham... Ham...

— O que é, pai?

— Fi... que.

— Elas ficam também.

Acenou com a cabeça, apertando os lábios com desagrado. Pensei que, se um dia, depois de tudo aquilo, eu e Eva nos entendêssemos, mandaria construir uma casa só para nós dois e Helena. Ergui-me, cansado, perturbado, sob o olhar atento de meu pai.

— Qualquer coisa que sentir, avise a enfermeira. Vou mandá-la entrar.

Não havia muito mais que eu pudesse dizer. Deixei-o com meus irmãos e saí.

Subi e fui direto ao quarto de Eva. Não havia mais um segurança em sua porta, mas a segurança em volta da casa continuava maciça.

Entrei e vi Helena dormindo quietinha no berço. Eva estava de pé em frente à janela, olhando para fora, o cabelo dourado iluminado pela claridade. Virou-se e me encarou séria, de um modo diferente, mais forte e decidida, sem aquele ar submisso de sempre.

— Eu agradeceria se batesse na porta antes de entrar — disse, com frieza.

Depois de tudo que passei, da raiva por achar que Eva tinha me traído novamente e arrastá-la para o calabouço, de trazê-la de volta me sentindo um merda e resolver tudo com Cássia e a polícia, de ficar a noite em claro lendo seu diário e de ir a sua casa, de voltar à fazenda e pensar que meu pai iria morrer depois de confessar que era um assassino, chegar ali e ser tratado daquele jeito fez meu sangue subir.

Andei até ela pisando duro e parei à sua frente, irritado, doido para ensinar a Eva boas maneiras. Tive que respirar fundo para controlar meu gênio.

— Esse quarto também é meu — disse, firme.

— Então quero outro.

— A casa é minha.

— Então, quero sair daqui! — afirmou, estressada, os olhos brilhando. Não recuou e foi além: — Não quero mais morar aqui!

— Não diga besteira — retruquei, impaciente, me contendo para não a segurar, meus instintos gritando que o fizesse.

— Besteira? Aquele homem lá embaixo que você chama de pai é um assassino! Ouviu o que ele disse? Confessou que matou meu avô.

— Você praticamente já tinha certeza disso, Eva. Por isso, participou da vingança.

— Não tinha certeza! Ele não me mandou sair? É o que quero também. — Ergueu o queixo e percebi que seus lábios tremiam, demonstrando nervosismo e descontrole. — Não fico mais aqui.

Passei a mão pelo cabelo, sem tirar meus olhos dos dela. Deu um passo para trás e se encostou na janela, como se temesse minha reação.

— Não precisa ter medo de mim — disse, irritado.

— Mas tenho. Agora vejo a quem você puxou. Também matou, não é, Theo? Atirou naqueles bandidos do seu atentado sem vacilar.

— Queria o quê? Que eu ficasse quieto esperando que acabassem comigo? — Franzi o cenho, revoltado.

— Eu só sei que... que você também é capaz de tudo.

— Tudo, não, Eva. Não fui capaz de fazer o que meu ódio mandava quando levei você ao calabouço. Então, não me acuse de ser capaz de tudo, embora eu saiba muito bem dos meus defeitos, do que posso ou não fazer.

Ela se calou, enquanto apenas nos olhávamos. Sabia que eu estava no limite da exaustão, mas lutei para me manter lúcido, para resolver a situação da melhor forma possível.

— Você não vai sair daqui com minha filha. Sabe o risco enorme que estamos correndo com aqueles dois bandidos lá fora. Quero as duas sob meus olhos.

— Arrume uma das outras casas pra mim. Pelo menos não estarei sob o mesmo teto que seu pai.

Eu a entendia, mas mesmo assim apertei os olhos e falei com impaciência:

— Já viveu esse tempo todo sob o mesmo teto que ele. Pense ao menos em Helena. Se sua mãe puser as mãos nela, não vai nem querer saber que é sua neta, só que é minha filha!

Eva empalideceu e pareceu se dar conta das ameaças que corríamos. Por fim, acho que consegui a convencer.

— Está bem. Vou ficar longe do caminho de seu pai. E espero que ele fique longe do meu. — Piscou, nervosa. — Não vejo a hora disso tudo acabar.

Pensei em suas palavras no diário, sua solidão e sua dor, aqueles buracos na parede de seu quarto. Entendia que ela devia estar mesmo cansada de tudo, precisando de paz. Relaxei, preocupado, querendo de alguma maneira aliviar seu fardo.

Olhei-a com um desejo absurdo de que tudo de ruim sumisse como mágica, mas sabendo que as coisas não funcionavam assim. Era tudo muito doloroso, uma mistura de emoções, escolhas que precisavam ser feitas. Via em seus olhos que estava cansada e carente, como eu. E senti uma saudade imensa dela.

Eva mordeu os lábios, nervosa.

— Eu... Vou descansar um pouco agora — murmurou ela.

— Eva...

Parecia perceber minha necessidade de tocá-la. Estava trêmula, a mágoa em seu olhar mascarando os outros sentimentos, deixando-me perturbado. Quando estendi a mão, tentou se afastar e passar por mim, mas segurei seu braço e a puxei contra o corpo.

— Não, Theo...

— Vem aqui, coelhinha... — murmurei perto do seu cabelo, emocionado, envolvendo-a pela cintura, precisando do seu cheiro, do seu corpo perto de mim.

Enrijeceu-se na hora, muda por eu ter usado o seu apelido. Senti quando arquejou e estremeceu, quando deixou que eu beijasse sua têmpora e dissesse baixinho:

— Sinto a sua falta.

Não lutou. Subi as mãos pelas costas até os cabelos, cansado de tanta dor, de tanta distância, de tanta necessidade. Como ela, eu também ainda tinha dúvidas e mágoas, ainda não conseguia deixar de me sentir traído. Eu podia ter todos os defeitos do mundo, mas tinha me dado a Eva de corpo e alma, como nunca tinha feito antes. E ter sido enganado foi demais para suportar. Eu teria que aprender a conviver com a traição, mas ainda não sabia como.

Então, senti quando respirou fundo e apoiou as mãos em meu peito, se afastando. Minha primeira reação foi não deixar. Precisava tanto dela que doía e a segurei firme.

Nós nos fitamos nos olhos e havia um mar revolto de sentimentos e emoções desconexas entre nós. Os olhos de Eva estavam secos, mas pareciam chorar. Era muita dor acumulada, muitas lágrimas contidas e poucos sorrisos.

— Me solta, Theo.

E aquela mágoa estava lá, ainda latente. Tudo o que vi naquele calabouço, sua mudança, sua coragem, seu basta, estava ali no verde de sua íris, na profundidade da sua alma. Não dava para fingir que não existia.

— Só quero um abraço — pedi, perdido, pois era assim que eu me sentia, sem saber lidar com a situação.

— Não posso. Por favor, me deixe, Theo. Quero ficar sozinha.

Meus instintos gritavam que não. Senti seu corpo trêmulo, soube que ainda me desejava, que seu amor não acabaria de uma hora para outra. Se eu a abraçasse forte, encostasse-a na parede e beijasse a sua boca, ela acabaria cedendo. Tinha certeza disso.

Mas e depois? Ela me acusaria de forçá-la de novo? Viveríamos naquele jogo de gato e rato?

Foi muito difícil. Nunca imaginei que precisasse tanto de um toque, de um carinho, e desejei aquilo mais do que tudo. No entanto, deixei as mãos caírem e olhei-a com fome enquanto fugia apressada e me dava as costas, nervosa, sem poder me olhar.

Dei um passo adiante, pronto para pegá-la de volta. Então, xinguei a mim mesmo em silêncio e soube que tudo era uma questão de confiança. Enquanto não confiássemos um no outro, nenhum contato físico aliviaria nossa dor ou nos aproximaria novamente.

— Se precisar de qualquer coisa, me chame, Eva — falei, caminhando até a porta, cada passo me matando um pouco.

Ela não me impediu. Ficou imóvel no mesmo lugar.

E não me restou outra opção que não fosse sair em silêncio, arrasado.

16

THEO

Na segunda-feira, encontrei Micah no escritório e ele explicou sobre o número de celular de Luiza que pegamos de Cássia:

— Não foi possível fazer o rastreamento. — Ele se sentou na beira da mesa e me observou, tamborilando os dedos no tampo de madeira. — Eles usaram um pré-pago, o que dificulta muito. Não tem conta no nome de ninguém. Mandei pra um amigo do trabalho que é fera nisso, mas vai demorar um pouco mais.

— Merda! — Levantei da cadeira, irritado. Tirei meu paletó e deixei no encosto, andando de um lado para o outro, impaciente, com raiva. — Ninguém consegue descobrir onde esses dois se escondem. Não é possível uma coisa dessas!

— Calma. Eles não vão se esconder pra sempre.

— Preciso encontrá-los antes que preparem alguma armadilha. — Parei e olhei para meu irmão com a sobrancelha franzida. — Odeio ter que andar com segurança pra cima e pra baixo, de me sentir ameaçado. Fomos criados aqui, somos conhecidos. E agora cada passo precisa ser monitorado.

Não falei, mas sentia que também tinha que pegar de uma vez Luiza e Lauro, para, então, poder decidir o que ia fazer da minha vida. Parecia que tudo estava em suspenso por causa deles.

— Entendo sua impaciência — disse Micah. — É minha meia-irmã, mas o pouco que conheci dela deu pra ver que é louca, capaz de tudo. Um perigo à solta.

— Só o que fez com as filhas...

— Com as "filhas"? — Ergueu as sobrancelhas escuras, observando-me. — Quer dizer que já consegue ver Eva como vítima, assim como a Gabi?

Suspirei. Voltei à minha cadeira e sentei, sem vontade de ficar parado, mas andar de um lado para o outro não estava ajudando.

— Vi as coisas dela nas caixas e voltei na casa em que moravam. A mãe de Eva é uma puta desgraçada, Micah. Posso entender como criou a filha e fez a cabeça dela.

— Agora entende por que eu queria conversar com Eva antes de contar tudo a você, quando cheguei à cidade? Luiza parecia mesmo furiosa com ela por estar apaixonada por você.

— Mas isso não apaga o que ela fez. Porra... — Respirei fundo, nervoso. — Ao mesmo tempo, é só uma menina! Eu que nunca devia ter me envolvido com ela.

— Esse lance de idade não tem nada a ver. — Cruzou os braços no peito, à vontade. — Aposto que Eva nem pensa nisso. Sabe, nem a conheço direito. E é minha sobrinha.

Percebi que estava de certa maneira emocionado e pensei como devia ter sido difícil para Micah viver longe de toda família. Era um solitário. Pensei por mais quanto tempo ele ficaria na cidade e qual seria a reação do meu pai quando soubesse. Mas logo afastei esse pensamento, já tinha coisa demais com o que me preocupar.

— Ainda pensa em entregá-la à polícia, depois que tudo isso acabar?

— Não.

Um leve sorriso se desenhou nos lábios dele.

— Tá rindo de quê? — rosnei.

Micah sacudiu a cabeça e riu mesmo.

— É o amor, meu irmão!

— Cala a boca!

— Cara, por que não admite logo que é louco por Eva e que aos poucos está amolecendo e acreditando nela?

— Não importa o que sinto. Ela me traiu, Micah, me enganou, contou um monte de mentiras. — A traição ainda era muito difícil de aceitar. Recostei na cadeira, sério, fitando-o. — Consigo entender como foi manipulada, tudo por trás disso. Mas ainda tem muita coisa entre nós. Ela mesma nem quer mais saber de mim.

— Acredito... — ironizou.

— Estou falando sério.

— Certo. Mas pra tudo há solução.

— Tenho que pegar logo Luiza e o comparsa, pra poder respirar aliviado e decidir o que fazer da minha vida.

— Vamos pegá-los — afirmou, seguro.

Acenei com a cabeça, compenetrado.

— Vamos.

— Assim que se fala. — Micah desencostou da mesa. — Vou lá com a Valentona trabalhar um pouco.

— Valentona? — Acabei sorrindo. — Valentina sabe que a chama assim?

— Claro, eu sempre uso o apelido na frente dela. — Piscou, com humor. — Nunca gostei de trabalho burocrático, por isso, odeio horários. Mas sabe, me divirto tirando-a do sério quando trabalhamos juntos e nem sinto a hora passar. E é tão fácil! Vive irritada!

— Deixe a Valentina em paz, é uma boa moça.

— Pena que não sou um bom rapaz. — E caminhou até a porta com seu coturno pesado, acenando com um sorriso. — Vou lá me divertir um pouquinho.

Balancei a cabeça e Micah saiu. Ainda tinha aquela marra de *bad boy*, só que eu conseguia ver como tinha se tornado um homem melhor. Mas, com certeza, Valentina não concordaria comigo.

Trabalhei até tarde e voltei para casa quando já escurecia, morrendo de saudade de Eva e de Helena. Tia e meus irmãos já estavam na casa, mas não a vi em lugar nenhum.

Eu os cumprimentei e subi ao meu quarto. Tomei um banho rápido e fui até a suíte de Eva. Lembrei-me dela me avisando para bater antes de entrar. Respirei fundo, tentando controlar minha ansiedade e cheguei a erguer a mão para bater, mas, irritado, agarrei a maçaneta e entrei.

Eva andava pelo quarto com Helena no colo, cantarolando. Olhou-me séria, mas vi seu nervosismo, o olhar diferente ao me ver. Antes que reclamasse, bati a porta atrás de mim e caminhei até elas. Na mesma hora, procurou disfarçar o que a minha presença lhe causava, independentemente da sua vontade. Havia um calor, uma energia que vibrava tão logo chegávamos perto um do outro.

— Como está tudo por aqui?

— Bem. Quero dizer... — Apertou mais Helena contra a barriga e percebi que ela estava acordada e reclamava em sua língua, com sons esquisitos, fazendo caretas. — Acho que está com cólicas.

— Vem aqui com o papai... — falei carinhoso, chegando perto, tocando-a com cuidado. Era muito pequena e delicada, mesmo com quase dois meses.

Eva entregou-a e apoiei sua cabecinha em meu peito, beijando a penugem loira e perfumada, falando baixinho:

— Estava com saudade da minha minicoelhinha.

Eva deu-me as costas na hora. Continuei ninando-a, minha voz suave:

— O que você tem? Diz pro papai...

— Ela não sabe falar, Theo.

— Sei que não. Mas entendo sua linguagem corporal. — Andei devagar pelo quarto, observando Eva guardar as coisas que tinha usado para trocar a fralda de nossa filha. Sabia que só ganhava tempo para disfarçar e não olhar para mim.

Helena se torceu um pouco e choramingou.

— Xiiii... — Parecia mesmo com dor. — Deu alguma coisa a ela?

— Tia fez um chá fraquinho de erva-doce, mas ela continua incomodada. Vamos ver se melhora.

Deixei que se ocupasse com outras coisas e fiquei falando baixinho com Helena, até que acabou adormecendo. Então, coloquei-a no berço e peguei Eva em flagrante me olhando. Tentou disfarçar, mas eu a encarei e indaguei:

— O que foi?

— Nada.

— Fale — insisti.

— Nada.

— Fale.

Ela suspirou e sacudiu a cabeça.

— É estranho ver você com Helena — disse Eva.

— Estranho por quê? — Franzi o cenho.

— Parece até... bonzinho.

— Está dizendo que sou mau?

Corou e desviou o olhar, dando de ombros.

— Sabe o que quero dizer, Theo. Com Helena é sempre muito carinhoso.

— Eu era assim também com você durante o nosso casamento, Eva. Lembra? — Devagar, me aproximei por trás dela, que tinha aberto uma gaveta da cômoda e guardava uma toalha. Senti que ficou nervosa, embora disfarçasse. Parei bem perto e baixei o tom da voz, fitando seu cabelo claro e sedoso que se esparramava em seu ombro. Tive um desejo imenso de afastar os fios dali e morder seu pescoço. Meu corpo todo enrijeceu com desejo. — Menos na hora do sexo.

— Theo...

Cheirei seu cabelo, excitado, agoniado com tanto tesão. Sem aguentar tamanha tortura, segurei seus braços e a puxei contra o corpo, rosnando perto da sua orelha:

— Mas você gostava quando eu era bruto. Até pedia mais. Era sempre eu que me controlava lembrando que você estava grávida, esperando Helena nascer para poder te pegar assim e...

— Não. — Fechou a gaveta com força, escapando de mim, indo arfante para o meio do quarto. Os olhos estavam arregalados e era óbvio que se sentia perturbada por mim. — Você prometeu que...

— Prometi porra nenhuma. — Fui até ela, semicerrando os olhos, pronto para pegá-la e convencê-la com beijos, até me enterrar todo dentro dela e me sentir vivo novamente.

— Theo, pare! Pare!

Foi a mágoa em sua voz, uma sensação de pânico vinda dela que me conteve. Parei a poucos passos e respirei fundo, frustrado.

— Você quer... — comecei.

— Pra quê? Pra continuarmos no meio dessa loucura toda? Você confia em mim? Não. Eu tenho medo de você? Sim. Então, pra que irmos adiante? — Estava alterada, nervosa, irritada. — Não estou aguentando mais isso. Vou enlouquecer!

— E eu, Eva? Já estou louco! Quem é você, uma menina sofrida e submissa que entrou nessa vingança por lealdade à mãe? Ou uma garota com idade suficiente para tomar suas próprias decisões e que mesmo assim escolheu mentir? — Estava também irritado. — Por que não me responde de uma vez?

— Sou uma mulher que fez escolhas erradas e se arrependeu. — Ergueu o queixo. — Ou é só você que pode fazer isso?

Eu tentei me controlar. Olhei dentro de seus olhos enquanto meu corpo ardia de desejo, mas minha razão me dizia que havia ainda muita coisa entre nós, muita mágoa e desconfiança.

— Quer que eu vá embora? — perguntei.

— Quero.

Embora seu corpo me dissesse o contrário, vi como estava decidida. Então lembrei como ficou destruída depois que a levei no calabouço e agi como um troglodita.

Lutei para conter todos os meus instintos e me dei conta de que, no fundo, eu não suportava ser olhado daquele jeito. Eu a queria como antes, louca por mim. Tão louca de paixão como eu era por ela. Não com uma barreira entre nós nem com a mágoa em seu olhar. A pior coisa que poderia haver para mim era a indiferença. Eva tentava demonstrar frieza, mas não conseguia. Ela lutava contra seus desejos e medos. Acho que estava tão confusa e perdida quanto eu. Cansada.

— Eu já vou — falei, cansado também.

Sentia uma vontade louca de tocá-la e beijá-la, de levá-la para a cama. Esquecer o mundo e ficarmos só nós dois. Era o que meu corpo desejava, mas não era só isso. Havia também uma necessidade de carinho, de troca, de sentir o cheiro dela, de poder murmurar em seu ouvido que nunca mais precisaria se sentir sozinha e triste.

No entanto, eu apenas a olhei, ainda me sentindo traído, sabendo que talvez só o tempo pudesse curar minhas feridas. E as de Eva.

— Se Helena tiver qualquer coisa, me chame.

— Pode deixar — concordou, parecendo cansada, baixando o olhar.

— Amanhã de manhã ela tem consulta no hospital. Temos que levá-la mesmo, ainda mais depois dessas cólicas.

— Eu levo vocês.

Engoli o desejo, a necessidade e a ânsia que me mandavam jogar tudo para o alto e simplesmente a pegar para mim. Mas respirei fundo, dei-lhe as costas e saí do quarto.

EVA

Na terça de manhã, preparei a bolsa de Helena e desci para tomar café e esperar por Theo. Ele entrou na cozinha logo depois, muito elegante, vestindo uma camisa social branca com finas listras vermelhas, as mangas dobradas, uma calça preta que caía perfeitamente em seu corpo e sapatos italianos. Tinha acabado de tomar banho e o cabelo estava úmido, a barba bem aparada, o perfume delicioso amadeirado misturado ao cheiro natural da sua pele chegando até mim e me deixando abalada.

Theo e eu nos olhamos e era como se fôssemos só nós dois ali, sem a presença de Tia na pia e de Helena no meu colo. Desejo, paixão, amor, saudade, tudo veio forte dentro de mim e senti uma necessidade urgente de abraçá-lo. Mas permaneci em silêncio, a dor me corroendo, a angústia me aterrorizando ao imaginar meu futuro sem ele.

— Bom dia — cumprimentou.

A voz grossa de Theo, com o timbre meio rouco, mexeu comigo. Quase fechei os olhos e gemi de saudade e de desespero, mas lutei para ser forte, venci a tristeza e consegui responder "bom dia".

— Bom dia, filho.

Tia sorriu para ele e foi dar um beijo em seu rosto, o que me fez sentir inveja. Lembrei-me dos beijos que me dava de manhã, de como gostava de me colocar entre seus braços e cheirar meu pescoço, acariciar meus seios, muitas vezes nem me deixava sair da cama. Era muita saudade me sufocando, saudade do que tivemos e do que talvez nunca mais pudesse ser recuperado. Eu me sentia arrasada.

— Como está Helena? — perguntou Theo, agradecendo quando Tia lhe entregou uma xícara de café. Os olhos azuis penetrantes estavam nos meus.

— Melhorou. Mas não é bom deixar de ir ao médico. Gabi ia com a gente, mas Caio estava resfriado e Joaquim o levou ontem. — Ajeitei minha filha adormecida no colo. — Mas se você estiver muito ocupado...

— Claro que não estou ocupado.

Theo terminou o café, deixou a xícara na pia e veio até mim. Fiquei nervosa, ainda mais saudosa quando seu cheiro delicioso me invadiu ao se inclinar e pegar Helena com cuidado.

Disfarcei, ajeitei a bolsa com as coisas dela no ombro e me levantei, sem olhar para Theo, mas consciente demais de sua presença e triste com a falta que eu sentia dele.

Não esquecia o pânico que ele tinha me feito passar no calabouço nem a sensação horrível de perder até a vontade de lutar, de desistir de tudo. Não suplicaria mais nada a ele, nem seu amor nem seu perdão. Estava mais forte e determinada, mas, ao mesmo tempo, Theo não saía um minuto da minha cabeça e a cada dia ficava mais difícil vê-lo e não o ter. Era como morrer aos poucos.

Levantei e nos despedimos de Tia.

No carro, Theo acomodou Helena na cadeira de bebê no banco de trás. Eu fui ao lado dela e pouco falamos durante a viagem. Estava uma manhã feia, nublada, exatamente como o clima pesado entre nós.

Na cidade de Florada, as lojas abriam e o movimento da manhã começava. Fomos cumprimentados por alguns moradores que encontramos ao sair do carro e foi Theo quem levou Helena no colo quando entramos no hospital. Um dos seguranças ficou no carro e o outro nos seguiu enquanto nos identificávamos na portaria.

O hospital de Florada era público, mas também atendia planos de saúde. Era excelente e soube que houve investimento da família Falcão para que fosse de qualidade. Assim, não importava se quem entrasse ali fosse a filha de Theo Falcão ou a de um peão, seria bem atendida do mesmo jeito.

Helena era a primeira consulta do dia e logo o pediatra nos chamou. Pedimos que o segurança ficasse no corredor quando entramos. Felizmente, não era o mesmo médico que nos atendeu da vez anterior, que na certa se tremeria todo com medo de Theo e nem olharia nossa filha direito.

— Ela está com ótima saúde — disse o senhor, voltando à sua mesa após examinar Helena. — Pode vesti-la, Eva.

Minha filha reclamava e fazia caretas, irritada por estar só de fralda. Sorri e comecei a colocar a roupinha nela.

— Mas e as cólicas? — perguntou Theo.

— Isso é normal até os três meses... Acontece que...

Enquanto fechava o macacão de Helena, Theo e o médico falavam perto da mesa. Estava distraída, sorrindo para minha filha, quando a porta ao meu lado abriu e uma enfermeira entrou. Mal olhei para ela, mas duas coisas me fizeram congelar e foi muito rápido. Primeiro, o fato de ela vir para perto de mim, depois, quando o médico disse meio confuso:

— Não chamei você.

— Vim ver as minhas meninas — respondeu ela e reconheci sua voz.

Quando reagi e ergui os olhos para encontrar os da minha mãe, já era tarde demais. Ela estava com uma arma na mão, com o cano encostado na barriga de Helena.

Nunca tinha sentido tanto pânico na vida e gelei da cabeça aos pés. Acho que eu e Theo reagimos juntos, levados pelo instinto de proteger nossa cria. Abri a boca para gritar e avancei nela, notando Theo sacar a pistola e apontar para ela, furioso. Mas tanto eu quanto ele paralisamos ao ver o metal na barriga de nossa filha e escutar a ameaça fria:

— Se encostarem em mim, eu atiro.

Parei, chocada, boquiaberta, muito perto dela, mas temendo que qualquer deslize fizesse seu dedo escorregar no gatilho.

Theo parou também, com a arma na cabeça de minha mãe, com uniforme de enfermeira e uma peruca preta.

— Sai de perto da minha filha. Agora — exigiu ele.

— Meus Deus, mas o que... — balbuciou o médico, aterrorizado.

O tempo pareceu parar em frações de segundos. E vi como se fosse um filme, a cena montada, as ações prestes a acontecer, eu paralisada em meu medo excruciante. Estávamos de frente uma para outra, ao lado da maca, minha mão na de Helena, a arma da minha mãe firme em sua barriguinha. Ela batia braços e pernas, estranhamente animada, sem imaginar o risco que corria e o pânico de seus pais.

O médico estava atrás de sua mesa, chocado. De pé, a poucos passos de nós, Theo apontava a arma para a cabeça da minha mãe, firme, o ódio era tão forte que eu podia sentir. Vi a tragédia armada e quase desmaiei de tanto terror. Fitei os olhos castanhos dela, da mulher de quem sempre busquei amor e aprovação, que me criou baseada em ódio e maldade. Ali eu não a vi como mãe, mas como algoz, inimiga, alguém que precisava ser destruída.

O meu pavor era de que Theo atirasse nela e isso a fizesse disparar na nossa filha. Mas sabia que ele pensava a mesma coisa, que tinha agido por instinto ao sacar a arma e apontar para ela, para nos defender.

Meus olhos se encheram de lágrimas e murmurei com cada fibra do meu ser:

— Por favor...

— Mande-o abaixar a arma. Não tenho mais nada a perder — avisou ela, friamente, com os olhos acesos. Naquele momento, eu me dei conta de que era mesmo uma louca, que anulou sua vida por uma vingança. Ela iria às últimas consequências.

— Abaixe a arma primeiro — ordenou Theo e seu tom era mortal, fora de si. Eu podia imaginar seu olhar de terror e medo, ódio e ira, mas não pude olhá-lo, presa aos olhos loucos da minha mãe, com medo de piscar e isso a fazer machucar Helena.

— Leve a mim — supliquei, angustiada. — Deixe minha filha...

— Vai ser do meu jeito. Só atiro nela se vocês reagirem. — Também não tirava os olhos dos meus e disse com desprezo: — Mande seu Falcão desgraçado abaixar essa arma.

— Theo... — murmurei em um lamento.

Tive medo da reação dele. Imaginava como estava pronto para defender Helena. O tempo congelou. O silêncio pesou no consultório, uma tragédia prestes a acontecer. Então, com o canto do olho, eu o vi baixar o braço e soltei o ar.

— Jogue a arma na lixeira — ordenou minha mãe. — Vou contar como vai ser. Vamos sair todos daqui e essa pirralha vai comigo. Se reagirem, adeus pra ela. Eu morro, mas levo essa aqui junto comigo.

— É sua neta... — balbuciei em pânico.

— É uma Falcão. A filha desse aí! — Ficou vermelha e empurrou mais o cano na barriga de Helena, perdendo parte do seu controle: — Saia daqui, traidora! Vá pra perto dele! Não era isso que queria?

Quase desmaiei quando Luiza agarrou Helena e a puxou bruscamente para si. Theo ergueu novamente a arma e deu um passo para a frente, eu avancei nela, mas foi tudo rápido demais. Ela continuava com a arma da barriga da nossa filha e a segurou no colo, ameaçando com olhos ensandecidos:

— Eu mato essa bastarda! Fiquem longe de mim, porra!

Eu e Theo paramos, apavorados, vendo que ela seria capaz de tudo. Não tremia, estava disposta a qualquer coisa. Olhou com ódio para Theo e disse entredentes:

— Quer arriscar? Atire!

— Theo, não... — supliquei, minhas pernas bambas, meu coração disparado, o pânico me deixando a ponto de desmaiar.

Eu o olhei. Estava pálido, furioso, nunca tinha visto tanto pavor em seus olhos antes. Estava com tanto medo de que minha mãe atirasse em nossa filha quanto eu. E abaixou novamente a arma. Ela sorriu, sem tirar os olhos dele.

— Há quanto tempo não nos vemos, Theo. A idade fez bem a você. Posso até entender a obsessão de Eva. Você tem esse poder sobre as mulheres, não é?

— O que você quer? — indagou ele, com fúria.

— O que eu quero? — Minha mãe ninava Helena no colo, sem soltar a arma. Ela não chorava, mas olhava curiosa para a avó. Meu coração sangrava, eu lutava para não avançar e arrancar minha filha de seus braços. Não conseguia respirar, olhos vidrados na arma que poderia matar Helena e acabar para sempre com a minha vida e a de Theo. — Vejamos. O plano original era recuperar as terras que vocês nos roubaram e provar a todo mundo que seu pai matou o meu. Mas como essa ingrata me traiu, tive que mudar meus planos.

— Solte a minha filha — exigiu Theo, irado, respirando pesadamente como um animal prestes a atacar.

— Acha que está em posição de exigir alguma coisa? — Riu, o que só aumentou meu pavor. Mas logo ficou séria, sem tirar os olhos dele. — Vou dizer como as coisas vão ser. Você vai jogar sua arma e seu celular na bolsa de Eva, com o celular dela. Ela vai pegar e me entregar. Vamos sair todos juntos e você vai mandar seu segurança esperar aqui. Seguiremos à esquerda do corredor, até o final, onde há um carro nos esperando nos fundos. É assim que vai ser.

— Não vai escapar dessa, Luiza.

— Ah, lembra o meu nome? — Sorriu. — Quando éramos mais novos eu parecia nem existir pra você, não é? Agora, nunca mais vai esquecer.

— O que você quer? Nos matar? — perguntei.

— Não. — Sacudiu a cabeça, sem me olhar, obcecada em Theo. — Vamos fazer um passeio e seu maridinho vai fazer umas transferências pra nossa conta. Depois vemos como fica.

— Eu vou com você. Helena e Eva ficam aqui — disse Theo, entredentes.

— Não, querido. Elas são minha garantia de que você vai colaborar. Estou esperando colocar a arma e os celulares na bolsa. Agora. — Ficou séria novamente, cheia de ódio. E foi mais firme: — Agora!

Helena chorou quando minha mãe pressionou a arma em sua barriguinha.

— Filha da puta... — Theo avançou furioso, fora de si. Mas corri e me meti na frente dele, agarrando sua arma, tremendo e chorando muito.

— Não! Ela vai matar nossa filha! — gritei.

Ele me olhou e nunca vi tanto medo e tanta dor. Espelhavam tudo que eu sentia. Ali nos unimos, soubemos que não éramos inimigos e que precisávamos salvar Helena acima de tudo. Ele se acalmou, como se entendesse que a razão deveria prevalecer sobre a emoção. Teríamos que cair no jogo dela e ganhar tempo para agir no momento certo.

Entregou-me a arma em silêncio, engolindo o ódio e a gana de salvar Helena. Meteu a mão no bolso e me deu também o celular. Segurei sua mão, senti em seus dedos as cicatrizes do soco que deu na parede, tentei dizer com meu olhar o quanto me arrependia de um dia ter feito parte de toda aquela loucura. E um entendimento silencioso se estabeleceu entre nós, nos deu forças para manter a calma e lutar. Não precisamos de palavras.

Eu me virei e joguei tudo dentro da bolsa, junto com meu celular. Minha mãe me olhava, atenta.

— Ótimo. Assim que eu gosto. Olha quanto trabalho teria nos poupado se tivesse sido obediente sempre, Eva. Traidora. — Seus olhos brilharam, furiosos.

— Mãe...

— Não quero ouvir nada. Pegue a bolsa e saia com esse Falcão maldito. — Virou para Theo e puxou a manta de Helena, cobrindo a arma em sua mão. — Saiam na frente e você diz para o segurança esperar na porta. Vira no corredor. Eu saio depois com o médico. Todo mundo tranquilo, sem tentar nada. Ou essa pirralha aqui vai ter o destino que qualquer Falcão merece.

— Meu Deus... — soltei, em pânico.

Eu tremia a ponto dos meus dentes baterem. Pus a bolsa no ombro, tentei ser forte, mas não conseguia tirar os olhos de Helena, que tinha parado de chorar, mas já se mexia incomodada, pronta para abrir o berreiro.

— Vamos. Agora — ordenou a louca que um dia chamei de mãe, mas que eu odiava mais do que tudo naquele momento.

— Theo... — Olhei para ele, a ponto de ter um colapso.

Seus olhos pareciam ainda ferozes, mas havia uma determinação que me deu forças. Era como se me dissesse que não deixaria nada acontecer com Helena. E eu acreditei. Respirei fundo e andei trôpega até ele, que agarrou meu braço.

— Que casal lindo! — ironizou minha mãe, com inveja e maldade. Olhou-o de um jeito que deixava claro que nunca o tinha esquecido, que ainda era obcecada por ele. Saiu do caminho. — Passem na frente. Vem aqui, doutor. Tire essa cara de pânico do rosto.

— Senhora... — começou a dizer o médico, caminhando cauteloso até ela.

— Cale a boca! Agora vamos! — interrompeu ela.

Respirei fundo e segurei o braço de Theo, pronta para agir e salvar minha filha e salvar o homem que eu amava. Enquanto Theo abria a porta, supliquei a Deus que me levasse no lugar deles.

17
THEO

O ódio me consumia como uma chama. Ardia, queimava, chegava ao ponto de tremer com a ira violenta que se espalhava em meu sangue. Aquela maldita estava com minha filha no colo, apontando uma arma para ela, deixando-me completamente aprisionado, pois qualquer ação inesperada poderia fazê-la atirar. Nunca senti tanto medo, um pavor que me entorpecia e me deixava alucinado, totalmente concentrado em Luiza, esperando o momento certo de atacar.

Era um desespero aterrador saber que a vida de sua filha, o sentido da sua existência, totalmente dependente de você para tudo, estava nas mãos de uma louca, uma mulher que nunca teve um pingo de sentimento pelas filhas. Um monstro, covarde, maligna, que seria capaz de tudo. E eu lá, impotente, tão descrente de que algo tão terrível estivesse acontecendo que sentia como se minha alma estivesse fora do corpo. Tinha medo de não agir e colocar Helena e Eva ainda mais em perigo, ou de agir em um momento errado.

Por isso, não tive alternativa. Abri a porta e saí do consultório ao lado de Eva, tentando manter a calma quando o segurança me olhou e falei:

— Espere aqui.

— Sim, senhor. — Ele acenou, compenetrado, observando enquanto eu passava com Eva e atrás vinha o médico pálido com a falsa enfermeira ao lado carregando minha filha.

Cada passo que dei naquele corredor foi uma facada em meu peito. Eu mal respirava. Não estava vivo. Minha mente trabalhava, pensando em uma saída, mas eu estava nas mãos de Luiza, que podia atirar em minha filha a qualquer momento.

Olhei para trás e ela me encarava, a fúria no olhar, um sorriso maligno nos lábios, sabendo que estava me enlouquecendo de preocupação.

— Nem tente. Não estou pra brincadeira, Theodoro Falcão.

— Antes desta noite acabar, vou matar você — ameacei com uma frieza que desmentia meu estado e Luiza deixou de sorrir um momento.

— Acho que vai ser o contrário. Dessa vez, vai ser um Amaro que vai acabar com um Falcão. E você será só o primeiro. — Havia insanidade em seu olhar, um desejo quase voraz de finalmente se vingar. — Ande logo! Olhe pra frente! — ordenou, irritada.

Odiava obedecer e virar, seguir adiante, deixando Helena com ela. Mas assim fiz, dilacerado, mais arrasado que tudo por não poder agir. Ao meu lado, Eva cambaleou e vi que estava branca como papel, em pânico, olhos arregalados, respiração arfante. Eu segurei seu braço, amparei-a e ela tremia muito, quase tendo uma crise nervosa.

Olhou-me e vi uma dor atroz, que se comparava à minha. Se eu queria qualquer certeza de que estava do meu lado e contra a mãe, tinha a prova ali. Ela me pedia com os olhos que salvasse Helena e tentei lhe dar essa certeza, mas ainda não sabia como sem colocá-la em risco e era isso que estava me consumindo.

— Vão logo! — ordenou Luiza.

Seguimos adiante pelo longo corredor. Médicos, enfermeiras, pacientes, pessoas passaram por nós, seguindo a vida, preocupados com seus problemas, sem perceber o que estava acontecendo. Imaginei Luiza com aquele seu sorriso de louca, disfarçando. Porra, como eu queria matar aquela mulher!

Chegamos ao final do corredor e havia uma porta de serviço atrás da escada de incêndio.

— Passem por essa porta. Carro preto à direita. Rápido! — ordenou ela.

Eu gelei, sabendo que depois daquela porta as coisas se complicariam, o comparsa dela estaria ali e seria mais difícil reagir. Lancei um olhar à bolsa no ombro de Eva, com os celulares e a minha arma, pensando desesperadamente em uma saída. Mas nada me ocorria, já que a desgraçada estava apontando uma arma para a minha filha. O que eu poderia fazer?

Não tive como evitar. Só podia ganhar tempo e foi o que fiz. Empurrei a porta e saí com Eva para um galpão a céu aberto onde havia duas ambulâncias e um Siena Preto quatro portas, todo com vidro fumê. Passamos por uma grande lixeira e Luiza ordenou a Eva:

— Jogue sua bolsa aí! — Eva parou, buscando uma saída, mas a mãe voltou a gritar: — Agora! Estou perdendo a paciência!

Ela soluçou, angustiada, mas largou a bolsa na lixeira. Respirei fundo, tentando conter minha ira, alucinado, a ponto de perder a cabeça, mas lutando para manter a razão em um momento tão delicado. Para piorar tudo, a porta ao lado do motorista do Siena abriu e eu vi sair um homem alto e moreno, com cabelos raspados à máquina e rosto magro com cicatrizes de acne. Era Lauro Alves, o comparsa de Luiza, o homem que me teve nas mãos durante o atentado e poderia ter me matado.

Fitei com ira seus olhos frios e ele sorriu, dizendo em tom debochado:

— Bom te ver de novo, companheiro. — Mostrou-me a pistola na mão. — Na mesma situação, você sob a mira da minha arma.

Quase perdi o controle. Quase. Mas só via Helena na minha frente e por ela eu faria qualquer coisa, seria humilhado, espancado, morto. Por ela e por Eva. Por isso, apenas o olhei, jurando em silêncio que acabaria com aquele sorriso nem que fosse a última coisa que fizesse na vida.

— Bem-vindos. Eva, saudade de você. Vai dizer que não sentiu o mesmo?

Franzi o cenho, irado como a olhou de cima a baixo.

— Por favor, vou com vocês — suplicou Eva, olhando da mãe para Lauro. — Mas deixem Theo e minha filha aqui. Por favor!

— E o que vamos querer com você? — Lauro balançou a cabeça e enfiou a pistola nas costas, sob o cinto. Tirou algo do bolso e vi uma corda. — É o seu Falcão aqui que vai fazer umas transferências generosas pra nossa conta.

— E depois você vai nos matar — falei baixo.

— Cara esperto. — Sorriu, aproximando-se. Seus olhos não sorriam, eram frios e sem vida. — Mas pense pelo lado positivo. No final, só você morre. Eva e a garotinha são da família, prometo cuidar bem delas.

— Filho da puta... — xinguei e Eva segurou meu braço, desesperada.

— Não... a Helena...

Respirei fundo, quase fora de mim. Quase.

— Vamos logo com isso, Lauro — exigiu Luiza.

— Vire, valentão. Com as mãos pra trás. Vou amarrar seus pulsos. Anda!

Olhei no fundo dos seus olhos com um ódio mortal. Não sabia como o mataria, mas eu o faria. Considerei rapidamente minhas opções e vi que estava sem saída.

— Vire — ordenou, sem sorrir.

Enquanto cada célula do meu corpo me mandava avançar nele e acabar com aquela palhaçada logo, meu cérebro só se concentrava em salvar Helena e Eva. Por isso, virei e juntei os pulsos nas costas. Na mesma hora, ele os amarrou brutalmente, bem forte, dizendo baixo:

— E agora, valentão? Como vai dar uma de herói?

— Você vai ver, quando eu estiver enchendo sua cara de porrada e seu corpo de tiro.

— Vai sonhando! — Riu alto. E quando me viu sem o movimento dos braços, me empurrou para dentro do carro ao lado do motorista:

— Entra aí, porra!

A fúria me fez tremer. Rezei para que deixassem Eva com Helena e só me levassem, mas perdi as esperanças quando vi que ele puxava Eva e a empurrava para o banco atrás de mim. Então, virou-se para o médico e ordenou:

— Vire de costas.

Pensei que o mataria ali quando o homem virou e Lauro puxou a arma do cinto. Deu uma coronhada na nuca dele e o homem desabou, caindo na calçada.

— Tá maluco? — perguntou Luiza. — Mate ele! Vai acordar e alertar todo mundo, descrever o carro! Anda!

— Verdade — concordou, apontando a arma para a cabeça do médico, agachando-se, atirando à queima-roupa. — Foi mal, tiozinho.

— Não, por favor... — suplicou Eva, com lágrimas nos olhos. — Não faz isso com... AH!

Deu um grito quando um estampido abafado eclodiu no galpão e o corpo do médico deu uma sacudida antes de se imobilizar.

Eva começou a soluçar em pânico e virou o rosto. Meu coração sangrou por uma vida inocente perdida, por Eva ter assistido, sabendo que Luiza e Lauro seriam capazes de tudo.

— Vamos logo. Dê a netinha pra sua filha! — debochou Lauro, sentando-se no banco de trás, ao lado de Eva, e apontando a arma para ela.

— Cale a boca! — reclamou Luiza, irritada, dando Helena para Eva, que a agarrou chorando e tremendo.

Eu observava a cena, minhas mãos imobilizadas, o pânico me deixando alucinado, vendo Eva e Helena sob a mira daquele homem que tinha acabado de matar o médico como se ele não fosse nada.

Luiza entrou no carro e sentou-se ao volante, travando as portas, dirigindo para fora do galpão. Lançou-me um olhar venenoso, cheio de expectativa, e disse, baixinho:

— Vamos dar uma volta. E não tente nada. Já viu como Lauro tem mira boa.

Olhei o tempo todo para o bandido, virando a cabeça para trás, atento ao que ele fazia. Lauro sorriu para mim.

— É, companheiro, que situação. Mas não se preocupe. Nada dura pra sempre. Depois que resolvermos o lance da grana, não será mais obrigado a ver seus dois amores sob a mira da minha arma. Vamos dizer que você estará em um lugar... melhor.

Riu alto e Luiza o seguiu.

— Não... Mãe... — Eva tentava conter o pânico, olhando para ela, protegendo Helena com o corpo. — Por favor, pegue o dinheiro e deixe Theo vivo. Por favor, mãe. Ele é o pai da minha filha!

— Cale a boca!

— Faço qualquer coisa, o que quiser, mas...

— Qualquer coisa? — Lauro se divertia. — É um caso a se pensar!

Eu estava a ponto de ter um surto, chutar Luiza ao volante e partir para cima de Lauro nem que fosse para dar cabeçada. Se as duas não estivessem atrás, já teria agido. Mas como? E se atirasse nelas?

Minha mente rodava. Pensava que nunca seríamos encontrados, não com o médico morto, sem poder contar o que tinha acontecido. O segurança, em determinado momento, ia sentir nossa falta e nos procurar, mas isso poderia demorar e ele não sabia para onde tínhamos ido nem em que carro. Não havia pistas. Sabia que estávamos por nossa própria conta. Tinha que pensar em alguma maneira de salvar Eva e Helena e morrer lutando.

Não nos vendaram, mais um sinal de que o objetivo final era nos matar mesmo. Resolvi agir com o máximo de calma possível e olhei para Luiza. Ainda era uma mulher bonita, embora o olhar de louca a fizesse parecer uma bruxa esquelética. Eu a odiava tanto que, se tivesse oportunidade, quebraria seu pescoço sem vacilar.

— Era isso que você queria o tempo todo, Luiza? Me matar?

Ela me lançou um olhar rápido, dirigindo pela estrada em direção a Pedrosa.

— Matar todos vocês e recuperar não só a terra que nos tiraram, mas ser dona de tudo! Claro, isso levaria tempo. Mas, se ao menos essa idiota me escutasse, teria saído dessa com uma boa pensão e um pedaço de terra. Mas não. A burra foi se apaixonar. Idiota! Ensinei tanto e não aprendeu nada, não é, Eva? Satisfeita agora? É tudo culpa sua! — Olhou a filha pelo retrovisor, fora de si. — Você me obrigou a tudo isso!

— Não, mãe! — A voz tremia, mas a senti mais forte, decidida. — Eu me arrependo de ter percebido tarde demais a sua loucura, sua obsessão doentia!

— Você me deixou por ele! — Apontou para mim, furiosa. — Por esse Falcão desgraçado!

— Pelo meu marido! Pelo homem que amo! — gritou. E estava tão nervosa, que completou: — Faria tudo de novo por ele! Só me arrependo de não ter contado antes, com medo de perdê-lo. Se tivesse feito isso, agora você estaria presa e não apontando uma arma pra ele e pra sua neta!

— Ela é uma Falcão! Sua burra! — Luiza gritou tão alto e descontrolada, que Helena acordou e começou a chorar assustada. Eva a abraçou e a ninou, enquanto Luiza continuava histérica, dividindo sua atenção entre a estrada e a filha pelo retrovisor: — Quer dizer que escolhe ele, mesmo? Se estivesse com uma arma atiraria em mim e não nele, não é, sua ingrata? Não é? Responda!

— Sim! — respondeu Eva, com raiva.

— Desgraçada! Ouviu isso, Lauro?

— Claro, com essa gritaria toda. — Ele sorria, tranquilo, sem afastar a arma de Eva e Helena.

— Eva, se acalme — eu disse, seguro. Estava nervoso demais, mas sabia que tínhamos que manter a frieza.

— Theo... — murmurou Eva, chorosa, desesperada. Encontrei seus grandes olhos verdes pelo espelho retrovisor e não havia como não ver cada emoção, totalmente exposta. — Me perdoe.

Eu sabia a que se referia. Pedia perdão por um dia ter feito parte da vingança e me enganado. Por não ter me contado quem era. E porque se sentia culpada por estarmos ali. Mas fitei seus olhos e tudo que vi foi o amor da minha vida, a única mulher que quis no mundo. Uma menina que foi submetida à maldade desde cedo, que ainda tão jovem se envolveu comigo e entrou em um pesado jogo de sedução, que mesmo maltratada por mim continuou a me amar.

Naquele momento, enxerguei sua verdade, seu amor, sua paixão sem limites. Eu me dava conta de que tinha perdido tempo demais me lamentando por sua traição e odiando-a, quando era só olhar para Eva e ver a verdade explícita em seu olhar, em sua devoção. E talvez fosse tarde demais. Eu poderia não ter mais a chance de dizer que meu ódio e minha mágoa não existiam mais, que eu só queria sair dali e ter Eva e Helena em minha vida, para me dedicar a elas para sempre, pois talvez só saísse dali morto. Mas, se ela e minha filha escapassem ilesas, tudo valeria a pena.

Não esperei mais. Disse só algumas palavras, as que ela me falou tantas vezes e nunca acreditei, mas que nasceu dentro de mim com toda a força:

— Eu te amo, coelhinha. E isso nunca vai mudar.

Seus olhos encheram-se de lágrimas e Eva murmurou, como se estivéssemos sozinhos ali:

— Eu te amo, Theo. E isso nunca vai mudar.

— Cala a boca, porra! Cala a boca! — berrou Luiza, furiosa, socando o volante, fazendo o carro dar uma derrapada.

— Ei, calma, aí! — reclamou Lauro. — Tá maluca?

— Se não calarem a boca, vou fazer uma merda! — Ela respirava irregularmente, vermelha, fora de si.

Eu sabia o risco, mas tentei desnorteá-la mais, para que fizesse alguma besteira que me desse a chance de agir.

— Por quê? Nosso amor incomoda você? Queria estar no lugar de Eva?

— Nunca! — gritou.

— Não é disso que me lembro — falei, friamente, olhando-a sem piscar. — Lembro de você atrás de mim, se rastejando, implorando por migalhas. Lembra-se disso, Luiza? Lembra-se daquele banheiro, quando tentou me forçar a desejar você?

— Cala a boca! — Ela tremia inteira.

Eu torcia as mãos nas costas, tentando me soltar, mas estavam firmemente amarradas. Tinha medo de mim mesmo, de perder o controle, sem saber se descontrolar Luiza era uma boa ideia ou não. No final das contas, completei:

— Pra mim você não servia nem como puta.

— Ah! — gritou ela, soltando a mão direita do volante, batendo com as costas dela na minha cara. O carro deu uma derrapada e Lauro gritou, inclinando-se para a frente e tirando Eva e Helena da mira. Xinguei a mim mesmo por estar com as mãos amarradas, pois seria o momento perfeito para pular em cima dele.

Dei uma gargalhada e provoquei Luiza:

— É só isso que sabe fazer?

— Vou fazer muito mais! Vou te matar! — ameaçou ela, aos gritos.

— Pare com isso, Luiza, se controle! Ele quer fazer o carro sair da estrada e tentar lutar comigo, porra! — gritou Lauro, irritado, e agarrou Eva pelo cabelo, puxando-a e apontando a arma para sua têmpora. — Falcão, se não calar essa boca, escalpelo sua coelhinha, porra!

A bile subiu, o pavor me dominou e fiquei imóvel, olhos cravados neles pelo retrovisor. Helena começou a chorar e Eva pediu baixinho:

— Ele não vai falar mais nada. Me deixa cuidar da minha filha.

— Cala a boca! Quem manda nessa merda aqui sou eu! Quero os dois de bico fechado! E você dirige essa joça, Luiza! Chega de palhaçada aqui! — disse, impaciente, sem soltar Eva.

Eu estava gelado, com o coração batendo forte, o medo me dominando. Fiquei em silêncio, observando, louco para matar aquele homem. Ouvi minha filha chorar e Eva falar baixinho com ela, e me senti um inútil, sem poder protegê-las. Então, lutei contra a dor, a ira e o desespero, me concentrando em tudo à volta, no caminho, tentando buscar uma saída. Era o pior momento da minha vida.

EVA

Fizemos o resto da viagem em silêncio. Saímos de Pedrosa e entramos em tantas ruas secundárias que eu nem sabia mais que cidade era aquela. Felizmente, Helena parou de chorar e dormiu. Lauro desceu a arma da minha cabeça para a costela, deixando o cano encostado ali.

Durante todo o trajeto, eu e Theo nos olhamos pelo retrovisor. Podia sentir a tensão, o ódio, o instinto protetor, o medo de que algo nos acontecesse pautando seus movimentos. Eu sabia que se estivesse sozinho já teria feito algo inconsequente.

O que me acalmou um pouco foi notar sua fria determinação, apesar de tudo. Ele estava disposto a agir no momento certo e percebi que era isso que queria de mim também, que eu estivesse forte e concentrada, para agir junto com ele.

Tive vontade de chorar só de imaginar que minha mãe e Lauro queriam matá-lo e que poderiam machucar Helena. Eu não podia permitir, precisava estar atenta. Engoli meu medo, minha submissão natural, minha vontade de me esconder. Eu me enchi de coragem e respirei fundo, como se dissesse a Theo com o olhar que estava pronta e que ele poderia contar comigo.

Sabia que ia tentar salvar a mim e a Helena. Eu tentaria salvar a ele e a Helena. Se ao menos ela escapasse, eu já me tranquilizaria. Só não queria sobreviver sem eles. Se alguém tivesse que morrer, que fosse eu.

Olhei para minha mãe ao volante, lembrando dos anos que passei com ela, de como a obedeci e implorei por seu amor, do quanto agi errado até me dar conta de tudo. E vê-la apontar uma arma para minha filha, um bebê, me fez perceber que, se tivesse que matá-la para defender Theo e Helena, eu o faria. Não sei o que seria de mim depois, mas faria o que fosse preciso.

Eu sangrava por dentro. Pensei na minha vida e em minhas opções e sofri ao imaginar que não teria uma segunda chance. Talvez tudo se acabasse ali. Corria o risco de nunca mais ouvir Theo dizer que me amava ou de ver um de seus raros sorrisos. Durante o tempo em que estivemos casados, ele tinha sorrido diversas vezes, mas nunca mais depois que soube quem eu era. E talvez eu não visse mais o seu rosto sorrindo. Assim como poderia não ter a chance de ver Helena crescer ou de dar a ela irmãos, criá-los livres e felizes pela fazenda, tendo uma família grande, crianças alegres e amadas como nunca fui.

Ao ver meus sonhos e esperanças prestes a acabar, eu me agarrei à fé. Pedi firmemente dentro de mim que Deus nos protegesse e que um milagre acontecesse. Agarrei-me a uma ínfima esperança, talvez por ingenuidade, mas era o que precisava para continuar forte e lúcida.

Por fim, depois de passarmos por estradas de terra, o carro chegou a uma pequena cabana de tijolo aparente, escondida no meio do mato, com janelas de vidro e porta de madeira. Quando parou, um medo absurdo, paralisante, aterrador, voltou a me dominar.

— Nosso destino final — disse minha mãe ao puxar o freio de mão. Em seguida, sacou a arma da cintura e arrancou a peruca, enquanto olhava para Theo com um misto de expectativa e raiva: — Agora vamos nos divertir um pouquinho.

— Mãe... — chamei, segurando Helena nos braços, enquanto Lauro abria a porta e saía. Ela virou para trás e me olhou. — Não machuque Theo e Helena. Por favor. Eu faço o que você quiser — pedi, séria.

— O que eu queria, você não fez. — Seus olhos brilharam, furiosos, enquanto os semicerrava. — Agora é tarde demais. Mas não se preocupe. Vai se juntar a eles. Agora, saia!

Ela empurrou a porta e saiu. Tivemos milésimos de segundos dentro do carro e Theo falou bem baixo:

— Tente me dar algo pra eu cortar a corda.

— Venha! — gritou Lauro, já se inclinando para puxar meu braço.

Meu coração estava disparado, sabendo que seríamos nós dois contra aqueles loucos. Respirei fundo e saí, sentindo os pingos de chuva na pele. Minha mãe me apontou a arma, ameaçadora, uma total estranha, fria e maligna, enquanto Lauro foi abrir a porta de Theo.

Ia começar.

18

MICAH

Aquela mulher era fria como uma pedra de gelo, chata, implicante, um pé no saco. Eu me perguntava como podia estar noiva. Tinha que ser um maluco mesmo para aturar aquela Valentona pedante e de nariz em pé. Eu nem podia imaginá-la transando. Na certa, reclamava o tempo todo. "Não, aí não pode." "Não quero que despenteie meu cabelo." "Não sue em cima de mim." "Vire esse mau hálito pra lá." E tantas outras coisas do tipo, talvez olhando para o relógio e cronometrando o tempo.

Eu ri com esse pensamento, pois`, com a personalidade dela e o noivo que sofria com transtornos obsessivos compulsivos, devia ter horário mesmo. Deus que me livrasse de uma mulher como ela!

Entrei em minha sala, depois de mais um bate-boca com Valentina sobre um contrato. Como sempre, ela saiu pisando duro e me chamando de infantil, tentando me fazer parecer um irresponsável, revoltada, porque, no final das contas, eu tinha razão. Para ela, era difícil aceitar que eu pudesse entender tanto do trabalho e que soubesse algumas coisas antes dela. Ficava fora de si, o que me divertia horrores.

Tirei um cigarro do maço e pus no canto da boca, acendendo-o com o isqueiro e indo me jogar no sofá para fumar em paz antes de ver o que havia sobre a mesa para resolver. Theo ia chegar mais tarde, depois da consulta de Helena e tinha me pedido para resolver algumas coisas para ele.

Relaxado, tirei o celular do bolso para ouvir uma música legal enquanto fumava quando bateram na porta, que logo se abriu. Pedro tinha aquela mania de entrar sempre de uma vez e comentei bem-humorado:

— Qualquer dia desses vai me pegar transando com uma mulher em cima da mesa e vai ficar todo sem graça. — Dei uma tragada no cigarro e semicerrei os olhos por causa da fumaça, dando um leve sorriso e segurando o cigarro entre os dedos. — Se bem que, do jeito que você é cara de pau, vai querer participar.

Em vez de responder com uma sacanagem, como em geral fazia, Pedro me olhou sério, com o semblante carregado:
— Theo, Helena e Eva estão desaparecidos.
— O quê?
Na hora, parei de sorrir. Fiquei de pé e amassei o cigarro no cinzeiro na mesa de frente. Fui até ele.
— O que está dizendo?
— Soube agora e corri aqui para te avisar. Joaquim e Heitor estão vindo da fazenda e vamos todos pra delegacia.
— Explica isso, Pedro!
— Estavam na consulta, o segurança ficou na porta. Disse que uma enfermeira entrou e depois saiu com Helena no colo, acompanhada do médico, de Theo e de Eva. Theo disse pra ele ficar ali e seguiu pelo corredor. Como demoraram muito, ele ficou desconfiado. Foi procurá-los e encontrou o médico do lado de fora do galpão, morto com um tiro na cabeça.
— Porra... — soltei, nervoso.
— Porra mesmo! — Pedro estava furioso e andou pisando duro até a porta. — Nem sinal de Eva, Helena e Theo! Não sabemos nem por onde começar a procurar. Vamos pra delegacia e...
— Eu sei.
Pedro parou e se voltou de imediato.
— Sabe? Como?
Peguei meu celular de volta e liguei o GPS com rastreador especial, que usávamos em algumas missões. Não era legalmente permitido usar fora de serviço, mas nunca fui bom mesmo em seguir regras. Em segundos, ele apitou e me mostrou um local perto do rio Parnaíba, depois de Ituiutaba, em uma região agrícola. Pedro veio até mim e mostrei a ele.
— Estão aqui.
— Puta merda! Mas como...?
— Dei uma pulseirinha de presente pra Helena. Pedi que Theo colocasse nela e não tirasse.
— Sei, eu vi.
— Felizmente não tiraram. Sabendo que Luiza poderia sequestrar a menina, pus um rastreador no pingente da pulseira — expliquei, apressado, indo rápido até a porta e saindo na frente de Pedro. — Vamos logo, tá esperando o quê?

— Porra, cacete, puta que... — Pedro veio atrás, aliviado, me dando um soco no ombro. — Você é foda! Vamos correr pra delegacia!

Eu também parabenizei a mim mesmo pela ideia, embora soubesse que teríamos que correr para chegar a tempo, antes que algo de pior acontecesse. Além disso, teríamos que planejar bem como cercar o local e invadir sem que eles saíssem feridos.

eva

A cabana era na verdade um cômodo grande com um banheiro anexo. Tinha quatro janelas de vidro fechadas e apenas uma porta, que foi trancada quando entramos. Em volta dela, mata cerrada. Ficava no meio do nada, ninguém nos acharia ali.

Mesmo nervosa, entrei com Helena no colo e observei o ambiente, tentando me acalmar, fazer o que Theo tinha dito. Em um canto havia uma pia e um armário de cozinha, com um fogão velho. Não tinha geladeira nem luz elétrica, era iluminada por lampiões e lanternas. Um sofá velho encostado na parede, uma mesa de fórmica entulhada de coisas, uma cama de casal com lençóis amarfanhados e encardidos.

Cada janela de vidro tinha uma armação de madeira em formato de cruz e em uma delas uma corda foi amarrada na haste central, de onde saía um gancho. Fiquei nervosa quando vi Lauro pegar a ponta da corda, fazer um laço e enfiar em volta da cabeça de Theo, dizendo com ironia:

— Uma coleira pra um cão que tá doido pra escapar! — Theo o olhou furioso, vendo que eu e Helena continuávamos sob a mira da minha mãe. Além de estar com as mãos amarradas atrás do corpo, a corda no pescoço limitava ainda mais seus movimentos. Se tentasse se afastar demais, seria enforcado. — Senta aí e não levanta, nervosinho.

Lauro bruscamente empurrou Theo, desequilibrando-o.

— Vou me soltar e matar você — ameaçou Theo, ao cair no chão.

— Essa eu quero ver. — Lauro riu e olhou-o do alto, friamente. Então, virou-se, foi até a mesa, pegou um notebook e o ligou. — Vamos aos negócios e às transferências bancárias, Falcão. Quero as senhas das várias contas que sei que você tem, pessoal e da empresa. Quero no mínimo seis milhões.

— Vai ser impossível levantar essa quantia toda sem autorização dos gerentes. Sabe muito bem que esse dinheiro não fica parado, mas em investimentos — disse Theo, com frieza e ódio, sentado no chão, encostado na parede.

Enquanto eles falavam, eu olhava ao redor. O lugar era sujo, com embalagens de comida e louça na pia, camisinhas usadas largadas ao pé da cama, roupas e sapatos por todo lugar. Não havia nenhum objeto cortante, a não ser que eu achasse uma faca na pia, mas minha mãe perceberia.

— Cara, você não tá falando com nenhum idiota! Sei que dá para fazer transferência de dois milhões na boa. O resto a gente arranja de um lado e outro, aposto que com os incentivos certos você vai me dar todas as senhas. Vamos começar? — Lauro se sentou ao sofá com o notebook no colo.

Minha mãe riu, encostando-se à mesa, mantendo a arma apontada para mim, mas sem tirar os olhos de Theo. Havia desejo e satisfação em seu olhar e percebi o quanto era obcecada por ele, a ponto de querer matá-lo por nunca o ter possuído como desejou, não apenas pela vingança.

Senti repulsa e raiva dela, mas me contive. Olhei em volta e foi então que vi. Perto da mesa em que ela estava, havia uma caixa de manicure. Entre esmaltes e acetonas, vi uma tesourinha e um cortador. Eram pequenos, demoraria a cortar uma corda, mas eu poderia esconder na mão e dar um jeito de passar a Theo.

Respirei fundo, criei coragem e fingi cambalear para perto da minha mãe, que me olhou de imediato e firmou a arma.

— Por favor, preciso sentar. Vou desmaiar — supliquei. E sem esperar resposta, praticamente me joguei na cadeira com Helena no colo, deixando, de propósito, parte de sua manta cair sobre a ponta da mesa e cobrir a caixa.

— Fica quieta aí! — exigiu minha mãe, olhando-me irritada.

— Só preciso descansar. — Olhei-a como se estivesse passando mal. — Por favor, mãe, um copo de água.

— Pra você não tem nada aqui! Cala a boca! — E voltou a concentrar sua atenção em Theo.

— Diga o primeiro banco, a conta e a senha. Agora — exigiu Lauro.

Theo sabia que eu estava fingindo e, então, fitou o homem e Luiza. Acho que sacou que eu a queria distraída.

— Vai ficar aí me olhando o tempo todo? Como no passado, quando não tirava os olhos de mim e me seguia em toda parte? Vim pra cá pra passar as senhas ou ficar sendo admirado por você? — provocou Theo.

Ela arregalou os olhos e empalideceu, como se estivesse chocada com suas palavras e seu desprezo explícito. Desencostou-se da mesa, furiosa, a palidez em seu rosto sendo substituída por um vermelhidão. Apontou a arma para ele e meu coração parou.

— Eu te odeio! Estou só pensando em como vou te matar e tiro é pouco pra você! Vou enfiar uma faca nos teus bagos! Ou mandar Lauro te pendurar nessa corda como vocês fizeram com meu pai! — disse Luiza, fora de si.

Mesmo apavorada, aproveitei o momento e meti a mão trêmula sob a manta, agarrando firme a tesourinha. Meu coração disparou. Escondi-a na palma da mão, sob a manta e o corpo de Helena, e me levantei:

— Mãe, pare com isso!

— Vou matar esse tarado desgraçado!

Ela me olhou ainda mais furiosa porque Theo a olhava com cinismo, um leve sorriso nos lábios.

— Porra, controla seu gênio, mulher! Vamos ter tempo pra isso! — advertiu Lauro. — Fala logo a conta e a senha! — exigiu ele, em seguida.

— Manda essa vaca parar de me olhar — disse Theo, calmamente.

Minha mãe gritou e foi até ele furiosa, chutando suas pernas, com a arma em punho.

Entrei em pânico, com medo que ela atirasse. Queria deixar Helena em algum lugar seguro, então a deixei no chão, perto da parede, mas ela começou a chorar. Mantinha a tesourinha firme dentro da mão fechada e corri até eles, metendo-me entre minha mãe e Theo, suplicando:

— Deixe ele em paz!

— Sai daí, Eva! — gritou Theo, desesperado, ao me ver na mira da arma.

Lauro xingou um monte de palavrões e se levantou, sacando a arma também.

— Vai defender ele? Quer morrer primeiro? — berrou minha mãe, avançando e andei para trás. Esbarrei nas pernas de Theo e, sabendo que seria nossa única chance, fingi cair no chão. Corri para abraçá-lo forte, chorando e suplicando:

— Mãe, não faz isso! Por favor!

— Solte ele! — Ela quase engasgou.

— Vem aqui, porra! — Lauro se abaixou para agarrar meu braço e me puxar.

Aproveitei a confusão, chorei de verdade, em pânico, sentindo o desespero de Theo com medo que algo acontecesse comigo e, então, passei a tesourinha para ele, de que enrijeceu ao agarrar o objeto atrás do corpo. Por uma fração de segundos, apertou os meus dedos como se me desse forças. Então, Lauro me puxou e me ergueu, me sacudindo:

— Fique longe e controle a histeria ou eu mesmo acabo com você! Luiza, saia daqui! Vá cuidar da sua filha! Temos negócios a resolver, merda!

— Mas ele...

— Sai daqui! — gritou ele.

Caí de joelhos e engatinhei até Helena, sentando-me no chão e pegando-a no colo, murmurando para que ficasse quieta, mas ela se esgoelava de tanto chorar.

— Vou te matar, Theodoro Falcão! — ameaçou minha mãe e se afastou, respirando pesadamente, olhando-me com raiva: — E você não saia mais daí!

Eu nem a olhei. Amparei Helena, beijando sua cabecinha, olhando para Theo. Ele estava quieto, concentrado, e sabia que já começava a usar a pequena lâmina na corda. Não ia ser fácil, mas era uma chance. Ele me olhou rápido, mas não deixou passar nada. Quando Lauro pegou o notebook e colocou nos joelhos, exigindo a conta e a senha, Theo suspirou como se estivesse derrotado e falou os números.

— Isso aí. — Lauro sorriu e comemorou ao ter acesso à conta. — Olha isso! 947 mil reais. Nada mal para uma delas. Vamos lá, pra conta do papai!

Passou a digitar rápido, ansioso, os olhos brilhando de ambição.

Minha mãe encostou de novo na mesa e me manteve na mira, ainda fitando Theo. Ele a encarou com frieza e cinismo e a vi apertar os lábios com raiva.

Helena continuava a gritar e eu sabia que ela estava com fome. Afastei a camisa um pouco e me cobri com a manta. Ela se calou na hora ao agarrar meu mamilo e sugar faminta. Respirei fundo e encostei a cabeça na parede, exausta.

— Feito! — comemorou Lauro, satisfeito, sorrindo para minha mãe. Ela riu de volta. Então, ele se voltou para Theo: — Mais uma conta. Sabe de cabeça?

Ele não respondeu. O homem ficou impaciente:

— Quer que eu dê um tiro no pé da sua mulher pra te fazer lembrar? Dizem que pé de coelho dá sorte.

Theo na mesma hora citou os números e Lauro se animou, digitando.

Enquanto eles se concentravam nas operações bancárias, busquei um lugar seguro para deixar Helena se eu precisasse ajudar Theo, mas não havia. E tremi de medo por ela. Comecei a rezar em silêncio. E o tempo passou enquanto três transações transferiram mais de dois milhões para a conta de Lauro.

THEO

Eu me concentrava em cortar a corda de um dos pulsos. Era grossa, estava apertada e meus movimentos eram limitados, além de eu não poder chamar atenção. Mas todas as minhas forças estavam ali, voltadas para tentar me libertar. Ainda havia a corda em meu pescoço, mas eu já calculava como fazer um dos dois se aproximar e então tomar sua arma. Atrair Luiza seria fácil, bastava provocá-la.

Dei as contas e as senhas para distraí-los. Havia um programa implementado em nossas contas para evitar sequestros relâmpagos e hackers de computador. Ao fazer transferências altas, precisávamos liberar um código. Se isso não fosse feito, o dinheiro seria remanejado de volta à conta de origem em três horas. Assim, tínhamos aquele prazo para agir. Depois de três horas, eles veriam as contas vazias e o negócio iria ficar realmente tenso.

Depois de citar a quarta conta, eu não lembrava os números e as senhas das outras. Lauro se levantou e encostou o cano da arma em minha testa.

— Melhor você lembrar. Ainda não temos nem três milhões e quero seis — disse ele, com frieza.

Inacreditavelmente, não sentia medo dele. Mas sabia que só poderia morrer depois que livrasse Helena e Eva do perigo. Não me alterei e continuei tentando contar a corda, com meus olhos nos de Lauro enquanto dizia:

— Não sou uma máquina. E não ando com os cartões de banco na carteira. Tudo que sabia passei pra vocês.

— Lauro, não faça isso! — Eva se meteu e, nervoso, a vi colocar Helena no chão, debaixo da mesa, adormecida. Ela ia se levantar e ordenei:
— Fique aí!
Lauro sorriu friamente e se afastou de mim. Quando se virou para Eva já de pé e caminhou para ela, o pânico me envolveu como uma mortalha e esfreguei mais rápido a pequena lâmina na corda.
— Fique longe dela! — ameacei, fora de mim.
Luiza continuou segurando sua arma enquanto Lauro agarrava de repente o cabelo de Eva e a puxava com brusquidão para o meio da sala, fazendo-a gemer assustada, de frente para mim. Encostou o cano da arma no ouvido dela e me fitou, dizendo:
— Ou fala as outras contas e senhas, ou adeus coelhinha!
— Porra, eu não sei! — gritei angustiado. — Só se eu ligar para o gerente ou para o escritório e...
— Pensa que sou idiota? E alertar todo mundo?
Lauro estava furioso e sacudiu Eva. Vi os olhos dela arregalados e o medo me dominou. Tive raiva de mim mesmo por estar preso, impotente, por ter deixado Eva e Helena caírem naquela armadilha. Olhei rapidamente para Luiza, minha mão trabalhando para cortar a corda, e apelei ao instinto materno que eu sabia que aquela maldita não tinha.
— Vai deixar isso? Eva é sua filha! Sabe que eu a amo e nunca a deixaria correr riscos! Se soubesse os números das outras contas, já teria dito!
— Minha filha? Não, agora ela é uma Falcão! — respondeu Luiza, com ódio e inveja, olhando de mim para Eva. — Quando a Gabriela escolheu vocês, esqueci que ela existia. Essa daí é a mesma coisa. Não é mais minha filha.
— Mãe... — suplicou Eva, olhando-a com mágoa e medo.
— Chegou sua hora, menina. Uma pena. — Lauro puxou Eva contra si e cheirou seu cabelo, murmurando: — Sempre quis comer você. Pensei que teríamos um tempo só nosso pra matar essa vontade, mas seu marido não quer cooperar.
— Tire as mãos dela! — gritei, furioso, a respiração pesada, o coração galopando, o ódio me fazendo forçar os pulsos separados para romper a corda que eu continuava cortando aos poucos com a tesoura pequena demais.
Levantei rápido e meu instinto me fez ir até eles para salvar Eva, mas a corda esticou e apertou meu pescoço. Gritei furioso e Lauro riu.

Luiza falou alto, com voz venenosa e esganiçada:

— Mate-a! Deixe-o assistir. Quero ver essa praga sofrer antes de morrer, sabendo que a mulher e a filha morreram por causa dele!

— Eva! — gritei, alucinado, com medo de ouvir o tiro que a arrancaria de mim, vendo o olhar de Lauro mudar, tornando-se extremamente frio. Soube que ele agiria e o pavor tomou conta de mim. Fui o mais rápido possível com a tesoura, forcei os pulsos, tentei me soltar de todas as maneiras. Nunca tinha me sentido tão desesperado na vida.

— Sabe... — começou Lauro. — Esse desespero todo me faz acreditar que ele não sabe mesmo as outras senhas. E três milhões até que é uma boa grana. Não acha, Luiza?

— É. Acabe logo com isso e vamos embora. — Ela se desencostou da mesa, a arma para baixo, olhando friamente para Eva. — Foi escolha sua. Não reclame.

— A vida é feita de escolhas — concordou Lauro e sorriu, erguendo novamente a arma.

— NÃO! NÃO! — berrei ensandecido, em pânico, me debatendo.

— E eu fiz a minha. — E sem que qualquer um esperasse, Lauro apontou a arma para Luiza e ela só teve tempo de arregalar os olhos quando ouviu o disparo e sentiu o tiro perfurar sua barriga.

Eva gritou. Eu paralisei, mas logo voltei a tentar me livrar da corda no pulso, sabendo que era tempo que eu ganhava. Helena acordou chorando alto com o tiro.

Luiza largou sua arma, que bateu no chão em um baque seco. Ainda em choque, caiu de joelhos e levou as mãos à barriga que sangrava, balbuciando:

— Mas... o... quê...

— Pra que dividir com você, puta fedida? Vou me divertir um pouco com a sua filha, com carne fresquinha. E só acabo com ela quando quiser. Você... — Ergueu a arma para o rosto dela. — ... já não me serve mais.

— Não... — murmurou Eva, fechando os olhos quando Lauro disparou mais uma vez, dando um tiro na boca de Luiza que a arremessou para trás.

Caiu no chão já morta, com o sangue escorrendo.

— Ah, Deus... — Eva tremia e chorava, levando as mãos ao rosto.

Lauro arrastou Eva pelo cabelo em direção à cama, dizendo com violência, sacudindo a arma:

— Vamos acabar logo com isso! Odeio passar vontade, loirinha. Vou te comer e depois prometo ser piedoso. Um tiro pra você e outro pro Falcão. Vão viver juntos no paraíso. E como não sou covarde, deixo a menina à própria sorte!

— Não! Me larga! — Eva lutou, tentando se livrar, sem se apavorar diante da arma.

— Ah, vai lutar? Vai dar trabalho? Assim que eu gosto! — Riu e a jogou na cama, enfiando a arma no cinto atrás para avançar nela e rasgar sua blusa.

— AHHHHHHHHHHHHHH... — gritei, alucinado. E puxei os braços com força, finalmente sentindo a corda se romper e soltar meus pulsos, a adrenalina correndo solta em meu sangue, o ódio transbordando.

Vi a arma de Luiza caída ao lado dela e tentei alcançá-la, mas a corda em meu pescoço não permitiu. Desesperado, lutei contra o nó, mas estava apertado demais, quase me sufocando. Soube que ia demorar demais para conseguir desfazê-lo.

As duas mulheres da minha vida estavam em risco e dependiam de mim. Desvairado, ouvi o choro sentido e estridente de Helena, os gritos de Eva que lutava e tentava escapar enquanto Lauro abria sua calça com brutalidade, de costas para mim.

Virei e segurei firme a corda presa na janela. E com uma força sobre-humana, levado pelo puro desespero e desejo de salvar Eva, eu a puxei com todas as minhas forças. Não soltou, mas a madeira estalou. Rapidamente, eu me aproximei mais e dei outro puxão, com todas as minhas forças.

Helena berrou. Eva gritou. Lauro disse em tom de ameaça:

— Agora vai saber o que é ter um homem de verdade!

Olhei para trás e puxei a corda forte. Tudo aconteceu ao mesmo tempo.

De repente, um barulho abafado de tiro estilhaçou um dos vidros da janela, no mesmo momento em que Lauro, com a calça aberta, ia se deitar sobre Eva, que parecia tonta, como se tivesse levado um tapa ou um soco na cara. Sangue espirrou do ombro dele, que cambaleou para o lado, sem saber o que o tinha acertado.

Dei um puxão na corda e a madeira partiu. Rugi como um animal e corri para Lauro, uma das cordas penduradas no meu pulso, a outra se arrastando do pescoço atrás de mim. Ele só teve tempo de se virar e me olhar, ferido, surpreso, levando a mão às costas para pegar a arma.

Mas já era tarde. Aquela violência que fazia parte de mim, que me acompanhou a vida toda, que aprendi a canalizar para o sexo, concentrou-se em minha essência e eu me tornei um verdadeiro animal.

Ergui o punho com toda força e acertei um soco brutal em seu queixo, deslocando seu maxilar, arremessando-o para trás. Lauro caiu no chão e a arma a seu lado, mas não a peguei. Pulei sentado sobre o seu peito, ajoelhando em seus braços, o ódio me consumindo enquanto eu dava um murro atrás do outro em sua cara, destroçando ossos, espirrando sangue, abrindo a carne.

Eu era como uma máquina.

Quando Eva se ergueu da cama e foi de joelhos até Helena, a porta foi arrombada e policiais e meus irmãos entraram. Entendi então que um deles tinha atirado em Lauro, me dando o tempo de que precisava para me soltar.

Eles me cercaram, mas não intervieram. Calados, observaram quando segurei a arma que aquele bandido tinha usado para ameaçar minha mulher e minha filha. Ele ainda estava consciente, grogue, deformado, mas ainda me olhando. E era assim que eu queria. Levantei e, de pé ao seu lado, olhei bem em seus olhos ao dizer:

— Eu não disse que ia te matar? Vai para o inferno.

E sem nenhuma culpa, mirei na sua testa e puxei o gatilho duas vezes seguidas. Continuou com os olhos em mim, agora vazios, sem vida, vidrados.

Não havia mais ameaça contra a minha família. Larguei a arma no chão e olhei em volta. Vi Heitor, Pedro, Joaquim e Micah. Alguns policiais e o delegado Ramiro.

— O que vimos aqui foi a polícia invadir o local e eliminar o bandido que ameaçava pessoas inocentes — disse o delegado.

Sabia que não responderia por nenhum crime, nem mesmo precisaria alegar legítima defesa.

Encarei-o, sabendo que tudo tinha começado assim, quando meu pai mandou matar Pablo Amaro e o delegado Ramiro fingiu não saber de nada. Mas não sentia culpa. Eliminei um assassino que estava prestes a estuprar e matar minha mulher. O prazer que tive com isso não contava. Foi necessário e ponto-final.

Virei e segui na direção de Eva, que estava com Helena no colo e falava com ela baixinho. Olhou-me quando me aproximei, os olhos límpidos. Tive receio de que estivesse com medo de mim, mas falou com firmeza:

— Nunca duvidei de que você nos salvaria, Theo.
— Coelhinha...
Só então deixei todo o medo que senti vir à tona. Puxei-as para meus braços e as envolvi forte, beijando os cabelos de Eva, acariciando Helena e dizendo baixinho com alívio e um amor incondicional:
— Vou proteger vocês sempre, minhas coelhinhas. E nada, nada mais vai nos separar.
— Promete? — Eva ergueu os olhos cheios de lágrimas, muito abalada, mas ainda inteira. E vi o quanto ela era forte. Eu a amei e a admirei mais do que nunca.
— Prometo. Você me perdoa?
Lágrimas pularam dos olhos dela e ela ergueu a mão, acariciando minha barba.
— Só se você me perdoar.
— Somos um, Eva. — Enfiei minha mão em seu cabelo, segurei sua nuca, falei com todo meu ser: — Estamos os dois perdoados e vamos ser felizes daqui para a frente, como devíamos ter sido desde o início. Sem mentiras, sem mágoas, sem violência e sem vingança. Agora Falcão e Amaro vão ser uma mesma família, um mesmo amor. Nada vai nos separar.
— Nada... — concordou ela, chorando, aproximando-se mais de mim, murmurando: — Eu te amo, Theodoro Falcão. E isso nunca vai mudar.
— Eu te amo, Eva Amaro Falcão. E isso nunca vai mudar.
Puxei-a e a apertei forte, tentando amparar seu corpo trêmulo diante de tanta tragédia. Espremida entre nós, Helena deu um grito irritado.
— Minicoelhinha — sussurrei.
— Falcãozinha — murmurou Eva, cansada, evitando olhar ao redor.
E o mundo se fez completo novamente.

19
eva

Saí daquela cabana abraçada a Theo, que levava Helena dormindo nos braços. Ela nem imaginava tudo que havia acontecido, os riscos que corremos, a dor que ainda se espalhava dentro de mim por ver o corpo da minha mãe no chão, apesar de tudo.

Eu sabia que ela mataria Theo e depois faria o mesmo comigo. Provavelmente, assassinaria inclusive Helena. Lembrei-me dela mandando Lauro atirar no médico, mesmo que o homem não tivesse nada a ver com a história. Sabia que a maldade e a loucura sempre estiveram com ela, mas nunca pensei que ela chegaria a fazer tudo o que fez. E mesmo assim a dor me corroía.

Tínhamos vivido momentos de terror naquela cabana e eu ainda me sentia anestesiada, perdida, como se meu consciente ainda me protegesse para não ter a noção exata de tudo, das mortes, dos riscos, do medo.

Antes de sair, vi o corpo de minha mãe e lamentei com uma dor pungente, lembrando dos anos que passei ao seu lado, mendigando seu amor, querendo sua aprovação, dizendo a mim mesma que a faria feliz, sem entender que felicidade nunca fez parte dos planos dela. Só vingança. Isso permeou a sua vida. Saí de lá deixando não só seu corpo para trás, mas também o passado que compartilhamos. Junto com a tristeza impossível de conter, sentia alívio por Theo e Helena. O ódio havia acabado, embora de forma trágica.

Meu rosto ardia onde Lauro havia batido quando tinha tentado levantar da cama e fugir. Apesar de ainda me sentir um tanto aérea, não parava de agradecer intimamente a Deus por estarmos vivos, por ter o braço de Theo em volta do meu corpo e por ter visto seus olhos sem resquício de ódio ou de mágoa.

Do lado de fora, policiais e os irmãos de Theo nos cercaram. Olhei para Heitor, depois para Pedro, Joaquim e, enfim, para Micah. Estavam todos em silêncio, sérios, mas com a evidente sensação de dever cumprido. Para eles, os bandidos tinham sido derrotados. Mas para mim era muito mais.

— Felizmente, escaparam vivos e sem ferimentos — disse Heitor.

— Como conseguiram descobrir que estávamos aqui? — indagou Theo.

Pedro se aproximou e, suavemente, segurou o bracinho de Helena, mostrando a pulseira de ouro delicada em seu pulso.

— Coisa de agente secreto — comentou ele, sorrindo.

— Não muito secreto — concluiu Micah, fazendo um som engraçado com a boca e tateando os bolsos da jaqueta de couro preta. Tirou de lá um maço de cigarros e uma barra de chocolate, indeciso entre ambos. — Pus uma espécie de rastreador no pingente da pulseira de Helena. Se ela não tivesse vindo com vocês, dificilmente os encontraríamos.

— Obrigado — agradeceu Theo, verdadeiramente emocionado.

— De nada. Mas pelo que vi, você daria conta do recado. — Ele encarou Theo. — Mirei o bandido pela janela, mas ele se virou quando atirei e por isso escapou do tiro no coração. Só acertei o ombro.

— Foi o suficiente pra me dar o tempo de que precisava — disse Theo, ainda com nossa filha no colo, mantendo-me também segura em seus braços. — Nunca vou poder agradecer a vocês o suficiente. Tenho uma dívida com todos vocês para o resto da vida.

— Somos irmãos. As coisas funcionam assim para os Falcão, como para os Três Mosqueteiros: um por todos, todos por um. — Sorriu Joaquim, ainda abalado.

— O que importa é que vocês estão bem — completou Pedro. — Agora tudo vai se ajeitar e voltar a ser o que era, sem medo e sem perigo.

— E eu posso voltar para o lugar de onde vim — soltou Micah, guardando o chocolate e acendendo o cigarro.

— Não — falei, finalmente, olhando-o nos olhos castanhos. — Fique um pouco mais. Nem chegamos a nos conhecer direito, você e Gabi são as únicas pessoas que restaram da nossa família. É meu tio, quer dizer, meu cunhado também, então, é um pedido duplo de sobrinha e cunhada. Fique, por favor.

Ele ficou meio sem graça. Theo emendou, sem admitir uma recusa:

— Temos que conversar muita coisa ainda, Micah.

— Certo. — Acenou com a cabeça, sem discutir.

Fiquei mais aliviada. De alguma forma, abrandava um pouco tudo o que sentia.

Heitor abriu a porta do carro:

— Vamos, levo vocês pra casa.

— Eu e Pedro vamos resolver os trâmites legais na delegacia. Podem dar os depoimentos depois — explicou Micah. — Vão se cuidar.

— Faremos isso. Entre, coelhinha. — Theo me ajudou a me acomodar no carro e se voltou para os irmãos, ainda com Helena no colo, emocionado: — Obrigado.

— Some daqui. — Pedro sorriu.

Ele acenou com a cabeça e sentou ao meu lado. Heitor assumiu o volante, com Joaquim ao seu lado.

Theo passou um dos braços em volta do meu ombro e manteve Helena dormindo em seu outro braço. Olhou-me com intensidade, preocupado.

— Não devia ter matado aquele homem na sua frente e na de Helena. Mas não pude evitar. Ele seria sempre uma ameaça pra vocês e pra nossa família, e eu não iria correr o risco de passar por isso outra vez, Eva. Não aguentaria perder você nem a Helena — disse Theo.

— Sei disso — murmurei, mergulhando em seus olhos azuis, sentindo um nó na garganta. — Quis que o matasse, eu mesma desejei fazer isso. E sei que eles nunca nos deixariam em paz.

— Coelhinha... — Seu olhar abrandou, mostrando os sentimentos por mim. — Não queria que você tivesse passado por tudo isso. Que visse o fim que sua mãe teve.

— Nem eu. Mas... nós só lutamos por nossa vida. — Meus olhos encheram-se de lágrimas inevitáveis. E com toda certeza que tinha dentro de mim, garanti: — Isso tudo vai passar. A partir de hoje, começamos uma nova vida.

— Vou fazer você feliz a cada segundo, Eva — declarou Theo, com o olhar determinado, do jeito seguro que eu conhecia e adorava. E vi o amor verdadeiro em seus olhos, exposto sem máculas. Eu me emocionei e agradeci: — Vamos esquecer toda essa dor. Quero muito recuperar o tempo que perdemos. Juro pra você: nada nem ninguém vai tirar essa felicidade da gente.

— Eu sei disso, meu amor.

Ergui a mão e acariciei seu rosto, sua barba cerrada, esperança, amor e alívio me consumindo, apesar da dor e de todo medo que senti e que ainda era tão real.

Theo encostou sua testa na minha, suspirando, ainda abalado pelos últimos acontecimentos. Eu o conhecia e sabia que seu desespero tinha sido por mim e por Helena e que nos ter ali era tudo que queria. Assim como ter os dois vivos e bem era o que eu mais desejava.

Fechei os olhos e afastei da mente a imagem da minha mãe morta. Ia demorar até tudo aquilo passar, no entanto eu não deixaria que seu ódio me destruísse. Os Amaro sobreviveriam através de mim, de Gabi, de Micah e de nossos filhos, mas sem vingança e sem sentimentos perversos. Percebi como o destino dos Amaro e dos Falcão estavam entrelaçados: Gabi casada com Joaquim, eu com Theo, Micah tendo o sangue das duas famílias. Tudo como tinha que ser.

Apoiei a cabeça no ombro de Theo e relaxei contra ele, protegida e amada, a dor sendo apenas temporária, a esperança me fazendo acreditar em dias muito melhores.

Chegamos à fazenda e fomos recebidos por Tia, que se acabou em lágrimas e nos beijou sem parar, por Gabi, preocupada e aliviada, também nos beijando e por Mário Falcão, que me olhou com aquela expressão de quem nunca me aceitaria, mas evidentemente aliviado ao ver Theo vivo. Era um homem duro, seco, contudo era evidente que amava o filho, que parecia só ter voltado a respirar ao vê-lo. E acho que foi ali que o perdoei.

Na verdade, ele vivia dentro de si mesmo, preso naquela cadeira, mal podendo falar, dependente de outras pessoas. Era seu castigo. Mário pagava sua própria penitência. E mesmo assim não admitia seus erros, não abrandava. Mas amava os filhos. Isso para mim já bastava.

Depois de assegurarmos a todos que estávamos bem, subimos abraçados para nossa suíte e Helena continuou dormindo. Tirei a manta suja que a envolvia e a acomodei no berço, sabendo que logo acordaria berrando para mamar. Sentia-me exausta.

— Vem aqui. — Theo segurou minha mão e me levou para o banheiro. Parou na minha frente e me olhou dentro dos olhos, dizendo baixinho:
— Vou cuidar de você, Eva. Sempre.
— Sempre. Adoro essa palavra saindo da sua boca — sussurrei.

Ele sorriu, o que o deixava ainda mais lindo, mostrando seus caninos levemente maiores que os outros dentes, suavizando seus olhos sempre tão intensos. Ergueu as mãos e começou a tirar minha camisa rasgada, seu semblante se carregando muito ao murmurar:

— Pensei que perderia você.

— Estou aqui e bem. Isso que importa, Theo.

— Eu sei.

Deixei que me despisse e comecei a desabotoar a camisa dele também. O tempo todo nos olhamos, pois era a primeira vez em dois meses que não havia ódio e mágoa entre nós. Ficamos nus, não só de corpo, mas também de alma, totalmente concentrados um no outro, conectados.

Quando me puxou contra si e senti sua pele quente e firme, seus braços em volta de mim, suas mãos deslizando em minhas costas, meus seios contra seu peito, soube que estava no único lugar em que queria estar. Abri os lábios, arfante, apaixonada, emocionada, com a sensibilidade à flor da pele.

— Havia um mundo entre nós — disse Theo, rouco, os olhos azuis semicerrados. — Vingança, ódio, passado, dor, mentiras, a diferença de idade. Mas o tempo todo, mesmo quando fui estúpido ou te ofendi, eu te amei, Eva. Doeu tanto por isso, por te amar sem limites. E nada foi capaz de sufocar esse amor.

— Eu sinto tudo isso também, amor — murmurei, subindo as mãos pelo peito forte, os ombros largos, o pescoço, adorando cada mínima parte dele. Meus olhos encheram-se de lágrimas ao fitar a cicatriz de bala do atentado e a beijei suavemente, sussurrando: — Me perdoe por isso...

Fiquei na ponta dos pés e beijei a outra cicatriz perto do seu olho.

— Por isso também...

Segurei sua mão direita, a que ele havia quebrado e tinha algumas cicatrizes recentes. Beijei cada um de seus dedos, emocionada, lágrimas descendo.

— Theo, me perdoe por tudo. Por toda a dor física e emocional que causei em você.

Por fim, eu o abracei e beijei seu peito esquerdo, sabendo que a dor maior que ele sentiu esse tempo todo foi no coração.

Theo acariciou meu cabelo e apoiou minha cabeça em seu peito, suspirando. Então, ergueu o meu queixo, buscou meu olhar e disse:

— Eu fui um animal, um insensível. Não conseguia ver o que estava aqui o tempo todo, que era o seu amor. Era só olhar pra você. Mas foi um golpe duro demais, Eva. Inesperado, que tirou meu chão, me desnorteou.

Eu te amo tanto que imaginar que você não sentia o mesmo, que tinha mentido sobre me amar foi o mesmo que morrer. Eu me senti vazio, porque tudo o que existe dentro de mim é seu, Eva, viver sem você, sem o nosso amor, seria viver em um purgatório. Não tinha mais motivos nem pra respirar.

— Sei disso, sabe por quê? Porque a única coisa que me manteve lúcida nesse período foi nossa filha, Theo. Eu me alimentava porque precisava amamentar, dormia só quando o cansaço me vencia. Era uma tristeza sem-fim não poder te ver, sentir seu cheiro e seu amor. Só não me entreguei porque tinha Helena, e sempre prometi pra mim mesma que, quando fosse mãe, meu filho seria a minha vida, não deixaria nunca ele pensar que não o amava ou que ele não era suficiente pra mim.

— Eu tenho muito orgulho de você, coelhinha. Você é forte por tudo o que passou. Nunca deixou que Luiza te tornasse uma pessoa amarga.

— Vamos esquecer isso, Theo. Tudo ficou no passado. Agora, vamos construir memórias felizes da nossa família. A família que sempre pedi a Deus.

— Mesmo assim, o que fiz aquele dia não tem perdão, a maneira como te arrastei para o calabouço e a acusei, quando por um triz fiz o que poderia ter nos destruído pra sempre. Não consigo me perdoar pelo medo que sentiu, pelo desespero que vi em seu olhar quando parou de lutar e pareceu deixar de ser você mesma.

— Você não foi em frente, Theo. Mesmo com todo ódio, não tocou em mim.

— Sou um animal, coelhinha. Tenho a violência trancada dentro de mim. — Parecia um tanto angustiado e segurou meu rosto entre as mãos, prometendo, ao fitar meus olhos: — Vou desfazer o calabouço. Vou cuidar e tratar de você como merece.

— Não... — Pus minhas mãos sobre as dele, sendo sincera. — Não quero que deixe de ser quem é. Foi esse animal que se soltou daquelas cordas e me salvou de ser estuprada e morta. É você, do seu jeito, que toca em mim e me faz ver estrelas. Ninguém nesse mundo é como você, Theo, e não quero que mude nem um milímetro. Amo você exatamente por ser quem é, sem tirar nem pôr.

— Eva...

— O calabouço não é só seu. É nosso — afirmei perto de sua boca, que sempre me deixava louca só de olhar. — Amo ser dominada por você. Sem ódio, mas com essa intensidade toda que me alucina. Passou a gravidez toda dizendo tudo que faria comigo naquele calabouço e agora diz que vai se desfazer dele?

Theo me olhou como se fosse me engolir viva e me apertou forte. Eu beijei seu queixo, apaixonada. Mesmo com tudo que tinha acontecido, com a exaustão física e emocional, eu me sentia revigorada com ele, como sempre.

— Acabaria com o calabouço por sua causa, coelhinha. Mas se é assim que quer, não vou reclamar. Sabe como sou e do que gosto.

— Sei. E é assim que gosto, do jeito que você é.

Estremeci, repleta de amor, desejo e saudade. Quando ele segurou minha nuca e beijou minha boca, minhas pernas bambearam. Fui invadida por sensações inebriantes e o segurei como se fosse cair, forte e firme, retribuindo o beijo apaixonado e profundo.

Estávamos suados, sujos, pegajosos. Queria me livrar de tudo que tinha acontecido naquele dia e que ainda estava impregnado em mim. Acho que Theo também, pois sem parar de me beijar entrou no boxe e me levou junto. Quando o jato forte de água morna nos atingiu, nos abraçamos mais e ele simplesmente amparou minha cabeça em seu peito e acariciou meu cabelo molhado, unidos como se fôssemos apenas um.

Havia certo desespero entre nós, nos mínimos gestos, no fato de estarmos nus e nos desejarmos, embora tudo fosse além do lado sexual. Era algo mais intrínseco, uma necessidade de sabermos que estávamos vivos e juntos. Seria difícil esquecer tudo, aceitar que aquele havia sido o único destino possível em meio à tragédia que se desenhou. Mas queríamos lutar, esquecer, seguir em frente. Estava cansada de chorar. Precisava de conforto e carinho. E era exatamente o que Theo me dava.

Deixamos tudo de ruim escorrer com aquela água, nos purificando e nos libertando, mas tinha sido muita coisa para esquecer de uma hora para outra. Mesmo Theo sendo forte e decidido, parecia sentir o mesmo que eu. Ele me amparava, mas parecia buscar meu corpo também como consolo.

Tínhamos corrido um risco enorme de perder um ao outro e a Helena. As cenas se repetiam em minha mente, a tentativa de estupro, a arma contra o corpo de nossa filha, a certeza de que eles matariam Theo. Estremeci ao recordar o som dos tiros e senti quando lágrimas inundaram meus olhos, revelando um medo ainda presente e, também, certa culpa.

Mesmo não querendo que minha mãe morresse, sabia que tinha sido o que ela escolheu. Mas ainda assim lamentava.

As lágrimas escorreram e se misturaram à água do chuveiro. Eu não pude evitar soluçar, nem que meu corpo se sacudisse com o pranto de dor, alívio, medo e morte. E foi Theo quem me confortou, deixando-me extravasar, enquanto o choque de tudo vinha feroz dentro de mim.

— Nós tentamos, Eva. Fizemos o melhor que podíamos naquelas circunstâncias — murmurou ele, acariciando o meu cabelo.

— Eu sei, mas... — Mal conseguia falar, arrasada demais. — Pensei que você e Helena morreriam... E minha mãe... Ela... Ela ia nos matar, mas...

— Era sua mãe — disse, sem raiva, compreensivo. Então, segurou meu rosto entre as mãos e buscou meus olhos. Estava muito sério, perturbado, mas evidentemente preocupado comigo. — Também vivi ali os piores momentos da minha vida. Só conseguia pensar que perderia vocês. Naquela hora, faria qualquer coisa, mataria quem entrasse no meu caminho e colocasse vocês em risco. Mas quando esfriamos, vemos que eram pessoas. E isso não deixa de incomodar e pesar.

— Eu queria que ela... Que ela... — Não consegui completar.

— Entendo. Mas foi escolha dela. A culpa não foi sua. Com o tempo, tudo isso vai passar. E estarei aqui, pra cuidar de você e de Helena. — Suspirou, tenso, mas totalmente voltado para mim. Murmurou angustiado: — Se eu te perdesse, minha vida acabaria. Não sou nada sem você, coelhinha. Nada sem você e sem Helena. Nunca vou deixar ninguém fazer nada de mal pra vocês. Amo você e nossa filha mais que a mim mesmo.

Entendi o desespero em sua voz, pois me senti do mesmo jeito. Uma avalanche tinha arrasado nossa vida e o ápice quase nos derrubou naquela cabana, quando nos vimos diante da morte. Naquele momento, nos braços um do outro, nos dávamos conta de como a vida era curta e de como nossas escolhas poderiam nos salvar ou nos destruir.

— Você e Helena são minha vida — afirmou Theo.

— Você e Helena são minha vida também — murmurei, ferida e cansada.

— Vou cuidar de você, coelhinha. Feche os olhos e fique quietinha.

E foi o que fez. Deixou que a água morna caísse sobre mim e me lavou com todo o cuidado, beijando minha face, onde Lauro havia me batido, tentando purificar meu corpo dolorido, seu toque sendo quase uma cura, me fazendo sentir segura e protegida, amada.

Nunca pensei que pudesse ser tratada com tanta delicadeza por ele. Tentou limpar com a água, com o seu contato e o seu carinho, as marcas de agressão que sofri, a dor que ainda latejava dentro de mim, tudo de ruim que tinha acontecido.

Depois do banho, beijou minhas pálpebras, me enxugou e me enrolou em uma toalha felpuda, com todo cuidado. Quando eu achava que não podia me surpreender mais, pegou-me no colo e me levou para a cama. Lá me aconchegou contra ele e assim ficamos, quietos, conectados, abraçados. E parte da minha dor se abrandou.

20
THEO

No dia seguinte, prestamos depoimento na delegacia, mas Ramiro garantiu que não haveria nenhum problema. Éramos vítimas naquela história e a morte de Lauro foi atribuída aos policiais, em decorrência da invasão.

Ainda naquela semana, a anulação do casamento saiu e dei entrada nos trâmites legais para um novo casamento. Ninguém na cidade entendeu direito o que havia acontecido, mas, ao nos verem apaixonados, souberam ao menos que o final tinha sido feliz. Cada um dizia uma coisa diferente, mas eu deixava por isso mesmo e seguia em frente, sem me importar com fofocas e especulações.

Com o passar dos dias, Eva foi se recuperando e começou a aceitar aos poucos o que tinha acontecido. Para mim também foi difícil esquecer, o pânico que senti, o risco de perdê-las. Mas para ela era mais intenso, tinha visto o pior lado da mãe e, em seguida, sua morte violenta. Com o tempo, tudo se abrandaria. E eu cuidaria dela.

A nossa intimidade crescia e se fortalecia, e não apenas sexualmente. Estávamos mais unidos e pequenos momentos ganhavam grandes dimensões. Desde que Helena tinha nascido, com tudo que aconteceu, não tínhamos sido pai e mãe juntos. Simplesmente ficar na cama com elas me dava um prazer sem igual.

Como no dia anterior, quando Helena estava impaciente e chorona e fiquei andando pelo quarto com ela.

— Vou preparar o banho dela. Pode distraí-la? — perguntou Eva, indo para o banheiro. A cada dia estava mais forte e eu gostava de ver sua recuperação.

— Posso tentar. Essa só faz o que quer — brinquei, enquanto Helena esperneava e se debatia como se estivesse sendo maltratada.

— Geniosa como alguém que conheço — provocou Eva, o que só aumentou o meu sorriso, orgulhoso.

— Calma, Falcãozinha. Papai está aqui... — murmurei.

Olhou-me apertando um pouco os olhos azuis e berrou mais ainda, com raiva. Eu ri e a acomodei contra o peito, falando com carinho:

— Minha menina mais linda vai tomar banho com o papai hoje? Hein? Vou ficar hoje em casa com você, passear na varanda... O que acha?

Foi parando de chorar, como se pesasse as opções, atenta. Foi naquele momento que senti o cheiro forte e comentei:

— Mas primeiro temos que tirar sua fralda e te limpar. Tem certeza de que só toma leite? Podia jurar que, com um cheiro desses, comeu uma feijoada.

— E o papai, que está muito feliz hoje, vai aproveitar e limpar você, amor — completou Eva.

Eu gostei de ver seu sorriso e entrei na brincadeira.

— Eu?

— Está na hora de aprender, nunca é tarde.

— Prefiro só observar essa parte.

— Theo! — Eva sorriu, pegando o trocador e esticando na cama, pondo ao lado um pacote de lenços umedecidos. — Coloque-a aqui. Tem certeza de que não quer aprender?

Eu não queria. Mas parecia um sacrilégio ter nojo de limpar a minha própria filha. Na dúvida, deitei-a na cama e fiquei perto, mas não o bastante. Eva balançou a cabeça, divertida. E começou a despir Helena.

Observei Eva limpá-la com agilidade, nossa filha quietinha com os olhos na mãe, como se soubesse que depois daquilo viria sua recompensa em forma de leite. Era impossível fitá-la e não ficar todo orgulhoso por ser tão linda e esperta.

Olhei as duas e não consegui parar de pensar em como quase as tinha perdido. Era aterrador e eu sentia um nervosismo e um alívio sem igual pressionando meu peito, fazendo-me consciente de como a vida mudava de uma hora para outra e de como deveríamos aproveitar cada momento.

No final das contas, não queria sair de perto delas, até me convencer de que estavam realmente bem. Sentia necessidade de garantir que estivessem seguras, como se meu subconsciente ainda considerasse o perigo. E enquanto as acompanhava até a banheira, onde Eva deu banho em Helena, pensei que só o tempo mesmo poderia me fazer respirar aliviado outra vez.

Helena se debateu, gostando da água morna, fitando a mãe enquanto ela sorria e passava sabonete em sua barriguinha.

— Agora o papai não vai ter do que reclamar. Vai ficar limpinha e cheirosa, não é? — disse Eva.

Estava em silêncio, completamente apaixonado. Passei meu olhar por Eva, sua pele macia, seu cabelo molhado, sabendo que nada mais me impediria de amá-la sem reservas, nem mesmo a diferença de idade, na qual ocasionalmente eu pensava. Para mim, ainda era estranho me aceitar, quando uma parte minha continuava tão dura e bruta. Mas Eva e Helena tinham o poder de me fazer alguém capaz de tudo por amor.

Enquanto ela banhava nossa filha, eu as observava, notando as semelhanças entre elas. A pele clara, a estrutura delicada, o cabelo loiro. Ao mesmo tempo, os olhos de Helena pareciam tanto os meus, até no modo de franzir as sobrancelhas. Desconfiava de que seu gênio também era como o meu e já podia imaginar o trabalhão que daria com a beleza da mãe e a minha determinação.

Era uma parte nossa em um ser totalmente novo, que já me fazia ver a vida diferente, me sentir especial por tê-la. Acho que passaria meus dias admirado comigo mesmo por ser tão feliz, pelas duas estarem comigo. E por tudo que ainda viveria ao lado delas.

Apreciei a delicadeza e o cuidado de Eva ao banhar nossa filha e ali eu a amei ainda mais. Observei-a admirado e ela percebeu. Corou sob aquela intensidade, baixando os olhos. Mergulhei a mão na água, acariciei o pé da nossa filha e, surpreendendo-a, ergui a mão e deixei algumas gotas caírem em seu decote, escorrendo pelos seios. Ela mordeu o lábio inferior quando notou meu desejo ao seguir as gotas.

O ar pesou. Havia sempre aquela intensidade sexy e quente quando estávamos perto. Era impossível ser indiferente à presença de Eva.

Deslizei minha mão sobre a dela dentro d'água e falei baixo:

— Sabe o quanto é linda, coelhinha?

Seus olhos brilharam. Sorriu, sem graça e excitada.

— Eu tenho que acreditar.

— Por quê?

— Pelo jeito que você me olha. Sempre me sinto bonita.

Sorri também.

— Vai se sentir mais ainda com tudo que penso fazer com você hoje, depois que Helena dormir.

Ficou corada e deixei a sedução no ar, apreciando-a em silêncio.

Depois do banho de Helena, fiquei deitado de lado com o cotovelo apoiado na cama, olhando-as enquanto Eva a amamentava.

— Vou tirar algumas semanas de férias — falei.

Eva me olhou na hora:

— Sério?

— Sim. Vou tentar convencer Micah a ficar um pouco mais e me substituir no escritório com Valentina. Pedro já está atarefado demais administrando o frigorífico. Quero passar mais tempo com você e Helena, ainda mais depois de tanta coisa ter acontecido.

— Quero muito isso, Theo.

— Eu também. E se Micah ficar, além de me ajudar, vou ter tempo de tentar resolver as coisas com meu irmão. Acho que só falta isso para nossa família ficar em paz.

— Acha que seu pai vai aceitá-lo?

— Não sei. Mas ainda há muito o que ser dito, resolvido, explicado. Preciso de um tempo pra mim, pra nós. — Passeei o olhar por seus traços delicados, mais uma vez me dando conta de como era linda. — Nosso casamento está próximo.

Mordeu o lábio, emocionada.

— Eu já me sinto sua, Theo. Nem precisava de casamento.

— Vai ter um casamento. Dois, na verdade. Quero que você se chame Eva Amaro Falcão.

— Com muita honra. — Esticou a mão e entrelaçou os dedos aos meus, olhando-me. — Mas, dessa vez, podemos fazer algo íntimo, só a família. O que acha?

— Perfeito. E depois podemos voltar à Grécia, alugar uma casa numa daquelas vilas, passar os dias apenas aproveitando. Voltaremos renovados, sem qualquer resquício de tudo que aconteceu.

— É o que mais quero! — Seus olhos brilhavam, cheios de esperanças.

— Então, vai ser assim.

— E quando voltarmos, podemos pensar em ter mais um filho.

Eu a observei e franzi o cenho:

— Você quer? — perguntei.

— Muito. Passei a gravidez toda de Helena com medo de que você descobrisse quem eu era e me expulsasse, nem aproveitei direito. A próxima vou curtir desde o início.

— Quando voltarmos, podemos providenciar. Mas antes faremos umas cem visitas ao calabouço, pra que eu possa me comportar durante a gravidez.

Eva sorriu, corando, olhando-me com amor.

— É sério? Vamos mesmo nos casar e passar um tempo longe, só eu, você e Helena? — perguntou, emocionada.

— Vamos. Vai enjoar de tanto me ver.

— Nunca!

Sorri, com os olhos cravados nela.

Era muito amor. E uma felicidade que só crescia.

Conversei com Micah e o convenci a ficar mais tempo na cidade para ajudar Valentina nos negócios, dizendo a ele que precisava viajar depois de tanta tensão. E só poderia ir tranquilo sabendo que iria ajudar.

— O velho vai acabar descobrindo e vai dar merda — disse, relutante.

— Não se preocupe. Ele nem sai de casa. Está tudo bem.

Por fim, aceitou e sorriu debochado:

— A Valentona vai soltar fogos de tanta alegria!

Acho que isto também pesou para que ficasse: o prazer sem igual em provocar Valentina. Tinha medo de voltar de viagem e saber que uma tragédia tinha acontecido entre eles, mas resolvi arriscar.

Em casa, meu pai quase não olhava para Eva, fingindo que ela não existia, mergulhado em sua arrogância. Eva dizia preferir assim, mas eu a sentia tensa muitas vezes quando tinha que se sentar à mesa com ele ou era alvo de seus raros olhares de reprovação.

Por tudo isso, em um dia daquela semana visitamos um arquiteto e disse a Eva que construiria uma casa na fazenda para a nossa família. Ficou muito feliz, me abraçou e me encheu de beijos.

No mesmo dia, saímos para passear pela fazenda e nos apaixonamos por um terreno plano de frente para uma lagoa, rodeada de muitas flores do campo. Não era muito distante do casarão, mas o bastante para que tivéssemos nossa intimidade e privacidade. Decidimos, então construir nossa casa ali, com uma bela vista. Começamos a ver plantas de casas e a discutir alguns projetos, Eva feliz como uma criança porque teríamos um espaço só nosso.

Naquela mesma noite, falamos a todos que nos casaríamos e que faríamos uma cerimônia simples e íntima no terreno onde seria a nossa casa. Todos nos cumprimentaram felizes, menos meu pai. Mais tarde, quando fui falar com ele em seu quarto, deixou bem claro que não aceitava o meu casamento.

Não tentei fazê-lo mudar de ideia. Era como uma mula empacada, nunca voltava atrás em uma decisão e se achava o dono da verdade. Deixei-o pensar o que quisesse e segui minha vida, como sempre fiz.

Convidei Micah para o casamento, argumentando que seria longe do casarão e que meu pai não iria. E que, além do mais, fazíamos questão de sua presença, que Eva era sua sobrinha e eu, seu irmão. Ele ficou indeciso e acabou concordando em pensar sobre o assunto. Eu sabia que seria difícil, havia mais de quinze anos que ele não pisava na fazenda, mas tinha esperanças que com o tempo as coisas se resolvessem.

Em meados de dezembro, nos casaríamos pela segunda e última vez. Estava ansioso e Eva também, mas ambos felizes. Era como chegar ao paraíso após passar pelo purgatório. Não havia mais ameaça de vingança, só o amor, pautado na verdade e na confiança, como deveria ter sido desde o começo.

Dormíamos e acordávamos juntos e nos amávamos com uma entrega total, ainda maior do que antes. O sexo ficou mais intenso e urgente, como se tudo que tivéssemos passado nos fizesse conscientes de como queríamos um ao outro.

Às vezes, eu passava horas adorando-a com minha boca, beijando cada pedaço do seu corpo, fazendo-a gozar com beijos, lambidas, mordidas e chupões, marcando seu corpo em toda parte. Era lento e torturante. Eva chorava de tanto tesão e se acabava em um prazer delirante até ficarmos suados e satisfeitos.

Adorava deixá-la sentada na cama com as pernas abertas enquanto mordia e chupava cada um de seus dedos dos pés e a fazia ter um orgasmo imediato quando parava e só encostava a língua em seu clitóris. Já estava tão pronta que o prazer a atravessava com o mínimo toque. Então, eu a comia bem gostoso, até perder o controle.

Em outras vezes, eu era bruto, tinha necessidades mais violentas. Disse a ela para falar "não" quando eu passasse dos limites, mas Eva sempre dizia "sim". Eu a colocava no colo e surrava sua bunda, ou a fazia me chupar até ter meu pau todo na boca, quase a sufocando. Ou ainda a fazia engatinhar nua pelo quarto, só para pegá-la firme por trás e comer seu ânus enquanto a xingava no ouvido. E mesmo nesses momentos, em que deixava Eva dolorida de tanto me servir, eu ainda me controlava. Nunca era mais bruto do que ela poderia suportar.

Apesar de ter prometido levá-la ao calabouço, eu evitava. Sabia que poderia me descontrolar, que teria muitos objetos para usar, sem contar que ainda me sentia desconfortável pelo modo como a tratei da última vez, quando quase cometi uma loucura. Depois de tudo que Eva havia passado nas mãos de Lauro, eu continha uma parte da minha personalidade. E mesmo quando pegava mais pesado com ela, não chegava nem perto de seu limite.

No entanto, Eva me conhecia cada vez mais. Notava quando eu estava agitado e deixava seu lado submisso vir à tona. Chegou a falar no calabouço e dizer que queria ir lá, mas desconversei, sempre evitando o assunto.

Em compensação, aprendi a ser mais romântico. Ou pelo menos tentava. Andávamos de mãos dadas, saíamos juntos, eu sempre trazia presentes e a mimava, lembrando-me do que tinha escrito em seu diário sobre o seu aniversário. No próximo, estaríamos em lua de mel na Grécia e comemoraríamos juntos.

Eva a cada dia estava mais independente. Pegava o carro, saía sozinha ou com Helena, ia me visitar ocasionalmente no escritório ou resolver alguma coisa. Eu a observava desabrochar a olhos vistos e isso me fazia amá-la ainda mais.

Naquela noite, eu convidei Eva para jantar fora. Minha intenção era levá-la a um restaurante chique e termos um jantar romântico, com tudo a que tínhamos direito. Queria que se divertisse e aproveitasse a vida. Era um prazer lhe proporcionar coisas boas, descobrir seus gostos, admirá-la sabendo que era minha e que retribuía meu amor.

Deixamos Helena com Tia e, depois de amamentá-la, Eva tirou uma boa quantidade de leite e deixou na geladeira, caso nossa filha acordasse querendo mamar.

Eu vesti um terno preto sem gravata e a esperei na varanda, com o carro estacionado em frente. Quando a vi, saindo de casa linda, com um vestido preto que marcava o corpo, os cabelos soltos esvoaçantes, de salto alto e batom vermelho, fiquei louco. Estava estonteante.

Sorriu, como se soubesse o efeito que me provocava. Quando se aproximou, puxei-a, fitando seus olhos, com um desejo tão grande que não sabia como conseguiria dirigir até Pedrosa.

— Quer me fazer desistir do jantar e levar você direto para o quarto, coelhinha?

— Você me prometeu um jantar à luz de velas — respondeu, passando as mãos sobre o meu peito, o olhar ao mesmo tempo ingênuo e provocante. — Quis ficar bonita pra você.

— Se formos ao quarto, vou mostrar o quanto gostei.

— Seu tarado... — Sorriu e se afastou, entrelaçando os dedos nos meus, puxando-me em direção à escada.

— Nunca escondi que era.

Eva riu e eu acabei me divertindo também.

Enquanto eu dirigia, conversávamos e era impossível não a olhar sempre que possível. Além de me surpreender com sua beleza, eu me surpreendia com a intimidade que estávamos conseguindo estabelecer. Não havia mais barreiras entre nós e estávamos sempre à vontade um com o outro. Parecia um milagre, mas era assim. Simplesmente nos dávamos bem em tudo.

O restaurante era considerado o melhor da cidade, com ambiente clássico, iluminação suave e um pianista. Tinha uma excelente carta de vinhos e a comida era deliciosa. Sentamos perto da janela e pedi o melhor vinho da casa, me comportando como um perfeito cavalheiro. E quando brindamos a nós, eu a olhei cheio de desejo e só pensava em tirar aquele batom com beijos, mas me contive.

Mesmo assim, Eva corou e lambeu os lábios, como sempre fazia quando percebia o quanto eu a queria. Ela sabia pelo meu olhar, ainda que tentasse disfarçar.

— Estou sem calcinha — disse ela, de repente.

Eu fitei seus olhos, achando que tinha ouvido errado.

— O quê?

— Estou sem calcinha, Theo. — E não desviou o olhar. Pelo contrário, senti seu pé roçar minha panturrilha por debaixo da mesa enquanto tomava um gole do vinho, só para depois lamber um pouco mais os lábios, sabendo que me enlouqueceria de desejo.

Eu a olhava fixamente. Era a primeira vez que me provocava assim em público. E tão logo a surpresa passou, senti a lascívia me envolver. Tendo minha total atenção, Eva não recuou. Apoiou os braços na mesa e inclinou-se um pouco, aprofundando o decote, seu pé subindo e descendo lentamente por minha perna.

— Adorei o vinho. Mas preferia estar tomando-o em outro lugar — murmurou ela.

— Não gostou do restaurante?

— Adorei, Theo. Mas se estivéssemos sozinhos, mais confortáveis... — Seu pé subiu até minha coxa, provocante, enquanto mordia os lábios e continuava: — ...eu poderia provar o vinho direto da sua pele. E seria muito mais gostoso.

Meu pau enrijeceu e tive uma visão orgástica de Eva mergulhando meu membro na taça e depois lambendo todo o vinho dele. Em seguida, eu abrindo suas pernas, despejando gotas da bebida em sua bóceta e passando a língua em sua carne molhada. Fiquei fora de mim de tanto desejo.

O garçom se aproximou, solícito:

— Desejam fazer o pedido agora?

— Quero a conta — respondi, secamente, sem tirar os olhos dela, que arfou baixinho.

— Senhor? — O garçom não entendeu.

— A conta.

Ele acenou e se afastou rapidamente.

— Sabe o que fez comigo? — disse.

— Vai me levar ao calabouço? — sussurrou Eva, corando.

— É isso que quer?

— É.

— Não devia mexer com fogo, coelhinha — avisei, com o sangue latejando forte nas têmporas, doido para colocar as mãos nela. — Estava tentando ser cavalheiro, romântico. E você está me fazendo parecer um tarado.

— Mas é assim que eu gosto.

E foi o meu fim. Fiquei cego para todo o resto. Só quis sair o quanto antes do restaurante e colocar minhas mãos em Eva.

EVA

Adorava Theo exatamente como ele era, e não queria que tivesse dúvidas quanto a me levar ao calabouço. Ainda mais com a confiança que passou a existir entre nós. Eu o queria inteiro, completo, sem meios-termos.

Conhecia a sua essência, o lado bruto e animal que estava sempre vindo à superfície. E isso não me incomodava, desde que eu soubesse que pararia caso eu não aguentasse. Ao contrário, sempre me surpreendia por existir um homem como Theo e por ele ser meu. Como não desejar se envolver em sua teia de sedução?

Theo era fogo, terra, ar, água, tudo junto. Era uma energia pulsante e intensa que dominava tudo à sua volta, inclusive a mim. Desde o início, achei que eu não fosse o bastante para ele. Não sabia como tinha se apaixonado por mim. Mas a cada dia desabrochava e necessitava-o ainda mais, sentia desejos que não se baseavam apenas em agradá-lo.

Amava quando se deitava ao meu lado na cama e me beijava lenta e docemente, acariciando minha pele, por horas. Eu me sentia amada e adorada. Mas também ia à loucura quando agarrava o meu cabelo ou a minha garganta com força, dizia sacanagens, que eu era dele e me dava uns tapas firmes como se me castigasse. Nunca sabia bem como ele agiria, mas, o tempo todo, sua essência de macho alfa estava lá, dominando-me por completo.

Sentia amor, desejo, tesão. E embora amasse seu lado romântico e cuidadoso, não queria que se controlasse, evitando me levar ao calabouço ou escondendo seus anseios. Já sabia quem ele era, o que poderia ou não fazer. E o amava por inteiro.

Queria que rompesse aquela barreira. E achei que pudesse convencê-lo sendo sensual e provocando-o. Ainda estava aprendendo a seduzi-lo, mas até que estava indo bem.

Theo rapidamente percorreu a pequena distância entre o restaurante e sua casa em Pedrosa e, quando parou o carro em frente ao portão, ele me lançou um olhar duro. Senti a vagina latejar, quente, em expectativa.

Estava imóvel atrás do volante e disse baixo:

— Mostre que está sem calcinha.

Eu corei, sem poder evitar o nervosismo.

Olhando para ele, sentindo a intensidade do seu olhar que me deixava bamba, segurei suavemente e barra do vestido justo até os joelhos e a ergui, mostrando aos poucos as coxas.

Theo observava cada ação minha, o clima dentro do carro era quente. Senti minha pele arder, como se ele a tocasse. E fui levantando a saia até os quadris e mais, subindo, movendo-me de leve para o tecido passar pela bunda.

Fiquei vermelha quando seu olhar se fixou em minha vagina depilada, nua, exposta. Mordi os lábios, tão quieta que podia ouvir meu próprio coração disparado, o sangue correndo voraz nas veias.

Theo encontrou meus olhos e os dele ardiam, com o vinco entre as sobrancelhas fazendo-o parecer mau. Eu o temi e o amei, em expectativa, excitada ao extremo, tremendo por dentro. Sabia que estava brincando com fogo, mas adorava me queimar em seus braços.

— Você vai ter tudo o que merece, coelhinha — sussurrou, sem me tocar. Então, saiu do carro. Quando abriu a porta para mim, ordenou: — Não abaixe a saia. Quero ver a sua bunda enquanto anda na minha frente.

Arquejei, nervosa, sabendo que tinha provocado seu lado mais animal e desejava exatamente isso. Fitei-o elegante, de terno, pensando que nenhuma roupa de grife era capaz de esconder sua personalidade marcante nem seu olhar dominador. Aquele era o Theo e era assim que eu o queria.

Desci do carro e pensei que minhas pernas não me sustentariam, mas respirei fundo, olhando-o com todo desejo que sentia e caminhei diante de Theo, como se não estivesse nua da cintura para baixo e ele não olhasse para minha bunda.

Cada célula minha pulsava. Nunca estive tão consciente de mim mesma como mulher, ardente, submissa, pronta e disposta a tudo.

Parei diante da porta de madeira vermelha e esperei que a destrancasse. Então, entrei e andei devagar para onde sabia que Theo me queria e para onde eu mesma desejava ir, embora o medo estivesse lá, temperando tudo, deixando-me completamente arrebatada e excitada.

Desci as escadas, sentindo seu olhar, querendo ser sensual em cada passo, mas nervosa demais para me concentrar. E quando empurrei a porta do calabouço e entrei naquele mundo tão particular, fui envolvida por um desejo diferente, único, como se fosse um outro mundo e ao mesmo tempo tão nosso, tão íntimo.

Lembrei a última vez em que estive ali, de como me senti, das esperanças que perdi, da dor maior que tudo. E entendi que era isso que Theo queria evitar ao não me levar mais ao calabouço. Mas as lembranças não me amedrontaram, tudo era diferente. Tinha entrado ali com minhas próprias pernas e sabia que o que nos movia era o amor e a paixão, não o ódio.

Virei e o olhei. Estava mais próximo do pensava e a força do seu olhar, penetrante e totalmente concentrado em mim, me fez estremecer. Entreabri os lábios, disposta a tudo.

— Sou sua. Faça tudo o que quiser comigo, Senhor — sussurrei.

— Vou fazer — concordou, com firmeza.

Então, desabotoou com calma o paletó, com o cenho franzido, atento a cada respiração minha. Despois o largou em uma cadeira e, vestido com a elegante camisa branca e a calça preta, aproximou-se de mim.

Eu me esqueci de respirar. Meu coração disparou, as pernas bambearam, pensei que teria um ataque cardíaco. Mas Theo não me tocou. Passou ao meu lado e eu o olhei, nervosa, excitada, já totalmente pronta para ele.

Observei-o ir até o bar e pegar uma taça e uma garrafa de vinho tinto. Abriu-a e despejou a bebida até pouco mais da metade. Então, segurou a taça, tomou um gole e caminhou pensativo até seus apetrechos de tortura. Tremi, com medo e luxúria. Theo parecia fazer de propósito, para me deixar mais ansiosa, passando os dedos pelos chicotes e palmatórias, indeciso. Eu o esperava seminua ao lado do sofá.

Ele colocou alguns apetrechos em um carrinho. Quando falou, eu estava tão concentrada em me controlar que tomei um susto.

— Fique nua. Completamente.

Estremeci. Ele não me olhava, levando o carrinho até outro canto da sala. Sabia que eu o obedeceria. E foi o que fiz.

Deixei a bolsa sobre o sofá e tirei os sapatos, meus pés nus sentindo o chão frio, acrescentando mais uma sensação às outras que já me dominavam. Trêmula, levei as mãos às costas e comecei a descer o zíper. Tirei o vestido pela cabeça e depois o sutiã preto que sustentava meus seios redondos e inchados pela amamentação. Afastei os cabelos dos ombros, totalmente nua.

Theo parou ao lado de uma espécie de roda colocada em uma base firme de ferro, um pouco abaixo da linha da sua cintura. Lançou-me um olhar intenso, duro, de cima a baixo.

— Vem aqui — ordenou ele.

Eu tremia, toda a coragem em seduzi-lo se esvaindo. Ainda assim, caminhei cautelosa até ele, tentando descobrir pelo seu olhar o que planejava. Mas era impossível. Estava muito contido e dono de si.

Olhei para ele e depois para a roda de ferro. Havia uma prancha atravessando-a ao meio e nas pontas, prendedores de couro com velcros. Antes que eu pudesse pensar, ordenou:

— Deite-se aí, coelhinha.

Nervosa, obedeci. Como se já soubesse meu destino, olhei-o de pé ao meu lado e ergui os braços para as amarras. Theo sorriu e se inclinou sobre mim.

— Boa menina.

Era aterrador e excitante ao mesmo tempo estar sob o poder dele, sabendo que dominava meu corpo e minha mente. Eu tremia, meus mamilos arrepiados, meus músculos se contraindo involuntariamente, sobretudo quando passou o couro em volta dos meus pulsos e fechou os velcros.

Eu não tirava os olhos dele. Tomou devagar um gole do vinho e deixou a taça sobre a mesa. Não disse nada ao segurar minha perna esquerda e a abrir para o lado, erguendo-a até meu joelho encostar no ferro lateral. Ali passou o couro em volta dele, também duas vezes, prendendo-o. Eu mordia os lábios e arquejava. Quando fez o mesmo com a outra perna, fiquei totalmente exposta, os joelhos abertos na altura da cintura e presos nas laterais vazadas da roda, expondo a bunda e a vagina. Para que meus pés não ficassem soltos, prendeu também cada tornozelo ao ferro. Então, ergueu-se satisfeito e fez a roda na vertical girar e entendi melhor para que servia.

De pé, sua cintura ficava na altura da minha boca ou vagina, bastaria girar a roda e penetrar onde quisesse.

Acariciou de leve meus cabelos e os colocou pendurados para fora, longe do meu corpo nu. Então, seus olhos azuis encontraram os meus e explicou como se falasse de uma coisa banal:

— Vou comer cada orifício seu. Enfiar meus dedos, meu pau e minha língua onde quiser. Morder e chupar tanto seus mamilos que o leite vai espirrar e se misturar ao seu gozo, às suas lágrimas e, também, ao meu esperma. Não haverá parte da sua pele sem nossas secreções, sem meu toque. Entendeu, coelhinha?

— Theo...

— Quer desistir?

Seu olhar era agressivo, até mesmo cruel. O medo estava dentro de mim, mas ele fazia parte do pacote. E o desejo voraz já me arrastava, dominando meu corpo e meus instintos, sem controle.

— Nunca — murmurei, arrebatada.

Era o que ele queria ouvir. Sem pressa, pegou um controle remoto e logo as caixas de som começavam a funcionar. Uma música diferente das que ele gostava começou a tocar. Era mais recente, um pop com ritmo sensual de Natasha Bedingfield, chamado "Angel". Aquilo mexeu ainda mais comigo e senti as batidas como se fossem as do meu coração.

O olhar de Theo passou quente por meu corpo, sabendo que poderia dispor de mim à vontade, poderoso e viril. E isso só me excitou ainda mais.

Pegou a taça de vinho e fitou meus olhos, a mão livre indo até minha testa, acariciando meu cabelo para trás.

— Quer vinho?

Lembrei-me do que eu havia dito a ele no restaurante e estremeci ainda mais, sem condições de falar. Acenei com a cabeça e, abalada, observei-o soltar o meu cabelo e descer o zíper da calça, olhos nos meus, a elegância e civilidade sendo quebradas pelo olhar pecaminoso e pela mão que puxava o membro completamente ereto para fora.

Longo, grosso, cheio de veias, estava em seu auge e fez meu coração disparar, minha boca salivar, cada parte minha latejar diante de tanta beleza e masculinidade.

Com olhar severo, não deixou de se concentrar em minha expressão enquanto descia a taça e, segurando o membro, mergulhava o pau dentro dela. Eu estava hipnotizada, fascinada, quando ele o puxou para fora. Theo o aproximou da minha boca e senti a gota de vinho cair em meus lábios. Quase morri do coração quando disse rouco, em tom autoritário:

— Prove.

Fiquei embriagada antes mesmo de abrir a boca. Quando o seu pau entrou nela, perdi o ar e a razão, suguei-o alucinada e excitada ao extremo, adorando sua carne me preenchendo, o vinho intensificando o gosto delicioso de Theo. Gemi, movendo os lábios e a língua, chupando-o com vontade.

Não pude fechar os olhos e fiquei mais louca ainda ao ver como me fitava com violência e desejo, com a expressão carregada, tensa. Continuou segurando firme o pau pela base e moveu os quadris, penetrando-me mais, fazendo-me comê-lo quase todo, até o fundo da garganta. Estocou devagar e eu já estava bêbada, querendo mais, abrindo-me para recebê-lo do jeito que quisesse.

A vagina latejava, melada, os seios doíam duros, arrepiados, a pele ardia. Sensações desconexas me dominavam e sabia que precisava de algum alívio para tanto desejo, mas isso só aconteceria quando Theo quisesse.

— Gostoso?

Ele puxou o pau para fora dos meus lábios e o mergulhou de novo na taça. Quando aproximou outra vez, murmurei, sensual:

— Delicioso.
— Chupe tudo — ordenou.
A cabeça grande e cheia de vinho entrou de novo em minha boca, embriagando-me. Foi um jogo delicioso, que me enlouqueceu. Eu o chupava sofregamente, até não restar mais nada da bebida, então, Theo tirava o pau, mergulhava no vinho e de novo em minha boca. Via sua expressão carregada de tesão, tentava me soltar das amarras e tocá-lo, mas só podia usar os lábios e a língua, e era o que fazia, sedenta e esfomeada.

— Agora é minha vez — avisou, com a voz grossa e sensual, arrastando tudo dentro de mim para a superfície, deixando-me ainda mais ligada.

Theo não saiu do lugar. Girou a roda até estar de frente para minha vagina totalmente exposta e sorriu com crueldade e satisfação. Quando se inclinou com a taça na mão, eu gemi agoniada:

— Theo...

Sabia o que faria e foi o que fez, despejando uma pequena quantidade do líquido ardente sobre meu clitóris. Gritei em antecipação, enquanto o líquido escorria pelos lábios vaginais e descia até o ânus, pingando então sobre a prancha em que eu estava deitada.

Mas nada me preparou para a sensação deliciosa e alucinante de sua língua indo bem no meio da minha vagina para me lamber lenta e duramente, como se fosse um gato. Gritei, estremeci, me debati. Meus lábios ainda estavam dormentes por suas estocadas, eu me sentia realmente bêbada, dilacerada pelo tesão torturante.

— Ai... Ai, por favor... — implorei quando passou a lamber mais e mais, cada canto da vagina, do ânus, do clitóris. Eu tremia, à beira de um orgasmo. E quando achei que o gozo me varreria sem piedade, Theo se ergueu e me assustou ao dar um tapa firme na boceta.

— AHHHHHHHHHHHH...

Foi forte, dolorido, impactante. Ela queimou, incendiou e nem tive tempo de entender direito, pois ele já derramava mais vinho e descia a boca para me chupar mais.

Fiquei rouca de tanto gemer e gritar, sua língua parecia estar em toda parte, rodeando meu ânus, entrando em mim, massageando meu clitóris. Então, ele abocanhava minha vagina, chupava duramente os lábios, mordia. Não tive como evitar o prazer descomunal. Gozei forte e chorando, lágrimas pulando dos olhos, a pele toda vermelha e arrepiada, presa e à mercê de Theo.

Deixou-me gozar até o fim e desabei, exausta, lânguida. Quando se ergueu, achei que me daria um tempo para me recuperar. Ledo engano. Foi apenas para se despir, olhos fixos em mim, admirando-me com um tesão duro e quente, deixando-me consciente de que o jogo estava apenas começando.

— Theo...

Não sabia o que dizer, ainda abalada demais, precisando dele. Admirei-o alto, forte e nu.

— Não... — murmurei quando pegou a taça.

— Sim. Eu avisei que queria tudo hoje.

— Ah...

Despejou o vinho em meus mamilos e a bebida escorreu para a barriga. Theo soltou a taça e veio até mim, seus olhos nos meus, sua força me tomando. Agarrou os ferros nas laterais da roda, perto dos meus pulsos, fazendo os músculos dos seus braços e peito se sobressaírem. Estava entre as minhas pernas e senti seu pau pesado perto da virilha.

Mesmo saciada, aquele contato me fez ansiar que deslizasse mais e me penetrasse. Senti o desejo se espalhar, arder, ainda mais quando sua boca se fechou em meu mamilo e apenas o beijou, suave. Gemi e o tesão só aumentou quando o sugou firme, forte.

— Ah, Theo... Ah, Theo...

Fiquei fora de mim. Senti o leite quente sair e ele o chupar, mamando com força, a barba roçando minha pele, o pau pesando perto da minha vagina. Eu o quis com desespero e estremeci por inteiro, suplicando:

— Por favor, me penetra... Por favor...

Mas ele queria me torturar. Ficou lá, segurando-se ao ferro, sugando meu mamilo e o leite, esfomeado, cada vez mais firme e duro, fazendo meu útero se contrair em espasmos involuntários. Eu choramingava, implorava, tentava me esfregar nele. Nem parecia que tinha acabado de gozar, ansiava por mais.

Theo ergueu a cabeça e fitou meus olhos.

— Nunca pensei que vinho com leite fosse tão bom — disse ele, abocanhando o outro mamilo, mordendo-o, chupando-o com a mesma fome.

— Ai, meu Deus... — solucei.

Escorria leite do mamilo que ele tinha sugado primeiro e Theo passou a se alternar entre um e outro, lambendo, mordendo, gemendo.

Estava fora de mim, alucinada, com lágrimas nos olhos, molhada de vinho e de leite, palpitando, suplicando:

— Por favor... Por favor...

Theo sabia que eu queria seu pau, mas me torturava ao se levantar e me olhar duro, dizendo:

— Lembra-se do que disse, coelhinha? Quero seu leite, suas lágrimas, seu gozo e meu esperma, tudo misturado.

— Mas eu já... Eu...

— Mais. Quero mais.

Então, agarrou uma haste preta e comprida com uma pá pequena e maleável na ponta, de silicone, como uma pata achatada. Seus olhos azuis estavam frios, o finco entre as sobrancelhas deixando-o ameaçador.

— Theo...

— Vou espancar sua boceta até ficar vermelha e inchada, tão quente que quando meu pau entrar nela vai estrangulá-lo em um gozo que nunca vai esquecer.

Mal acabou de falar, bateu em cheio com o objeto na minha vagina, estalando o material liso e achatado sobre ela como um tapa. Gritei, fora de mim. Não teve dó, batendo mais e mais vezes seguidas, queimando-a, fazendo-me senti-la inchar, o clitóris triplicando de tamanho.

— Não! — gritei, aos prantos, sem poder mais suportar a ardência. — Pare! Pare, por favor!

Surpreendentemente, Theo parou. Parou de bater, desceu a boca e chupou meu clitóris sensível. Gritei mais ainda, chorando, alucinada, perdida em sensações delirantes em que dor e prazer se mesclavam e eu não sabia mais onde começava um e terminava o outro.

Palavras desconexas escaparam da minha boca. Não pude prever o gozo, mas, quando me dei conta, ele veio em ondas e eu já não pensava, só sentia e era arrebatada. Foi então que Theo se ergueu e se deitou entre minhas pernas, segurando-se forte nos ferros, seus olhos nos meus. Gritei e meu gozo se expandiu mais quando seu pau grosso me penetrou com força até o fundo. Então, passou a estocar firme dentro de mim, entrando e saindo, indo e vindo, enquanto eu tinha contrações arrasadoras.

Pensei que fosse morrer de tanto prazer. Não consegui escapar do seu olhar, gemi dolorosamente, ondulei fora de mim.

— Minha coelhinha... — murmurou rouco, seus olhos quentes e apaixonados, o prazer também explícito em sua expressão.

Morri mesmo quando me beijou na boca e envolveu sua língua na minha. Morri de amor e de tesão, de sensações únicas e arrebatadoras, renascendo na mesma hora, beijando-o com meu ser, com minha alma, com cada pedaço meu que era dele.

Foi delicioso e desabei, exausta de tanto gozar. Então, Theo parou de me beijar, me fitou carregado, ergueu-se saindo de dentro de mim, agarrando o pau. Gemeu alto e rouco, urrou em êxtase e gozou em minha barriga e seios, espalhando o esperma quente em minha pele, enquanto eu só conseguia olhar, maravilhada.

— Porra... — rosnou, satisfeito, descabelado, uma leve camada de suor cobrindo sua pele.

Estremeci ao encontrar seu olhar, acabada de tanto prazer.

Theo sorriu sensualmente, mais lindo do que nunca, deslizando a mão em minha coxa.

— Quer mais vinho? — perguntou.

E sorrimos com cumplicidade.

21

eva

A tenda branca balançava suavemente ao vento naquela gloriosa manhã de dezembro, junto com as folhas brilhantes das árvores em tom mais escuro que o verde da grama. As flores do campo eram multicoloridas e se remexiam como se dançassem com a brisa, tudo em um movimento fluido e sincronizado, como se tivessem combinado.

Não havia muitos convidados, apenas familiares e alguns amigos mais íntimos, como Valentina, a secretária de Theo, acompanhada do filho e do noivo, Eurídice e a enfermeira de Mário, Margarida. Nem Abigail convidamos, pois queríamos apenas paz e amor, só nós mesmos, sem que nada maculasse o momento.

Todos estavam de branco, até o padre Hamilton. E descalços. Assim como eu, que usava um vestido branco longo e rendado e uma colorida coroa de flores nos cabelos, que flutuavam ao vento. No meu colo, acordada e espertinha, Helena também usava um vestido branco e uma coroa de flores. Ela balançava os pequeninos pés nus, encantada com o ambiente ao redor, os olhos observadores. Eu sorria de volta para ela.

Ao meu lado, Micah foi obrigado a abandonar os coturnos de couro e usava calça branca e uma camisa da mesma cor, que até poderiam lhe dar um ar de bom rapaz, se não fossem as tatuagens aparentes nos braços e no peito e o cabelo espetado em todas as direções. Virou-se para mim e ergueu as sobrancelhas endiabradas, sorrindo e indagando:

— Está pronta?

— Esperei muito por este momento — respondi, emocionada e feliz, voltando meu olhar para onde Theo me esperava, olhos fixos em mim o tempo todo.

Estava lindo como sempre, todo de branco e descalço, o tecido da roupa se colando ao corpo que eu amava, o cabelo penteado para trás movendo-se com o vento. Sorri e lembrei do nosso primeiro casamento, quando minha felicidade foi regada com lágrimas. Finalmente, eu me sentia livre e completa, pronta para caminhar até ele sem culpa, entregando-me por inteiro.

Não havia cadeiras para os convidados nem um bufê elaborado, muito menos uma banda. Os poucos convidados estavam de pé, formando um corredor para que eu passasse em direção a Theo. Sobre uma pequena mesa, havia champanhe no gelo, morangos e flores, além do iPod que Gabi ligou quando me viu pronta ao lado de Micah, meu tio, meu sangue, que me entregaria ao amor da minha vida.

Tínhamos escolhido juntos uma música do Elvis Presley cujo título era "And I Love You So", ou "Eu te amo tanto", em português, perfeita para nós. E ela começou linda, completando o dia perfeito, a canção leve e romântica se juntando aos sons da natureza à nossa volta.

Sorri para Micah e dei o braço a ele, mantendo Helena no colo. Ele sorriu de volta, sem aquele ar debochado, apenas feliz, como eu. E juntos caminhamos a pequena distância até Theo, que me esperava com um ar de satisfação e gloriosa alegria. Era assim que todos estavam, em êxtase, assistindo à vitória do amor.

Pisei na grama, senti a brisa na pele, fui preenchida por sensações e sentimentos que busquei por toda a vida e que só encontrei quando conheci Theo. E feliz, muito feliz, segui até ele. Eu, uma Amaro, caminhando para um Falcão. A vingança vencida e destruída, as armas no chão, os sentimentos puros e intensos gritando mais alto, derrotando um ódio que parecia invencível. Mas como não seria assim, se eu o amava tanto? E se era amada de volta com a mesma intensidade?

Gabi e Joaquim sorriam, com Caio dormindo quietinho no carrinho. Pedro e Heitor também sorriam, felizes porque sabiam que tudo tinha dado certo para o irmão mais velho. Tia chorava e ria, com a mão no coração, agradecendo a Deus.

Então, cheguei perto do meu amor, um homem inigualável e único que me arrebatou completamente desde o primeiro olhar e que agora me olhava como se eu fosse dele. E eu era. Por inteiro, por toda a vida.

— Agora nada vai impedir a felicidade de vocês — disse Micah, quando paramos na frente de Theo.

Senti meus olhos se encherem de lágrimas. Micah beijou minha face e apertou a mão do irmão.

— Obrigado — agradeceu Theo, daquela vez sem precisar ir me buscar no meio do caminho. Eu não estava mais sozinha, mas acompanhada por dois: meio Falcão, meio Amaro: Micah e Helena.

Micah foi para o lado de Tia, que de imediato o abraçou.

Theo olhou para mim. Eu olhei para ele. E quando me tocou, seus dedos passando suavemente pelo meu rosto, eu soube que a vida seria linda e feliz.

— Você é o que sempre quis. Obrigada por não desistir de mim, Theo.

— Isso nunca seria possível, coelhinha. Seria como desistir de viver.

Sorri para ele. Tocou-me como se fosse seu bem mais precioso e depois a bochecha de Helena, olhando-a da mesma maneira amorosa e intensa. Então, me fitou com seus olhos azuis, passou o braço em volta do meu ombro e disse:

— Vamos. Uma nova vida nos espera.

Caminhamos até o padre e respirei minha própria felicidade.

A solidão tinha acabado.

Eu tinha Theo e Helena. Tinha uma família e muito amor.

Tinha tudo com o que sempre sonhei.

THEO

Quando padre Hamilton nos declarou marido e mulher, senti meu coração disparar e meus olhos arderem. Para um homem que sempre foi controlado e frio em seus sentimentos, que passou quarenta anos de sua vida sem acreditar no amor, tudo era surpreendente e inexplicável. Era único. E a melhor coisa que poderia ter me acontecido.

Não havia uma gota de frieza em mim. Eu ardia de amor e paixão ao olhar Eva e ver seus olhos límpidos espelhando o mesmo. Enfiei a mão em seu cabelo e saboreei seus lábios macios, sabendo que nunca esqueceria aquele momento. Ele me marcaria como a maior conquista da minha vida. Tínhamos enfrentado a dor, a traição, a vingança e a morte. E tínhamos vencido tudo para ficarmos juntos.

As emoções nos dominaram e nos beijamos sem pressa, devagar, nos sentindo, nos entregando. Helena deu um grito entre nós e sorrimos com os lábios colados, sabendo que ela não gostava de ser esquecida.

Afastei-me um pouco, eu e Eva bem-humorados ao olharmos para nosso tesouro, nosso bem maior, aquele pedacinho de nós dois que já era tão importante e fundamental em nossa vida.

— Vem com o papai...

Acho que Helena já entendia, pois sempre ficava animada quando eu a chamava. Sorrindo, acomodei-a na curva de um braço e com o outro abracei Eva.

— Parabéns pelo casamento, senhora Falcão. Sabe que agora não tem volta, não é? Nunca mais vai se livrar de mim.

— Ainda bem, senhor Falcão. — Seu sorriso era delicioso, aberto, todo meu.

— Felicidades! — gritou Tia, com lágrimas nos olhos, segurando uma pequena cesta e jogando sobre nós várias pétalas de rosas, que voaram ao vento e se espalharam no ar, perfumadas e coloridas.

— E muito amor! — completou Gabi.

Tudo era alegre, os sorrisos abertos, a beleza em toda parte. Ou era eu que me sentia assim?

Olhei em volta e por um momento fui preenchido por uma miríade de sensações, sem poder acreditar em tudo que vivi, no desespero que senti e que não parecia ter fim, mas que agora não era páreo para diminuir minha felicidade. Não havia nem um resquício de mágoa ou de dúvidas dentro de mim. Eu me sentia em paz, realizado, acreditando em uma vida feliz com Eva e Helena.

— Vamos brindar! — disse Joaquim, indo pegar o champanhe e trazendo para que eu estourasse.

Devolvi Helena a Eva e peguei a garrafa. Não conseguia parar de sorrir e me sentia um bobo, mas era mais forte do que eu. Sacudi o champanhe e um estouro alto explodiu quando a rolha voou longe e o líquido borbulhou para fora.

Olhei para Eva e ela me fitava embevecida, tão feliz quanto eu.

— Ao amor e à confiança — disse, emocionado.

— Ao amor e à confiança — repetiu Eva.

E todos fizeram o mesmo enquanto o champanhe era servido e as taças passadas de um a outro.

Puxei-a para mim e falei baixinho:

— Eu te amo. E isso nunca vai mudar, coelhinha.

— Eu te amo. E isso nunca, nunca, nunca vai mudar, Theo. — Sorriu e se aconchegou a mim.

— Gostei de tantos "nunca".

— Somos um, nós três. — Trouxe Helena mais para junto de mim e falou perto da minha boca, olhos nos meus: — E quando voltarmos das nossas férias na Grécia, podemos ser mais. Quero uma família grande e feliz com você.

— Vai ter tudo o que desejar — disse, minha mão acariciando seu cabelo.

— Posso pedir o que eu quiser?

— Tudo.

— Quero um beijo — murmurou, emocionada.

— Helena vai chorar — avisei, alegre, já segurando sua nuca, tomando-a para mim. — Quer um beijo?

— Quero...

E a beijei na boca com paixão e desejo, com amor e volúpia, com minha alma.

Fechei os olhos e vi a felicidade.

Ela era Eva e Helena. E tudo o que elas representavam para mim.

Senti seu cheiro, seu gosto e a tomei para mim, esquecendo o mundo, esquecendo tudo.

Até que Helena gritou irritada entre nós.

E eu sorri feliz contra os lábios de Eva.

FIM

**Acreditamos
nos livros**

Este livro foi composto em Adobe
Garamond Pro e impresso pela
Gráfica Santa Marta para a Editora
Planeta do Brasil em março de 2019.